KB210900

리리딩

On Rereading

깊이 읽기의 기술

리리딩

퍼트리샤 마이어 스팩스 지음
이영미 옮김

오브제

차례

1
독자는 언제나 타인이다

당신이 누군가의 부모이거나 조부모, 이모, 삼촌, 사촌, 혹은 어느 한 가족의 친구라면, 어린아이에게 가장 좋아하는 책을 읽어주다가 단어 하나, 또는 그림 한 장을 건너뛰었다는 이유로 아이에게 호되게 질책당한 경험이 있을 것이다. 아이에게 가장 좋아하는 책이란 늘 똑같은 책을 의미한다. 세 살짜리 독자는 친숙한 문장을 자주 들으면 만족을 느낀다. 단어 하나만 달라져도 즐거움은 바로 사라진다. 자기가 애지중지하던 그 책이 아닌 것이다.

아이들이 똑같은 것에 열정을 보이는 이유는 그들이 '안전함safety'을 필요로 하기 때문인지도 모른다. 새롭고 흥분되지만 예측 불가능한 경험으로 가득 찬 세계에서, 아이는 자신이 의지할 수 있는 것을 소중하게 여긴다. 책마저 예측할 수 없이 돌변한다면 아이는 의지할 바를 잃게 된다. 친구의 성격이 변해버리는 것이다.

아이들이 책을 똑같이 반복해서 읽어달라고 떼를 쓰면, 어른들은 어른의 미소를 짓는다. 그들 역시 '다시 읽기'라는 더 받아들이기 쉬운 형태로 그 어린애 같은 필요를 여전히 간직하고 있으면서. 읽은 책을 다시 읽고 싶어지는 충동에는 여러 가지 이유가 있는데, 안전함에 대한 요망도 그 중 하나다. 작가인 래리 맥머트리는 칠십대 초반에 이렇게 썼다. "예전에는 모험을 위해 책을 읽었지만, 지금은 안심하기 위해 읽는다. 언제나 그대로인 것으로 돌아갈 수 있다는 건 얼마나 근사한 일인가." 그는 출판사들이 신간을 보내 논평을 부탁해도, 이미 알고 있는 작품들을 선호하기 때문에 그 책들을 돌려보낸다고 한다. 맥머트리는 이렇게 썼다. "저녁 식탁에 책을 들고 앉을 때는 그 책에서 무슨 일이 벌어질지쯤은 알았으면 한다."

우리는 매번 좌절을 느낀다. 어린 시절, 믿고 의지하던 어른들이 같은 책을 매번 있는 그대로 똑같이 읽어주지 않을 때. 나이가 들어서는 우리가 꼼꼼히 읽은 것들을 다시 읽거나, 다시 만나거나, 다시 깨닫는 게 불가능하다는 사실을 알게 될 때. 하지만 문학 작품과의 재회를 통해 매우 특별하고 시간이 갈수록 더욱 복합적인 즐거움을 발견할 수도 있다. 다시 읽기란 즐거움이자 일종의 도피이며, 잠을 부르거나 머리를 식히는 도구이고, (단순히 책 내용뿐 아니라 자신의 삶과 과거의 자아에 대한) 기억을 되살릴 방책이자 반쯤 잊어버린 진실을 되살리는 것이며, 새로운 통찰의 실마리이다. 다시 읽기는 우리를 자극하면서도 달래고, 도발하면서도 안심시킨다. 또한 맥머트리의 말처럼, 우리에게 안전함을 제공한다.

그런데 여기서 안전함이란 정확히 어떤 종류를 말하는 것일까? 맥머트리의 말에 따르면, 다시 읽기는 항상 그대로인 것을 제공한다. 하지만 대다수의 독자들은 그와 반대로 다시 읽기를 통해 예상치 못한 변화를 거듭 경험한다. 헨젤과 그레텔이 빵 부스러기를 흘려 돌아갈 길에 표식을 남겼던 장면을 우리는 기억하고 있다. 하지만 그림 형제의 이야기를 다시 읽다가 마녀가 아이들을 구워먹을 생각에 입맛을 다시는 장면과 마주치고 놀라기도 한다. 이는 아주 작은 디테일이지만, 이야기의 풍미에 복합성을 더하고 새로운 방식을 통해 이야기를 기억하게 만든다. 아이들을 불에 굽겠다는 암시를 접한 독자는 마녀가 아이들을 진짜로 잡아먹을 심산이라는 사실을 불현듯 깨닫는다. 마녀는 다음 식사 거리를 생각하고 있는 것이다. 나는 어릴 적 읽었던 낡은 『그림 형제 동화집』에서 이 이야기를 다시 읽다가 이런 예상치 못한 순간과 맞닥뜨렸다. 내가 기억하지 못하는 것은 너무도 구체적인 그 묘사에 두려움을 느꼈기 때문일까? 그럴지도 모르겠다.

변화를 느끼는 것은 놓쳤던 디테일을 새롭게 알아챘기 때문만은 아니다. 해석이 달라졌기 때문이기도 하다. 젊은 시절 『죄와 벌』을 읽었을 때, 주인공 라스콜니코프Raskolnikov는 온몸으로 관습에 대항하는 대담무쌍한 젊은이로 보였다. 성인 독자가 된 후에는 바보 아니면 괴물 같은 인간이라고 느껴졌다. 나는 그 소설을 다시 읽었다. 그는 약간의 두려움과 함께 동정적 연민의 대상이 되었다. 나는 새로운 이유로 인해 그 작품에 매혹되었다.

어떤 책은 다시 읽으면 더 나빠지기도 한다. 문학평론가 비비언 거닉의 경우가 그랬다. "이십대에 콜레트를 읽고 나는 속으로 되뇌었다. '바로 이거야.' 지금은 그녀의 책을 읽고 생각한다. '옛날과 비교하면 얼마나 작아 보이는지 몰라. 차갑고 영리하고 편협하고.' 그리고 작가에게 '왜 좀 더 말이 되게 쓰지 못한 거지?' 하고 조용히 묻게 된다." 20년 전 처음 조우했을 때의 스릴을 다시 느끼기 위해 책을 읽지만, 그때의 감동은 수수께끼처럼 사라지고 없다. 기억하고 있던 멋진 이야기는 진부한 상투어로 바뀌었다.

이런 변화는 우리가 성숙해졌다는 증거일 수도 있겠지만, 한편으로는 뭔가를 상실한 것처럼 느껴진다.

어쩌면 그것은 하나의 도발일지도 모른다. 논픽션 작가 벌린 클링켄버그는 〈뉴욕 타임스〉에 이렇게 썼다. "다시 읽기의 진짜 비밀은 바로 이것이다. 다시 읽기란 불가능하다. 등장인물들은 그대로이고, 단어도 바뀌지 않는다. 그러나 독자는 변한다. 핍*은 항상 그 자리에 있다. 하지만 독자는 묘지에서 그를 놀라게 하는 탈옥수와도 같다. 언제나 낯선 타인인 것이다."(「다시 읽기의 즐거움에 대한 몇 가지 단상」, 2009년 5월 30일자) 클링켄버그는 자신이 반복해서 다시 읽는 책들이 정전canon이라기보다는 도피처의 역할을 한다고 말한다. 다시 말해, 그 책들이 중요한 이유는 특정한 장점을 갖고 있기 때문이 아니라 어떤 종류의 정서적 만족감을 제공하기 때문이다. 하지만 그가 이런 독자의 역할—언제나 낯선 타인인— 에 대한 관심을 분명히 드러낸 것은, 그가 느낀 만족이 단순한 도피 이상임을 알려준다.

다시 읽기가 어떤 안도감을 제공하는가라는 질문은 곧 다른 질문으로 이어진다. 그것이 어떻게 안도감을 제공할 수 있는 것일까? '언제나 낯선 타인'일 뿐인 독자가 어떻게 해서 안도감을 얻을 수 있는 걸까? 만일 책이 독자를 따라 끊임없이 변화한다면 안정성stability이 없다는 이야기일 테고, 따라서 안전함 역시 제공할 수 없다. 고등학교를 졸업하고 25년 만에 동창회에서 옛 친구를 만나는 게 충격적인 일일 수 있듯이, 한때 아끼던 책을 다시 읽는 일도 마찬가지다. 그럼에도 다시 읽기가 안도감을 준다는 주

* 찰스 디킨스의 『위대한 유산』의 주인공. 유년시절 마주친 탈옥수와 놀라운 인연을 맺는다.

장은 설득력이 있다. 책에서는 많은 것이 달라지지만 또 많은 것이 예전 그대로이다. 줄거리는 더 이상 스릴 넘치지 않지만, 한때 우리를 짜릿하게 했던 그 형태 그대로 남아 있다. 등장인물들은 예전에 비해 다소 흉허물이 눈에 띄지만, 옛 고교 동창처럼 우리가 알아볼 만한 특징들을 그대로 지니고 있다.

다시 읽기는 또한 과거의 자아를 기억해내게 하는, 다른 종류의 안전함을 제공해준다. 19세기 문필가 윌리엄 해즐릿은 이렇게 썼다.

> 과거에 좋아했던 책(내가 읽었던 첫 번째 소설)을 다시 읽으면서 나는 상상과 비평적 음미의 즐거움뿐 아니라 기억의 즐거움도 얻는다. 내가 그 책을 처음 읽었을 때의 느낌과 연상했던 것들을 떠올리게 되는데, 그것은 어떤 방법으로도 다시 가질 수 없는 것들이다. 이런 일반적인 과정들은 의식을 지닌 존재인 우리 자신을 연결하는 고리와도 같다. 그것은 우리의 흩어진 정체성의 조각들을 한데 묶어준다.

달리 말하면, 다시 읽은 책들이 주는 안정성을 통해 우리는 견고한 자아상을 구축할 수 있다. 이는 경험으로서 다시 읽기가 지닌 심오한 측면을 드러내는 중요한 지적이다. 즉, 다시 읽기는 자아의 성장과 연속성을 기록하는 급수degree인 것이다. 해즐릿의 말처럼 다시 읽기라는 행위가 정체성을 통합하는 데 도움을 준다면, 그것은 개인의 성장을 측정하는 데도 도움이 될 수 있다.

안정과 변화 사이의 역동적인 긴장이야말로 다시 읽기의 핵심이다. 독자와 책이 새롭게 교유할 때는 언제나 안정과 변화라는 두 가지 요소가 개입하는데, 이 두 가지 다 독자에게 즐거움을 제공한다. 인간의 정신적 요구는 다양하며, 다시 읽는 책들은 각기 다른 시점에 다른 요구에 응답한다. 위로가 필요할 때면 아끼던 어린이책으로 돌아갈 수 있다. 즐겨 읽는 가벼운 소설 한 권은 순수한 오락을 찾으려는 갈망에 답한다. 마음을 사로잡는 플롯을 만나면 이야기가 어떻게 전개될지 이미 알고 있어도 흥분을 느낀다. 청소년기에 처음 만난 책을 다시 읽을 때는 과거를 되새겨보게 된다.

영국의 한 독자 설문 결과는 다시 읽기의 즐거움이 어디서 오는가를 상상하게 한다. 영국의 커피 회사이자 권위 있는 영국 도서상의 후원사인 코스타는 2천여 명의 독자를 상대로 그들이 책을 다시 읽는지, 다시 읽는다면 어떤 책인지를 설문했다. 가장 빈번하게 다시 읽는 20편의 작품을 집계한 결과는 자못 흥미롭다. 성경은 20편 중 16위에 올랐다. 셰익스피어는 아예 순위에 들지 못했다. 1위부터 3위는 해리 포터 시리즈, 『반지의 제왕』, 『오만과 편견』 순이었다.

나는 이 설문이 얼마나 과학적으로 설계되었는지 알지 못한다. 친구가 이메일로 보내준 이 목록에는 응답자들이 그냥 머리에 떠오르는 대로 적은 게 아닌가 싶은 생각이 들게 하는 작품도 있었다. 응답자를 어떻게 골랐는지, 그들이 누구인지도 모른다. 그러므로 나는 이 목록을 어떤 증거로 제시하는 게 아니다. 그저 상상력을 자극하는 계기로 삼고자 할 뿐이다.

책 목록을 보면 설명이 필요할 듯싶다. 20편 중 4편은 통상 어린이책이라고 할 만한 읽을거리들로, 해리 포터 시리즈와 『호빗』 『사자와 마녀와 옷장』 『블랙 뷰티Black Beauty』 등이다. 전체의 20퍼센트이면 제법 비중이 높은 편이며, 『블랙 뷰티』가 목록에 들었다는 게 다소 의외이긴 하다. 다음으로는 19세기 고전 소설인 『오만과 편견』 『제인 에어』 『폭풍의 언덕』 『위대한 유산』 네 편이 있다. 20세기 고전으로는 『1984』가 들었다. 『캐치 22』 『앵무새 죽이기』 『바람과 함께 사라지다』 등은 미국 색이 강한 작품들이라 영국 독자들의 선택으로는 뜻밖이다. V. C. 앤드루스의 『다락방의 꽃들』과 닐 게이먼과 테리 프래쳇 공저의 『멋진 징조들』 과 같은 작품은 들어본 적도 없다는 사실을 고백해야겠다.

그럴듯한 설명을 찾기 위해 마음이 바빠진다. 어린이책이 상대적으로 많이 포함됐다는 사실은 분명 항수를 말하는 것이리라. 해리 포터 시리즈가 1등인 건 뉴스에서 빈번하게 다뤄지기 때문일 것이다. 어쩌면 자녀에게 읽어주느라 어른들이 그 시리즈를 다시 읽고 있는지도 모른다. 『사자와 마녀와 옷장』은 설문조사가 이뤄진 2007년 시점에 영화가 개봉한 지 얼마 안 되었기 때문에 사람들이 원작 소설을 찾았을 수도 있다. 미국 소설들은 화려하고 세련돼 보이며 대화의 소재로 적당하다고 여겼을지 모른다. 고전들은? 글쎄, 아마도 영국 사람들은 그 작품들이 얼마나 훌륭한 읽을거리인지에 대해 미국인들보다 더 잘 아는 모양이다. 하지만 『다 빈치 코드』가 왜 포함됐는지에 대해서는 어떤 이유도 떠오르지 않는다. 워낙 엉망으로 써놔서 처음 읽을 때 두 번째 문단을 넘기기가 어려운 책이었다.

응답자 2천여 명 모두 같은 책을 다시 읽는다 해도 그 이유는 제각각 다를 수 있다. C. S. 루이스의 어린이책을 읽는 건 영화 때문일 수도 있지만, 책장에서 갑자기 그 책을 발견했기 때문일 수도 있고, 조카딸이 요즘 그 책을 재밌게 읽고 있다고 말했기 때문일 수도 있다. 스칼렛 오하라를 연상시키는 초록색 커튼을 보고 『바람과 함께 사라지다』를 다시 읽을 수도 있다. 책을 다시 읽는 직접적인 이유나 구실은 무한하며, 그것으로부터 얻는 잠재적 보상도 마찬가지다. 하지만 그 보상의 이유는 대체로 변화나 안정일 가능성이 높다. 초록색 커튼은『바람과 함께 사라지다』를 다시 읽을 때마다 늘 거기에 존재한다. 스칼렛이 초록색 커튼을 잘라 만든 드레스 역시 결코 변하지 않는다. 초록색 커튼과 드레스를 통해 우리가 무엇을 상상하는지는 매번 다를 수 있다. 따라서 초록색 커튼은 다시 읽기가 지닌 동일함과 차이라는 이중의 가능성을 보여준다.

기억의 변덕은 다시 읽기라는 드라마에서 커다란 역할을 떠맡고 있다. 헨젤과 그레텔을 잡아먹으려는 마녀에 관한 디테일을 읽을 때, 나는 내가 전에는 그것에 주목하지 않았다고 생각했다. 하지만 정확히 말하면, 그것에 주목한 기억이 없는 것이다. 어쩌면 나는 전혀 무서워하지 않았는지도 모른다. 어쩌면 몇 년 전에도 오늘 그랬던 것처럼 그 대목을 재미있게 여겼으나, 기억의 결함으로 인해 그 즐거움이 지워져버리는 바람에 모든 것을 처음처럼 새로 경험하는 것일 수도 있다. 예를 들어 5년 뒤에 헨젤과 그레텔을 다시 읽는다고 해보자. 그때는, 의외의 디테일이 안겨준 지금의 재미와 그 책이 아주 오래전에 주었던 만족감(현재는 이것을 기억하지 못한다고 가정해보자) 둘 다를 기억해낼 수도 있다. 사람이 뭔가를 어느 순간에는 기억하고 어느 순간에는 기억하지 못하는 데는 분명 원인이 있지만, 그 원인이 무엇이라고 꼬집어 말하기는 쉽지 않다. 다시 읽기라는 행위가 예측 불가능한 이유는 대체로 기억의 이런 수수께끼 같은 작동방식 때문이다.

안정성과 같은 개념은 그래서 더욱 복잡해진다. 밤마다(때로는 하룻밤에 여러 번) 같은 이야기를 듣는 아이는 아주 작은 정보도 잊지 않겠지만, 긴 세월 동안 다수의 책을 읽는 성인은 기억이 희미해질 대로 희미해져서 몇 년 후 그 책을 다시 읽을 때는 아무것도 기억나지 않을 수 있다. 물론 책 속의 언어는 그대로이지만, 한편으로는 마치 낯선 사람처럼 느껴진다. 낯설지만, 경이롭게도 친구이기도 하다. 성인이 어린아이처럼 같은 텍스트를 반복해서 다시 읽으면 그들의 기억력은 좀 더 신뢰할 만해진다. 나는 제인 오스틴의 소설들을 매년 다시 읽는 사람들을 알고 있는데, 그들은 그런 식으로 해서 자기만의 안전함을 창조해내곤 한다.

그렇다면 맥머트리가 찾는 안전함은 언제나 얻을 수 있는 것이어야겠으나, 적어도 일부 독자들의 경우엔 그런 안전함을 찾기 위해 같은 작품을 여러번 반복해 읽어야 한다. "나는 전에 읽었던 작품(더 자주 읽을수록 더 나은데)을 집어들면 무엇을 기대할지 안다." 해즐릿은 이렇게 말한다. 괄호 안의 부분은 가장 핵심적인 부분을 담고 있다. 더 자주 반복해서 읽을수록, 우리는 무엇을 기대할지 더 잘 알게 된다. 물론 놀랄 일은 언제든 생길 수 있지만 말이다. 다시 읽을 때도 놀랄 가능성이 여전히 존재한다는 사실은 다시 읽기에 연구할 가치가 있음을 증명하는 이유 중 하나다. 다시 읽기를 연구함으로써 애당초 우리가 왜 책을 읽으며 어떻게 읽는지의 문제를 조명할 수 있다는 점도 또 다른 이유이다.

먼저, 앞서 거론한 안정과 변화 사이의 역학관계를 이야기하자면, 독자와 텍스트 간 상호작용이라는, 독서 행위를 규정짓는 복잡한 과정에 대해 주의를 기울여야 한다. 비비언 거닉이나 내가 다시 읽은 작품에서 명백한 변화를 발견했다고 말할 때, 독자와 텍스트 사이의 변화하는 관계에 대해 말할 때, 보이는 것이 달라졌다고 말할 때, 그건 필연적으로 읽는 사람 쪽의 변화를 말하는 것일 수밖에 없다. 책 속의 언어는 예전 그대로 남아 있다. 그러나 책을 다시 읽을 때 독자는 예전에 주목하지 않았던 언어를 알아차릴 수도 있고, 동일한 단어들에서 새로운 의미를 발견할 수도 있다.

아마도 그런 가능성은 (적어도 부분적으로는) 독자가 그 글을 마지막으로 읽은 시점으로부터 그의 사고와 마음, 경험, 개인적이고 문화적인 상황, 혹은 이 모든 것들이 (어쩌면 그저 기분상의 문제일지도 모르지만) 변화했음을 보여주는 것일 수도 있다. 한 권의 책을 처음 읽거나 다시 읽으면서, 독자는 단순히 텍스트와의 관계뿐 아니라 상상된 작가와의 관계 속으로 들어간다. 또한 다시 읽기를 통해 과거의 자아들과 관계를 맺는다. 이런 관계들이 어떻게 어우러지는지를 살피면서 독자는 자기 자신에 대해, 더불어 독서라는 신비로운 행위에 영향을 미치는 복잡한 연관관계에 대해 배우게 된다.

우리는 또한 독자가 텍스트에 쏟는 주의력의 종류와 집중도가 각양각색이라는 사실도 깨닫게 된다. 익숙한 글 속에서 새삼 새로운 사실들을 발견할 때면, 어떻게 읽느냐가 차이를 만든다는 것을 분명히 깨달을 수 있다. 한 사람의 독자가 한 편의 작품을 읽는 방식은 다양하지만, 바로 그렇기 때문에 그 작품의 여러 측면을 이해할 수 있게 된다. 주어진 순간의 감정과 지성의 상태와 상황에 따라 책을 해석하면서 의미가 달라지는 것이다. 이런 이유로 다시 읽기의 경험은 해석의 한계에 대한 질문을 내포하고 있다. 독자의 천성이나 상황적 요인을 제외하면, 텍스트 자체가 해석의 가능성을 좌우하는 것은 어느 정도까지, 그리고 어떤 방식일까? 독자는 자신이 읽는 책을 어느 정도까지 창조해낼 수 있을까? 이런 질문들은 어떤 독자에게도 중요하겠지만, 특히 다시 읽기를 하는 독자라면 결코 피할 수 없는 질문들이다.

기억이 다시 읽기를 구성하는 주요 요소라는 사실은 앞에서 한 차례 이상 언급했으며 앞으로도 자주 이야기할 예정이다. 다시 읽기에서 기억이 차지하는 비중이 크다는 사실을 떠올려 보면, 독서라는 행위 전체에서 기억이 갖는 중요성을 생각지 않을 수 없다. 특히, 이 책에서 내가 몰두하고 있는 소설 작품의 경우는 기억과의 싸움이라 할 수 있다. 소설 독자는 사소한 세부사항까지도 의식적으로, 혹은 무의식적으로 자신의 인생 경험에 비춰 평가하기 때문이다. 성장을 통해 인간의 본성에 대해 더 많이 이해하게 될수록 우리는 그렇게 배운 것을 책에 나오는 인물들에게 적용하며, 또한 책에서 읽은 것으로 실제 삶에서 만난 사람들을 평가한다.

책 속에 등장하는 것을 판단하는 데 기준이 되는 인생 경험에는 다른 책들을 통해 배운 경험도 포함되는데, 과거의 독서는 사회적 현실에 대한 직접 지식과 마찬가지로 새로 접한 텍스트를 평가하는 데 도움을 준다. 책을 다시 읽을 때 기억의 필요는 배가된다. 우리는 다양한 독서와 인생 경험을 통해 획득한 지혜를 활용할 뿐 아니라, 기억의 힘을 통해 지금 앞에 놓인 책을 예전에 읽었을 때의 경험이 미치는 영향을 느낀다. 비록 몇 년이 흐르는 동안 특정 항목들에 대한 기억은 희미해졌지만, 남아 있는 지식은 그 텍스트를 새롭게 다시 접할 때 우리의 반응에 영향을 미친다. 이런 반응에서 과거 자아의 기억은 특정한 언어의 망을 다시 접한 독자로서의 기억에서 비롯되었으나, 그와 동시에 이를 넘어선다. 우리는 무언가를 처음 읽을 때도 역시 과거의 자아를 떠올리게 되는데, 이는 상상 속 타인의 삶을 대리 체험할 때 책과 책 바깥의 삶이 우리에게 제공한 지나간 경험을 되살려 보게 되기 때문이다. 다시 읽기를 통해 우리는 우리가 읽은 책들이 그렇듯 우리가 얼마나 변했고 또 그대로인지를 좀 더 선명하게 대면한다. 책은 우리가 정체성을 형성하는 데 도움을 주며, 또한 다시 읽기를 통해 시간의 경과에 따른 정체성의 변화를 측정하게 해준다.

다시 읽기를 고찰해보면, 모든 문학적 경험의 바탕이 되는 외면과 내면의 관계에 대해 주목하지 않을 수 없다. 독서는 내면적인 삶을 고무시키고 환상을 불러일으킨다. 18세기 도덕주의자들은 바로 이런 이유 때문에 젊은 여성들이 소설을 읽는 것이 위험하다고 생각했다(소설가들이 주로 사랑에 대한 이야기를 쓰는 경향이 있음을 고려하면 처녀들의 환상은 '끔찍하게도!' 성적인 것일 수 있으며, 이런 환상은 행동으로 이어질 수 있기 때문에). 독서와 몽상 사이의 경계는 종종 희미해진다. 소설 속 화자의 마음과 독자의 마음이 친밀하게 만나는, 조용히 책을 읽는 행위는 사적인 것이며 그 과정도 전적으로 내적이다. 이 내적 과정은 거의 영구불변의 형태로 존재하는 단어들을 흡수하면서 시작되지만, 독자는 그 단어들이 유발하는 생각과 감정에 휩쓸려 그 단어들을 객관적인 실상으로 인식하지 못하는 경향이 있다. 힘 있는 소설은 독자가 그 소설의 세계 안에 살면서 이야기에 참여하고 있는 것처럼 느끼게 한다.

그러나 종이 위의 언어는 객관적으로 존재하고, 그것을 쓴 작가도 현재 존재하거나 혹은 이전에 존재했으며, 다른 독자들 역시 같은 글을 예전에 읽었고 앞으로도 읽을 것이다. 독자는 의식적, 무의식적으로 소설 속 이야기를 실제 사건들에 대한 자신의 지식에 견줘 평가하고, 현실의 사람들이 행동하는 방식에 대한 경험을 토대로 등장인물들을 평가한다. 현실은 실재하는 것이고, 독서의 영역은 현실과 동떨어져 지속될 수 없다. 우리는 소설 속에서 인생 경험에 대한 깨달음, 정신과 감정의 작용에 대한 통찰, 삶이 제공하는 교훈의 표현을 찾는다. 하지만 우리는 그와 반대로 책에서 읽는 것을 텍스트 바깥의 세상을 통해 이미 알고 있는 것에 비춰 시험하기도 한다.

이제부터는 이야기를 독서에서 '어떻게'의 측면, 그러니까 독자와 텍스트의 교유, 기억의 기능, 외부 세계의 역할 같은 것으로부터, '왜'라는, 앞으로 이 책에서 중요성을 띨 질문으로 옮기고자 한다. 사실 '왜'라는 물음은 꼬리를 물고 증식하는 거나 다름없다. 우리가 소설 읽기를 통해 각성과 통찰을 추구한다고 말하면, 즉각 다음 질문이 떠오른다. "왜 그런 가치들을 사실을 다룬다고 자처하는 글에서 찾으려 하지 않는가?" 상상의 문학이 사람들을 오도할 수도 있다는 의심은 아주 오래전, 적어도 플라톤으로까지 거슬러 올라간다. 플라톤은 그의 이상국가에서 시인들을 추방시킨 것으로 악명 높다. 상상에 대한 옹호 역시 그만큼 오래됐다. 옹호론자들은 (나 역시 마찬가지 입장인데) 상상적 작품은 보여줄 수 있는 사실에 엄격하게만 집착하는 글보다 더 심오한 진실을 말해줄 수 있다고 주장한다.

그러나 상상에 대한 이론적 옹호는 21세기 독자에게는 그저 수사적으로만 들릴 수도 있다. 말은 멋지지만, 실체는 의심스러운 것이다. 그보다는 독특함particularities 쪽이 훨씬 설득력을 지닐 것 같다. 이전에 보았던 것을 또 다시 보는 다시 읽기를 통해, 독자는 무엇이 의미를 전달하고 있는지를 깨닫게 된다. 다시 읽기는 경험을 통해 독특한 것의 가치를 제고하게 한다. 그것은 독자에게 새로운 것을 알려주는 동시에 과거에 알려준 진실을 상기시키는 것이도 하다. 이를 통해 소설을 위한 공식화된 변명을 만들어내지는 못하더라도, 소설의 힘을 깨닫게 할 수는 있다. 다시 읽기에 대한 나 자신의 반응을 탐색함으로써 나는 그 힘을 증명해 보일 수 있기를 희망한다.

하지만 소설을 읽는 '이유'에는 진실의 힘 이상의 것이 담겨 있다. 그것은 또한 즐거움의 힘을 포함한다. 읽는 즐거움은 학문적 담화에서는 전반적으로 무시되고, 일반 독자에게는 종종 비난의 대상이 된다. "난 그냥 즐거움 때문에 읽어"라는 말은 가볍게 들릴 뿐 아니라 '쓰레기 같은 책'을 읽고 있다는 느낌마저 준다. 하지만 고전 시대로부터 적어도 18세기에 이르기까지 일류 평론가들은 즐거움과 교훈이 독서의 주요한 양대 목적이라고 생각했다. 도덕적 중재자이자 문학평론가였던 새뮤얼 존슨이 그의 주요작 『시인들의 삶』에서 작품 하나하나를 어느 정도의 즐거움을 불러일으키느냐라는 기준에서 평가했다는 사실은 주목할 만하다. 독서가 제공하는 많은 장점들 중에서 즐거움은 진지한 독자들에게 진지하게 여겨질 가치가 있다. 나는 이 책에서 그 이야기를 기쁜 마음으로 논의하려고 한다.

다시 읽기에서 내면과 외부의 상호작용은 과거와 기억에 의해 복잡해진다. 과거의 느낌들이 현재의 독자들을 기다리고 있기 때문에, 그 느낌이 독서의 목적을 지배하게 되어버릴 수도 있다. 새로 얻은 느낌은 예전의 느낌을 뒷받침할 수도 있지만, 그것과 갈등을 일으킬 수도 있다. 새로 판단을 내리고자 하면 과거의 느낌을 부인하는 셈이 된다. 두 번, 다섯 번, 혹은 열 번 읽은 책의 주관적 현실은 보통 이상의 힘을 갖는다. 시간을 두고 누적된 개인적 경험은 인쇄된 글과 만나 복합적인 반응을 일으킨다. 같은 책을 과거에 여러 차례 읽으며 쌓인 층위들이 다시 읽는 순간, 독서에 영향을 미치는 것이다.

혹은 그와 반대로, 두 번째 또는 다섯 번째 읽을 때 독자는 비로소 책이 자신의 외부에 존재한다는 사실을 더욱 온전히 인식하게 될 수도 있다. 처음 읽을 때보다 플롯과 인물들의 활력에 덜 압도됨으로써 독자는 이제 느끼기만 하기보다 평가하고 분석하고 이해하는 정신적 여유를 누릴 수 있다. 독자는 저자의 의도와 자신의 반응 사이에 놓일 수 있는 갈림길들을 더 잘 이해하게 된다. 그 책의 과거와 현재의 정치사회적 상황 사이의 관련성, 인간 심리에 대해 알고 있는 것들과의 관계에 대해 더욱 폭넓게 생각할 수 있다. 다시 읽기가 회를 거듭할수록 책을 둘러싼 자유의 공간은 확대되며 독자가 반응할 수 있는 가능성도 넓어진다.

다시 읽기는 가치의 문제를 강조하고 주목하게 한다. 최근 전문적 문학 비평가들은 작품을 평가하는, 복잡하고 불확실한 노력을 피하려는 추세이다. 『노튼 세계 '명작' 선집』은 제목이 바뀌었는데(지금은 여러 권의 『노튼 세계문학선집』으로 발간된다), 추측컨대 편집자들이 "명작"이라는 표현이 논쟁을 불러일으킬 수 있다고 여긴 모양이다. 아마추어 비평가들 역시 어떤 책이 "좋다"고 말하는 대신 "흥미 있다"고 표현하면 비슷한 불편함을 드러낸다.

물론 다시 읽는 사람들 역시 가치 평가에 대한 그런 회피에 기댈 수 있으며, 그렇게 하기도 한다. 하지만 한 번은 읽어야 함에도 아직 그러지 못한 책들에 대한 죄책감에도 불구하고 이미 읽은 책, 어쩌면 한 번 이상 읽은 책으로 의도적으로 돌아가는 행위는 '왜 그러는가'에 대한 답을 요구한다. 대체 그 책들이 어떤 종류의 가치를 가졌기에 우리는 돌아오게 되는 것일까? 그 가치는 개인의 성벽과도 같이 순전히 개인적인 문제일까, 아니면 텍스트 내부에 존재하는 것일까? 문학적 판단의 적절한 기준이란 무엇일까? 가치라는 문제에 대한 나 자신의 생각은 이 책에 기록한 실험들로 인해 점점 더 혼란스러워졌다. 하지만 문학 작품의 가치를 분별하려는 노력은 유용한 비평 훈련일 뿐 아니라 동시에 자기 이해를 위한 끝없는 탐색이라고 믿는다.

한편에는 나처럼 열정적인 옹호의 말을 쏟아내는 다시 읽기 애호가들도 있지만, 어떤 사람들은 다시 읽기에 전혀 매력을 느끼지 못한다. 일부는 도덕적 반감을 드러내기도 한다. 읽어야 할 책이 그렇게 많은데 같은 책을 여러 번 읽느라 귀중한 시간을 낭비하는 것은 잘못이라는 생각이다. 한 대학원생은 그녀가 다시 읽기라는 주제에 대해 "강하게 찬성한다"며 다음과 같은 사연을 들려주었다. 어릴 때부터 열정적으로 책을 읽은 그녀는 같은 책을 다시 읽을 때마다 어머니로부터 심하게 질책을 당했다고 했다. 어머니의 논리는, 새롭고 더 어려운 읽을거리로 계속해서 나아가지 못하면 마음이 정체되거나 약해진다는 것이었다. 학생은 일기에 독서에 관해 썼는데, 그녀는 책을 반복해서 읽을 때마다 해석이 어떻게 달라지는지에 주목했다. 달라지는 해석은 성장을 의미할 수밖에 없다고 그녀는 믿었다. 그래서 그녀는 어머니에게 계속 저항했고 성인이 되어서는 다시 읽기에 적극 찬성하게 되었다. 그녀의 어머니는 겉만 번지르르한 생각일 뿐이라며 딸의 생각에 대해 여전히 강한 반대 의견을 보였다.

에세이스트인 로저 에인절Roger Angell은 〈뉴요커〉 지에 기고한 에세이에서 다시 읽기에 대한 세간의 비판에 대해 이렇게 간결하게 답했다. "다시 읽기는 작은 죄책감을 수반한다. 맞다. 우리는 새로운 것을 읽어야 한다. 왜냐하면 우리는 신용파산스왑과 다윈, 스테로이드, 그밖에도 많은 걸 알아야 하기 때문이다. 하지만 지금 당장은 좀 내버려둬, 제발." 어떤 독자도 읽어야 할 책의 수가 자신의 능력을 크게 넘어선다는 사실을 부인할 수는 없다. 하지만 다시 읽으려는 열정에 일단 불이 붙으면, 방종에 딸려오는 희미한 죄책감은 되레 다시 읽기의 즐거움을 강화할 뿐이다.

하지만 기분에 따라서는 이런 죄책감이 힘겨울 때도 있다. 다시 읽기에 대해 책을 쓰겠다는 충동은 나 자신의 방종을 정당화하려는 필요에서 비롯되었다. 자기 방종은 때로 죄스럽게 느껴진다. 기분이 그리 좋지 않을 때는 이것이 어려운 새 책과 씨름하는 힘든 일을 피하려는 게으름의 한 형태일 뿐인 게 아닐까 궁금해지곤 한다. 그게 아니라면, 특정한 책의 내용을 떠나 생각해볼 때, 다시 읽기는 과정 자체로 어떤 가치를 지니고 있는 걸까? 앞서 말했듯, 나는 다시 읽기를 독서에 대해 돌이켜 생각해보는 수단으로 사용하고자 한다. 하지만 다시 읽기라는 행위의 가치에 대한 질문은 그것의 의미와 결과를 찾고자 하는 이 연구의 핵심에 놓여 있다. 다시 읽기는 회피처럼 보일 수 있다. 하지만 나는 그것이 관여engagement의 한 형태라고 믿는다. 그러나 정확히 무엇에 관여한다는 것인가? 질문은 꼬리를 물고 이어진다. 다시 읽는 행위는 일종의 재관여임이 틀림없다. 그런데 처음부터 주의 깊게 읽었다면 왜 재관여가 필요할까? 나는 의식적인 다시 읽기 실험을 통해 다시 읽기가, 첫 독서가 줄 수 없는 무엇을 제공하고 있는지를 밝혀내고자 한다. 나는 이를 통해 다시 읽기에 반대했던 그 학생의 어머니나 다시 읽기를 즐기지 않는 사람, 다시 읽기가 무익하고 잘못된 행위라고 여기는 사람들을 설득할 수 있으리라 기대하지는 않는다. 물론 적어도 무신경한 거부에 대해 의문을 제기할 수야 있겠지만. 하지만 그러는 대신, 읽어야 할 온갖 책들에 대한 죄책감을 가진 채, 혹은 그런 죄책감 없이 이미 다시 읽기에 빠져 있는 사람들과 자신이 하고 있는 일에 대해 되짚어보기 좋아하는 사람들을 충족시키길 바란다.

독자들의 생각은 아마도 나와 다를 테고, 또 달라야만 한다. 나는 그들이 독자로서, 혹은 다시 읽기의 독자로서 겪은 경험에 대해 생각하고, 그 경험이 얼마나 극도로 개인적인 것인지를 깨닫길 바란다. 내가 하는 말에 대해 "그건 전혀 그렇지 않아!" 하는 식으로 격분하게 된다면, 그것 역시 동의만큼이나 바람직한 반응이다. 예전에는 곰곰히 생각해보지 않은 활동에 대해 독자가 숙고했다는 의미이기 때문이다. 이론적으로 말하자면, 다시 읽기에 관한 대화는 이렇게 길고 복잡할 수밖에 없다.

이어지는 장들은 실험 사례들을 통해 다시 읽기의 본질을 정의하는 동시에 다시 읽기가 제공하는 다양한 즐거움과 깨달음에 대해 다룬다. 또한 다시 읽기의 과정이 독서라는 행위에 내재하는 충족감을 어떻게 강화하는지도 보여준다. 독서를 하면서 우리는 감정적이고 지적인 자극을, 또 지혜를 찾는다. 독자는 작가와 신뢰 관계를 맺고 지속적이고 의식적인 대화를 나눈다. 더불어 우리는 즐거움도 찾는다. 독자가 읽었던 소설을 다시 읽는 이유는 대부분 과거 그 책과 만났을 때 자극과 지혜, 즐거움을 발견했기 때문이다. 내 개인적인 경험을 통해 볼 때, 친숙한 텍스트와 새롭게 교류하면서 이 모든 일들은 더욱 강력하게 다시 일어날 수 있다.

이 실험들의 대상은 나 자신이다. 이 때문에 다시 읽기의 과정에 무의식적으로 슬그머니 접근하려는 실험이 성공하기는 쉽지 않으리라 생각한다. 다시 읽기의 과정에서 무슨 일이 벌어지는지 확인하기 위해 일부러 책을 다시 읽을 때, 나는 그 과정에 명백히 의식적으로 개입할 수밖에 없기 때문이다. 아무리 노력하더라도, 그것이 무작위로 읽는 오락적 다시 읽기와 같을 수는 없다. 더구나 나는 전문적인 비평가다. 오랜 세월 동안 책에 대해 가르치고 글을 써왔으며, 그러기 위해 많은 책들을 여러 차례 다시 읽었다. 그것은 독자와 학생들이 특정한 책을 내 방식대로 해석하도록 설득하는 논리를 찾는 과정이기도 했다. 이런 개인사 때문에 나의 독서 방식은 필연적으로 굴절될 수밖에 없었다.

하지만 동시에 나는 오락적인 다시 읽기를 즐겨왔으며, 그것에 관해 다른 사람들이 말하는 경험들을 직접 겪었다. 이를테면 어릴 적 좋아하던 책이 더 이상 흥미롭지 않다는 걸 깨닫거나, 그 속에서 새로운 풍부함을 발견하거나, 읽을 때마다 다르게 이해한다거나, 혹은 나의 경험과 책 속의 경험 사이에 유사점을 밝혀내는 것과 같은 경험들이다. 또한 나는 단지 즐거움을 얻기 위해 내가 가르치거나 글감의 재료로 삼았던 책들을 자주 다시 읽었다. 『오만과 편견』의 경우, 40번 이상 읽었지만 그 책 없이는 1년도 버틸 수 없다.

그럼에도 책에 관한 경험을 쓸 때 나는 필연적으로 특정 유형의 독자일 수밖에 없다. 나는 '책을 샅샅이 분해하는' 유형으로, 이는 이런 독서를 '그냥 즐기는' 유형의 정반대로 여기는 사람들이 자주 사용하는 표현이다. 책을 분해하는 행위는, 그 책의 구성요소들이 어떻게 상호작용하여 감정적이고 도덕적이며 지적인 효과를 만들어내는지에 눈뜨게 하기 때문에 그 자체로 강렬한 즐거움이라고 나는 믿는다. 더 많이 이해할수록 더 많이 즐길 수 있다. 더 많은 질문을 제기함으로써 더 많이 알게 되고, 더 많이 알수록 더 많이 느낄 수 있다.

나에게 다시 읽기란 아주 느긋한 상태일 때조차 고도로 집중된 상태다. 주의를 기울인다는 것은 문학 비평의 핵심적인 활동이다. 다시 읽을 때, 나는 특정 순간이나 장면에 의도적으로 관심을 기울이지는 않는다. 그보다는 차라리 '관심이 기울여진다'는 수동태 표현이 적절하겠다. 새롭게 주목할 대목을 내가 고르는 게 아니라 오히려 텍스트가 새로운 지점에서 나의 주목을 요구하며, 그 결과 새로운 모습으로 자신을 드러낸다. 그렇게 하여 다시 읽기는 나의 비평적 능력을 일깨운다.

이런 이유 때문에 나의 기획은 광범위하고 분석적이다. 나는 다시 읽기와 관련된 일련의 발견들을 기술하고, 다시 읽기를 학습과 이해의 방식이자 특별한 형태의 즐거움으로 이어지는 진입로로서 옹호하는 폭넓은 주장을 펼칠 예정이다. 실험이 누적되고 점차 틀을 갖춰가면서, 이 주장은 다시 읽기 그 자체가 그러하듯이, 이성뿐 아니라 감성에도 의존하게 된다. 그것은 성찰적 삶에서 독서의 중요성을 강조하는 한편, 이미 읽은 것을 숙고하는 특정한 방식의 중요성과 그것이 지닌 특별한 힘에 대한 근거를 제공하기 위한 주장이다.

그렇다고 내가 전문 비평가의 목소리만 내겠다는 건 아니다. 다시 읽은 책들에 대해 일관된 해석을 내리려는 체계적인 시도 같은 것은 하지 않았다. 오히려 나는 최대한 느긋하게 읽으려고 애썼으며 그 결과로 내 마음에 무엇이 떠오르든 환영했다. 읽은 책의 다양한 면을 조명할 수 있는 일련의 단상들을 적어두긴 했지만, 그 과정이 체계적인 '해석'으로 끝난 경우는 드물다.

그리고 이런 단상들은 종종 텍스트를 넘어서는, 다시 읽기의 정당성에 관한 곤혹스러운 질문들로 이어졌다. 예를 들면, 문학적 가치에 대한 나의 판단과 개인적 취향 사이의 격차를 되풀이해서 마주칠 수밖에 없었던 일이다. 예전에 즐겁게 읽었던 책을 다시 읽을 때 전혀 즐겁지 않았지만, 책이 구사하는 기법과 통찰력, 활력에 찬탄하기도 했다. 그 역도 성립한다. 즐겁게 읽히지만 문학적 가치는 전혀 없다고 여기는 경우도 있었다. 그런 불일치가 늘 불가피하게 일어났던 건 아니었다. 때로 판단과 취향이 일치하기도 했다. 그러나 둘 사이에 간간이 격차가 일어나면 나는 당혹스럽고 불안해졌다.

앞서 말했듯이 그런 느낌이나 그것들이 불러들이는 함의를 의식하기 위해 부분적으로 노력해왔기 때문에, 나의 책 읽기는 오로지 오락이나 편안함 혹은 기억을 위한, 순수하게 오락적인 다시 읽기는 아니다. 어떤 측면에서 오락적 다시 읽기는 내가 생계를 위해 해온 일과 크게 다르지 않지만, 그럼에도 다른 색깔을 갖고 있다. 이 책에서 오락적 접근을 시도하고자 했지만 크게 성공을 거둔 것 같지는 않다. 읽을 책을 선택한다는 건 읽는 방식과 마찬가지로 극도로 개인적이다. 앞으로 이어질 장에서 내가 겪은 다양한 종류의 다시 읽기와 경험을 논하게 되면 필연적으로 자전적인 이야기들도 등장하게 될 테지만, 물론 이 책은 벌어진 사건들에 대한 회고록도, 지적인 자서전도 아니다. 차라리 다시 읽은 소설들이 끄집어낸 생각과 느낌의 자서전이라 해야 할 것이다. 물론 다시 읽기에 소설 외의 다른 장르를 포함할 수도 있다. 시 다시 읽기는 특별한 만족감을 제공하며, 나를 포함한 많은 사람들이 회고록, 희곡, 수필 등 장르를 가리지 않고 책을 다시 읽는다. 그들이 한때 즐겨 읽었고 다시 즐길 만한 것들, 한때는 이해할 수 없어 당혹스러웠지만 이제는 파악할 수 있을 것 같은 책들, 읽었다는 사실은 기억하는데 내용은 전혀 떠오르지 않는 것들을 다시 읽는다. 하지만 여기서는 일관성을 위해 소설에만 초점을 맞출 생각이다. 내가 다른 어떤 장르보다 소설을 더 자주 다시 읽는 편이며, 그것이 많은 사람들에게 즐거움의 중요한 원천이라는 생각을 갖고 있기 때문이다.

자전적이라는 이야기에 단서를 붙여야겠다. 이 책을 집필하기 위해 예전에 읽었던 책들을 다시 읽다가 내가 처음 읽던 상황을 거의 기억하지 못한다는 사실에 놀랐다. 어떤 책이 남긴 일반적인 인상은 기억나지만, 그런 인상이 남은 특별한 이유들은 전혀 떠오르지 않았다. 오랜 세월이 흐른 뒤 내 마음에 생생하게 남은 것은(이 책에서 나는 대부분 오래전에 처음 읽은 뒤 다시 읽지 않았던 책들로 돌아갈 예정인데), 내가 그 무렵 읽고 있던 다른 책 혹은 다른 종류의 책들에 대한 느낌이다. 마치 책이 내 삶의 다른 측면들을 대체했고, 그리하여 내가 제공하는 자서전이 대부분 문학 작품들에 의해 가능해진 것 같은 느낌이다.

이 책을 통해 다양한 종류의 다시 읽기와 그것에 관한 질문들이 논의되기를 바란다. 어린이책을 다시 읽는 것은 좋은 출발점이다. 부분적으로는, 어린이책 다시 읽기와 연관된 특별한 죄책감이 존재하기 때문이다. 당신은 열 살 먹은 아이를 위한 책을 열 번째 읽고 있다. 이 얼마나 게으른 일인가! 왜 그런 방종이 그처럼 즐거울 수 있는가에 대해 생각하는 것은 다시 읽기의 미스터리를 푸는 첫 작업일 수도 있다. 하지만 어린이책은 시작일 뿐이다. 다음으로는 제인 오스틴 다시 읽기가 있다. 제인 오스틴은, 다시 읽기를 싫어한다는 친구와의 대화를 통해 분명하게 깨닫게 된 특별한 케이스이다. 그녀가 제인 오스틴을 다시 읽는다는 사실을 내가 알고 있다고 지적하자 친구는 놀란 듯 대답했다. "제인 오스틴은 누구나 다시 읽어." 그 말은 진실에 가까울 것이다. 하지만 왜일까? 다시 읽기라는 측면에서 오스틴을 생각하면, 가치라는 근본적인 질문이 뒤따른다. 많은 사람들이 다양한 이유로 오스틴의 소설을 읽고 또 읽는다. 시간과 공간을 초월하는 그 엄청난 인기는 작가가 지닌 놀라울 정도로 광범위한 매력을 보여준다. 이런 매력이 어디서 왔는지를 밝히는 것은 (종종 다시 읽기로 연결되는 독서의 즐거움의 원천을 발견한다는 것은) 우리가 특정한 책이나 작가에게 높은 가치를 부여하는 근거를 설명해줄지도 모른다.

나는 취향과 판단이 갈리는 지점에 관심을 두고 두 가지 시도를 할 생각이다. 좋아해야 한다고 생각했지만 처음 읽을 때 좋아하지 않았던 책의 다시 읽기와, 좋아한다는 사실을 쑥스럽게 여겼던 책 다시 읽기다. 이를 통해 다시 읽기가 주는 즐거움의 특정한 원천을 조사하고자 한다. 이와 함께 두 가지 특별한 사례를 탐색한다. 하나는 처음에 다른 사람과 함께 읽은 책들을 혼자서 다시 읽는 경험이다. 상대적으로 드문 편인 이런 상황은 화자와 독자 외의 관계들이 책에 대한 반응에 영향을 미칠 수 있다는 가능성을 제기한다. 타인과 반응을 공유하면서 읽었던 책을 혼자서 다시 읽음으로써, 삶의 다양한 상황들이 인쇄된 텍스트의 의미에서 차이를 만들어낸다는 사실을 극적으로 확인할 수 있다. 마지막으로 '직업적' 다시 읽기 역시 하나의 주제로 탐구할 생각이다. 이 결과가 오락적 다시 읽기와 어떻게 다른지 사례를 통해 살펴볼 예정이다.

몇 편의 다시 읽기는 순전히 즉흥적이고 오락적이었다. 나는 최근 우연히 『에마』와 『오만과 편견』을 다시 읽었고, 읽으면서 떠오르는 생각들을 적어두었다. 하지만 나머지 작품들에 대한 나의 논평은 대부분 인위적인 맥락에서 쓰였다. 즉, 그것들은 나 자신에게 부여한 특별한 과제를 수행한 결과다. 나는 깊이 성찰해보고 싶은 문제들을 정한 뒤에(좋아한다는 사실을 부끄러워했던 책들이 여전히 마음에 들까? 최근에 다시 읽은 어린이책들에 대해 꼼꼼하게 분석하면 어떤 결과가 나올까?) 그 문제들을 탐색할 책들을 찾았다. 그 과정은 매우 즐거웠지만, 이런 과제의 수행이 순전히 오락적인 다시 읽기일 수는 없었다. 그 과정에서 나는 자신에게 던지는 수많은 질문과 일부 잠정적인 대답들, 몇 가지의 확고한 결론을 얻었다. 무엇보다, 다시 읽기의 즐거움은 근본적으로 안정과 변화의 역설적 결합에서 비롯된다는 점을 거듭 확인할 수 있었다.

이 책의 나머지에서는 다시 읽기가 주는 즐거움의 원천과 이점에 관해 지금까지 했던 주장들을 좀 더 충실히 탐색할 것이다. 매우 친숙한 책부터 잘 알려지지 않은 작품까지, 읽기 쉬운 책에서 읽기 만만치 않은 것까지 다양한 책들과의 반복적인 만남을 고찰함으로써, 직업적 이유와 즐거움을 위해 평생 책들을 다시 읽으면서 내가 무엇을 배우고 느꼈으며 어떻게 성장했는지 보여주려 한다.

읽을 책의 선정은 거의 전적으로 자의적이었다. 이는 의도적인 결과다. 단일한 종류의 책들로 쏠리는 것을 피하고, 수년간 읽은 소설들 중 최대한 다양하게 고르고자 했다. 우선 내 서재에서 살아남은 책들로 시작했다. 몇 번 이사할 때마다 내 서재는 점점 작아졌으며, 소개된 책들은 그 과정에서 살아남은 작품들이다. 그다음에는 머릿속에 떠오르는 대로 선택했다. 언급된 특정 소설들이 널리 읽혀야 한다고 주장할 생각은 꿈에도 없다. 내가 보이고자 한 것은, 내 취향이 다종다양하다는 점과 다시 읽기는 유형이나 대상에 관계없이 일반적으로 유용하다는 점이다. 이 책의 독자가 『미들마치』를 처음으로 읽고 싶어진다면 그건 좋은 일이다. 『미들마치』에 대한 설명으로 인해 『플로스 강의 물방앗간』이나 트롤럽의 소설, 또는 필립 로스나 새러 패러츠키의 작품을 읽게 된다면 그것 역시 좋은 일이다.

널리 알려진 친숙한 작품들에 대해 논하려고 애썼지만, 종종 독자들에게 잘 알려지지 않은 영역으로 빠질 때도 있다. 내 전공 분야(그리고 내가 좋아하는 화제)는 18세기 영국 문학이며, 내가 열정을 바치는 분야에 대해 쓰는 것을 완전히 포기할 수는 없기 때문이다. 하지만 내가 읽은 책의 대부분은 19세기와 20세기 작품들이다. 나는 이 책들을 숙고하고 재숙고하면서 반복된 문학적 만남에서 얻은 참신한 통찰의 견본을 제공하려고 애썼다.

나의 관심은 그런 통찰 자체, 그리고 지식과 즐거움을 얻기 위한 활동으로서 다시 읽기에 대한 생각 둘 다를 포괄한다. 다시 읽기라는 행위와 그 결과에 대해 쓰는 것은 두 가지 보상, 즉 지식과 즐거움에 대해 간략히 요약하는 것이다. 하지만 사실, 다시 읽기에 대해 쓴다는 것은 요약 이상이기도 하다. 그것을 표현하는 과정을 통해 통찰과 즐거움이 배가되기 때문이다. 아마도 다시 읽기에 대한 글을 읽는 것 역시 비슷한 효과를 발휘하지 않을까 싶다.

뭔가를 옹호하려는 목적이 나를 이 책의 기획으로 이끌었음을 실토해야겠다. 언급했듯이, 다시 읽기에 관한 이 책은 본질적으로는 독서에 관한 논의인 동시에 사실은 독서를 위한 변론이다. 나는 독서라는 행위가 우리의 머릿속에 어떻게 비집고 들어가며, 그 안에서 무슨 일이 일어나는지를 보여주고자 한다. 내가 행한 실험은 가치의 문제를 숙고하고 있는데, 그 바탕에 깔린 가정은 고전시대의 그것에서 크게 벗어나지 않는다. 독서는 응당 교훈과 즐거움을 제공해야 하므로, 그 목적을 달성하는 정도에 따라 가치가 매겨진다는 가정이다. '교훈'이니 '기쁨'이니 '해석'이니 하는 용어들은 관념 속에서는 거의 의미가 없다. 독서는 셀 수 없이 많은 개별적 교류 속에 존재하며, 그 교훈과 기쁨은 무수한 형태로 나타나기 때문이다. 그 중 일부를 여기에 보임으로써 독자들 역시 자신의 경험에 대해 생각해보고 그 다양한 구체적 체험 속에서 독서의 즐거움을 찾기를 희망한다.

2
어린이책을 읽는 어른

많은 사람들이 어린이책 다시 읽기를 즐긴다. 왜 아니겠는가. 많은 경우 어린이책에는 어린 시절 기억이 생생하게 새겨져 있다. 그때의 책들을 다시 읽으며 우리는 현재와 비교해볼 때 확실히 스트레스는 덜하고 보호받는 느낌은 더 강했던 시절을 떠올리게 된다. 또한 오래전 과거의 자신을 회상하게 된다. 어린이책들은 또한 그 자체로 특별한 만족감을 안겨준다. 어린이책의 세계에서는 선과 악이 뚜렷이 나뉘며 착한 편이 항상 승리한다. 물론 무서운 위협들이 널려 있고 끔찍한 일이 일어나기도 하지만, 결국 모든 게 다 괜찮아진다. 이런 작품들을 읽거나 다시 읽으면 웃음과 모험, 짜릿한 흥분을 얻을 뿐 아니라, 모든 게 상대적으로 단순하고 명쾌해진다. 즐거움과 휴식을 찾아 다시 읽는 사람들에게 어린이책은 믿을 수 있는 오락거리를 제공한다.

다시 읽는 성인 독자들에게 어린이책은 안정과 변화라는 연속체에서 안정 쪽의 끝편에 위치한 듯 보인다. 어린이책은 내용이 비교적 단순하기 때문에 다시 읽을 때 완전히 새로운 면이 드러나길 기대하기는 어렵다. 게다가 안정에 대한 강한 기대는 기대했던 조건을 스스로 형성해내기도 한다. 사람은 종종 찾는 것을 발견하는 법이다. 지나가버린 경험을 되살려내길 원하기 때문에, 마음이 그럴 준비를 하는 것이다. 또한 우리는 성인 세상의 복잡함으로부터 도피하기 위해 이런 류의 다시 읽기를 갈망하기도 한다.

그럼에도 어린이책을 실제로 다시 읽어보면 다른 종류의 책들에 대한 다시 읽기와 마찬가지로 예상하거나 희망한 것과 전혀 달리 의외의 보상을 얻기도 하며, 때로는 뜻밖의 실망을 경험하기도 한다. 간단명료해서 위안을 얻으리라 기대했던 책이 어른을 만족시키기에는 너무 단순하다는 사실이 드러날 수도 있다. 그런 책은 목록에서 지워야 한다. 그 반대로는 단순명쾌한 즐거움을 줬던 걸로 기억하는 작품이 놀라울 만큼 복잡하다는 사실을 발견하기도 한다. 어린이책을 다시 읽을 때 독자는 거의 언제나 자기 자신에 대한 새로운 사실과 맞닥뜨릴 각오를 해야 한다. 다른 말로 하자면, 안정-변화의 잣대로 어린이책을 다른 장르의 책들보다 더 잘 예측할 수 있다는 것은 아니라는 뜻이다.

맨처음 아이들은 역사, 문화, 지역사회적 맥락과 분리된 공간에서 책을 읽는다. 내가 혼자서 『이상한 나라의 앨리스』를 읽은 건 여섯 살 무렵이었다. 내 인생에서 그다지 행복한 시기는 아니었다. 학기 중에 일리노이 주 시카고에서 플로리다로 이사한 뒤 나는 '멍청한 2학년'이라고 불리던 반에 배치됐다. 학습 부진아와 유급생들이 모인 그 반을 다들 그렇게 불렀다. 내가 그 반에 들어간 것은 일리노이 주에서 1학년 과정을 건너뛴 것을 지역 교육당국이 승인하지 않았기 때문이다. 멍청한 2학년 반은 지루했고 나는 거기 있다는 사실이 부끄러웠다. 나는 세 살이 되기 전부터 읽기 시작했기에 그 무렵 독서는 나의 생명줄이 되어주었다. 나는 매일 방과 후 집에서 불과 두 블록 떨어진 곳에 있던 공공도서관으로 갔다. 어린이책 코너의 책장을 체계적으로 훑어나가며 읽고 또 읽었다. 『낸시 드루』 『쌍둥이 밥시Bobbsey Twins』 『꼬마 대령Little Colonel』 『엘시 딘스모어Elsie Dinsmore』 『오즈의 마법사』 시리즈 같은 책들을 모조리 읽어치웠다(각각의 작품을 좋아하는 정도는 달랐지만).

그러고는 『이상한 나라의 앨리스』를 만나 완전히 매료됐다. 루이스 캐럴은, 당시의 나에게는 그저 표지에 적힌 이름이었을 뿐이다. 그가 누구인지 전혀 몰랐고 관심도 없었다. 만약 찰스 도지슨*에 대해 알았더라도, 누군가가 필명을 쓴다는 생각에는 흥미를 느꼈을지는 모르지만 옥스퍼드 대학 수학자라는 실제 존재는 내게 아무 의미도 없었을 것이다. 다른 사람들도 이 놀라운 이야기를 읽었다는 사실을 나는 상상조차 못했다. 앨리스가 과거의 시대에서 왔다는 생각은 해본 적이 없었다. 내가 태어나기 전에 과거의 시대들이 존재했다는 걸 아직 인식하지 못했던 게 틀림없다. 앨리스는 나에게 동시대 아이이자 친구였으며 분신이었다. 나의 분신이 아니라면 적어도 내가 되고자 열망했던 소녀의 분신이었다.

나는 『이상한 나라의 앨리스』가 오직 나만의 것이라고 느꼈다. 물리적인 책 자체를 말하는 게 아니다. 인정 많은 삼촌뻘 되는 분 덕분에 내 책을 따로 갖게 됐지만, 그것은 책의 내용에 대한 나의 소유와는 전혀 무관했다. 책 속 언어에 깊이 공감했기 때문에 그 글들은 나의 것이 되었다. 글이 의

* 루이스 캐럴의 본명.

미하는 바를 나는 정확히 이해했다. 문학적 암시는 죄다 놓쳤고 모르는 어휘들도 있었지만, 그 언어들이 기록한 경험, 홀로 남겨진 채 자신만의 발견을 해나가는 그 경험을 나는 이해했다. 내가 직접 겪은 경험은 아니지만, 열망하던 것이었다. 앨리스는 심술궂은 어른들과 비슷한 쐐기벌레나 공작부인, 그리폰 같은 위세꾼과 불평꾼들로부터 끊임없이 괴롭힘을 당한다. 하지만 그녀는 계속 당하고만 있지는 않았다. 앨리스는 비록 자주 울긴 했지만, 대담함과 슬기로움으로 내게 경외심을 불러일으켰다. 또한 그렇게 행동하겠다는 결의를 갖도록 했다. 인생에서 용감해질 기회를 거의 맞지 못한 탓에 오랜 세월 동안 결실을 맺지 못할 결의이기는 했지만. 하지만 예전에는 그저 희미한 가능성의 꿈일 뿐이던 것을 앨리스는 견고하게 만들어줬다. 나는 커서 앨리스가 되고 싶은 게 아니었다. 나는 '당장' 앨리스가 되고 싶었다.

부모님에게 이런 얘기를 전부 다 했던 것 같지는 않다. 일찍부터 어머니는 내가 독서를 너무 좋아한다고 걱정했다. (내 말은, 독서를 매우 좋아했을 뿐더러 양적으로 많이 하기도 했다는 이야기이다.) 덕분에 어머니는 사실 편했다. 텔레비전의 시대가 오기 한참 전이었던 무렵, 나에게 오락거리를 주고 당신을 성가시지 않게 할 비책을 항상 마련할 수 있었던 것이다. 어머니는 책에 대해 그다지 관심이 없었지만 내가 책벌레가 될 위험에 대한 걱정은 크셨다(그 시절 남부의 시골마을에서 책벌레는, 특히 소녀들에게는 바람직한 특징이 아니었다). 아버지는 내게 이야기를 들려주곤 했기 때문에 나의 이 대단한 발견에 관한 비밀을 털어놓기에 적격자일 수도 있었다. 그러나 지금 돌이켜보건대 그 일은 워낙 개인적인 것으로 느껴져서 누구와도 공유할 만한 것은 아니라고 생각했던 것 같다.

호기심을 갖는 건 괜찮다, 라고 『이상한 나라의 앨리스』는 일러줬다. 앨리스의 모험은 그녀가 '호기심에 불타' 흰 토끼를 따라가면서 시작된다. 조끼주머니를 가진 토끼도, 거기서 회중시계를 꺼내는 토끼도 앨리스는 본 적이 없었다. 우는 건 괜찮지만 늘상 훌쩍일 필요는 없다. 많은 건 크기에 달려 있다. 따라서 키가 크면 힘도 세질 것이다. 어떤 기회이든 최대한 잘 활용해야 한다. 그게 마법의 버섯이든, 황금 열쇠든, 체셔 고양이든. 뜻하지 않게 누군가를 모욕하면(앨리스는 작은 동물들 앞에서 쥐 잡는 고양이나 그녀의 개에 대해 정겹게 이야기하여 그 동물들에게 계속 모욕을 준다) 상대가 기분이 상할 수도 있지만, 그 기분이 영원히 지속되는 건 아니다. 만약 품에 안은 아기가 돼지로 변한대도 걱정하지 마라. 그저 돼지가 종종걸음치며 사라지게 내버려두면 된다. 책은 가르침으로 가득했고 짜증스러운 교훈 같은 건 없었다.

순수한 즐거움 역시 풍성했다. 그때 나는 말하는 동물 같은 게 실제로는 존재하지 않는다는 걸 이미 이해하고 있었다. 조끼를 입은 토끼나 고양이가 질색이라고 말하는 쥐를 만날 가능성도 없다는 걸 알았다. 『이상한 나라의 앨리스』는 '그저 이야기'일 뿐이었다. 하지만 아무리 읽어도 물리지 않을 정도로 즐거움으로 가득 찬 이야기였다. 모든 게 꿈으로 밝혀지고 나서 실망하긴 했지만, 불만이라면 그것 하나뿐이었다. 처음 책을 다 읽자마자 나는 바로 다시 읽기 시작했으며, 어린 시절 내내 그 책을 읽고 또 읽었다. 이야기는 언제나 재미있었고, 세상과 다른 책들에 대해 더 많이 알게 될수록 새로운 즐거움의 원천들을 발견할 수 있었다. 내게 『이상한 나라의 앨리스』는 부적 같은 존재가 되었다.

열한 살이 되던 해 나는 7학년이 됐다. 플로리다의 작은 마을에 있던 우리 학교는 총명한 아이들을 월반시켰다(1학년 과정은 건너뛸 수 없었지만). 나는 내 나이보다 높은 학년에서 공부하고 있었다. 스페인어를 공부하기 시작하면서 나는 같은 사물을 다른 언어로 다르게 말할 수 있으며 다른 사람들이 그 말을 이해한다는 사실에 매혹됐다. 나는 영어로 된 시와 산문 구절들을 조금씩 스페인어로 번역하면서 즐거움을 찾았다. 막 배우기 시작한 내 스페인어 실력이 형편없었기 때문에 쉬운 일은 아니었다. 그 무렵 이미 어른 책을 많이 읽었지만 『이상한 나라의 앨리스』는 여전히 가장 좋아하는 책 중 하나였다.

그해 크리스마스 선물로 무엇을 사줄 생각인지 알아내려고 나는 어머니를 꽤나 성가시게 괴롭혔던 것 같다. 어쨌거나 어머니는 선물 하나만 미리 알려주겠다고 했다. 스페인어판 『이상한 나라의 앨리스』를 사주려고 한단다, 어머니는 말했다.

『이상한 나라의 앨리스』와 스페인어에 대한 두 가지 열정이 동시에 충족되리라는 생각에 나는 신이 났다. 어머니가 내게 책을 선물한 적은 한 번도 없었다. 책을 선물로 준다는 건 어머니가 나의 독서를 내가 짐작하는 만큼 그렇게 싫어하지는 않는다는 뜻일 터였다. 크리스마스 날 아침, 나는 기대에 부푼 채 선물을 하나하나 열어나갔다. 최고의 선물은 맨 마지막에 있을 것이라고 굳게 믿었다. 선물을 다 풀어보았는데도 스페인어판 『이상한 나라의 앨리스』는 없었다. 어머니에게 따져 물었다. 그만 귀찮게 하라고 꾸며낸 농담이었다고 어머니는 답했다. 그런 책이 있는지조차 어머니는 알지 못했다.

지금은 스페인어 판 『이상한 나라의 앨리스』라는 발상이 특이하게 느껴지지만 그 당시 나로서는 그보다 더 만족스러운 조합은 상상할 수 없었다.

그날의 실망감은 60여 년이 지난 지금도 생생하게 기억난다. 어머니가 아니었다면 그런 책이 내 머릿속에 떠올랐을 리 없지만, 일단 떠오르고 나자 그 책이 없다는 사실이 마치 박탈처럼 느껴졌다. 그 뒤에도 나는 가끔씩 『이상한 나라의 앨리스』를 영어로 읽었지만 무언가 실망스럽게 느껴졌다.

고등학교를 졸업하고 대학교에, 이어 대학원에 갔다. 그 몇 년 간 루이스 캐럴은 내 인생에서 잊혀졌다. 『이상한 나라의 앨리스』를 다시 읽은 건 1960년대에 웰슬리 대학에서 '독립적 여성'이라는 강좌를 가르칠 때였던 걸로 기억한다. 강의 계획표를 구상하다 어릴 때의 역할모델이 생각났다. 나는 『이상한 나라의 앨리스』를 도리스 레싱 같은 작가의 작품들과 함께 강의의 핵심 텍스트로 활용했다.

그때 캐럴의 책을 다시 읽으며 무엇을 발견했는지는 자세히 기억나지 않지만 학생들의 열정적인 반응은 지금도 또렷하게 생각난다. 최근 나는 그 책을 또 읽었다. 거의 잊고 있던 예전의 즐거움이 떠올랐다. 이를테면 눈물을 흘리며 자기 이야기를 늘어놓는 가짜 거북이나, 플라밍고를 나무망치로, 고슴도치를 공으로 쓰는 크로케 경기 장면은 코미디의 압권이다. 거기다 맛깔난 언어유희가 있다. 고전과목 선생인 늙은 게(문자 그대로)는 웃기와 슬퍼하기를 가르친다. 가짜 거북에 따르면 학생들은 또 고대와 현대의 미스터리를 배워야 하며, 느리게 말하기 선생으로부터는 느리게 말하는 법을 마스터해야 한다.* 어릴 적 나는, 발음은 비슷하지만 뜻은 전혀 다르다는 이유만으로 단어들이 농담이 될 수 있다는 발견에 매료됐던 게

* 웃기(laughing)와 라틴어(Latin), 슬퍼하기(grief)와 그리스어(Greek), 미스터리(mystery)와 역사(history), 느리게 말하기(drawling)와 미술(drawing)의 발음이 유사함을 이용한 언어유희.

틀림없다.

단어 유희 게임을 처음 발견했을 때의 흥분을 지금 똑같이 느낄 수는 없지만 어른인 내게는 아이들이 갖지 못한 게 있다. 역사, 문화, 지역사회에 대한 지식이다. 영국 빅토리아 시대 소녀들의 학교에 대해 읽어둔 덕에 느리게 말하기 선생이 손에 잡힐 듯 그려진다. 19세기 말의 어린이 독자가 캐럴의 책을 읽는 것이 어떤 느낌이었을지 상상해본다. 지금의 어린이들도 캐럴의 이야기를 내가 다시금 읽으며 얻는 기쁨을 공유하길 바란다. 과거와 현재의 문화에 대한 나의 사유는 가짜 거북과 그리폰이 엮어내는 코미디에 대한 직접적 반응과 뒤섞인다. 그 둘 간의 상호 반응은 캐럴이 창조한 이상한 나라에서는 모든 것, 언어, 행동, 분별력 자체까지 화젯거리가 될 수 있음을 시사한다.

이번에 읽은 『이상한 나라의 앨리스』는 또 다른 새로운 기쁨의 원천을 제공했다. 앨리스의 경험 중 많은 부분이 그녀의 마음속에서 벌어진다는 사실을 나는 처음으로 알아차렸다. 앨리스는 말을 많이 한다. 혼잣말도 많이 하는 덕분에 내면의 생각을 들을 수 있다. 그 생각들 대부분은 하찮다 하더라도(고양이가 박쥐를 잡아먹을까, 박쥐가 고양이를 잡아먹을까 하는 질문처럼), 세상에 대한 앨리스의 활기 넘치는 인식과 호기심, 자기가 알고 있는 어떤 지식이든 활용해보려는 열의를 보여준다. 위도와 경도라는 단어가 무엇을 뜻하는 단어인지도 모르면서, 앨리스는 토끼굴로 천천히 떨어질 때 위도와 경도가 몇 도가 되는 지점에 도착하게 될지 궁금해한다. 비록 뜻은 몰랐지만 앨리스는 위도와 경도라는 말이 "말하면 멋지고 대단해 보이는" 단어들이라고 생각했다. 그녀는 망원경처럼 몸이 구겨질 수 있는지 상상해보았다. 또 독약이 몸에 해롭다는 것을 알았기 때문에 병마다 독약 라벨이 붙어 있는지 살폈다. 무엇보다 중요한 건 앨리스가 나는 누구일까, 궁금해했다는 사실이다. 그녀는 자신이 달라졌다고 느꼈다. 몸은 계속 커졌다, 작아졌다를 반복했다. 그건 과거 무엇과도 완전히 다른 경험이었다. 어쩌면 앨리스는 그녀가 알고 있는 다른 누군가가 됐는지도 모른다. 에이다는 아니었다. 에이다는 고수머리인데 그녀는 아니었으니까. 어쩌면 끔찍한 무식쟁이 메이블이 된 것일 수도 있다. 앨리스는 결심했다. 만약 내가 메이블이 돼버린 거라면 토끼굴 바닥에 그냥 머물겠어. 메이블네 "비좁고 작은 집"보다는 토끼굴에 사는 게 훨씬 나을 것 같았다.

앨리스는 자주 자신의 정체성에 의문을 가졌다. 부분적으로는 이상한 나라의 이상한 친구들이 던진 질문 때문이었다. 앨리스는 형이상학자가 아니라 아이처럼 사고했기 때문에 정체성의 문제를 추상적 질문이 아니라 부딪히고 생각날 때 해결해야 하는 즉각적인 문제로 여긴다. 앨리스가 처한 특별한 처지를 고려했을 때 그런 접근도 가능했던 만큼, 앨리스는 시종일관 실용적인 태도를 견지한다. 그녀는 어려움이 생기면 이전 경험을 토대로 맞서나갔다. 소녀 앨리스는 여주인공으로서 존경스러울 뿐만 아니라, 삶을 대하는 그녀의 태도는 어른들에게도 귀감이 될 만했다.

앨리스의 정체성 문제는 순전히 그녀가 지금 처한 상황에서 기인한다. 시를 암송할 때 말을 제대로 통제할 수 없었음에도 불구하고, 또 그녀가 만나는 존재들이 다양한 방식과 방향으로 그녀를 압박했음에도 불구하고 앨리스가 얼마나 확고하게 자신의 정체성을 유지했는지는 앨리스의 땅속 세계에서의 여정에서 특히 주목할 대목이다. 하트 잭에 대한 우스꽝스러운 재판에서 앨리스가 "엉터리야"라고 외칠 때, 이어 입을 다물고 조용히 하라는 여왕의 명령에 "안 다물 거예요!"라고 소리칠 때, 앨리스는 자신이 나중에 "당신들은 카드장들에 불과해요"라는 대답으로 무시해버린 이상한 나라의 생명체들보다 자신이 몸집만 큰 게 아니라 더 총명하다고 확신했다. 그들보다 더 많이 알고 더 현명하다고 주장함으로써 자신이 가진 힘을 확신했다. 그런 확신 덕에 앨리스는 이상한 나라에서 빠져나올 수 있었다. 그 뒤 앨리스는 차를 마시러 가고, 언니는 앨리스에 대한 감상적인 생각에 빠진다.

자신에게 일어난 일들에 대한 앨리스의 성찰, 지속적이며 가끔은 입밖으로 소리 내어 이뤄진 그 심사숙고는 재판이 부당하고 등장인물들이 실체가 없다고 확신하는 판단으로 귀결된다. 이 같은 강한 주장은 필연적으로 자기 확신을 동반한다. 그녀가 정체성을 확고하게 주장하면서 꿈은 끝난 것이다.

다시 말해, 최근 『이상한 나라의 앨리스』를 다시 읽으며 가장 인상 깊었던 두 가지 측면은 데카르트의 명제 속에서 서로 긴밀하게 연결돼 있다. 앨리스는 생각한다, 고로 존재한다. 자신에게 벌어진 일을 성찰하는 과정에서 정체성에 대한 앨리스의 고민은 사라졌다. 오랜 시간 동안 앨리스는 판단을 유보했다. 가짜 거북과 그리폰이 하자는 대로 따랐다. 3월 토끼의 재판 절차가 현명한지에는 꺼림칙한 구석이 있었지만, 어쨌든 모든 재판 과정을 지켜보고 숙고한 뒤에 앨리스가 최종 판단을 내릴 때 그 판단은 확고했다. 그 결과 앨리스의 존재 역시 확고해졌다.

그간 나는 책 말미에 나오는 앨리스 언니의 사색에 대해서는 완전히 잊고 있었다. 진짜 멋진 꿈이었다고 앨리스가 생각하면서 맺을 수 있었던 결말을 두세 페이지 더 늘려 언니 이야기로 끝낸 게 불만이었기 때문일 것이다. 그러나 여기서 주목할 것은 내러티브의 기교 이상이다. 이름도 적시되지 않은 앨리스 언니의 생각과 느낌을 통해 작가는 이 이야기가 앨리스라는 꼬마의 경험담이 아니라는 암시를 하려는 듯 보인다. 언니는 성인 여성이 된 앨리스를 상상한다.

어른이 된 동생이 어떻게 어린 시절의 순진하고 따뜻한 마음을 계속 간직할 것인가 생각했다. 동생은 주변에 모여든 아이들에게 신비한 이야깃거리를 들려줌으로써 그들의 눈동자를 호기심과 기쁨에 반짝이게 하리라. 어쩌면 오래전 이상한 나라에 대한 꿈 이야기도 곁들일지 모른다. 동생은 스스로의 어린 시절과 행복했던 여름날을 기억하면서 아이들의 순진한 슬픔에 공감하고, 그들의 순진한 기쁨에서 환희를 찾아내리라.

『이상한 나라의 앨리스』의 마지막 단락이다.

"순진하고 따뜻한 마음"을 강조하고, 가상의 아이들이 지닐 슬픔과 기쁨에 대해 이야기하며 '순진한simple'이라는 형용사를 두 번이나 반복한 것은, 성찰과 정체성의 혼란을 강조한 나의 묘사와는 대조적인 어린 소녀의 모습을 제시하려는 듯하다. 순진하고 따뜻한 마음이 활발한 지성과 양립할 수 없는 것은 아니다. 하지만 주인공을 이렇게 형상화하는 것은 앨리스의 지성과 실용적 처신, 열의보다는 어린아이의 순진무구함이라는 일반적 신화를 강화한다. 앨리스에 대한 나의 해석은 그녀 언니가 그린 앨리스보다 훨씬 흥미롭다. 나의 앨리스에는(그게 캐럴이 그리고자 했던 앨리스라고 나는 믿는다) 저항이 잠재돼 있다. 이상한 나라의 피조물들이 빅토리아 시대 어른들에 대한 패러디라면, 앨리스가 그들에 대해 던지는 질문들은 기존 질서를 향한 도전의 가능성을 암시한다. 말미에 나오는 언니의 생각은 독자가 슬쩍 엿본 것보다 훨씬 덜 위협적인 작은 소녀의 모습을 보여준다('작은' 소녀라는 데 강조점이 있다. 무구한 아이가 대체 무슨 해를 끼치겠는가). 순진하고 따뜻한 마음을 강조하면 할수록, 법정을 뒤엎었던 앨리스의 기개는 잊힐 터였다.

아동문학을 다루면서 실용주의와 정체성, 데카르트의 명제를 언급하는 것은 그다지 적절해 보이지 않는다. 분명히 실제 아이들이 『이상한 나라의 앨리스』를 읽으며 보이는 반응과도 거의 관계가 없다. 돌이켜보자면, 나 자신의 일반적인 반응 양식과도 무관하다.

내가 틀린 걸까? 어쩌면 그럴 수도 있다. 어릴 적 내가 앨리스를 문제에 맞서 해결하는 사람으로 읽었다는 건 실용주의, 그리고 아마도 정체성과도 깊숙이 연관돼 있으리라. 나는 어린 시절 독서에 대해 다른 사람들과 토론하면서, 왜 나는 다른 사람들과 달리 앨리스의 기괴한 변신 과정을 한 번도 무섭다고 느껴본 적이 없는지 궁금했다. 이를테면 집 전체를 가득 채울 만큼 앨리스의 몸이 부풀어 오른다든지 하는 장면 말이다. 내가 '무서운' 책을 읽을 때 겁에 질리지 않았던 것은 결코 아니다. 다만 『앨리스』는 그런 무서운 책이 아니었을 뿐이다. 지금 생각해보면 나의 둔감함의 원인은 앨리스에게 실제로 일어나는 일보다 그에 대한 앨리스의 반응에 더 관심이 쏠렸기 때문인 듯하다. 사고와 존재 간의 방정식은 생각이 많은 꼬마에게 은밀한 영향을 끼친 게 틀림없다. 물론 어린이라면 이런 현학적 어휘를 쓰지는 않았겠지만, 어쩌면 나는 내가 지금 깨닫고 있는 것을 진작부터 알고 있었는지도 모르겠다.

내가 알고 있었는지, 몰랐는지는 중요하지 않다. 표면상 어린이 독자를 겨냥했다고 주장하는 책에서 진지한 의미를 찾아낼 수 있다는 것은, 왜 그 책이 아이와 성인 독자 모두를 오랫동안 매료시켜왔는지를 설명해준다. 영국에서 가장 많이 다시 읽는 책 20편 중 4편이 통상 어린이용 이야기로 분류되는 작품이라는 사실을 떠올려보자. 독자들은 위안과 편안함, 위로를 찾기 위해 어린이책을 다시 읽는다고 답할 것이며 우리는 실제로 그런 것을 찾는다. 『블랙 뷰티』나 해리 포터 시리즈와 마찬가지로 『이상한 나라의 앨리스』는 쉽게 읽히며 너무 깊이 생각하고 싶지 않을 때 그 책을 찾는 요구를 잘 충족시켜준다. 하지만 그 책이 더욱 심오한 만족감을 제공하지 못했다면 내가 『이상한 나라의 앨리스』를 그렇게 자주 읽었을 것 같지는 않다. 즐거움을 경험하기 위해 그걸 반드시 언어로 정교하게 표현할 필요는 없지만, 단순한 텍스트의 표면 아래 숨겨진 의미가 언어라는 옷을 입으면, 과거에 모호했던 것들을 독자는 더 선명하게 인식하게 된다.

그런 표현 과정을 통해 숨겨질 뻔했던 연관관계가 드러나기도 한다. 앨리스를 데카르트 명제의 여주인공으로 바라보면, 우리가 그동안 잡다하게 읽은 작품들에서 앨리스와 의외의 유사점을 지닌 등장인물들을 발견할 수 있다. 정체성 혼란을 겪고 있다는 걸 떠올리면, 갑자기 앨리스는 코믹하게도 수많은 현대소설 및 포스트모던 소설의 인물들과 닮아 보인다. 다시 말해 실용주의와 정체성 같은 문제들을 어린이책과 연관 지어 논할 때 독자의 의식은 고양되고, 그 고양된 의식은 독서를 통해 즐거움이 유입되는 통로를 넓혀줄 것이다. 생각할수록 앨리스는 흥미로운 인물이며, 생각을 자극하는 것이야말로 책이 가진 최고의 미덕 중 하나이다.

독서가 갖는 최고의 미덕에는 즉각적인 즐거움을 줄 수 있는 능력도 포함된다. 그것을 위해 『이상한 나라의 앨리스』를 처음 찾거나 재차 찾는 독자라면 그 책에서 커다란 즐거움을 발견할 수 있다. 처음 읽을 때 뜻이 모호했던 텍스트를 더 잘 이해하기 위해, 혹은 오래전에 읽은 작품에 새롭게 접근하기 위해 이따금씩 책을 다시 읽는 사람들이 있긴 하지만, 습관적으로 책을 반복해서 읽는 사람들은 대개 다시 읽기를 탐닉이자 순수한 오락으로 여긴다. 때때로 우리는 의식이 고양되는 대신 침잠하기를 열망한다. 심리상태에 따라 같은 책이 만족감을 안겨주기도 한다는 발견은 다시 읽기의 기쁨이다. 그러나 독자가 순수한 휴식을 추구할 때조차 표면 아래 잠복한 의미들은 여전히 작동한다고 나는 믿는다. 독자가 복잡한 생각을 원치 않더라도, 그 작동으로 인해 즐거움은 커지고, 텍스트는 풍부해진다.

책을 처음 접할 때는, 결말이 어떨지 미리 알고 있을 때 생기는 느긋한 즐거움을 느끼기가 쉽지 않다. 또한 처음 읽을 때는 감식안이 예리하게 벼려지지 않는다. 그런 안목은 책 내용의 상당 부분이 익숙해졌을 때에야 생기며, 성인 책뿐 아니라 어린이책을 읽을 때도 마찬가지이다.

하지만 어린 시절 재미있게 읽은 책 가운데는 가끔 성인 독자의 분석에 보상을 제공하지 않는 작품도 있다. 소녀 시절 내가 주로 책을 구한 건, 공공도서관을 제외하면 앞서 말했던 삼촌뻘 되는 인심 좋은 부자 아저씨로부터였다. 삼촌의 취향은 고집스럽게 빅토리아 시대에 뿌리를 박고 있었다. (삼촌이 감정을 잔뜩 넣어 러디어드 키플링의 시 「만약에If」를 일종의 예의범절 교본이라고 읽어줬던 게 기억난다.) 삼촌은 고가의 책들을 여러 권 줬다. 비록 너덜너덜해지긴 했지만 대부분 아직도 소장하고 있다. 그가 준 책 중 하나는 『이상한 나라의 앨리스』의 모작으로 분류되는 책이다. 제목은 『데이비와 고블린Davy and the Goblin』인데 부제인 '혹은 『이상한 나라의 앨리스』 다음에 읽는 책'에는 원작을 향한 충성심이 드러난다. 인터넷에서 저자 찰스 에드워드 캐릴에 대해 검색해보니 뉴욕 증권거래소에서 34년간 근무한 미국인 백만장자였다. 물론 어릴 적 내가 이런 사실을 알았을 리도 없지만, 저자에 관한 정보는 『데이비와 고블린』과 아무런 관련도 없다. 그러나 『이상한 나라의 앨리스』와의 연관성은 엄청나게 많다. 『이상한 나라의 앨리스』가 그랬듯, 『데이비와 고블린』에는 특이한 생명체들이 부지기수인 데다, 변신은 끝도 없고, 난센스 시도 무수히 많이 등장한다. 『데이비와 고블린』의 남자 주인공도 앨리스처럼 당황한 상태로 헤맨다. 앨리스와 마찬가지로 『데이비와 고블린』 속의 멋진 여행 역시 꿈으로 밝혀진다.

꼬마 독자로서 나는 『데이비와 고블린』을 사랑했고 적어도 일부는 읽고 또 읽었지만, 어른 독자에게 그 책은 지루했다. 원인은 캐릴의 헌정작이 모델이 된 루이스 캐럴의 작품과 몇 가지 면에서 달랐기 때문이라고 추측한다. 난센스 시의 작가로서 캐릴은 뛰어났다. 어릴 적 나는 「대양 여행을 위한 주력함정Capital Ship for an Ocean Trip」이라는 시에서 몇 행을 인용하길 즐겼다. 신나는 운율로 기억하기가 쉬운 데다 일련의 우스꽝스런 사건들이 등장한다. 짜증 난 거인이 읊은 시도 있다. 이 거인은 낮잠 자는 자신을 무례하게도 깨운 소인들에 화가 잔뜩 났다. 거인은 소인들을 시로 꾸짖었는데, 이 시는 때때로 내게도 유용했다.

내가 졸고 있었다고 말하지 말라
내 낮잠은 일종의,
마음의 평화에 대한
극적인 예시일 뿐이니

이런 장면들이 『이상한 나라의 앨리스』에게 빚진 것이라고는 눈앞의 상황에 대한 인물의 반응을 시로 표현한다는 발상 외에는 아무것도 없다. 묘사는 그 자체로 유쾌하지만.

어쨌거나 큰 틀에서 봤을 때 지금은 『데이비와 고블린』이 충분해 보이지는 않는다. 앨리스와 달리 주인공 데이비는 모험이나 만남의 의미에 대해 깊이 생각하지 않는다. 일화들은 자의적인 변신으로 연결된다. 인물들이 다시 등장하기도 하지만, 남자주인공이 어려움을 겪는 일은 거의 없거나 있어도 아주 잠깐뿐이다. 어떤 상황도 해결되지 않는다. 어느 면에서도 주인공 데이비는 발전한 게 없다. 이야기 끝 무렵에 고블린이 존재할 가능성을 믿기 시작한 듯 보인다는 것 한 가지를 뺀다면 말이다. (화자는 데이비가 애초에 철저한 회의주의자였다고 설명하는데, 그런 증거는 보이지 않는다.) 난관에 부딪혀 독자적으로 행동하거나 사고한 적도 없다. 그 책은 데카르트의 명제니, 정체성 혼란이니 하는 문제들에 대해 성찰해볼 만한 어떤 자극도 제공하지 않는다.

아이들에게는 흥겨운 운율과 아귀 안 맞는 코믹 모험담만으로 즐거움을 제공하기에 충분하겠지만, 어른이 만족할 거라는 보장은 없다. 정체성에 대한 탐구가 있어야 한다는 게 아니다. 최소한의 성격 묘사는 있어야 한다는 얘기다. 논리도, 분명한 의미도 없이 어처구니없는 에피소드가 끝없이 이어진다면 재미는 반감된다. 『데이비와 고블린』은 마지막으로 다시 읽은 뒤 평가가 더 나빠졌다. 예전에 느꼈던 기쁨의 일부를 잃어버리는 건 슬픈 일이었다.

어쩌면 자의식적이고 비평적 판단을 의도한 상태의 다시 읽기가 독서의 희열을 앗아간 것인지도 모르겠다. 앞서 나는 분석적인 마음 자세가 독서를 망치기는커녕 즐거움을 더 커지게 만든다고 주장했다. 여전히 나는 그게 보편적 진실이라고 굳게 믿는다. 다만 어린이책은 특별한 예외가 될 수 있다. 어린이책을 다시 읽을 때는 의식적, 무의식적으로 퇴행이 일어나기 때문이다. 먼 과거 어린 시절의 책을 어른이 되어 다시 읽을 때 향수는 강력한 영향을 끼치고, 기쁨의 풍성한 원천이 된다. 향수 덕분에 성인 독자는 오래전 사라져버린 그때 그 마음과 그 기분을 다시 포착한다. 『데이비와 고블린』을 『이상한 나라의 앨리스』와의 연관성 속에서 다시 읽을 때는 목적의식이 향수와 퇴행을 압도하고, 따라서 즐거움은 반감된다. 좀 더 무작위적으로 책을 읽는다면, 언젠가 어린 시절 책읽기의 순수한 재미를 다시 느낄 수 있을지도 모르겠다.

목적의식을 가진 독서였는데도 불구하고 어린 시절 책을 다시 읽으며 단순함을 넘어 재미와 향수를 동시에 경험한 사례가 있긴 하다. 어릴 적 좋아했던 이야기 중 하나인 『꽃을 좋아하는 소 페르디난드The Story of Ferdinand』는 소설 분량은 안 되지만 미니 소설이라고 불러도 좋을 책이며 내 생각에는 대단한 명작이다. 작가 먼로 리프는 아버지 친구여서 우리 가족은 1936년 출간되자마자 책을 받아봤던 것 같다. 그때 이미 나는 『이상한 나라의 앨리스』를 읽을 만큼 자랐기 때문에 『꽃을 좋아하는 소 페르디난드』는 훨씬 어린 아이들을 위한 책처럼 보였다. 글자라고는 고작 몇백 단어에 불과했고, 옆에는 로버트 로슨의 크고 매력적인 펜화가 곁들여져 있었다. 플롯은 간단했다. 페르디난드라는 이름의 스페인 황소는 친구 황소들에게도, 그들의 싸움에도 관심이 전혀 없었다. 그는 코르크나무 아래 앉아 꽃향기 맡는 걸 훨씬 더 좋아했다. 어느 날 마드리드 투우시합에 참가할 힘세고 난폭한 황소를 찾아 투우사들이 나타났다. 그들 앞에서 우연히 벌을 깔고 앉은 페르디난드는 벌에 쏘여 콧김을 내뿜으며 펄쩍 뛰었다. 투우사들은 페르디난드가 최고의 황소라고 생각했다. 투우 경기 날. 관중석에는 머리에 꽃을 꽂은 숙녀들이 여기저기 앉아있었다. 경기장에 입장한 페르디난드는 꽃향기를 맡기 시작했다. 아무리 화를 돋워도 페르디난드는 싸우려 하지 않았다. 결국 그는 고향 벌판으로 돌려보내졌다. 그곳에서 페르디난드는 행복하게 살았다.

어머니와 아버지는 나만큼이나 그 이야기를 좋아했던 것 같다. 1936년에 부모님은 이 우화에서 심오한 의미를 읽어냈던 모양이다. 나는 아니었다. (나중에 알고 보니 먼로 리프의 책은 '공산주의자'의 작품이자 반전 풍자문학이라고 공격당했다. 작가는 좋은 이야기를 쓰고 싶다는 것 말고는 어떤 의도도 없었다고 밝혔다.) 『꽃을 사랑한 소 페르디난드』는 지금 다시 읽어도 (다 읽는 데 5분쯤 걸린다) 여전히 재미있다. 이 책을 정치적 우화로 해석하는 것도 가능하다는 걸 깨닫긴 했지만, 나는 이야기를 있는 그대로 받아들이는 쪽을 택한다. 내게는 정치적 해석보다 이야기의 흠결 없는 명쾌함과 간결한 구조가 더 흥미롭다.

앨리스처럼, 아니 앨리스보다 더 분명하게 페르디난드는 늘 자기 자신을 고수한다. 기성의 방식에 반기를 들기보다는 그저 전통적인 기대에 무관심한 것이다. 페르디난드의 엄마는 그런 그를 전폭적으로 지지해준다. 페르디난드는 별다른 노력 없이도 행복해 보였다. 책의 삽화는 정말 근사하다. 또 성인 독자에게 요구하는 건 거의 없는 반면, 만족감은 대단히 컸다. 책이 주는 만족감의 원천은 모든 것이 잘될 거라는 극단적인 안도감이다. 투우는 벌에 쏘이는 것보다 더 나쁜 일일 리가 없다. 또 싸우고 싶지 않은 사람은 싸울 필요가 없다. 그래서 삶이 우리 생각보다는 덜 힘겨울 거라는 희망이 책을 읽은 모든 이의 마음을 스친다. 『꽃을 좋아하는 소 페르디난드』는 그런 기대를 충족시킨다. 더불어 삶이 힘들다는 사실조차 모르던 시절로 돌아가게 해준다.

나는 이번에 다시 읽으면서 어릴 때는 몰랐던 시선으로 그 책을 바라보게 됐다. 지금은 왜 재미있는 걸까, 궁금해하지 않는다. 나는 내 마음을 움직인 이 책이 가진 매력의 근원을 언어로 표현할 수 있게 됐다. 아주 오래전 내가 사랑했던 이야기는 그때 그대로인데, 의미는 더 풍성해진 것이다.

바꿔 말하자면, 어린이책도 어른 책이 그렇듯 다양한 기쁨을 선사한다는 얘기다. 그 기쁨은 독자의 마음가짐에 따라 달라진다. 거꾸로 독서의 즐거움이 독자의 마음가짐과 기분상태를 생기 넘치게 변화시키기도 한다. 성인 독자의 새로운 관심에 보답하는 아동 문학의 유형을 적어가자면 끝이 없다. 여기서는 두 부류의 어린이책을 추가로 살펴보려 한다. 순수 모험극과 시리즈로 구성된 연작이다. 계속해서 후속작을 예고하는 연작은 아주 특별한 매력을 지니고 있으며, 자극과 흥분으로 유혹하는 모험극도 마찬가지다.

아홉 살 생일에 나는 로버트 루이스 스티븐슨의 『납치』를 선물(책에 그렇게 쓰여 있었다)로 받았다. 같은 작가가 쓴 『보물섬』보다는 덜 알려져 있지만, 어린이 독자의 관점에서 보자면(그리고 어른에게도 마찬가지인 걸로 드러났는데) 최소한 비슷한 정도로 흥미진진한 소설이다. 내 유년기를 통과해 살아남은 책들 가운데 가장 너덜너덜해질 만큼 나는 『납치』를 읽고 또 읽었다. 대학에 입학한 뒤로는 다시 읽은 적이 없는 것 같긴 하지만, 지금에 와서야 깨닫게 된 건데 『납치』는 '남자아이를 위한 책'이었다. 그러나

아홉 살 내게는 그 사실이 별다른 의미를 갖지는 못했다. 앨리스가 나처럼 (혹은 내가 생각하는 이상적인 소녀처럼) 여자라는 사실이 특별히 기분 좋긴 했지만 주인공이 남자아이라고 해도 감정이입에는 어려움이 전혀 없었다.

『납치』의 주인공 데이비드 밸푸어는 동일시하기가 특히 쉬웠다. 그는 내가 감탄하고 동경해 마지않는 자질들을 두루 갖췄다. 가족에 대해 아무것도 모르고 미래는 불확실한 천애고아였던 그는 열일곱 살 때 미지의 세계로 훌쩍 떠났다. 그 역시 앨리스처럼 우연한 만남들의 도움으로 자아를 찾고자 했다. 소설 말미에 그는 자신이 명문가 출신이라는 사실을 알게 되고, 유산을 상속받고, 몰라보게 어른이 된다. 시작부터 결말까지 그는 예상치 못했던 위험천만한 모험에 잇달아 휘말리면서 끊임없이 죽음의 위협에 시달렸다.

책 제목 『납치』는 주인공이 희생자가 됨을 암시하지만, 사실 이는 줄지어 일어나는 사건의 시작일 뿐이다. 주인공 데이비드 밸푸어는 납치 사건을 겪으면서 역경 속에서 자신감을 갖고 성숙해진다. 데이비드를 납치하려고 한 건 조카 데이비드가 물려받을 재산을 부당하게 소유하고 있던 탐욕스러운 삼촌이었다. 그는 조카를 배로 꼬드겨 정신을 잃을 때까지 두들겨 팬 뒤 미국 노스캐롤라이나 주에 노예로 팔아치울 계획이었다. 때는 1751년. 대영제국은 그때까지 왕위 계승을 둘러싼 위협으로 불안정한 상태였다. 잘생긴 왕자라고도 불렸던, 폐위됐던 왕 제임스 2세의 후손인 찰스 에드워드 스튜어트는 스코틀랜드에 침략군을 이끌고 상륙했다. 많은 스코틀랜드인들이 그의 편에 가담해 런던을 향해 남쪽으로 진군했으나 컬로든 전투에서 대패해 반란군에 가담했던 무수한 스코틀랜드인 지주들이 죽임을 당했다. 이후 스코틀랜드의 상징인 타탄체크와 킬트를 입는 것이 금지되었다. 무기를 소유하는 것도 허락되지 않았다. 그럼에도 수많은 스코틀랜드인들은 '바다 건너 왕'을 버리지 않았다.

로버트 루이스 스티븐슨의 책에서 역사적 배경은 중요하다. 아홉 살 때 나는 이런 역사적 사실들에 대해 까맣게 몰랐다. 또 나는 사투리가 나오는 이야기를 끔찍이 싫어했다. 우리 때는 학교에서 리머스 아저씨 우화*를 읽게 했는데 남부 사투리 때문에 지독하게 짜증이 났다. 스티븐슨의 인물들은 다수가 스코틀랜드 방언을 쓴다. 하지만 이 모든 난관, 역사에 대한 무지와 언어적 편견에도 불구하고 나는 『납치』에 푹 빠졌다.

『납치』를 소설로 분류한 이유는 작가인 스티븐슨이 이 작품을 장편소설로 썼기 때문이다. 저자는 아동 독자를 염두에 두지 않았다. 하지만 1913년으로 저작권 표시가 된, 내가 보유한 책은 어린이 독자들을 겨냥해 제작된 게 분명했다. 활자는 크게 키우고, 당대의 인기 삽화가였던 N. C. 와이어스의 전면 삽화도 풍부하게 넣었다. 그리하여 1886년의 첫 발간 후 50년이 지나기 전에 아동 독자들은 『납치』를 발견할 수 있었다. 현재 인터넷 서점 아마존은 이 작품을 6학년 이상 독자가 읽기에 적당하다고 광고한다. 물론 어른용 책에는 아이들을 끌어당기는 특별한 매력이 있긴 하다. 나의 경우에는 작품 속 사건의 역사적 맥락을 이해하지 못한다는 사실을 즐겼던 것 같다. 무슨 일이 벌어지고 있는지를 아주 막연하게라도 알면, 모든 걸 이해한 듯 착각에 빠질 수 있기 때문이다.

납치된 주인공 데이비드 밸푸어는 배에서 일하던 심부름꾼 소년이 살해

---

* 미국 작가 조엘 해리스가 쓴 우화로, 조지아 주 흑인 민담을 리머스 아저씨가 들려주는 형식이다.

당하자 그를 대신해 사환이 된다. 어느 날 안개에 갇힌 배가 작은 보트와 충돌해 보트 탑승객 모두가 죽고 한 명만 생존한다. 선장과 선원들은 부유해 보이는 그를 살해하기 위해 음모를 꾸민다. 이 사실을 알게 된 데이비드는 앨런 브렉이라는 이름의 이 생존자와 동맹을 맺고 그를 도와 15명의 적을 물리친다. 소설의 나머지는 예측 불가능한 데다 험난하고 위험천만하며 기나긴 여정으로 채워진다. 먼저, 배가 하일랜즈 해안에 난파하면서 일행과 떨어진 데이비드는 고생 끝에 동지 앨런 브렉을 찾아낸다. 두 사람은 그들이 저지르지도 않은 살인사건으로 추격을 당하고 이를 피해 도망다닌 끝에 로랜즈*에 도달한다. 그곳에서 데이비드는 재산과 안전을 되찾는다. 앨런 브렉도 보트의 원래 목적지였던 프랑스로 돌아간다.

소설은 남자들의 우정에 몰두하고 있었다. 소설의 한 장면. 남편이 계획을 세우는 동안 아내는 난롯가에 앉아 흐느낀다. 또 다른 장면. 두 남자 주인공들이 로랜즈로 탈출할 수 있도록 선술집 하녀는 보트를 빌려주고 직접 노를 젓는다. 이 소설에서 대사가 있는 여성이 등장하는 건 이 두 사람이 전부인데, 그나마 역할도 미미하다. 첫 전투를 함께 치르며 시작된 데이비드와 앨런의 관계는 서서히 더 복잡하고 끈끈해져갔다. 초반부 데이비드는 어떤 의미로는 자신보다 연장자였던 앨런(그의 나이는 특정되지 않는다)의 목숨을 구해준다. 앨런은 혼자 힘으로는 결코 선원들을 물리칠 수 없었을 것이다. 하지만 시간이 가면서 앨런은 가이드이자 보호자 역할을 하게 된다. 데이비드는 앨런에게 약속의 증거로 은색 단추를 받는다. 배가

* 하일랜즈는 스코틀랜드 북부를 차지하는 산지이며, 로랜즈는 하일랜즈를 제외한 스코틀랜드 남부 지역이다.

난파해 홀로 떨어졌던 데이비드는 마침내 인가를 발견한다. 그곳에서 앨런이 "은색 단추를 가진 사내아이"가 오면 자신에게 안내해달라고 지시했다는 걸 알게 된다. 포기를 모르는 하일랜즈 토박이였던 앨런은 위험한 땅을 통과해 목적지에 도달하기 위해 달리고 기고 산을 올랐다. 그는 이 예상치 못했던 인내의 위업에 데이비드까지 끌어들인다. 앨런은 데이비드가 아플 때는 그를 돌보고, 교육이 필요할 때는 그를 가르친다.

과거에 데이비드를 주로 가르친 건 온화하고 신실한 마을 목사였다. 목사의 도덕적 교육을 바탕에 깔고 있는 데이비드는 복잡한 논쟁을 거쳐 비뚤어진 결론에 도달하는 앨런의 도덕관에 자주 혼란을 느낀다. 예를 들어 앨런은 두 사람이 함께 목격한 살인사건의 범인이 누구인지 알고 있다. 하지만 그는 입을 다문다. 그 침묵 때문에 자신과 자신이 친구로 여기는 소년의 목숨이 위험에 빠져도 비밀을 털어놓지 않는다. 게다가 의도적으로 병사들의 관심을 끌어 추격자들이 진짜 살인자 대신 자신과 소년을 뒤쫓도록 했다. 체포되면 죄 있는 자들이 무고한 사람보다 더 큰 위험에 처할 거라는 논리였다. 데이비드는 "앨런의 도덕관은 죄다 거꾸로"라고 평한다. "그래도 앨런은 그들을 위해 목숨을 내놓을 각오가 돼 있다. 그들 역시 마찬가지다." 결론적으로 데이비드는 그의 연장자 친구가 가진 원칙에 불만을 가진 것 이상으로 그를 존경했다.

그러나 데이비드의 도덕적 원칙이 앨런의 원칙과 부딪힐 때, 앨런이 무심코 다른 사람도 아닌 데이비드에게 해가 되는 행동을 했을 때 갈등이 뒤따른다. 하일랜즈의 한 헛간에 앓아누운 데이비드 옆에서 앨런은 헛간 주인과 카드를 쳤다. 데이비드는 도박이 원칙에 어긋나기 때문에 카드게임을 하지 않겠다고 거부한 적이 있다. 처음에 돈을 따던 앨런은 지기 시작했다. 이어 의식이 오락가락하는 데이비드에게 돈을 빌려달라 하더니, 얼마 남지 않은 소년의 돈을 날려버린다. 둘은 돈 없이 여행을 계속할 수 없었다. 주인은 땄던 돈을 돌려준다. 데이비드는 모멸감을 느낀다. 한 번은 화를 참았지만 계속되는 여행 중 결국 분노가 폭발했고 둘 사이는 벌어진다. 그 균열은 졸도 직전의 데이비드가 도움을 청하면서 아문다. 그 순간 앨런은 자신의 짝을 좋아한 건 그가 결코 화를 내지 않기 때문이었는데, 지금은 화를 냈기 때문에 그가 훨씬 좋아졌다고 말한다.

데이비드는 자신의 원칙이 정당하다고 인정받았으며 우정이 더 돈독해졌다고 느낀다. 이후 두 사람은(이들은 가장 심오한 의미에서 커플처럼 보인다) 외부의 적과 힘겹게 투쟁하면서도 다시는 불화를 겪지 않았다.

소녀 시절 내 마음을 사로잡은 것들은 지금도 여전히 매력적이다. 어릴 적에 누군가가 커서 뭐가 되고 싶으냐고 물으면, 진짜로는 군인이 되고 싶지만 여자는 군인이 될 수 없으니까 간호사가 되겠다고 답하던 때가 있었다. 내가 정말로 되고 싶었던 건 기사였다. 조 삼촌은 아서 왕 전설을 토대로 쓴 하워드 파일*의 이야기책들을 많이 줬다. 그런 이야기들에 완전히 매료된 나는 도서관에서 기사와 숙녀 이야기를 찾아 읽었다. 내가 푹 빠진 건 결투나 용이 아니라, 명예, 고결함, 충성, 용기 같은 이상의 화신이었다. 기사가 되고 싶었던 건 그들이, 적어도 어린이책 버전에서는 내가 선망하던 방식으로 훌륭했기 때문이었다. 그리고 내가 보기에, 현대의 기사는 군인이었다.

이야기가 곁길로 샌 듯이 들릴지도 모르겠지만 사실 그렇지는 않다. 아

---

* 1853~1911, 미국의 삽화가이자 작가.

서 왕 전설에서 나를 매혹시킨 것은 스티븐슨의 이야기 속에도 있었다. 이상주의적인 헌신에 근거한 인간관계. 데이비드는 이야기의 막바지에 이르러 앨런과 헤어지면 개인적 위험은 거의 사라지리라는 사실을 처음으로 깨닫게 된다. 그는 도망가고픈 유혹을 느끼지만, 신의 때문에 그럴 수는 없었다. 동반자 관계를 지속하는 것은 편의의 관점에서 보자면 무모한 일이었지만, 명예를 지키기 위해서는 그래야만 했다. 여기서 둘의 관계를 더 매력적으로 만드는 것은 우정이다. 아서 왕 전설 속 주인공들이 그렇듯, 이들도 서로에 대한 애정을 드러내놓고 말하는 경우는 드물다. 마침내 헤어지는 순간에도 둘은 거의 입을 열지 않는 대신 실무적인 약속만 한다. "단어들이 달아나버린 것 같았다. 나는 앨런에게 농담을 건네려 했지만 (…) 그리고 그도 마찬가지였지만 (…) 우리는 웃음보다 눈물에 더 가까이 있었다." 그러고 나서 "앨런은 '이제 안녕'이라고 말하며 왼손을 내민다. '안녕.' 내가 답했다. 나는 그가 내민 손을 살짝 잡았다가 놓았다. 그리고 언덕 아래로 내려갔다." 그들은 이렇게 이별했다. 데이비드는 울고 싶었지만 울지 않았다. 그는 "무언가 잘못됐다는 후회 비슷한, 싸늘한 내면의 고통"을 느꼈지만 그 감정이 무엇인지 따져보지 않는다. 데이비드는 자신에게 주어진 일을 하면서 제 갈 길을 갔다.

격한 감정을 지니고 있되 임무를 완성하기 위해 그 감정을 억누를 줄 아는 남자, 사리사욕 대신 충성심을 앞에 두는 남자, 앨런처럼 대의에 헌신하는 열정과 능력을 가진 남자. 어릴 적 나의 상상력을 자극한 것은 그런 인물이었다. (물론 그게 여자라면 더 좋았으리라. 하지만 내가 읽은 책 중에서 고귀한 여성의 모범사례는 거의 없었다.) 지금 『납치』를 다시 읽자니 스티븐슨의 창작 의도에서 명예와 충성, 헌신의 이상이 얼마나 핵심적이었는지를 깨닫게 된다. 빠르게 전개되는 플롯과 모험담은 이런 이상을 증명하려는 목적을 위한 수단일 뿐이다.

『납치』가 보여준 영웅주의에 여전히 마음이 끌리긴 하지만, 소설에는 지금의 나를 머뭇거리게 하는 측면이 있다. 격렬한 감정을 지니고 있으나 그것을 표현하지 못하는 남자들을 나는 이제 현실에서 경험해봤다. 그래서 소설 속 그런 유형의 남자들이 예전처럼 매력적으로 느껴지지는 않는다. 남편의 고난에 아무런 해결책도 제안하지 못하고 눈물만 훌쩍이는 여자나, 속임수에 넘어가 주인공 남자들을 도와주고는 영영 사라져버리는 소녀 같은 등장인물들의 존재도 짜증스럽다. 상투적인 인물들도 많았다. 그중 상당수가 지나치게 좋은 이름을 갖고 있다. '앨런'과 '데이비드'가 정직하고 남자다운 주인공의 이름이라면, 에버니저 스크루지를 염두에 둔 게 틀림없는 에버니저는 심술궂은 삼촌의 이름으로 제격이다.

구제불능인 악당 에버니저 삼촌은 만화 캐릭터를 떠올리게 한다. 난생처음 조카를 만나자마자 그는 몇 분 만에 조카를 죽음을 피할 길 없는 위험한 원정으로 내몬다. 시간 맞춰 벼락이라도 치지 않는 한, 죽음의 추락으로부터 소년을 구할 방법은 없다. 그가 어둠 속에서 올라야 하는 계단은 허공에서 끊어진다. 계속되는 음모를 지켜보면, 에버지너 삼촌이 자신의 손에 직접 피를 묻히는 걸 일관되게 걱정했다는 사실을 알 수 있기 때문에, 이런 책략은 이야기를 전개해가야 하는 작가에게는 유용했을지 모르나, 그럴듯한 인물상像을 그리는 데는 도움이 되지 않는다. 사실 이 책 속의 사건들을 지배하는 건 플롯의 의미에 대한 심도 깊은 상상보다는 이야기 전개상의 편의인 듯 보이기도 한다.

어렸을 때 나는 이런 결함들에 전혀 신경 쓰지 않았다. 놀랍게도 지금도 그다지 개의치 않는다. 앞서 내러티브의 심각한 결점과 여성 인물을 다루는 방식의 윤리적 약점에 대해서도 지적했지만, 이런 약점들에도 불구하고 앞으로 몰아쳐가는 내러티브는 설득력을 지닌다. 주인공의 남성적 매력을 통해 암시하는 작품의 윤리적 구조도 여전히 호소력을 지닌다. 반대 성性이라는 불편하고 복잡한 대상을 배제하는 대가로 획득한 단순명쾌함 덕분이다. 문득 나는 『납치』의 매력이 해리 포터와도 관련이 있다는 생각이 들었다. 해리 포터 시리즈의 초기작을 읽다보면 『톰 브라운의 학창시절』 같은 빅토리아 시대의 소년용 책들과 근본적인 유사점이 있다는 사실을 곧 깨닫게 된다. 마법을 가르치는 해리 포터의 학교는 수학 같은 걸 배우는 빅토리아 시대의 학교보다 훨씬 흥미진진하다. 하지만 둘 다 충성, 정직, 고결함, 용기를 칭찬할 만한 덕목으로 여긴다는 공통점이 있다. 영웅이 여전히 남성이긴 해도, 소녀들 역시 동일한 덕목을 지낸 인물을 표현하기 때문에 그런 덕목들이 더 이상 '남자다운 것'이라고만 여겨지는 않는다. 그러나 명쾌하고 단순한 것이 갖는 호소력은 여전히 강력하다.

『납치』 역시 마찬가지다. 아이들이 여전히 이 소설을 읽는지는 의문이다. 요즘 독자에게 이 책이 사용하는 어휘는 위압적일 가능성이 높다. 게다가 아이들이 과거의 역사적 사실들을 이해해야 한다거나, 하다못해 추측이라도 해봐야겠다고 생각할 것 같지도 않다. 혹 힘겹게나마 이야기를 끝까지 읽어낸다고 하더라도, 그런 독서를 통해 상상력이 발휘될 수 있을지 의심스럽다. 하지만 어찌됐든, 내게 『납치』를 다시 읽는 건 여전히 즐거운 일이었다.

그러나, 『납치』를 다시 읽으며 나는 어린 시절 나의 자아에 대해 몇 가지 의문을 가지게 되었다. 나는 내러티브의 중심에서 여성 인물들이 사라져버린 것을 대체 어떤 방식으로 이해했던 걸까? 현실 세계에서 소녀들에게 금지된 활동들이 있다는 것 정도는 분명히 인식하고 있었다. 당시 여자는 군인이 될 수 없었다. 물론 중세의 기사가 되는 것도 불가능했다. 그저 간호사 정도. 도대체 나는 주인공 데이비드 밸푸어와 어떤 점에서 동질감을 느꼈던 걸까? 어쩌면 그의 영웅적 행동에, 혹은 그의 충성심과 용기에 전율을 느꼈던 건지도 모른다. 하지만 남성과 동일시하는 환상은 공주가 된다는, 소녀들에게 더 익숙한 환상이 그렇듯 오직 책 속의 세계에만 존재하는 무언가였음이 틀림없다. 책을 읽는 동안 소녀들은 용기와 명예를 지키는 자신을 상상할 수 있지만, 현실 상황에서라면 아마도 어느 정도 공포를 느꼈을 게 분명하다. 이 시대의 소녀들에겐 충성심과 용기를 갖는다는 건 하일랜즈의 고지대를 기어오르는 것만큼이나 불가능한 일이었다.

나는 오로지 추측할 뿐이다. 남성적 경험을 담은 내러티브를 내가 어떻게 소화했는지는 정확히 기억나지 않는다. 하지만 오로지 추측일 뿐이라 해도, 어린 시절의 독서가 우리가 향수 어린 마음으로 회상하듯이 항상 단순명쾌한 즐거움만을 주었던 건 아니라는 사실을 알 수 있다. 향수는 행복하고 아련한 기억이 주는 만족을 위해 불쾌한 요소들을 걸러낸다. 어린 시절 독서의 기억은 대체로 어렴풋하다. 아마도 어릴 적 읽은 책을 정색하고 다시 읽는다는 건 그런 어렴풋함을 걷어내려는 노력일 것이다. 만약 가능하다면. 하지만 '걷어낸다'는 말은 핵심을 벗어난 말인지도 모른다. 그런 모호함을 지키는 것이야말로 다시 읽기의 진짜 이유일 수도 있다.

어린이책을 다시 읽을 때는 불가피하게 향수가 개입하게 된다. 앞서 얘기했듯이 다시 읽는 독자가 바로 그걸 열렬히 원한다는 이유만으로, 어린 시절의 책은 다시 읽을 때 대부분 예전과 동일한 느낌을 줄 가능성이 높다는 사실을 생각해보라. 그것이 향수의 힘이다. 그러나 내가 했던 다시 읽기를 면밀하게 들여다보자면, 정반대 사실도 주장해볼 수 있다. 현재 여섯 살짜리의 반응과 수십 년 후 그 여섯 살짜리의 반응은, 성장 수준과 인생 경험, 독서 목록을 고려해보면 분명하게 다를 수밖에 없다.

어린 시절 좋아했던 책을 다시 읽을 때의 경이로움은 표면적으로 모순되는 두 가지 상황이 동시에 존재할 수 있다는 데 있다. 예전에는 자주 읽었고 한동안 읽지 않던 『이상한 나라의 앨리스』를 다시 읽었다. 그리고 뭔가를 처음 읽었을 때 주로 느끼는 그런 종류의 신선함과 함께 어린 시절 독서의 기쁨을 다시 느꼈다. 게다가 이번에는 새로운 영감으로 덧씌워진, 아니 사실은 더 풍부해진 기쁨이었다. 지금 앨리스의 자기 성찰과 그것이 내러티브에 끼친 영향을 생각해보면, 『이상한 나라의 앨리스』가 내게 기쁨을 준 이유를 이해할 수 있다.

어렸을 적 나는 책을 삶의 대안적 비전으로 여기고 게걸스럽게 읽어댔다. 지금도 가끔은 책에 탐욕스럽게 몰두할 수 있지만, 또한 그것을 언어의 구조물이자 달라붙어 해결해야 할 특정 과제의 구조물로 인식할 수 있게 됐다. 『이상한 나라의 앨리스』를 읽으며 나는 순수한 기쁨을 느끼는 동시에, 앨리스가 자신의 정체성에 대해 품은 의문이 텍스트 안에서 어떻게 다뤄지는지를 따져본다. 『납치』를 읽을 때는 훌륭한 모험 이야기에 수반되는 흥분과 함께 18세기 역사에 대한 풍부한 지식을 동원한다. 책에 대한 감정적 반응에 깊이를 더하되 그것을 위협하지는 않는 종류의 지식이다. 향수의 대상인 기쁨과 새로 갖게 된 이해력이라는 힘. 이 두 가지를 함께 지니고 있다는 자각 덕분에 오래전 보물을 다시 읽는 것이 더 만족스러워진다.

『나니아 연대기』에 대해서는 별다른 향수가 없다. 어렸을 때 처음 읽은 게 아니기 때문이다. 내가 그 책을 읽기에 적당한 나이였을 때 『나니아 연대기』는 존재하지 않았다. 일곱 권짜리 『나니아 연대기』를 발견한 건 인디애나 대학에서 처음으로 강의를 맡게 됐을 때였다. 학과에서 나는 아동문학 강의를 배정받았다. 아동문학에 대해 내가 아는 모든 것은 아이였을 때 읽은 게 전부였다. 나는 당시 이십대 초반에 불과했지만, 어릴 때 『이상한 나라의 앨리스』를 읽은 이래 아동문학계에는 꽤 많은 일들이 일어났다. 나와 달리 그 분야의 전문가들이었던 예전 강사들이 만들어놓은 강의계획표를 참고로 최근 출간된 아동문학 작품들을 벼락치기로 읽었다. 『나니아 연대기』는 그렇게 읽은 작품 중 하나였다.

『나니아 연대기』는 나를 완전히 사로잡았다. 강의 준비라는 구체적 목적을 가진 독서였음에도, 나는 책벌레 꼬마처럼 탐욕스럽고 무비판적으로 이야기를 받아들였다. 성인이 되어 강렬한 이야기의 어린이책을 처음 읽으면, 성인으로서 독서를 하고 있음에도 불구하고 마치 다시 아이가 된 듯이 책에 빠져드는 놀랄 만한 경험을 하게 된다는 사실을 나는 알게 됐다. 나는 또다시 선의 지배가 확실한 상상의 세계를 만난다는 사실에 매료되었다. 겉모양은 모호할 수 있다. 사악한 마녀가 한순간 친절하고 아름다운 여인처럼 보일 수도 있다. 하지만 그 모호함은 오래가지 않는다. 상상의 나라 나니아는 아이들의 세계였다. 나니아에 접근이 허락됐던 많은 인간 아이들은 나이가 든 뒤에는 그곳으로 돌아갈 수 없다는 사실을 알게 된다. 또 나니아는 모험으로 가득 찬 세계다. 모험을 하기 위해서는 소년소녀를 가리지 않고 용기와 정직, 충성심, 명예를 갖춰야 한다. 그것은 어린 시절 나를 설레게 했던 덕목들이었다. 각각의 모험은 지나칠 정도로 오래 지속되지 않는다. 하나의 모험은 또 다른 모험으로 이어지며 다양하게 펼쳐진다. 이야기 속에는 유쾌하고, 종종 예상치 못했던 작은 일들이 가득하다. 성인 독자로서 지금의 나는 나니아 시리즈에 영향을 준 기독교적 우화를 이해한다. 하지만 내게 여전히 남아 있는 어린이 같은 자의식 덕에 나는 모험담을 그 자체로 소비할 수 있었다. 인간 아이들과 궁지에 빠진 나니아 동맹국들을 끊임없이 구원해준 거대하고 자애롭고 신성한 사자인 아슬란은 기독교적 의미를 굳이 참조하지 않더라도 상상의 힘을 발휘한다. 이야기 자체가 그렇듯이.

나의 나니아 시리즈 강의는 열정적이었다. 얼마 지나지 않아 우리 부부는 다섯 살 된 딸에게 이야기를 읽어줬다. 책에 자극 받은 아이는 대단한 신학적인 사색에 빠졌다. 나는 스트레스가 심할 때면 종종 시리즈 전체 혹은 일부를 다시 읽으며, 그때마다 언제나 편안한 퇴행의 상태에 이르곤 한다.

그럼에도 좀 더 비판적인 시선으로 『나니아 연대기』를 다시 읽고 난 뒤 이 책이 장기 시리즈의 가능성뿐 아니라 난점도 보여주는 좋은 예가 된다는 사실을 처음으로 깨닫게 되었다. 일곱 권 중 첫 번째 이야기인 『사자와 마녀와 옷장』은 의문의 여지없이 최고의 작품이다. 이야기에는 네 명의 초등학생, 그중 두 명이 소년이고 두 명이 소녀인 네 형제자매가 등장한다. 이들은 옷장을 통해 나니아라는 마법의 땅으로 들어간다. (후에 『마법사의 조카』를 통해 우리는 이 옷장이 나니아의 사과 씨에서 자란 나무로 만들어졌다는 사실을 알게 된다. 짐작컨대 옷장은 경계를 넘나드는 힘을 가졌을 것이다.) 그곳에서 그들 중 한 명인 에드먼드는 유혹에 빠지게 된다. 나머지 아이들은 친절한 동물들과 동맹을 맺고, 아슬란을 사랑하는 법을 배우고, 아슬란이 배신자 에드먼드를 위해 자신의 목숨을 희생하는 모습을 보게 된다. 아이들은 또 아슬란의 부활도 목격한다. 아슬란의 부활과 함께 얼어붙은 나니아도 부활한다. 후에 에드먼드는 회개하고 개심한다. 네 명의 아이들은 나니아의 왕과 왕비로, 그중 맏형인 피터는 제왕으로 추대된다.

아이들은 섬세하고 세밀한 인물 묘사를 통해 구분되지는 않는다. 에드먼드는 시작부터 뚱한 데다 시샘 많고 의지력이 약해 보였다. 하지만 쉽사리 배신에 빠져든 이후에 에드먼드는 행복하지 못했다. 그를 덫에 빠뜨린 마녀의 손아귀에서 그는 고통을 겪었고, 아슬란과의 한 차례 대화를 통해 자신의 행동을 후회했다. 이 두 가지는 에드먼드를 배신하지 않은 나머지 형제들과 다시 똑같아 보이게 만들기에 충분했다. 루이스의 세계에서 소녀들은 소년들보다 훨씬 가정적인 관심사를 보이고 있다. 소녀들 중 하나가 전투에 제대로 참가하도록 허락된 건 시리즈 마지막에 가서였다. (시리즈의 마지막 권에서 두 소녀 중 하나인 수전은 더 이상 나니아의 친구가 아닌 것으로 드러난다. 수전은 나니아보다 "나일론 스타킹과 립스틱, 초대장"에 더 관심을 보이게 된다.) 개별 시리즈가 각각 다른 인물을 등장시켰음에도 불구하고 소년들은 대충 비슷해 보였다. 그 점에서는 소녀들도 마찬가지였다. 이와 대조적으로, 말하는 동물들에게는 각자 강력한 개성이 부여됐다.

그러나 『사자와 마녀와 옷장』은 성격 묘사의 부적절함이나 성 정치학적으로 수상한 부분에 대해 고민할 심리적 공간을 거의 허락하지 않는다. 개별 에피소드들의 빠른 진행과 예측 불가능성은 독자에게 집중을 요구하고, 대신 즐거움을 제공한다. 루시가 옷장에서 눈 덮인 또 하나의 우주로 처음 발을 디디는 순간부터 네 명의 왕과 왕비들이(어린이가 아니라 진짜 왕과 왕비 혹은 아서 왕 시대의 기사들처럼 말하는) 그들을 다시 옷장으로 이끄는 모험을 좇는 마지막 장면까지, 새로운 인물들과 딜레마, 극적 사건들은 꼬리를 물고 이어지면서 도덕적 심리적 교훈을 남기고, 더불어 끊임없는 놀라움을 선사한다. 이 이야기를 처음 읽었을 때 나는 매료됐고 지금도 마찬가지이다. 사자를 예수형 인물, 즉 지혜와 구원의 힘이자 달콤한 숨결과 장난기 넘치는 꼬리를 가진 털북숭이 야수로 상상한 작가 루이스의 독창성. 어린이용 모험물에서 제 역할을 해온 비버와 파우누스*에 쏟아부은 관심. 주요 악역인 얼음여왕의 극적인 증오. 장면에 생명력을 불어넣은 디테일에 대한 눈부신 감각. 이런 요소들이 독자의 흥미를 끄는 데 실패할 리가 없다. 아슬란의 초자연적 역할은 맨 처음 그가 언급된 순간부터 명백하다. 비버 부부로부터 위대한 사자에 대해 들은 뒤 루시는 그가 "안전한지" 걱정한다. "물론 그는 안전하지 않지." 비버 씨는 답한다. "하지만 괜찮아. 말했잖아. 그는 왕이야." 그러므로 아슬란의 비유적인 십자가 처형과 부활은 전혀 놀라운 일이 아니었을 것이다. 그럼에도 경이로운 사건들이 어떻게 전개될지를 미리 예측하기는 쉽지 않았다.

처음 읽었을 때, 그리고 또 다시 읽을 때도 느꼈지만, 이 책은 오락 이상의 것을 성취했다. 아슬란과 얼음 여왕 사이의 갈등, 아이들을 통해 결말을 맺게 되는 갈등, 그리고 나니아의 모든 생명체들이 관련된 생생한 전투에 뭔가 중대한 것이 걸려 있다는 사실을 깨닫기 위해서 굳이 기독교적 우화를 이해하거나 인정할 필요는 없다. 수줍은 1인칭 개입에도 불구하고 화자는 스토리 전체를 지배하는 도덕적 엄숙함을 유지한다. 네 아이들이 다시 모험이 시작됐던 교수의 집으로 돌아왔을 때, 그게 무엇인지 텍스트에

* 고대 로마 신화 속 숲의 신. 인간의 얼굴에 염소 다리와 뿔이 있다.

서 구체적으로 적시하려 하지 않음에도 불구하고 독자는 그들에게 뭔가 중대한 일이 벌어졌음을 느낄 것이다.

그러나 동일한 어조와 엇비슷한 서술 장치는 시리즈가 이어질수록 효과가 떨어진다. 『사자와 마녀와 옷장』에서 위대한 사자는 깜짝 등장한 캐릭터였다. 독자는 그가 개입한 이유를 미리 알 수가 없었다. 하지만 이야기가 하나둘씩 이어질수록 아슬란의 역할은 예측 가능해진다. 독자는 아슬란이 아슬아슬한 순간에 착한 편을 구해주리라는 걸 알고 있다. 필요할 때 그가 나타나리라는 사실을 알고 있고, 그의 등장에 아이들이 어떻게 반응할지도 안다. 그 아이들이 늘 같은 아이들인 건 아니다. 최초 주인공 네 명은 『캐스피언 왕자』에 두 번째로 등장하지만, 『새벽 출정호의 항해』에서 나니아로 되돌아간 건 그중 두 명뿐이다. 새로 합류한 건 유스터스 스크럽이라는 이름의 골칫덩이 사촌이다. 유스터스는 나중에 잠깐 용으로 변했다가 되돌아온 뒤 다른 주인공과 똑같은 인물이 된다. 『은의자』에서는 질 폴이라는 새로운 소녀와 함께 주인공 역할을 맡는다. 둘은 말투나 인물 측면에서 오리지널 시리즈의 등장인물들과 전혀 구분이 되지 않는다. 『말과 소년』에서 나니아의 영웅으로 나오는 샤스타조차도 그렇다. 그는 다른 주인공들을 쏙 빼닮았다.

예상치 못한 디테일은 계속되는 이야기에 생동감을 불어넣는다. 나는 『마법사의 조카』에 나오는 창조 장면의 한 대목을 특히 좋아한다. 거기서는 쇠지렛대 하나가 역할을 맡고 있는데, 바닥에 던져진 이 쇠막대기는 꼭대기에 등이 매달린 가로등으로 자라난다. 처음 두 권의 시리즈에서 아이들에게 표지물의 역할을 했던 바로 그 가로등이다. 작가 루이스는 이야기의 처음으로 돌아가 구멍을 메운다. 그는 독자에게 나니아라는 세계의 창조를, 해와 달이 사라졌을 때 그 세계의 파괴를 보여줬다. 또 최초의 왕과 왕비가 어디에서 왔는지 설명했다. 그는 최초의 모험 이후 나니아에서 장기간(말하자면 나니아 시간으로 긴 시간. 영국 시간으로는 몇 년이다)에 걸쳐 일어난 사건들을 설명했다. 그는 나니아의 역사와 지리를 채워줄 일련의 사건들을 꾸며냈다. 예를 들어 『새벽 출정호의 항해』는 여행객들을 나니아 땅의 끝까지 데려간다. 이런 노력에도 불구하고 이야기는 점점 얄팍해진다. 영감을 불러일으키기보다는 작위적이다. 독창성에도 불구하고 시리즈 후반부 이야기는 지나치게 예측 가능해 보였다.

어린이 독자는, 나 자신의 경험으로부터 유추해 보건데 루이스의 책과 같은 종류의 예측 가능함에 긍정적으로 반응한다. 끝도 없이 이어지던 『낸시 드루』 책과 그보다 훨씬 더 재미없던 『쌍둥이 밥시』 시리즈 같은, 어린 시절 내가 읽었던 더 오래되고 지루한 책들을 떠올려보면 예측 가능함이라는 것이 이들 작품의 매력의 일부이기도 하다는 사실을 깨닫게 된다. 시리즈 책들은 부분적으로는 다시 읽기와 같은 즐거움을, 그것도 신선함과 함께 제공한다. 각기 다른 책들을 다시 읽을 때와 마찬가지로 시리즈 책들은 난생처음 읽을 때도 래리 맥머트리가 찾고자 했던 안전함을 제공한다. 앞으로 어떤 기쁨이 기다리고 있는지 알고 있다는 바로 그 이유로, 우리는 시리즈가 영원히 계속되기를 바란다.

그럼에도 명백한 것은 나니아 시리즈가 진부해 보인다는 사실이다. 오래전 눈치 챘던 공허한 인물 묘사는 드디어 상상력 풍부한 디테일에 빠져드는 걸 방해할 만큼 눈에 거슬리기 시작했다. 나니아 책 속에서 어린 독자로서의 나를 설레게 했던 것은 『납치』와 아서 왕 이야기를 읽을 때 나를 짜릿하게 했던 것이자 내가 『이상한 나라의 앨리스』에 빠지게 만들게 만들었던 것의 변형이었다. 끊임없이 도전거리를 제공하고, 호기심과 모험 정신뿐 아니라 용기, 충성심, 정직 같은 미덕에는 반드시 보상하는 세계에 대한 이상이다. 그런 왕국의 이야기를 통해 나는 나 자신이 스스로 잘해나가는 그런 상황을 상상한다. 그곳에서 나는 최고의 자아를 찾고, 그런 자아를 시험하도록 격려 받을 수 있을 것이다. 나니아에는 그런 비전이 여전히 존재한다. 하지만 나는 더 이상 그 비전에 깊이 공감할 수 없었다. 예를 들자면 『납치』를 읽을 때처럼 공감할 수는 없다는 말이다. 루이스의 작품을 다시 읽었다는 사실이 조금은 유감스럽다. 아마도 그의 책을 다시 읽는 일은 없을 것이다.

C. S. 루이스의 작품들을 지금 다시 읽으면서 나는 '안전함'이 다시 읽기가 주는 유일한 보상으로는 충분치 않다는 사실을 뼈저리게 깨닫는다. 나니아 시리즈는 너무도 예전 그대로였다. 그게 내가 그 책들을 다시 읽지 않겠다고 말하는 이유다. 처음 나니아 이야기를 읽었을 때는 그 책이 왜 매력 있는지 설명하고, 디테일을 음미하고, 또 맥없는 인물 묘사와 이야기를 훼손하긴 하나 망치지는 않을 정도의 성차별주의도 알아챌 수 있었다. 최근 다시 읽기를 통해 나는 새로운 것을 하나도 발견하지 못했다. 지금의 나니아 이야기는 신선한 호기심은 하나도 없이 그저 지루한 위안뿐인 듯했다.

아동문학 및 편과의 새로운 만남은 내가 어린 시절 독서를 통해 찾던 것이 무엇인지를 명확히 가르쳐주었다. 어린이책을 다시 읽는다는 건 무엇보다 나의 어린 자아를 다시 읽는 것을 의미했다. 다시 읽기에서 독자가 추구하는 동일함과 안전함을 얻으려면 텍스트의 확고함 이상의 것이 필요하다. 그것은 개성의 확고함 또한 필요로 한다. 『납치』, 『이상한 나라의 앨리스』, 그 외 작품들을 다시 읽으며 나는 나의 어릴 적 자아가 얼마나 많이 그대로 남아 있는지를 깨닫고 놀랐다. 더불어 내가 그 자아를 긍정하기 위해 어린 시절부터 지금까지 얼마나 많은 책을 읽어왔는지도 이해하게 되었다. 발견으로서 다시 읽기의 힘을 나 자신에게 증명해 보인 것이다.

나는 이러한 관찰들을 1인칭으로 서술했는데, 이는 그것들이 얼마나 일반화될 수 있는지 알지 못하기 때문이다. 책을 엄청나게 읽어대는 모든 아이들, 혹은 대부분의 아이들은 자신의 자아를 발견하고 확인하기 위해 책을 읽는 걸까? 잘 모르겠다. 내가 아는, 또는 안다고 생각하는 것은 아이들이 어른들과 마찬가지로 정신적 필요를 충족시키기 위해 읽는다는 것이다. 어쩌면 그들은 행복한 가족에 대해 읽으면서 평안과 위안을 찾고, 자기들이 처한 상황의 안전을 확인하기 위해 무서운 이야기를 읽고 싶어하고, 대리 모험을 갈망하는지도 모른다. 돌보는 사람더러 좋아하는 책들을 읽고 또 읽어달라고 떼를 쓰던 이후로 많은 시간이 흐른 뒤, 그들은 자신에게 안전함을 제공하는 책들을 스스로 다시 찾아 읽는다.

아끼던 그 책들을 성인이 되어 다시 읽으면 아무런 조건 없이 마음을 달래는 경험을 얻을 수 있는데, 이는 내가 앞서 향수의 안개라고 부른 것 때문이다. 그것은 또한 예상치 못한 통찰과, 친숙한 책들에서 우리가 처음 읽을 때 생각했던 것보다 훨씬 많은 것을 발견하는 기쁨을 제공하기도 한다. 하지만 이런 다시 읽기의 가장 심오한 기쁨은 우리가 잃어버렸다고 생각했던 과거의 자아를 재발견하는 흥분에서 비롯된다.

3
제인 오스틴의 문명세계

제인 오스틴의 매력은 무엇일까? 조지 엘리엇이나 찰스 디킨스, 여타 19세기 대가들의 작품을 읽는 사람은 한정되어 있는데, 제인 오스틴은 '누구나' 읽고 또 읽는다. 동시대 위대한 작가들이 오스틴보다 긴 소설을 쓴 것은 확실하지만, 오스틴의 작품이 상대적으로 짧다는 사실만으로는 그녀의 인기를 충분히 설명할 수 없다. 명백히 성인 독자를 대상으로 집필했음에도 불구하고 십대 소녀들도 『오만과 편견』에 열광한다. 최근 17~18세의 대학 1학년생을 상대로 오스틴에 대한 토론수업을 해보니, 절반 가까이가 이미 『오만과 편견』을 책으로 한 번 이상 읽었고, 한 가지 버전 이상의 영화를 본 것으로 나타났다. 영화가 책에 대한 접근을 용이하게 만드는 데 기여한 것은 사실이지만, 소설의 인기는 영화를 앞선다(그 덕분에 영화가 계속 만들어지고 있다고 할 수 있다). 영화를 보는 것 자체가 작품의 '다시 읽기'라고 할 수 있으나, 영화를 보았다고 해서 활자를 통해 작품을 다시 정독할 가능성이 낮아지지는 않는다.

1980년 중국 여행 당시 나는 영어를 유창하게 구사하는 젊은 중국 여성과 만났다. 그녀는 자신이 영어소설을 많이 읽었다고 했다. 가장 좋아하는 작품이 뭐냐고 물었더니 제인 오스틴이라는 답변이 지체 없이 돌아왔다. 오스틴의 소설을 하나도 빼놓지 않고 여러 차례 읽었다고 했다.

놀라운 일이었다. 오스틴의 세계는 그 애독자가 살고 있는 세계로부터 그 이상 멀 수 없을 듯 보였다. 문화혁명의 터널을 막 빠져나온 중국은 남녀 구분 없이 파자마 비슷한 칙칙한 옷을 입고 다녔으며, 만나는 사람마다 정치적으로 용인되는 교본이라도 외우듯이 말을 했다. 그런 환경에서 영국 섭정시대의 예의범절이며 도덕에 대한 이야기를 읽고 있으면 호사스러운 환상에 빠지는 기분일까? 그녀에게 재차 물었다. 왜 오스틴을 좋아하지요? "아이러니와 위트, 우아함 때문이에요!"

당시 살던 뉴헤이번 집으로 돌아와서 다른 오스틴 팬들을 만났다. 홀로코스트 여성 생존자들의 모임이었다. 수년째 정기 모임을 통해 만나 제인 오스틴을 돌아가며 낭독한다고 했다. 한 작품을 끝내면 다음 작품으로 옮겨가고, 작품 전체를 다 읽으면 처음부터 다시 시작했다. 왜 오스틴인가요? 한 여성에게 물었다. 그녀가 답했다. 문명을 대변하잖아요.

문명은 이 여성들이 경험한 야만의 정반대 개념이자 '생각과 예의범절, 혹은 취향의 세련됨'이라는 뜻도 있다. 그 중국 여인에게도 오스틴의 소설은 문명을 대변했다. 언어의 문명, 질서정연하고 절제된 명문, 모든 형태의 야만에 대한 반대, 진실을 반영하는 외양의 중요성. 오스틴을 흠모하는 제인 오스틴 협회 회원들부터 그저 재미 삼아 그녀의 작품을 찾는 일반 독자까지, 오스틴을 다시 읽는 독자들의 상당수가 문명적 담화civilized discourse, 즉 늘 행복한 결혼이라는 예측 가능한 결말로 끝나는 정교하게 짜인 플롯, 소재에 대한 작가의 깊은 통찰력을 보여주는 스타일, 권선징악 등에서 위안을 찾는 것으로 보인다.

오스틴의 작품을 반복해서 읽다보면, 사회 규범이 별 무리 없이 지켜지는 세상에 대한 묘사가 나무랄 데 없는 플롯과 문체를 바탕으로 펼쳐지고 있음을 재차 발견하게 된다. 이런 세상은 현실에서 구현될 수도 없고, 현실적으로 갈망하는 종류의 것도 아니지만, 소설을 통해 이를 간접경험하고자 하는 사람들의 욕구를 훌륭히 만족시키고 있다.

좋아하는 책은 반복해서 읽게 된다. 대부분의 경우, 애초 그 책을 좋아하게 된 이유를 다시 확인하고 누릴 수 있기 때문이다. 물론 예외도 있다. 청소년기에 읽었던 책을 성인이 되어 다시 집어들면 무척이나 얇게 느껴지고, 한때 혁신적 문체로 베스트셀러 반열에 올랐던 책을 10년 뒤 다시 읽어보면 시대에 한참 뒤처져 있다. 그러나 다시 읽을 때는 대부분의 경우 해당 작품을 통해 얻고자 하는 바를 이미 알고 있기 때문에 실패할 확률이 낮다. 오스틴 작품을 읽을 때마다 우리는 문명의 전형을 발견할 수 있다.

오스틴 작품 중 가장 널리 알려진 『오만과 편견』에도 다시 읽기의 힘과 중요성을 보여주는 장면이 상세하게 묘사되어 있다. 다시Darcy의 행동으로 인해 마음이 상했던 엘리자베스 베넷은 그가 해명 편지를 보내자 처음에는 격분하다가 자신도 모르게 편지를 되풀이해 읽게 된다. (처음 읽고 난 뒤 다시는 쳐다보지도 않겠다며 서둘러 치워버렸다가 30초도 채 지나지 않아 다시 펼쳤다고 나온다.) 한데 읽을 때마다 편지에 담긴 의미가 바뀐다. 처음에는 그의 해명을 아집과 오만에서 비롯된 거짓으로 치부한다. 그러다 반복해 읽으며 자신이 알고 있는 사실과 상충하는 다시의 주장을 하나하나

살피기 시작하고 기억을 되짚는다. 그 덕분에 그때까지 잊고 있었던 기억이 되살아난다. 그녀는 다시의 해명을 논리적인 시각으로 바라보려고 노력하는 와중에 해석이라는 문제를 새로이 맞닥뜨린다. 무려 2시간 동안 편지를 읽으며 고민을 거듭하면서 그녀는 "이토록 급작스럽고 중대한 변화에 대해 다방면으로 심사숙고하고, 사건을 재고하고, 가능성을 짚어보고, 최대한 양보한다."

급작스럽고 중대한 변화는 원문을 반복해서 읽고자 하는 엘리자베스의 의지가 있었기에 가능했다. 다시 읽기를 통해 그녀는 처음에는 떠올릴 수 없었던 점을 서서히 깨닫고, 받아들일 수 없었던 점을 서서히 받아들이고, 자신의 오류가 얼마나 컸는지를 서서히 인정한다. 편지의 다시 읽기는 자기 이해에 다다르는 여정이 된다.

그러나 이런 결론이 바뀔 가능성도 있다. 다시가 엘리자베스와의 오해를 풀고 청혼하는 마지막 장면은 또 다른 가능성을 제시한다. "그 편지는 없애버렸기를 바라오." 그가 말한다. "특히 시작 부분은 당신이 다시 읽을까 두렵소. 나를 미워하고도 남을 만한 표현 몇 가지를 썼던 기억이 나오." 이 장면은 독자로 하여금 편지를 다시 읽도록 유도함과 동시에 전혀 다른 결말로 끝날 수도 있음을 암시한다. 즉, 엘리자베스가 편지를 한 번 더 읽고 다시를 영원히 거부하는 결말이다.

엘리자베스가 다시 읽기를 통해 편지에 어떤 의미를 부여하느냐에 따라 그녀는 암시된 결말에 다다를 수도 있고, 작가가 제시한 결말에 다다를 수도 있다. 그녀는 처음 편지를 펼쳤을 때 편견과 분노로 가득 차 있기는 했지만 공정성 등 몇 가지 원칙을 잃지 않았다. 그리하여 마침내 공정한 최종 판단을 내리는 데 성공하게 된다. 또한 자신은 미처 깨닫지 못하고 있었던 다시에 대한 호감 덕분에 자기 이해에 이르렀을 수도 있다. 엘리자베스의 다시 읽기는, 글은 오로지 해석을 통해 존재의 의미를 부여받는다는 중요한 사실을 일깨워 준다. 『오만과 편견』 역시 그 안에 등장하는 편지처럼 읽을 때마다 의미가 달라지고 새로운 즐거움이 발견되는 글이다.

새뮤얼 존슨 외 많은 이들이 언급했듯이, 한 권의 책이 두고두고 오래 읽혔다는 사실은 명작이라는 방증이다. 읽을 때마다 새로운 의미가 발견되지 않으면 몇 세대에 걸쳐, 여러 시대를 아우르며 읽혔을 리 없기 때문이다. 나도 오스틴 작품을 반복해서 읽는데, 직업적인 이유도 있고 개인적인 이유도 있다. 문장 구조와 내용을 거의 외울 정도로 많이 읽었음에도 불구하고 일단 읽기 시작하면 매번 새로운 점이 눈에 띈다. 얼마 전 『에마』를 다시 읽었을 때는 예의 그 익숙한 담화를 편안히 즐기기도 했지만 동시에 소설 속 문명사회에 대한 찬미에서 몰랐던 양상을 발견하기도 했다.

『에마』를 처음 읽었던 때가 언제인지는 기억나지 않는다. 너무 오래전인데다 이후 수없이 다시 읽었기 때문이다. 다만, 마음씨는 착한데 쓸데없는 수다를 끝없이 늘어놓아 사람을 지루하게 만드는 베이츠 양에게 에마가 불필요한 모욕을 안겼던 장면을 처음 읽었을 때는 뚜렷이 기억이 난다. 베이츠 양은 등장하자마자 하이베리 주민들 사이에 웃음거리로 회자되고 화자도 의식의 흐름을 속사포처럼 이어감으로써 그녀를 희화화한다. 그러나 에마는 결정적 순간이 올 때까지 시종일관 그녀에게 예의를 차린다.

최근 다시 읽어보니 에마의 행동에서 새로운 점이 몇 가지 드러났다. 에마는 베이츠 양 모녀의 집을 방문할 때 이들이 아끼는 친척인 제인 페어팩스의 편지가 당도하기 전에 얼른 다녀오려 한다. 한데 가보니 편지는 이미

도착한 뒤다. 오스틴의 화자는 그녀가 "곧장 예의를 차렸다"고 말한다. 에마는 '미소를 띠며' 편지 내용을 어서 알려달라고 말했다는 것이다. 이후 위선적인 프랭크 처칠은 베이츠 양이 "비웃을 만하고 비웃어야 하는 여자이지만 무시하지는 말아야 할 여자"라고 말한다. 독자는 복스힐에서의 소풍 장면*이 등장하기 전까지는 에마가 이 의견에 전적으로 동조함을 알 수 있다. 예의범절과 타인에 대한 배려를 중시하는 그녀는 문명사회의 가치를 상징한다.

에마는 베이츠 양뿐 아니라 누구에게나 예의가 바르다. 에마가 종종 제멋대로 행동하기는 하지만, 그때마다 오스틴은 그녀가 불우한 가정을 방문하여 도움을 주기도 하고, 고집스러운 아버지를 지극 정성으로 모시며, "제인 페어팩스와 함께 있을 때도 놀리고 싶은 충동을 느끼지만 상처가 될 말을 하지 않기 위해" 자제력을 발휘한다는 등의 설명을 덧붙여 그녀가 친절하고 예의가 바르다는 사실을 강조한다. 또한 멘토인 나이틀리가 바라는 만큼 베이츠 양의 집을 자주 방문하지는 않지만, 그녀와 함께 있을 때는 다른 사람들과 있을 때처럼 예의 바르게 행동하려고 최선을 다한다.

그러나 베이츠 양 모욕 사건을 앞둔 시점에서 오스틴은 에마가 세련되기는 하였으되 결함이 없지 않음을 암시한다. 에마는 뭘 해도 어설프고 실수를 연발하는 엘턴이 거슬리지만, 겉으로 드러내지는 않는다. 본문에 따르면 그런 "무례를 스스로 용납할 수 없었기 때문이다." 이는 눈길을 끄는 대목인데, 이전에는 미처 알아채지 못했다. 처음에는 그저 에마가 그만큼 도덕을 중시한다고 생각했다. 그러나 그녀의 도덕성의 근간에는 계급의식

* 에마가 베이츠 양을 모욕하는 대목이 등장하는 장면.

이 자리하고 있었다. 그녀는 무례해서는 안 되는 사람, 오랜 규범에 따라 행동하는 젠트리 계급 사람이었다. 18세기의 예의에 관한 논문들은 예외 없이, 훌륭한 예절에 관해 성문화해야 할 부분은 오직 동료 인간들에 대한 배려라는 원칙뿐이라고 주장한다. 그러나 에마는 타인이 아닌 자기 자신을 위해 예의를 지킨다고 말하고 있다. 문명사회의 형식을 따르되 그 진정한 의미는 망각하고 있는 것이다. 베이츠 양에 대한 모욕이 이를 더욱 극명하게 보여준다.

오스틴은 에마 안에 내재된 사회적 신분에 대한 자의식이 잘못됐다고 명확히 지적하지는 않는다. 신분에 대한 자의식이 있어야 계급 제도도 유지될 수 있을 테니까. 그러나 바로 그 때문에 에마는 유혹에 취약하고, 내용보다 형식에 집중한다. 소설에는 에마의 속물근성을 드러내는 일화가 다수 등장한다. 에마가 베이츠 양 모녀를 방문하지 않는 이유는 (오스틴의 표현에 따르면) "모녀의 집에 걸핏하면 찾아오는 이류, 삼류 계층과 맞닥뜨릴지 모른다는 공포" 때문이다. 예상치도 못한 엘턴의 청혼에 에마가 그토록 당혹스러워했던 이유 중 하나는 해리엇 때문이었다. 에마는 엘턴이 어리고 순진한 해리엇을 사랑한다고 생각하여 당사자에게도 누차 그렇게 말했던 터였다. 그러나 무엇보다 엘턴 스스로 우드하우스 가문과 맺어질 만한 자격이 있다고 믿었다는 점을 참을 수 없었던 것으로 보인다. 에마가 다른 사람을 평가하는 주요한 잣대는 '고상함'이다. 즉, 그녀에게는 사회적 신분이 그만큼 중요하다. 사회적 신분이 낮으면 "이류, 삼류" 등의 표현을 써가며 자신보다 못한 사람으로 치부한다. 복스힐 소풍을 꺼렸던 이유도 "엘턴 부인의 무리로 분류되는 수모를 당할까" 염려했기 때문이다(청혼을 거절당한 엘턴은 마침 복스힐 소풍 전에 다른 신붓감을 찾은 상태였고, 에마의 생각으로는 사회적 위상으로 보나 사람 됨됨이로 보나 자신에게 한참 미치지 못하는 여자였다).

복스힐에서도 신분 및 그 기저에 깔린 역학관계가 인물들을 장악한다. 이는 『에마』를 처음 읽었을 때부터 눈에 띄었다. 프랭크 처칠은 모임을 주도하라며 에마를 부추기고, 엘턴 부인은 아니나 다를까 노여워한다. 자신에게 부여된 권한에 잔뜩 흥분하여 사회적 책임조차 망각한 에마는 프랭크의 꾐에 넘어가 자신의 기지를 과신하며 결국 베이츠 양에게 공개적으로 모욕을 안긴다. 그리고 이에 대한 스스로의 죄책감과 나이틀리의 비난이 뒤따른다. 복잡한 사연이 얽히고설킨 이 소풍은 이후 수많은 사건을 파생시킨다.

이 장면은 독자의 사회적, 도덕적 경각심을 불러일으키는 부분으로, 다시 읽기가 반드시 필요하다. 『에마』를 처음 읽는 독자는 (잠시 후 베이츠 양의 고통이 묘사되기 전까지는) 그저 에마의 대사가 웃기고 재미있으며, 지나치게 말이 많은 베이츠 양이 그 정도는 당해도 싸다고 생각할 수 있다. 소설 전반에 걸쳐 베이츠 양은 충분히 희화화되고 있었으니까. 에마와 마찬가지로 독자도 베이츠 양을 웃음거리로 삼고 있었으니, 이 장면에서 에마가 스스로 그토록 중시하는 사회적 규범을 어기고 '담화의 격식'을 갖추지 않았다는 사실이 즉각 인지되지 않을 수도 있다. 오스틴이 놓은 덫에 걸려들어 베이츠 양의 수다에만 집중하게 되는 것이다.

나이틀리가 대명사에 관해 일장연설을 늘어놓는 부분도 짚고 넘어가야 한다. 나이틀리는 에마에게 엘턴 부인과 제인 페어팩스의 관계를 설명하면서 "대명사 그he, 그녀she, 그대thou의 차이"를 강조한다. 즉, 특정인에 관해 제삼자와 이야기를 나눌 때 쓰는 말투와 해당 특정인과 직접 대화하며 쓰는 말투가 같아서는 안 된다는 것이다. 이 장면은 복스힐 사건이 터지기 얼마 전, 에마가 베이츠 양과 대화를 나누면서 마치 제삼자와 그녀에 관해 이야기하는 듯한 태도를 취했을 때 등장한다. 에마는 자신이 대화를 주도해야 한다고 생각하고, 모임의 여왕으로서 '자기 자신에게 지고 있는 의무'에만 주의를 기울일 뿐, 다른 사람들에 대한 의무에 관해서는 생각하지 않는다.

다시 읽기를 하지 않은 독자의 눈에는 그녀가 궁지에 몰린 것처럼 보일 수 있다. 한데 그저 희극적인 상황이 펼쳐졌다고 생각할 무렵, 오스틴은 갑자기 날카로운 도덕적 판단을 요구한다. 다시 읽기를 했다고 해도 소설 전반에 걸쳐 베이츠 양의 지루한 수다를 견디고 난 뒤에는 에마의 농담이 통쾌하게 느껴질 수 있다. 오스틴이 우리를 위해 철저하게 계획한 순간이다. 그 통쾌함이 지나간 직후 희미한 죄책감이 남는다. 에마처럼 우리도 유혹 앞에 무릎 꿇고 만 것이다.

베이츠 양을 비웃었다고 해서 우리가 잘못을 저지른 것은 아니다. 등장인물도 아니니 직접적으로 누군가에게 모욕을 준 것도 아니다. 그러나 짧은 순간 쾌락을 위해 오스틴이 강조해 마지않는(그녀는 플롯 구석구석 교묘히 방점을 찍어놓았다) 분별력을 저버렸다고 할 수 있다. 다시 읽기를 통해 우리는 자칫 미소만 지어도 에마가 저지른 실수에 동조하는 격임을 깨닫는다. 따라서 에마를 위한 도덕적 교육이 결국 독자에 대한 교육이 되며, 다시 읽기를 되풀이할 때마다 교육도 지속된다. 이 교육은 문명을 골자로 하는 교육, 문명화된 인간(즉, 고의로 타인에게 상처를 주는 등의 만행을 저지르지 않는 인간)의 행동을 지탱하는 데 필요한 감정과 태도를 골자로 하는 교육이다.

이러한 관찰은 최근 친숙한 소설을 읽으면서 떠오른 것이다. 아마도 뉴헤이븐 친구들을 떠올리다 『에마』가 문명사회라는 개념과 그 관행에 관한 고찰을 제시하고 있음을 발견하게 되었던 것 같다. 그러므로 나의 텍스트 인용이나 확대된 주장은 '다시-다시 읽기'에 기반했다고 할 수 있다. 예전에 수차례 읽었던 『에마』를 다시 읽으면서 나는 처음으로 베이츠 양 일화에 대해 의구심을 품게 되었다. 에마의 행동이 평소의 그녀답지 않다는 데 생각이 미쳤던 것이다. 에마는 여러 가지 측면에서 특권의식에 사로잡혀 있다. 학부생 수업에 들어가면 에마라는 인물이 마음에 안 들어서 책도 마음에 안 든다는 학생을 여럿 볼 수 있다. 항상 올바르게 행동해야 한다는 그녀의 강박관념은 그런 특권의식에 가려 처음에는 잘 보이지 않는다. 한데 그 강박관념을 발견하고 나면 그녀가 어떻게 베이츠 양에게 모욕을 줄 수 있었는지 이해가 가지 않는다. 나는 오스틴이 '격식을 갖춘 행동'에 대해 등장인물뿐 아니라 독자까지 교육하고자 한다는 가설을 세웠고, 이를 뒷받침할 증거를 찾아 소설을 다시 읽었다. 그러니까 이번 다시 읽기는 일종의 소급적 성격을 띠고 있었던 셈이다. 새로운 실마리를 잡은 뒤 다시 읽으니 새로운 의미가 감지되었다.

일반적으로 문명이라 하면 사회적 조직을 포함한다. 다른 작가들과 마찬가지로 오스틴도 결혼이라는 사회적 제도에 특히 관심을 보였다. 그녀는 결혼이 낭만보다 사회적 사실에 가깝다고 생각한다. 따라서 그녀의 작품에 등장하는 로맨스의 궁극적 목적은 교육이다. 다시 읽기를 했다면 『에마』에 독자를 오도하는 거짓 단서가 수도 없이 등장한다는 사실을 인지했을 것이다(특히 큐피드의 화살이 누구를 향해 있는지를 한눈에 파악하기가 힘들다). 에마와 마찬가지로 독자도 그 실타래를 풀어야 한다.

처음 『에마』를 펼쳐든 독자는 엘턴이 해리엇을 좋아한다는 암시에 (에마처럼) 빠져들기 쉽다. 그러다 에마보다 한 발 앞서서 엘턴이 실제 환상을 품은 대상은 따로 있다는 사실을 깨닫는다. 또한 끈질기게 추파를 던지는 프랭크의 행태를 보며 분명 그가 여주인공에게 연정을 품고 있으리라 생각한다. 심지어 나이틀리까지 고개를 갸우뚱하지만, 나이틀리는 에마보다 먼저 진실을 파악한다. 『에마』를 처음 읽는 학생들이 중반부까지 진도가 나갔을 때 과연 그녀가 누구와 결혼을 하게 될 것 같으냐고 물은 적이 있다. 반수 이상이 프랭크를 꼽았다. 나이틀리는 태도가 애매하여 어떤 여성에게 끌리는지, 과연 끌리는 여성은 있는지 아직은 불확실한 편이다. 적어도 두 차례 이상 다시 읽기를 하고 나면 해리엇이 엘턴과의 기억을 회상하는 장면에서 에마 역시 나이틀리의 일거수일투족을 기억하고 있다는 사실이 드러난다. 즉 여주인공의 애정이 어디로 향하는지 독자는 알게 되는데, 정작 여주인공은 모르고 있는 것이다.

칙릿의 기준으로 보아도 오스틴의 플롯에는 유난히 사람을 헷갈리게 만드는 남녀 간 로맨스의 기류가 자주 조성된다. 그래서 오스틴을 처음 읽는 독자들은 속아 넘어갈 수밖에 없다. 우리는 그럴듯해 보이는 커플을 주목할 수밖에 없는데, 일반적인 로맨스 소설에서는 여주인공이 결혼이라는 해피엔딩을 맞고 줄거리가 해피엔딩에 이르도록 맞춤 구성되기 때문이다. 한데 『에마』는 이런 통념을 뒤죽박죽으로 만든다.

『에마』는 여성을 결혼으로 몰아가는 당시의 경제적, 사회적 압박에 관해 『오만과 편견』보다 더 강하게 묘사하고 있다. 에마 집안의 입주 가정교사인 "불쌍한 테일러 양"에 대한 나이틀리의 언급을 살펴보면 경제적으로 종속된 가정교사라는 신분에서 벗어나 경제적, 개인적 안정(나이틀리의 표현에 따르면 '독립')을 얻는 것이 얼마나 중요했는지를 알 수 있다. 또한 나이틀리와 에마는 해리엇이 남보다 약간 모자라서 스스로를 돌볼 수 없기에 더더욱 결혼이 시급하다고 생각한다. 에마는 독신으로 살겠다고 선언하면서, 자신은 재산이 충분하기 때문에 굳이 남자에게 얽매일 필요가 없다고 말한다.

웨스턴 부인으로 성공적인 변신을 한 "불쌍한 테일러 양"에 대한 언급이 등장할 때는 에마조차도 그 결혼의 이유가 '사랑'일 것이라 생각하지 않는다. 테일러 양은 현실적인 이유로 그런 선택을 했던 것으로 보이며, 결말에 다다를 때까지 이를 반박하는 내용은 나오지 않는다. 에마는 해리엇의 결혼 역시 현실을 먼저 고려해야 한다고 생각하지만, 사실 그녀도 해리엇 못지않게 결혼에 이르기 위해서는 낭만적 사랑이 반드시 필요하다고 믿는다. 이 젊은 여성들은 사랑의 가능성에 대해 생각하지만, 그 감정은 이렇게 스스로 사그러져버린다.

낭만적 사랑이 불가능하다는 생각은 우리에게 익숙지 않아서 더욱 흥미롭다. 『에마』를 처음 읽을 때 오류를 범하게 되는 이유 중 하나는 아마도 그때까지 읽었던 다른 책들을 바탕으로 착각에 빠지기 때문일 것이다. 평소에 결혼을 사회 제도라고 생각하는 사람은 거의 없을 테고, 이 소설 역시 그렇게 생각하도록 일부러 유도하지는 않으나, 개인의 선택에 경제적, 사회적 요인이 어느 정도 작용한다는 사실을 상기시키고 있다. 화자도 독자를 오도하는 듯하지만, 실상 화자가 던지는 단서는 거짓이 아니다. 단지 그것이 모호해서 오판을 하게 되는 것이다. 그러나 이 소설은 로맨스에만 집중하는 칙릿이 아니다. 환상에서 비롯된 로맨스와 실제 경험을 바탕으로 한 로맨스 사이의 차이점에 대한 교훈 또한 함께 다루고 있다. 에마는 해피엔딩을 엉뚱한 곳에서 찾고 있었다. 최초의 독자들 역시 대부분 잠시나마 같은 오류를 범했을 것이다.

다시 읽기를 한 독자들은 그런 오류에서는 벗어나 있다. 그러나 소설은 (자신의 행복을 어떻게 찾아야 하는지도 모르면서) 타인의 행복 찾기를 자신이 인도할 수 있다고 믿는 그릇된 생각의 위험성에 대해 계속해서 경고를 보낸다. 나쁜 소설은 우리의 연애 욕망에 영합한 채 바람직한 연애에 대한 적절한 안내를 제공하지 않는다. 오스틴의 플롯도 꽤 만족스러운 해피엔딩으로 끝나지만, 전형적인 로맨스 소설보다 많은 것을 담아내려 애쓴다. 나이틀리의 재산 상속 문제가 나이틀리와 에마의 결혼에 직접적인 원인을 제공하지는 않지만 연관이 없다고도 할 수 없다. 해리엇은 정밀한 검증을 통해 자신의 사회적 신분에 걸맞은 사람과 결혼해야 한다. 등장인물들처럼 독자도 결혼의 가능성을 점칠 때 사랑 이외의 요인을 충분히 고려해야 한다.

특별히 날카로운 독자라면 처음 읽을 때부터 애매모호한 단서들을 정확히 꿰뚫어봄으로써 끊임없이 실수를 저지르는 여주인공보다 한 수 위라는 우월감을 느낄 수 있다. 대부분의 독자는 두 번 이상 읽은 뒤 이런 우월감을 느끼는데, 여기에 또 다른 함정이 자리한다. 에마는 나이틀리 형제가 주변 남자들에 대한 의견을 제시할 때나 어수룩한 해리엇과 함께 있을 때, 베이츠 양을 만날 때 우월감을 느끼는데, 이것이 에마의 가장 큰 도덕적 오류다. 이 우월감으로 인해 그녀는 베이츠 양에게 공개적으로 모욕을 주었던 것이다. 우리가 책을 읽으며 느끼는 우월감도 마찬가지의 오류다.

소설 속 가상 인물들에 대해 도덕적 책임감을 느낄 필요는 없다. 우리는 그들을 해하거나 도울 수도 없고, 그럴 의무도 없으니까. 그러나 오스틴의 작품은 여타 명작과 마찬가지로 등장인물들을 통해 독자에게 도덕적 질문을 던지고, 독자로 하여금 자신의 태도를 돌아보도록 만든다. 에마나 베이츠 양에게 우월감을 느낀다고 해서 도덕적 오류를 범했다고는 볼 수 없지만, 현실 세계에서 그랬다면 그것은 분명 잘못이다. 독자는 에마의 잘못을 비판하는 와중에 이를 깨닫게 된다. 이러한 반면교사는 다시 읽기를 할 때마다 오스틴의 날카로운 통찰력이 더해지며 강도가 높아진다. 소설에서는 문명을 당연시하지 않는다. 문명은 (그 의미가 예의범절에 국한된다 할지라도) 구성원들의 자기 이해와 규율에 의해 좌우되며 구성원들의 참여를 요한다고 설명하고 있다.

독자가 자신의 결함과 에마의 결함 사이의 연관성을 깨닫지 못할 수도 있다. 그럴 가능성은 언제든 열려 있지만, 다시 읽기를 할수록 낮아진다. 『에마』의 다시 읽기를 통해 우리는 익숙함과 새로움을 동시에 경험할 수 있다. 애써 무언가를 발견하려 하지 않아도 새로운 깨달음을 얻기도 하고, 이전에는 전혀 눈에 띄지 않았던 특정 단어나 문구가 처음으로 눈에 들어올 때도 있다.

나의 경우 최근 『에마』를 다시 읽으면서 '헤로인heroine'이란 단어가 새롭게 보였다. 딕슨 대령이 제인 페어팩스를 남몰래 연모하여 피아노를 보냈다고 확신하는 에마는 "아름다운 헤로인의 당혹한 표정에서" 피아노를 받고 싶어하지 않는다는 느낌을 받는다. 오스틴 시대 소설에서 헤로인은 보통 로맨스의 여주인공이다. 『노생거 사원』에서 스스로를 헤로인이라 여기는 캐서린 몰런드는 그래서 실소를 자아낸다. 에마는 제인을 헤로인이라 부름으로써 그녀가 주인공인 로맨스를 지어냈다는 사실을 자신도 모르게 인정하고 있다. 즉, 헤로인이라는 단어 자체가 에마의 실수를 나타낸다. 에마가 제인을 아름다운 헤로인으로 인지하고 있다는 사실은 그녀의 시각이 왜곡되었음을 뜻한다.

이 발견은 『에마』가 문명사회에 대한 교육이라는 나의 논지와는 별 연관이 없다. 그보다는 에마의 문제점이 착각에서 기인한다는 복잡한 사안과 직접적으로 맞닿아 있으며, 이 점이 이후 다시 읽기를 할 때마다 새로운 생각할 거리를 생산해 낼 수 있다.

한편 아버지 집을 방문한 프랭크 처칠에 대해 화자는 "자기 자신에 대한 확신에 넘쳤다"고 말한다. 이 같은 묘사는 3부 초반 프랭크가 본격적으로 노출되기 전부터 등장한다. 이를 보면, 자신에게는 타인에게 무례를 저질러서는 안 되는 의무가 있다고 믿는 에마의 신념이 함께 떠오른다. 에마처럼, 프랭크는 자기 자신을 지나치게 중요하게 여기는 듯 보인다. 나이틀리는 프랭크를 직접 만나기 전부터 이럴 가능성이 있음을 제기한다. 머리를 자르기 위해 런던까지 간다는 이야기에 그 가능성은 더욱 증폭된다. 그러나 화자는 전지적 시점에서 프랭크의 자신감을 암시함으로써 그가 실제로는 심약하다는 사실을 교묘히 가린다. 에마는 애초 무도회 장소를 논의하는 과정에서 그가 말로는 맞장구를 치면서 끈질기게 자신의 의견을 밀어붙이는 경향이 있음을 눈치 챈 바 있다. 스스로에 대한 확신이 넘친다는 점에서 둘은 비슷하다. 에마는 이를 깨닫지 못하지만 독자는 알 수 있다. 프랭크를 "건방진 풋내기"라 생각하는 나이틀리의 평가가 옳았음을 화자는 확인시켜준다.

또 하나 간과하기 쉬운 단어는 다음 문장에 등장하는 '의도했다meant'이다. "엘턴은 여러 가지 측면에서 그녀가 의도했고 믿었던 바와 정반대

임이 드러나고 있었다." 오스틴이 직접 인용 없이 에마의 생각을 전지적 작가 시점으로 서술한 부분에 등장하는 내용이다. 에마는 자신이 엘턴이란 사람을 멋대로 꾸며내려 의도했음을 깨닫고, 그녀 자신에 대해서 한 가지 중요한 발견을 한다. 여기에 자신의 해석뿐 아니라 의도가 개입되어 있다는 사실이다. 실제로 그녀의 의도가 해석을 빚어냈고, 마치 제인 페어팩스에게 그랬던 것처럼 그를 있지도 않은 로맨스의 주인공으로 만들어버린 것이다. 안타깝게도 에마는 프랭크 처칠에게 이 발견을 적용시키는 데는 실패한다. 그러나 이 단어가 함축하는 바에 주목한 독자라면 적용해보았을 테고, 에마가 착안한 즐거운 허구의 문제점을 정확히 이해할 수 있게 될 것이다. 이는 아마도 착각에 대한 이 소설의 관점을 알려주는 또 하나의 단서일 것이다.

내가 무작위로 나열한 지금까지의 예들은 여러 차례 다시 읽기한 책을 또 다시 접했을 때 독자가 얻을 수 있는 새로운 통찰력과 여기에 수반되는 만족감이 어떤 것인지 구체적으로 알려준다. 이런 생각들은 이번에 읽는 동안 떠오른 말들을 그대로 나열한 것이니 그야말로 무작위이지만, 서로 잘 들어맞는다. 내가 언급한 말들은 모두 자아도취가 행동을 얼마나 왜곡시킬 수 있는지를 보여준다. 엘턴에게 자신이 바라는 이미지를 덧입히려는 에마의 의도는 자신의 무례함이 자아상self-image의 문제라 믿는 시각, 제인을 헤로인으로 둔갑시키는 착각, 또한 프랭크의 자기 만족과 궤를 같이한다. 예상치 못한 이런 소소한 것들을 발견하고 나면, 일관된 목적을 달성하기 위해 이곳저곳 심어둔 오스틴의 세세한 묘사가 더욱 돋보인다.

한데 그 목적은 앞서 말했듯 오직 다시 읽기를 통해서 파악된다. 예를 들면 화자의 시점이 나이틀리의 시점으로 미끄러지듯 전환되는 단락은 최초 독자의 눈에 띄기 쉽지 않다. 이제껏 에마의 내면에 초점을 맞추던 소설이 급작스럽게 나이틀리의 내면을 들여다보고, 놀랍게도 그 안에는 에마가 있다! 에마가 해리엇과의 대화 도중 나이틀리의 일거수일투족을 기억해냈던 장면에 비길 법한 이 장면은 로맨스의 대단원에 이르기 전, 나이틀리가 에마에게 프랭크와 제인 페어팩스의 비밀 연애에 대해 알려주리라 결심하는 시점에 등장한다. 오스틴은 그가 결심하게 된 배경을 이렇게 설명한다. "그에게는 그녀의 안녕을 위해 환영 받지 못할 개입을 감행해야 할 의무가 있었다. 그런 의무를 방기한 기억을 안고 사느니 위험을 감수해야 했다."

결말을 이미 아는 상태에서 이 열정적인 선언을 읽으면 당연히 그가 에마와 사랑에 빠졌다고 생각하게 된다. 그러나 웬만한 통찰력을 갖추지 않고서는 최초 독자가 이를 유추하기란 쉽지 않다. 다시 읽기의 매력은 일부러 찾으려 애쓰지 않아도 그런 단서가 저절로 눈에 들어온다는 점이다. 의무감에 쫓기듯 책을 읽을 필요는 없다. 그러나 여러 차례 읽은 책을 다시 읽다 보면 무한한 가능성이 열리면서 이전에는 깨닫지 못했던 세부적인 내용을 발견하게 된다. 물론 결말은 드러난 상태지만 플롯은 읽을 때마다 더욱 풍부해진다.

다시 읽기를 하면서 구체적으로 무엇을 인지하느냐는 중요하지 않다. 다만 읽을 때마다 무언가 새로이 인지할 점이 있다는 사실이 중요하다. '양식 있다sensible'는 표현에 내포된 무거운 의미, 조동사 must의 역할("여름이 코앞으로 다가왔음이 분명하니must 얼마나 행복한가!"와 같은 문장에서 볼 수 있듯 에마는 필연성보다 자신의 추정을 나타내기 위해 주로 이 단어를 쓴다), 문맥에 따라 미묘하게 달라지는 '우아함elegance'의 의미 등은 지루하게 이어지는 대화에서 새로운 깨달음을 얻게 한다. 워즈워스가 말한 '지혜로운 소극성'을 키운다면 우리 안에 깨달음이 굽이쳐 흐르게 될 것이다.

다시 읽기의 묘미는 최초로 읽을 때와 달리 글에 편안히 몰입할 수 있다는 점이다. 독서는 TV 시청과 달리 능동적 행위다. 독자는 책을 읽는 내내 판단과 해석을 내려야 하고, 책이 제기하는 의문에 반응해야 한다. 다시 읽기 하는 독자는 그런 압박이 덜하다. 시인 키츠가 말한 '부정적 능력 negative capability(세상을 바라볼 때 닫혀 있는 이성적 체계에 끼워 맞추려 하지 않고, 사실이나 논리를 굳이 찾으려 하지 않으면서 불안, 미스터리, 의문 속에 기꺼이 머무는 능력)'을 발휘해도 좋은 상태다. 물론 글에 대한 의문이 남아서 이를 해결하기 위해 다시 읽기를 하는 사람도 있다. 그러나 대부분의 경우 다시 읽기의 목적은 의문의 해결이 아니다. 즉, 의식적으로, 특정한 목적에 도달하기 위해 다시 읽기를 하지는 않는다는 의미다.

반복해서 읽는 책은 친숙하면서도 읽을 때마다 새롭다. 읽는 사람이 변하면 책도 달라 보이기 때문이다. 그간 쌓인 경험은 독자의 시각을 변화시킨다. 오스틴이 독자에게 삶에 대한 가르침을 제공하는 것이 아니라 삶이 오스틴에 대한 가르침을 제공한다고 볼 수 있다. 문학을 통해 얻는 경험과 체험 사이 섬세한 상호 작용은 곳곳에서 확인할 수 있다. 예를 들면 나이틀리가 설명하는 '특정인을 향해 말하기'와 '특정인에 대해 말하기'의 차이점은 실생활에서도 찾을 수 있다. 우리는 종종 학생, 동료, 친구 등 주변 사람들을 은연중에 평가하며 그들의 태도, 동기, 감정 등을 파악하려 한다. 간혹 다른 사람의 행동이 낯설게 느껴질 때가 있다. 그럴 때면 그런 행동의 역학에 대해 아는 바가 거의 없음을 깨닫게 되고, 우리 모두가 특정인을 향해 말할 때와 특정인에 대해 말할 때 차이를 보인다는 사실을 의식하게 된다. (실수로 이메일을 의도했던 수신자가 아닌 전혀 다른 사람에게 보냈다고 가정해보면 더 명확하게 이해가 갈 것이다.) 그러한 고찰이나 대화가 이루어질 때 반드시 『에마』가 연상되지는 않겠지만, 어쨌든 나이틀리의 장면을 다시 읽기 하는 독자들은 분명 영향을 받을 것이다. 나이틀리의 주장에 설득력을 실어주는 사례는 우리 주변에서도 얼마든지 찾아볼 수 있다. 이 장면도 독자가 어떤 경험을 쌓았느냐에 따라 읽을 때마다 의미가 조금씩 달라진다. 나이틀리의 통찰력이 독자에게 전달됨과 동시에 독자의 통찰력의 그 의미를 재정립하는 것이다.

좀 더 거창하고 모호한 예를 들면 이해가 빠를지도 모르겠다. 에마와 엘턴 부인, 프랭크 처칠을 한데 묶는 유사점 및 차이점에 대해 생각해보자. 오스틴은 독자가 그다지 반기지 않을 인물 둘과 여주인공 사이에 유사점을 몇 가지 설정해놓았다. 일단 이들 셋은 모두 하나같이 고집이 세고, 자신이 다른 이들보다 우월하다는 특권 의식에 사로잡혀 있다. 게다가 엘턴 부인과 에마는 사회적 신분이 사람 됨됨이를 나타낸다고 굳게 믿고 있으며 사교 모임에서 늘 주도권을 쥐고 싶어한다. 독자들은 이런 유사점이 하나 둘 드러나는 과정에서 밉상인 인물들과 에마를 확연히 구분 짓는 차이점을 발견하고자 애쓰게 된다. 에마는 우선 지적 능력이 뛰어나다. 이는 엘턴 부인에게는 결여되어 있으며 프랭크 처칠에게서는 확인되지 않는 능력이다. 에마는 새로운 원칙을 습득할 필요가 없다. 이미 예의범절, 타인에 대한 배려, "우아함"의 중요성을 너무나 잘 알고 있다. 그러나 자신이 오류를 범할 수도 있다는 사실은 인정할 줄 모른다. 현실세계에서 우리는 일상적 경험을 통해 이런 사실을 배우고 파악하게 된다.

일상적 경험에서 추출한 타인에 대한 지식이 소설 속 인물에 대한 이해를 돕기도 한다. 제인 오스틴의 소설을 읽음으로써 다양한 인물에 대한 식견을 얻기도 하지만, 반대로 현실세계에서 접한 인간 군상을 통해 소설 속 인물의 특성이 더 뚜렷이 포착되는 것이다. 프랭크 처칠이 좋은 예이다.

프랭크 처칠처럼 일견 매력적이나 얄팍하기 그지없는 인물은 어디에나 존재하고, 다른 작가들도 즐겨 묘사한 바 있다. 즉, 직접경험뿐 아니라 수년에 걸친 독서(및 다시 읽기)를 통한 간접경험이 『에마』를 읽을 때 도움이 된다. 앞서 로맨스 소설이 우리의 기대를 왜곡시킬 수 있다는 점을 지적한 바 있다. 마찬가지로 심각한 소설에 길든 독자는 『에마』에 대해 더 복합적인 기대를 품을 수 있는데, 경우에 따라 이런 기대가 충족될 수도 있고, 변화를 겪을 수도 있고, 아예 부정될 수도 있다.

다양한 작품을 접하고 독서량이 늘면 『에마』를 이해하는 시각도 미묘하게 달라진다. 새뮤얼 리처드슨의 『클래리사』를 읽은 독자는 프랭크 처칠을 보고 악인 러블레이스를 떠올렸을지 모를 일이다. (물론 프랭크보다 훨씬 간교한 호색한 러블레이스가 더 큰 참사를 불러일으키기는 하지만.) 협잡꾼 같은 프랭크의 행동에 러블레이스의 악행이 포개지면 분노가 배가될 것이다. 그러나 다행히 윌리엄 콩그리브의 희극 『세상만사』의 주인공 미라벨이 연상되었다면 좀 더 너그러워질 수도 있다. 한데 러블레이스와 미라벨이 한꺼번에 뇌리를 스쳤다면? 그야말로 복잡한 감정이 발생하고 만다.

이 연상 작용을 좀 더 효과적으로 설명하기 위해 비유를 들자면, 다시 읽기는 의식이라는 팰림프세스트*에 끝없는 수정을 가하는 작업이라 할

---

* 양피지로 만든 문서를 긁어내 지우고 그 위에 다시 글을 쓴 것. 예전에 쓴 글이 희미하게 겹쳐진다는 점에서 다층적인 글쓰기의 상징으로 쓰인다.

수 있다. 수정하고 또 수정해서 수차례 고친 흔적이 고스란히 남아 있는 육필 원고. 『에마』처럼 반복해서 접하는 문학 작품을 보면 드는 생각이다. 과거에 작품을 읽었던 경험은 다시 읽기를 할 때 영향을 미치고, 내용에 대한 해석을 변화시킨다. 그 흔적을 하나하나 되짚으며 무엇이 어떻게 수정되었는지 파악하려고 애쓸 필요는 없다. 그 지난한 과정이 이미 원고에 풍성함을 더하고 있으니까. 특정 사건이나 등장인물의 의미에 대해 생각을 완전히 바꿨다 하더라도 애초의 관점은 변화된 관점에 알게 모르게 영향을 미친다. 헤밍웨이는 글을 쓰기 전 등장인물에 대해 속속들이 알고 있어야 한다는 말을 했다. 어디서 태어났는지, 어떤 옷을 주로 입는지, 어떤 학교를 나왔는지 등을 모두 생각해두어야 한다는 말이다. 그렇다고 책에 그런 정보를 일일이 끼워 넣을 필요는 없다. 작가가 알고만 있어도 소설의 결이 섬세하게 살아난다. 글을 쓸 때도 그렇지만 읽을 때도 지식이 풍부할수록 즐거운 경험이 된다.

21세기 독자가 문명을 바라보는 관점은 오스틴과 다를 수밖에 없다. 체험뿐 아니라 독서를 통해 얻은 지식이 있으므로, 에마의 생각만큼 문명이 그리 강건하지 않음을 잘 안다. 『에마』는 문명사회를 보전하기 위해서는 그 구성원들이 이를 지속적으로 재현해내야 한다고 주장한다. 작가가 생각하는 문명의 위협 요소는 전체주의 정부나 특정 종교의 광신도가 아니라 본질을 망각한 채 형식에만 집착하는 사람들이다. 『에마』에 따르면 문명사회에 필수적인 가치관의 보전은 절대 기계적으로 행해지거나 손쉬워서는 안 된다. 이는 구성원들이 반드시 지켜야 할 의무다.

오스틴은 문명을 형상화하고 찬양함과 동시에 재정의한다. 다시 읽기를 통해 오스틴의 재정의가 얼마나 포괄적인지 밝혀진다. 여기서 『오만과 편견』으로 다시 돌아가지 않을 수 없다. 오스틴 독자 대부분은 어린 시절 이 소설로 처음 오스틴의 세계에 입문했을 것이다. 사회의 고정관념에 맞서 승리하는 여주인공 엘리자베스 베넷은 우리가 본질을 온전히 간직한다면 형식을 초월할 수도 있음을 보여준다. 나는 이 소설을 40번 넘게 읽었고, 개론 수업에서 교재로 사용했으며, 각종 세미나에서 토론 자료로 썼다(한번은 대학 강사 세미나에서 다시에게 과연 남성적 매력이 있는지를 놓고 격론이 벌어졌다. 남자들은 모두 없다고 주장하고 여자들은 그렇지 않다고 맞섰다). 나에게 이 소설은 너무 자주 읽어서 그 친숙함만으로도 읽는 즐거움이 생성되는 그런 작품이다. 이때 안정과 변화 사이의 균형이라는 개념은 더 이상 성립되지 않는다. 더 이상 배울 것이 없으니 변화란 있을 수 없다.

게다가 익숙하기 그지없는 작품을 다시 읽을 때 기억은 다른 작용을 한다. 맨 처음 책을 읽었을 때가 더 이상 떠오르지 않음은 물론이요(워낙 어렸을 때라 재미있다고 생각했던 기억은 나는데, 이유는 기억나지 않는다), 지금 다시 책을 잡기 전까지 수차례 반복해서 읽었던 경험도 가물가물하다. 다시 읽기를 한다고 해서 이전에 책을 읽으며 얻었던 느낌이나 정보가 또렷이 재생되지는 않는다. 다만 친숙함이 배어나올 뿐이다.

몇 주 전 『오만과 편견』을 다시 읽은 결과(애초 이 책에서 논할 의도는 아니었으나 다시 읽기를 할 때마다 새로운 깨달음을 주는 소설 중 하나다), 나는 오스틴 스스로도 좀 지나치게 가볍고 밝지 않은가 우려를 표했던 이 유쾌한 로맨스 소설(이자 백마 탄 왕자를 찾는다는 동화)에 문명사회에 관한 고찰이 담겨 있음을 처음으로 깨닫게 되었다. 이 작품을 다시 읽기 전 마침 『에마』를 읽었던 터라 자연히 『에마』에서 찾았던 것과 같은 생각을 여기에서도 찾으려 했다. 사람은 자신이 찾는 것을 발견하는 법이라는 내 이론을 증명이라도 하듯이 문명사회에 대한 유사한 관심을 그 책에서 발견했다. 한데 놀랍게도 '열정'의 작용에 대한 작가의 관심 역시 포착되었다.

변덕이 심하고 위험한 감정인 열정은 문명사회와는 어울리지 않는 요소다. 『오만과 편견』에는 문명사회의 전형에서 벗어난다고 할 수 있는 베넷 부인, 캐서린 영부인 등의 열정적인 인물이 등장한다. 이들은 겉으로는 격식을 차릴지 모르되 그 본질은 간과하기 일쑤다. 또한 『오만과 편견』에는 자신들의 열정적 성향을 드러내지 않는 남자주인공과 여자주인공이 나온다. 양편의 대비를 통해 오스틴은 문명과 열정을 동시에 조명하면서, 개인적 감정과 사회적 통제 원칙을 어떻게 생산적으로 결합시킬 수 있을지 고민한다.

(나를 포함한) 『오만과 편견』의 독자들은 여주인공 엘리자베스 베넷을 그녀의 아버지와 마찬가지로 그녀의 웃음을 통해 기억하는 경향이 있다. 부녀는 모두 재치가 넘치고 터무니없는 상황에서도 유머 감각을 잃지 않는다. 엘리자베스는 무도회에서 다시의 냉대를 받지만 이를 장난으로 치부해버린다. 웬만한 여성이었다면 자기 회의에 휩싸였을 법한 상황이다. 그녀가 기본적으로 유쾌하고 활기 넘치는 여성이라는 사실은 소설 전반에 걸쳐 되풀이해 강조된다. 아버지가 가장 아끼는 딸인 엘리자베스는 다른 자매들이나 어머니보다 영민하고, 이웃들에 인기가 많으며, 계급이나 신분에 연연하지 않는다. 그녀는 운명의 시련에 상대적으로 덜 휘둘리는 듯하다.

그러나 그녀의 웃음은 방어기제라 할 수 있다. (반면 아버지의 조소는 공격적 성향이 더 짙다.) 외부로부터의 공격뿐 아니라 자신의 감정이 강렬해지는 데 대해 방어한다. 이 감정은 소설 앞부분에서는 미묘하게 암시되다가 결말에 가까워지며 점점 분명히 드러난다. 소설의 시작 부분에서 제인은 자매들 가운데 감정에 지배되는 편인 인물로 묘사된다. 나머지 자매 리디아, 키티, 메리는 자신들의 관심사에만 골몰한 채 타인에 대한 동정심이 없다. 제인은 늘 주변 사람들을 배려하고 너그럽게 감싼다. 그녀는 엘리자베스와 진지하게 대화를 나누려고 여러 차례 시도한다. 엘리자베스는 그녀를 웃게 만들지만 제인은 굳이 웃고 싶어하지 않으며 그보다는 감정적인 문제를 숙고하고자 한다. 엘리자베스는 제인의 너그러움을 높이 평가하면서도 소설 후반부에 가면 그녀가 너무 순진하다고 생각한다. 반면 자신은 세상 물정에 밝아 상처 받을 리가 없다고 믿는다.

나는 오래전에 엘리자베스의 웃음에서 방어적인 심리를 발견했지만, 그것이 그녀의 강렬한 감정과 연관된 것인지는 알아차리지 못했으며, 감정의 강렬함 역시 인식하지 못했다. 그녀는 위트와 우아함으로 가득한 인물일 뿐이었으며, 책을 여러 번 읽으면서도 그녀가 스스로 드러낸 감정 외에 다른 것은 생각하지 못했다. 같은 책을 여러 번 읽으면 지각이 예민해지기보다 무뎌질 위험이 있다는 점을 인정하지 않을 수 없다. 친숙한 시들과 관련해서도 나는 이런 현상을 가끔 목도했다. 이를테면 「어느 시골 묘지의 만가Elegy in a Country Church-Yard」처럼 닳고 닳은 시는 내용에서 무슨 일이 일어나는지 생각하기조차 어렵다. 단어들은 확립된 리듬을 따라가고 그 리듬은 의미를 생각할 필요를 없애버린다. 내게는 『오만과 편견』이 딱 그런데, 그 책의 단어들과 리듬은 내 머릿속에 항상 존재해온 것처럼 느껴진다. 지금껏 본 것만으로도 너무 만족스러워서 새로운 것을 볼 필요를 못 느낀다. 엘리자베스의 마음속에서 그녀가 고백하는 것 이상으로 얼마나 더 많은 일이 일어나고 있는지를 문득 깨닫는 것은 놀라운 충격이다.

주의 깊게 살펴보면, 엘리자베스라는 인물이 그녀 아버지 이상의 성격을 지닌 인물이라는 단서를 일찌감치 포착할 수 있다. 아픈 언니를 간호하기 위해 네더필드에 머무는 동안 그녀는 빙리와 다시와 함께 친구가 설득한다면 거기에 승복해야 하는지를 놓고 대화를 나눈다. 빙리는 자신이 다시를 존중하는 이유는 그가 자기보다 훨씬 키가 크기 때문이라며 이렇게 농담을 한다. "나는 다시보다 더 경외할 만한, 경외감을 불러일으키는 사람을 알지 못합니다." 엘리자베스는 이 당시는 다시에게 조금도 관심이 없었으며 그를 싫어하기까지 했다. 빙리의 언급에서 몇 문단 뒤에 그녀는 다시가 자신을 자꾸 쳐다보는 것을 눈치 채고 그 이유를 궁금해한다. 그가 자신을 "그릇되고 비난받아 마땅한" 사람으로 여기나보다, 하고 생각하지만 그 생각에 개의치 않는다. "그녀는 그를 좋아하는 마음이 전혀 없었기 때문에 그가 자신을 인정하든 말든 상관이 없었"기 때문이다. 이런 맥락에서 볼 때 빙리의 언급에 대한 그녀의 반응은 놀랍다. 다시를 "경외할 만한 사람"이라고 지칭한 그다음 문장이다. "다시는 미소를 지었다. 그러나 엘리자베스는 그가 기분 상했을지 모른다고 생각했다. 그래서 그녀는 웃음을 참았다."

이는 사소한 일화이지만 타인의 감정에 대한 엘리자베스의 민감함을 보여준다. 그 민감함은 그녀와 특정인 간의 관계에 달려 있지 않다. 그것은 엘리자베스가 갖고 있는 보편적 인간애에 조응한다. 그녀는 자신이 싫어하는 남자조차도 기분을 상하게 만들고 싶어하지 않는다. 베넷 씨는 터무니없는 짓을 벌이는 대상에게 조롱을 퍼붓는 것 외에는 아무것도 바라지 않는다. 반면 엘리자베스는 터무니없는 경우를 포함해 모든 가능성의 스펙트럼에 반응한다. 그녀의 이런 반응성은 그녀로 하여금 상처 입기 쉽게 한다. 이는 또한 그녀가 문명의 의무, 특히 예의 바른 행동의 바탕으로서 타인의 감정을 헤아리는 책무를 이해하고 있음을 보여준다. 이것은 예의의 문제지만 인간 공동체에 대한 깊은 양식을 바탕으로 하는 문명상像을 제시하는 것이기도 하다.

엘리자베스는 자신의 감정을 잘 드러내지 않으나, 그녀의 감정적 반응은 격렬한 편이다. 오스틴은 이 점을 무척 강조했다. (하지만 나는 지금까지 전혀 알아차리지 못했다.) 저녁식사 자리에서 어머니의 부적절한 언급을 들은 엘리자베스는 "수치심과 짜증에 얼굴이 붉어지고 또 붉어졌다." 여동생 메리도 똑같이 부적절하게 자기 과시를 지속하며 그녀를 "고통스럽게" 했다. 소설 속의 어떤 인물도 감정적 자극에 그녀만큼 격렬히 반응하지 않는다. 사랑에 빠졌을 때 그녀가 감정의 한 극단에서 다른 극단으로 향하는 감정의 롤러코스터를 타고 자기 회의에 빠지는 것은 그리 놀랄 일은 아니다. 그녀는 리디아의 실수 때문에 다시로부터 영원히 멀어지게 될 것이라는 생각에 "괴로워하며," 다시가 무관심해 보인다는 아버지의 말에 "몹시 당황한다." 그녀의 '아직 인정받지 못한 연인'이 가족을 방문했을 때 저녁식사 후 그와 이야기하는 것이 불가능하다는 것을 알게 된다. "그녀는 눈으로 그의 뒤를 좇으며 그와 대화를 나누는 사람마다 시샘하고, 어느 누구에게도 커피를 따라줄 마음의 여유가 없었다. 그러고는 그렇게 어리석은 자신에 대해 화를 냈다!" 이런 묘사는 캐서린 영부인을 말싸움으로 꺾은 그 차분한 젊은 여성의 묘사처럼 들리지 않는다. 오히려 열정적인 본성을 가진 여인에 가깝다.

그런 본성은 연인뿐 아니라 연애와 상관없는 사람이나 상황에 대한 반응에서도 나타난다. 엘리자베스가 사랑에 빠지고, 스스로 그 사실을 깨달았을 때조차도 그녀는 연인 외의 타인들에 대해 열렬한 반응을 멈추지 않는다. 리디아의 경망스럽고 수치스러운 행실을 알게 됐을 때 그녀의 격렬한 감정은 스스로 무엇을 잘못했는지 모를 정도로 무책임한 동생과, 집에서 히스테리 상태인 어머니의 즉각적인 감정의 분출과 가족의 불명예라는 끔찍한 사실을 견뎌야 하는 언니 둘 다에 뻗친다. 그녀는 "집에 가고 싶어 안달이 났다." '안달이 나다wild'라는 표현은 오스틴이 이런 맥락에서 사용하리라고 예상되는 용어가 아니다. 외삼촌이 모든 방법을 동원해 베넷 집안을 돕겠다고 하자 엘리자베스는 "눈물을 흘리며 감사"를 전한다. 그녀의 눈물과 낯붉힘은 『오만과 편견』의 마지막 4분의 1 부분에서 마치 18세기 소설의 감상적 여주인공처럼 빈번하게 등장한다(그리 그럴듯하지 않은 비교이긴 하지만).

그 비유에도 불구하고 엘리자베스는 결코 감상적인 여주인공이 아니다. 감상적인 여주인공은 스스로를 비웃지 않지만 엘리자베스는 그렇게 한다. 다른 사람들을 비웃을 줄도 안다는 점에서 그녀는 터무니없는 사람들을 비웃는 아버지를 닮았으며, 또한 단호한 판단을 내리는 경향이 있다(일부 판단은 잘못됐지만). 그녀의 격렬한 감정은 여동생들이나 어머니와 달리 부적절하지도, 겉으로 잘 드러나지도 않는다. 소설이 들려주는 한, 그녀의 낯이 붉어지는 모습을 아무도 알아차리지 못한다. 사랑에 관한 문제들에 있어서는 그녀 역시 대부분의 사람들처럼 비합리적이어서 화자는 부드러운 어조로 그녀를 놀리곤 한다. 다시가 돌아오리라는 희망을 완전히 접은 엘리자베스가 만약 두 사람의 인연이 맺어졌더라면 이상적인 결혼이 되었을 것이라고 상상하자 화자는 그 생각에 내재하는 자만심을 빈정거린다.

"하지만 이제는 그 행복한 결혼이 진정한 결혼의 행복이 무엇인지를, 찬미하는 대중들에게 가르쳐줄 수 없게 되었다." 그 뒤에 다시와 화해하기 전에 엘리자베스는 어머니의 분별없는 무례함 때문에 실망에 잠겨 "제인과 그녀가 겪은 고통스럽고 당황스러운 순간들은 수 년 간의 행복한 세월도 보상해주지 못할 것"이라고 생각한다. 화자는 다시 한 번 그녀의 과도함을 조롱한다. "하지만 수 년 간의 행복한 세월도 보상해줄 수 없을 것이라던 그 비참함은 곧 실질적인 위안을 얻게 되었으니, 언니의 아름다움이 옛 연인의 사랑을 얼마나 열렬히 다시 불타오르게 했는지를 보게 된 것이다." 화자는 엘리자베스가 자주 놓치는 침착함을 항상 유지한다. 엘리자베스가 감정적으로 불안정한 순간에는 그녀의 감정의 깊이와 인간적 복잡성에 주의를 환기시킨다.

그녀는 그 두 가지 면에서 그녀의 훌륭한 언니 제인을 넘어선다. 제인은 한결같이 "착하며" 늘 자신이 알고 있는 문명사회의 원칙에 맞춰 행동한다. 그녀 또한 종내 결혼하게 되는 남자와 여동생 리디아, 그리고 리디아로 인해 고통받는 사람들에 대해 격렬한 감정을 느낀다. 하지만 오랜 세월 동안 흠잡을 데 없는 행실을 보여 온 논리적 결과로서 자신의 감정을 억누르는 데 익숙하다. 그녀는 엘리자베스에게만 그것을 드러낸다. 그녀는 감정이 행동을 충분히 정당화할 수 있다고 생각하지 않는다. 그녀가 볼 때 감정은 통제되어야 하는 것이다. 더 자신만만하고 주관이 뚜렷한 엘리자베스는 자신의 감정과 그것이 수반하는 갈등을 포용한다. 그녀는 언니에 비해 행동이 덜 완벽하고, 감정을 격정적으로 드러내며, 눈에 띄게 덕성스러운 편도 아니다. 하지만 오스틴은 그녀에게 가장 부유한 남자를 안김으로써 그녀에 대한 작가의 지지를 명백히 드러냈다.

지금까지 감정과 덕성을 강조했지만 이제는 『오만과 편견』이 도덕적, 사회적 결점을 다루는 예리함을 살펴볼 차례다. 오스틴이 보기에 도덕적 결함과 사회적 결함은 긴밀히 연관돼 있으며, 둘 다 감정의 문제와 관련이 있다. 캐서린 영부인과 베넷 부인은 엘리자베스와 열정적인 격렬함을 공유한다. 그것은 연애(베넷 부인의 결혼생활은 성적 열정이 고갈돼버린 것 같다)가 아니라 그들 각자의 목표와 긴밀히 연결돼 있다. 캐서린 영부인은 단순히 그리고 예외 없이 그녀의 뜻을 행사하고, 자기 주변의 모든 사람을 통제하길 원한다. 베넷 부인은 다섯 딸의 훌륭한(경제적으로 굳건하고 사회적으로 명망 있는) 결혼을 성사시키는 것이 목표다. 두 여인이 그들의 목적을 추구하는 데 쏟는 열정적인 에너지는 성공과 실패의 코미디를 엮어낸다. 하지만 두 인물은 비난받을 구석이 많으며 그 점에서 엘리자베스와 극명한 대조를 이룬다. 두 사람은 콜린스 씨와 함께, 오스틴이 일말의 동정심도 보이지 않는 도덕적 불감증을 공유한다. 텍스트는 세 인물 모두에게 희극적 활력을 부여하지만, 그들의 자기 방종적인 삶에 도덕적 결함이 있다는 사실을 명백히 드러낸다. 셋 중 어느 누구도 일부러 악한이고자 하진 않는다. 이 점에서 그들은 위컴과 다르다. (오스틴은 위컴을 묘사할 때 희극적 용어를 일절 사용하지 않는다.) 하지만 그들은 셋 다 자기 자신밖에 보지 못한다. 빙리의 여동생들도 갖고 있는 이 치명적 근시는 엘리자베스를 동요시키려는 캐서린 영부인의 기도와 엘리자베스에 대한 콜린스 씨의 구애가 실패하는 데서 드러난다. 하지만 그러한 근시가 항상 실패로만 귀결되는 것은 아니다. 베넷 부인은 마침내 그녀가 원하던 것(적어도 딸 다섯 중 셋에 대해)을 얻으며, 콜린스 씨는 엘리자베스보다 그에게 더 잘 맞는 여성과 결혼한다.

『오만과 편견』은 그런 인물들을 날카롭고 조롱하듯이 비판하고 그들의 도덕적 결함을 강조한다. 하지만 또한 그들을 넓은 아량으로 대한다. 오스틴은 콜린스 씨에게 약간의 개인사를 부여하며, 그것을 통해 그의 결함을 용서하지는 않더라도 설명해준다. 그의 어리석음은 성격에 내재한 것이긴 하나 상황이 그것을 악화시킨 것이다. 베넷 부인이 딸들을 결혼시키는 것을 그녀의 '사업'으로 삼았다는 이야기는 첫 장부터 등장한다. 그 단어는 소설 내내 반복된다. 독자는 점차 그 단어의 적확함에 눈뜨게 되는데, 그것은 딸을 가진 중년 여성에게 사회적으로 기대되고 뒷받침되는 직업으로서 정말 사업에 가깝다. 다섯이나 되는 딸과 한정된 사회경제적 자원밖에 지니지 못한 그녀는 자신의 능력을 웃도는 요구에 직면한다. 어리석고, 편협하고, 변덕스럽고, 성가신 베넷 부인은 독자들의 마음을 얻지 못한다. 하지만 오스틴은 독자들이 그녀의 삶이 얼마나 고달픈 것인지 깨닫도록 한다. 캐서린 영부인으로 말하자면, 그녀의 열정적인 자기 확신에서 오스틴이 은밀한 즐거움을 느끼는 것 같다. 그녀는 편협하고 완고할 뿐 아니라 높은 사회적 지위에 따른 막강한 권력으로 폭군의 면모마저 보인다. 자신만이 옳다는 맹목적인 믿음은 그녀를 위협적인 존재로 만들지만, 엘리자베스의 활기처럼 그것 역시 여성적 에너지를 표상하고 있다.

오스틴은 등장인물들에 대해 폭넓은 이해를 드러내면서 독자들도 그런 이해를 갖도록 초대하는 한편, 도덕적 차별화라는 중요한 행위에 참가하길 촉구한다. 그녀는 이성과 감정 양쪽의 필요성과 둘 간의 적절한 조화를 주장한다. 소설에 등장하는 "적절한proper"이라는 단어는 심사숙고 끝에 진지한 의미로 사용한 것이다. 오스틴은 엘리자베스와 다시라는 주인공을 통해, 폭넓게 이해된 예의*는 강력한 감정의 여지를 허용하고 또한 강력한 감정에 의존한다고 주장한다. 『오만과 편견』의 함의는 『에마』와 다르지만, 그 주장은 『에마』의 그것과 연속선상에 있다. 『에마』는 관대한 인간적 동정심을 진정한 문명의 핵심 감정으로 여긴다. 『오만과 편견』은 동정심을 수용하는 능력은 인간에게 보다 격동적인 감정을 느끼게 하며, 또한 그것을 다룰 수 있는 능력에 의존하고 있다고 주장한다. 격동적인 감정을 제대로 다룬다는 것에는 그런 감정을 억제하거나 표출하려는 의사와 함께 억제와 표출 중 언제 어떤 행동을 취해야 적절할지를 분간해내는 기술이 포함된다. 제인은 너무 통제하며, 베넷 부인과 캐서린 영부인은 너무 표출한다. 엘리자베스는 통제보다 표출을 더 많이 하는 편이지만, 그녀의 어머니와 달리 동정심이라는 지배적 원칙을 항상 견지한다.

엘리자베스는 열정적인 여인이며, 다시는 열정적인 남자다. 엘리자베스는 다시가 처음 그녀에게 돌아왔을 때 그가 말을 너무 적게 한다고 책망한다. 그러자 다시는 느끼는 것이 별로 없는 남자가 말이 많은 법이라고 대답한다. 엘리자베스가 지나치게 표현적이라면 그는 그 반대인 셈이다. 그렇다고 해서 다시를 제인과 닮았다고 할 수는 없는데, 그것은 엘리자베스에게 써보낸 그의 과격한 편지나 행실이 나쁜 사람들을 공공연히 경멸하는 그의 행동에서 드러난다. 다시는 자신이 사랑하게 되는 여성과 마찬가지로 깊이 느끼고 자애롭게 행동하며 때로는 감정의 통제를 잃기도 한다. 두 사람이 공유하는 그런 감정의 깊이가 그들의 결혼의 바탕이 된다.

감정의 깊이는 그들의 인간적 유대와 동정심을 확장시킨다. 감정에 주

---

* propriety, 바로 위에 나온 proper의 명사형이기도 하다.

의를 기울이면서 우리는 이제 『오만과 편견』의 마지막 문장에서 감동을 받게 된다. 유명한 첫 문장에 비해 기억에 덜 남을 문장이지만, 첫 문장을 수정하고 있다는 점에서 중요하다. 그 문장은 엘리자베스의 외삼촌과 외숙모인 가드너 부부를 언급한다. "엘리자베스와 다시는 진정 그들을 사랑했다. 엘리자베스를 더비셔로 데려옴으로써 두 사람을 결합시키는 매개가 되어주었던 두 분에 대해 그들은 항상 감사하는 마음을 가졌다." '재산이 많은 독신남자가 아내를 필요로 한다는 것은 보편적으로 인정되는 진리'라는 첫 문장은 이제 매우 개별적인 의미로 인정을 받은 셈이다. 감정과 역할에서 합심한 다시와 엘리자베스는 더 넓은 집단을 향한 감사와 사랑을 표시하는 한편, 독신 남자는 재산이 얼마든 간에 그냥 아내가 아니라 '옳은right' 아내(남편과 서로 마음을 넓혀주는)를 필요로 한다는 점을 상기시켜준다.

오스틴은 그런 감정적 확대가 문명의 토대를 제공한다고 전한다. 엘리자베스는 양쪽 모두의 편의에 부합한 샬럿 루카스와 콜린스 씨의 결혼에 대해 제인과 토론하면서 낭만적 사랑과 도덕적 원칙이 결합해야 하는 이유를 댄다. 소설에서 샬럿은 그런 결혼을 찬성하는 주장을 펼치며(스스로 그런 기회를 갖기 전에), 독자로 하여금 돈과 전망이 없는 미혼 여성이 정당한 이유로 필사적일 수밖에 없다는 사실을 이해하도록 한다. 스스로 부양할 충분한 돈을 가졌기에 독신으로 남을 수 있는 특권을 가진 에마의 의기양양함도 같은 맥락의 주장을 지지한다. 제인이 설명하듯, 그런 결혼이 샬럿이 할 수 있는 최선이기 때문이다. 엘리자베스 역시 그 점을 이해하지만 수긍하지는 않는다. 그녀는 어리석은 콜린스 씨와 결혼하는 사람은 "제대로 생각하지 못하는 사람"이며, 제인 역시 이를 변호해선 안 된다고 말한다. "한 개인을 위해 원칙과 진실함의 의미를 바꾸려 들거나, 이기심을 신중함으로, 위험에 대한 무감각함을 행복의 보증이라고 언니 자신이나 나를 설득하려고 하지 마."

제인은 동생의 말이 너무 심하다고 대꾸한다. 아마 그 말이 맞을 것이다. 엘리자베스는 언제나처럼 열정적인데, 여기서는 감정의 명분에 대해 열정적이다. 여자는 자신이 선택하는 남자에 대해 진실한 감정이 없이는 결혼하지 말아야 한다. 그러나 연애 감정만으로는 결혼의 동기로 충분치 않다. 리디아가 택한 길이 그 길이다. 그것은 엘리자베스가 다시와 화해하기 전에 키운 존경과 감사와 같은 다른 종류의 감정과 결합되어야 한다. 문명의 표식인 '원칙과 진실함'은 결혼이 감정적 헌신에 기초할 것을 요구한다. 『오만과 편견』은 그 점을 지지하고 있다.

나는 『에마』와 『오만과 편견』을 잇달아 다시 읽었다. 먼저 읽은 『에마』를 문명이라는 관념에 대한 주석으로 새롭게 이해하면서, 같은 논점을 그 이전 소설에서도 찾고자 했다. 하지만 다시 읽는 과정에서 자신이 찾던 것을 발견했다고 해서 발견한 것이 원래 거기에 없었던 것은 아니다. 두 편의 친숙한 소설을 최근 읽으며 발견한 것의 영향 때문에, 나는 오스틴의 모든 텍스트에서 문명과 감정의 관계에 대한 논의를 해볼 수 있으리라는 강한 심증을 갖게 되었다. 이 문제는 확실히 오스틴의 흥미를 끈 주제 중 하나였다. 오스틴을 감정heart의 작가나 문명의 작가, 또는 둘 다로 묘사한다고 해서, 엘리자베스 베넷의 감정의 폭이 그 인물의 가장 중요한 측면이라거나 문명이 오스틴의 유일한 주제였다는 주장을 펴는 것은 아니다. 다시 읽기는 어떤 지고한 진실의 이름 아래 텍스트의 전 영역을 지휘하는 제국주의적 해석과는 무관하다. 반대로, 다시 읽기는 의미의 다양성을 주창하며 같은 책을 여러 번 접할 때 매번 다른 깨달음을 얻을 수 있다는 인식에 기반한다. 『에마』를 주인공과 독자의 도덕 교육에 뜻을 둔 작품으로 이해한다고 해서, 그 소설을 연애 실수에 관한 무도인 『한여름밤의 꿈』처럼 바라보는 관점을 배제하는 게 아니다. 연애를 시작한 뒤가 아닌, 연애를 하기 한참 전의 엘리자베스를 격렬하고 상처입기 쉬운 인물로 보는 관점은 그녀와 아버지 사이의 친밀함이나 그녀의 예리한 사회 관찰을 이해하는 데 전혀 지장을 주지 않는다. 그녀를 그렇게 보는 것은 또한 악명 높은 청혼 장면의 인색함에도 불구하고, 오스틴이 감정적인 삶을 이성적인 삶만큼이나 온전히 가치 있게 여겼음을 떠올리게 한다. 엘리자베스와 다시 사이의 연애는 『오만과 편견』에 동화적 결말을 제공한다. 또한 오스틴은 그 주인공들이 샬럿 루카스나 콜린스 씨 같은 부류는 물론 제인 베넷이나 빙리 같은 중도적인 인물들조차 능가하는 감정적 수용력을 가진 것으로 묘사했다. 펨벌리를 소유한다는 것은 영예로운 일이지만, 이처럼 넓고 깊게 느끼는 것은 개인뿐 아니라 사회를 위해서도 그보다 더 중요하다.

4
1950년대의 책

이제 4장부터 6장까지 3개 장은 전적으로 성공적인지는 모르겠으나, 나름의 야심찬 실험을 모아 기록한 것이다. 나는 책을 다시 읽을 때 나타나는 텍스트 상의 명백한 변화를 이해하는 데 있어 개인사와 사회사를 얼마나 분리할 수 있을지를 궁금하게 여겨왔다. 우리는 시간이 흐르면서 사람들이 개인적으로 변했을 뿐 아니라 세계 역시 변화했다는 사실을 알고 있다. 하지만 읽는 책의 변화에서 자신과 세계가 각각 어느 정도로 상대적 영향력을 미쳤는지를 정확히 재거나, 공적 영역의 광대한 변화가 작은 개인적 변화에 얼마만큼 영향을 미쳤는지를 측정하기는 거의 불가능하다.

다시 읽기는 독자가 개인사 및 사회사와 맺는 관계를 복합적으로 만든다. 소설을 출간 직후에 읽을 때는 그 책 자체가 의도적으로 상기시키지 않는 한, 그 작품이 특정 시점의 영향을 얼마나 받았는지 거의 인식하지 못한다. 독자가 작가와 동일한 역사적 시점을 살고 있기 때문에, 일상생활에서와 마찬가지로 책에서도 그 시점은 보이지 않기 때문이다. 같은 책을 15년이나 20년쯤 뒤 다시 읽게 될 때 우리는 종종 충격과 함께 그 책이 지나간 시대에 속한다는 사실을 깨닫게 된다. 그런 깨달음이 작품 자체의 평가절하로 이어질 필요는 없지만, 그것이 제공하는 새로운 시각은 독자의 반응에 영향을 미치게 된다. 이처럼 겉으로는 그대로인 텍스트의 명백한 변화가 개인적 시간뿐 아니라 역사적 시간의 경과를 동반한다는 점을 깨닫게 되면, 안정과 변화라는 꼬인 문제는 더욱 복잡해 보인다.

역사적 시점에 뿌리를 내린 일련의 작품들, 출간 당시 내가 열정적으로 읽었던 작품들로 한번 돌아가보자는 생각이 들었다. 첫 만남 이후 수십 년이 지난 지금도 그 책들은 여전히 나를 감동시킬 수 있을까? 과거 30년 간 출간된 소설 중 그 시대와 뗄 수 없는 작품들을 각 10년마다 몇 개씩 골라 다시 읽어봄으로써 문화적 맥락의 광범위한 변화가 나의 반응에 얼마나 영향을 미치는지 알아보기로 했다. 출간 당시 친구들과 함께 읽고 토론하고 중요하다고 여겼던 작품들 가운데 고를 것이다. 나 자신을 처음 성인으로 여긴 때이자 박사학위를 취득하고 전임강사 생활을 시작한 시기에서 출발하여 그 뒤로 나아가기로 했다. 따라서 1950년대와 1960년대, 1970년대가 연구대상 시기로 정해졌다. 이제부터 서술하는 내용은 그 결과이다.

1950년대에서는 영국소설과 미국소설 한 권씩을 골랐다. 둘 다 선택의 이유가 분명한 작품들로, 출간 당시에는 큰 인기를 끌었다가 지금은 내 기억에서 거의 사라진 것들이다. 나는 1950년대 말에 킹즐리 에이미스Kingsley Amis의 『행운아 짐Lucky Jim』(1954)을 읽었고, 샐린저의 『호밀밭의 파수꾼』은 1951년 출간 직후에 읽었으며 웰슬리 대학 재임 첫 해인 1959년에 열의로 가득한 신입생들에게 그 책을 가르쳤다. 내가 처음 접했을 때만 해도 두 책은 서로 전혀 다른 작품으로 보였다. 기묘하게도 지금은 두 작품이 많은 공통점을 갖고 있다.

한 불운한(비록 종래에는 성공을 거두지만) 학자의 경력에 초점을 맞춘 『행운아 짐』은 1957년이나 58년 무렵 교수 경력을 막 시작한 사람에게는 요절복통의 우스운 이야기로 보였다. 성난 젊은이들Angry Young Men의 일원으로 간주되는 에이미스는 당시 기득권층을 조롱하는 데 매진했으며, 교수들과 그 아내들을 놀릴 기회를 놓치지 않았다. 역사학과의 시간강사로 가채용된 주인공은 자신의 직업에 아무런 열정을 느끼지 못하며, 그 직업이 요구하는 바도 이해하지 못한다. 학문적 지위를 향상시키기 위해 논문 한 편을 쓰게 되지만 논문 내용은 그에게 무의미할 뿐이다. 하지만 누군가가 그 논문을 훔쳐감으로써 짐은 재임용될 수 있는 미약하나마 유일한 근거마저 잃게 된다. 짐은 교수의 집에서 침대보와 담요에 불을 질러 구멍을 내고 구멍 주위를 오려냄으로써 사태를 악화시킨다. 부적절한 시점에 술에 만취하기도 한다. 야망은 전혀 없고 활력도 거의 없으며 자기 파괴적인 충동만 가득하다. 딱히 열렬하게 좋아하지 않는 여자친구는 외모나 정신 모두 매력이라곤 찾아볼 수 없다. 짐은 어떤 정의에 따라서도 패배자다.

하지만 그는 작가의 칙령 덕분에 사랑스럽고 매력적인 젊은 여인과 함께 어느 괴팍한 부자의 개인비서라는 유망한 일자리를 얻게 된다. 그 일자리는 그를 지방에서 화려한 런던으로, 학자 생활의 좌절감으로부터 더 큰 세상의 미지의 가능성으로 인도한다. 독자는 응당 개인의 무능력이 활력

없는 제도를 상대로 거둔 승리에 즐거워할 것이다. 하지만 나는 그 책을 오랜만에 다시 읽는 내내 격노와 혐오감(짐이 느꼈을 법한 감정들)이 끓어올라 정점에 이르렀다.

50여 년 전 나는 짐 딕슨이 고등교육제도의 권력을 상징하는 그의 적들을—대개 의도하지 않은 채—당황시키거나 패배시키는 일화들을 즐겁게 읽었다. 이런 패턴이 가장 잘 나타난 사례는 강의할 내용도, 의사도 전혀 없는 주인공이 의무적으로 공개 강의를 해야 하는 상황이다. 강의 전에 구태의연한 문구들을 이것저것 준비하긴 했지만 구두 강연을 연습하지 않았던 주인공은 끔찍하게도 그를 소개한 교수의 독특한 말투와 어조를 그대로 흉내 내게 된다. 그는 교수의 강권으로 마신 낮술에 잔뜩 취한 상태여서 통제력을 잃는다. 결국 그는 학자로서의 그의 운명을 결정할 교수들을 포함한, 당황하고 걱정스러운 표정의 청중들 앞에서 의식을 잃고 만다.

나 역시 지금까지 수많은 학자들의 운명을 결정하는 데 관여해왔다. 이제 나는 그의 적을 구현하는 인물이나 다름없다. 나는 학자적 엄밀함 같은 관념을 신봉하며, 학자들이 자신의 책임을 완수해야 한다고 믿는다. 『행운아 짐』을 처음 읽은 이후로 삶에서 나의 지위는 불안정하고 겁먹은 강사에서 명예석좌교수로 바뀌었다.

하지만 에이미스의 이 소설을 이제는 제멋대로 써갈긴 작품으로 평가하는 건 완전히 내 지위 때문만은 아닐 것이다. 이 책은 더 이상 그리 웃기지 않으며, 형식 면에서 슬랩스틱 유머를 반복하고, 위트는 찾아볼 수 없다. 짐의 언어적 명민함은 때로 진정한 희극을 연출하곤 한다. 그의 교수의 밉살스러운 아들이 "제 표현을 양해해주신다면, 저는 쇠가 뜨거울 때 때리고 싶어 안달이 났거든요"라고 말하자 짐은 (다른 상황에서의 반응들과 마찬가지로) 무의미한 표현에 관심을 보인다. "사람들이 왜 그 표현을 양해해 주지 않는단 말인가? 도대체 왜?"라고 딕슨은 생각한다. 어차피 같은 이야기이겠지만 그는 사람들이 왜 그 표현을 '양해해줘야만 하는지'를 궁금해할 수도 있었을 것이다. 주인공은 대개 어리석게 굴지만, 그런 순간에는 그의 날카로운 정신과 강요된 동반자에 대한 짜증, 자신이 처한 상황을 개선할 수 없다는 무력감, 의식 속에서 끝없이 반항하는 방식 등을 느낄 수 있다.

하지만 그 의식의 발전은 단조로우며 그 내용은 좌절감에 따른 공격성일 뿐이다. 다음은 그런 특징을 보여주는 구절이다. "그는 교수의 허리춤을 잡아 메는 상상을 했다. 그의 회청색 털조끼를 꽉 잡아당겨 숨을 내뱉게 한 다음 계단을 올라가 복도를 지나 교직원 화장실로 들어간다. 화장실 휴지로 입을 틀어막은 채 그의 조그마한 발을 민짜 신발을 신은 그대로 변기통에 담그고 손잡이를 한 번 두 번 계속해서 당긴다." 꼼꼼하게 묘사된, 교수를 변기에 처박는 상상에 독자들은 웃음을 터뜨리거나 적어도 미소를 지을 법하다. 나는 즐겁지 않았다. 짐은 웰치 교수가 학과 내 교수 다섯 명의 강의를 서로 다른 색깔로 써놓은 학과시간표를 보고는 "대학에 온 뒤 처음으로 진정하고 압도적이고 통제 불능의 권태감과 함께 진정한 증오감을 느꼈다." 그에게는 이것이 그 특정한 감정의 "진정한" 첫 경험일지는 모르나, 독자는 이미 수많은 유사 경험들을 보아왔다. 짐은 대부분의 시간을 (남들이 아무도 보지 않는다고 여길 때) 기괴한 표정을 짓거나 권태와 증오를 드러내는 표정을 연습하며 보낸다. 침대보 훼손이나 만취 강의 같은 '사고들'과 마찬가지로 그가 짓거나 상상하는 표정들 역시 공격성을 수반하고 있다.

에이미스는 짐의 적대감을 정당화하기 위해 터무니없이 기이하고 혐오스러운 인물들로 그의 소설을 가득 채운다. 『행운아 짐』은 사실주의를 추구하지 않는다. 오히려 사회적 관습과 제도적 장치들의 혐오스러움과 무의미함을 전달하기 위해 인간의 여러 가지 면모들을 과장하는 풍자물이 되고자 한다. 하지만 안이한 글쓰기 때문에 성공적인 풍자물이 보여주는 불쾌한 깨달음을 만들어내는 데는 실패했다. 내가 아는 교수들은(나는 교수들을 많이 알고 지낸다) 새로운 현상을 접할 때 "낡고 느린 전함 선단처럼 서서히 관심을 돌리지" 않는다. 만약 그들이 미치광이처럼 차를 몬다면, 그들은 그런 자신을 스스로 잘 알고 있으며 심지어 그런 솜씨를 자랑스러워할지도 모른다. 그들은 가장 단순한 생각의 흐름을 좇는 데도 거의 실패하는 법이 없다. 에이미스의 웰치 교수는 우스꽝스러운 인물이지만, 그와 학문적 삶의 관계는 우연일 뿐이다. 그는 공교롭게 교수였을 뿐이며 우체부나 최고경영자였더라도 이상할 게 없다. 『행운아 짐』의 구상, 등장인물들의 성격 묘사, 그 적대감 등은 이제 대부분 유치해 보이며 끝없는 공격성은 불쾌감을 준다. 모든 점에서 이 소설은 복합성을 상실했고 따라서 관심을 지속시키지 못한다.

한때 나는 그 책을 재미있는 책으로 여겼으며 계속 관심을 두었다. 남편과 친구들 모두 그 책을 즐겼다. 우리는 다들 같은 연령대였으며 학교에서 비슷한 지위를 갖고 있었다. '모두'가 『행운아 짐』을 읽고 감탄했다는 나의 확신은 매우 제한된 표본에 근거한 것이었다.

이제 나는 에이미스의 그 작품이 지닌 문학적 약점들의 증거를 기꺼이 제시할 수 있고, 현재의 환멸감이 그 책을 처음 읽은 뒤 50년 간 갈고 닦은 비평적 안목 때문이라고 믿고 싶다. 하지만 50년 전에도 나는 대학원을 막

졸업한 직후의 나 자신을 고도로 숙련된 전문적인 독자로 여기며 나의 비평 능력을 믿었다. 그렇다고는 해도, 이는 여전히 비평 능력이 향상된 것과 관련이 있을 수 있다. 나이를 쉰 살을 더 먹었기 때문에 어떤 불운한 젊은이에 관한 소설을 덜 매력적으로 느끼는 것일 수도 있지만, 그간 수많은 소설들을 읽고 생각해왔기 때문에 나는 더 많은 것을 배웠고 나의 비평 기준도 훨씬 복잡해졌다. 이것은 개인사의 문제다. 하지만 개인사와 사회사가 한때 이런 종류의 텍스트들이 누린 인기를 결정했듯이, 지금 내가 이 작품을 읽을 때 느끼는 실망감에도 기여하고 있다. 시대가 달라졌으며 나 역시 달라졌다.

『행운아 짐』은 여전히 일부 독자들을 즐겁게 한다. 아마존 사이트에 오른 이 책의 페이퍼백 판본에는 78개의 독자 비평이 달렸는데, 그 중 51개가 예외 없이 그 책의 유머를 근거로 가장 높은 평점을 주었다. 오직 3개의 비평만이 가장 낮은 평점을, 다른 둘은 그다음으로 낮은 평점을 주었다. 2008년에 씌어진 한 부정적인 독자 비평은 자신이 그 책과 개인적 연관성을 맺을 수 없다는 점(나 역시 지금은 깊이 공감하지만, 과거에는 단연코 부정했을 것이다)을 불평하고 있다. 하지만 그 독자와 현재의 나를 포함하여 부정적인 독자인 우리의 수는 매우 적다.

나는 나 자신의 극단적인 반응에 놀랐다. 나는 책을 읽기 시작하면 대부분 강박적으로 끝까지 읽어버리는데, 『행운아 짐』을 두 번째 읽을 때는 싫어서 도중에 그만두고 싶었다. 처음 읽었던 때 이후 나는 담요 화재 사건과 그 여파, 재앙에 가까운 강의와 그 귀결 등의 일화를 기억했으며, 그것도 아주 우스운 사건들로 기억하고 있었다. 그 유머는 사라져버렸다. 위트로 가득한 소설로 기억하고 있었으나 지금은 거의 찾아볼 수 없다. 게다가 책을 다시 읽을 때 항상 그랬던 것은 아니지만, 이번 경우에 나의 판단은 나의 취향과 일치했다. 에이미스의 다른 소설들을 읽어보면 작가가 매우 똑똑한 사람이라는 사실을 알 수 있지만, 『행운아 짐』은 단세포적이고, 같은 농담을 재탕하며, 등장인물들을 희화화하고, 글의 어조는 금세 단조로워지고, (풍자에서 매우 중요한) 판단 기준은 흐리멍덩하다. 좋아할 만한 점이나 인정할 만한 점은 거의 찾아볼 수 없다.

그렇다면 내가 이 책을 처음 읽었을 때 예리한 풍자물로 여기면서 그렇게 좋아했던 것은 어찌된 일일까? 나의 개인사뿐 아니라 역사적 시점이 그 생각에 기여했던 게 틀림없다. 문화적 억압의 시기는 필연적으로 저항을 불러일으키며 그 항거는 오랜 동안 은밀한 양상으로 진행되곤 한다. 이 소설의 기백과 불가침 영역을 공격하려는 열망은 많은 사람들에게 호소력을 발휘했을 것이며 실제로도 그랬다. 『행운아 짐』은 이런 저항에 아무런 희생이 따르지 않는 것처럼 보이게 한다. 짐이 고난을 겪기도 하지만, 소설은 주인공에게 긍정적인 결과만 가져다주는 낙관적인 저항의 환상에 기반하고 있다. 1960년대에 더욱 온전하게 표출될 희망을 1950년대에 제시하고 있는 셈이다.

21세기에 와서 그런 희망은 환상의 수준에서조차 더 이상 유효하지 않아 보인다. 따라서 그 책은 더 이상 나를 충족시키지 못한다. 다시 읽는 즐거움도 미미하다. 플롯의 기본 사실관계를 제외하고는 『행운아 짐』에 관한 '모든 것'이 변해버린 듯하다. 안정감은 사라졌으며 웃음은 권태로, 즐거움은 짜증으로 변했다. 얻은 것은 비평 활동과 (한때 중요하다고 생각했던 작품의 천박함이라는) 새로운 지식을 얻은 데 따르는 만족감뿐이다. 그걸로는 충분치 않다. 다시 읽기가 항상 즐거움만을 제공하지는 않는다는 사실이 또 한 번 드러난 셈이다.

『호밀밭의 파수꾼』은 그 중요성과, 당시 및 이후 내게 영향을 미친 점에서 『행운아 짐』을 닮았다. 예찬하는 독자들이 끊이지 않는 이 책은 2010년 한 해 동안만 425,314권의 단행본(고등학교와 대학교 교재로 얼마나 팔렸는지는 차치하고)이 팔렸다고 편집자가 나에게 알려주었다. 샐린저의 죽음에 사람들은 그 책이 자신에게 얼마나 많은 의미를 가졌는지를 토로하는 글들을 쏟아냈다. 나는 처음 읽었을 때 그 책을 사랑했고 웰슬리 대학에서 열정적으로 가르쳤다. 그리고 이번에 다시 읽고 나서는 그 책을 혐오한다.

웰슬리 대학 기숙사 모임에서 학생과 교수들이 함께 『호밀밭의 파수꾼』을 토론할 때 독실한 성공회 신도이며 나보다 나이가 많은 여자 동료는 "그렇게 나쁜 말을 쓰는 주인공이 어떻게 예수형 인물일 수 있는지 모르겠다"고 내게 말했다. 나는 그 말이 어처구니없었다. 예수형 인물을 찾는 것은 결코 나의 비평 작업에 속한 적이 없지만, 1950년대의 논단에서는 그런 류의 비평이 유행이었다. 어떤 인물이 "나쁜 말"(그 동료는 홀든의 잦은 욕지거리를 의미했을 것이다)을 쓰는지 여부와 그가 예수형 인물인지는 하등의 관계도 없었다.

이번에 그 소설을 다시 읽으면서 전혀 다른 의미에서의 나쁜 말에 질겁했다. 샐린저는 고등학생의 언어를 재현하기 위해 사용하는 어휘를 크게 줄였다. 홀든 콜필드는 큰 생각을 가졌을지 몰라도 표현력은 매우 한정돼 있었다. "정말이다I really do"라는 말을 어찌나 되풀이하는지 더 이상 견딜 수 없을 정도였다. 책을 다 읽어내기 위해서는 페이지를 넘길 때마다 등장하는 유치하고 무의미한 욕지거리(내 동료가 불평한 "나쁜 말"은 충격적이라기보다는 따분했다)와 말버릇들, 때로는 명백히 때로는 은밀하게 자기 잇속만 차리는 공허한 일화들을 참아내야 했다. 이 책은 1인칭 시점의 서술이기 때문에 독자는 홀든의 의식 속에 갇히게 된다. 나의 현재 견해로 그 의식은 짐 딕슨보다 공격성은 덜하지만 혐오스럽기는 마찬가지다.

『행운아 짐』과 『호밀밭의 파수꾼』 간의 중요한 연관은 주인공의 혐오스러움에 달려 있지 않다. 『행운아 짐』은 코믹한 풍자극 형식을 통해, 『호밀밭의 파수꾼』은 감상적이고 애절한 어조를 통해, 두 소설은 사실상 같은 이야기를 하고 있다. 그 이야기는 인습에 사로잡히고 위선적이고 근본적으로 부패한 사회에 사는 아웃사이더의 운명에 관한 것이다. 짐은 그를 둘러싼 모든 이들로부터 소외감을 느끼며, 홀든은 여동생과만 유일하게 마음이 통한다. 짐은 공격적으로 반응하며, 홀든은 다른 이들과 진정한 접촉을 맺으려 하나 끊임없이 실패한다. 작가의 개입이 짐을 응당의 패배로부터 구원하며, 홀든의 구원은 주로 그의 상상 속에 존재하지만, 소설은 그가 다른 학교에서 새출발하여 좀 더 만족스러운 성과를 낼 것을 암시한다.

나는 1950년대 말 이 책들이 젊은 학자들 사이에 인기를 끈 이유를 좀 더 잘 알게 됐다. 우리는 학자 공동체에 동화되고 싶어 안달이 나긴 했지만, 또래들과는 달리 순수한 영혼을 가진 사람들이 응당 보상받아야 하나 보상은 좀처럼 주어지지 않는다는 내용의 소설을 즐겼다. 우리 자신을 행운아 짐이나 홀든 콜필드 같은 아웃사이더로 생각하고 싶어했다. 홀든의 진부한 표현들 아래 숨은 숭고한 정신을 투시해내는 우리의 문학적 안목을 자랑스러워할 수 있었다. 어쨌든 그는 젊은이와 힘없는 사람들에게 연민을 보였으며 아이들과 수녀, 매력없는 동시대인들에게 동정적이었다.

하지만 그 동정심 때문에 그가 손해볼 것은 아무것도 없었다. 그는 아이들이 절벽 아래로 떨어지지 않도록 지키는 '호밀밭의 파수꾼'이 되는 것을 상상하지만, 그가 실제로 행한 유일한 관용적인 행위는 여동생에게 사냥 모자를 준 것뿐이다. 그는 술집에서 같이 춤춘 여자의 예쁜 엉덩이는 제대로 평가하지만, 그녀와 그녀의 친구들에 대해서는 자신에게 합석을 권유하지 않았기에 예의를 모른다고 업신여긴다. 실제 그는 많은 이들을 깔보는데, 그가 재미있다고 생각하지 않는 영화를 보며 웃는 사람들, 그가 형편없다고 여기는 피아노 연주자를 예찬하는 이들, 그가 "위선자phony"라고 일축해버리는 사람들이 그 대상이다. '위선자'는 자기 마음에 들지 않는다는 홀든의 용어로, 그에게 조금의 관심도 보이지 않는 사람들에게 종종 적용되며, 그들이 그가 혐오하는 인습적 사회의 위선적 규칙에 맹종함을 내포한다. 어느 괜찮은 주립대에 있는 내 친구 하나는 그녀의 학생들 대부분이 『호밀밭의 파수꾼』를 사랑한다는 사실을 알고 질겁했다. 그들은 홀든을 '위선적인 면'이 전혀 없는 인물로 예찬한다고 친구는 말했다. 나도 한때(나의 정확한 반응이 어땠는지의 기억은 흐릿하지만) 같은 식으로 그를 이해했다. 아마도 긴 세월을 보내며 더욱 냉소적이 되거나 많은 경험을 쌓았기 때문에 이제 나는 그를 자신이 승인하는 모습만을 모아 가공한 자아상을 연기하는 인물로 보게 된 것이리라.

홀든을 동정적으로 보는 쪽에서는 그가 학교나 세상에서 설 자리를 찾기 힘들어 했다는 사실에 초점을 맞출지 모른다. 사랑하던 동생이 죽었다. 사귀려던 친구들은 그를 별나다고 여긴다. 학업에 집중할 능력도, 그럴 뜻도 없다. 그는 자신이 사는 세상에 맞지 않는다. 그의 소속감 결여는 많은 실제 청소년들의 불안을 전형적으로 보여준다. 그는 인생의 힘든 시기의 대변자로서 발언하는 것이다.

하지만 주인공의 많은 점들 때문에 동정심을 갖기가 어렵다. 그는 돼지 가죽으로 만든 가방과 1년에 네 차례 '생일 용돈'을 보내주는 할머니가 있는 엄청난 특권층이다. 재미있다고 여기는 것은 고작 술집에서 술에 취하는 것 정도다. 우상시하는 죽은 동생보다 학교 상급생들의 행동을 모방한다. 본인 입으로 밝히듯이 "끝내주는 거짓말쟁이"이다. 실제 청소년들처럼 그는 완전히 자기 중심적이며, 자아도취에다 귀여움(예를 들면 어린아이들)이나 특권 없어 보이기(비싼 가방보다 싸구려 가방을 갖는 것)에 대한 괴이한 관심이 뒤섞인 유형이다.

그럼에도 독자는 그가 타인들과(여동생 피비를 제외하고) 의미 있는 접촉을 갖는 데 어려움을 겪기 때문에, 학업을 위해서 자신의 지능을 사용할 줄 모르기 때문에, 위선을 가려내는 그의 안목 때문에, 그의 아웃사이더로서의 지위 때문에, 그의 정직함 때문에 그를 사랑하고 예찬해야 한다. 그는(혹은 샐린저는) 때때로 독자들을 "당신"이라고 부르며 연대를 구축하고자 한다. 그 호칭은 상상 속의 절친한 친구일 수도 있고 집합적인 청자일 수도 있으나, 어느 경우든 그의 뜻을 잘 이해하는 사람이라는 의미다.

나는 그를 사랑하지 않는다. 그를 예찬하지 않는다. 그의 정직함을 높이 사는 대신 자기 과시를 의심한다. 한때는 그를 매력적이고 존경할 만하다고 여겼다. 샐린저가 그를 통해 도시 사회의 부패를 폭로했다고 생각했다. 한 소년과 청소년들의 전통적인 관심사(여자, 섹스, 술, "변태")를 이용해 성인 세계의 분열상을 드러낸 샐린저의 능력을 예찬했다. 홀든의 말은 16세 소년의 가식 없는 언어로 느껴졌고, 그것으로 내러티브를 서술한 샐린저의 선택은 용기 있어 보였다. 문제 많은 소년이 위선과 부패, 도덕적 속박을 발견해가는 과정은 흥미진진했다. 다른 수백만 명과 함께 이 같은 판단에 동의했다. 하지만 이제 나는 『호밀밭의 파수꾼』이 여전히 흥미진진하고 만족감을 준다고 여기는 수백만 명에서 이탈했다.

대중적 신화의 측면에서 1950년대는 음울한 순응의 시대이며 조지프 매카시와 전업주부로 대표되는 억압적 시대다. 위키피디아에 따르면 "순응과 보수성이 그 시대의 사회적 관습을 특징짓는다." 나는 캘리포니아 주립대의 조교로 일하기 위해 '충성서약'에 서명해야 했다. 내가 서명한 이유는 정치적으로 순진하기도 했지만 다른 대안을 생각할 수 없었기 때문이었다. 교수와 대학원생들이 학생들을 가르치기 위해서는 스스로 공산주의자가 아니라고 선언해야 한다는 것이 끔찍한 일이라는 것을 몰랐다는 뜻이 아니다. 1950년대는 매카시 시대인 동시에 많은 이들이 매카시의 태도와 행동에 개탄하고 항거한 시대이기도 했다. 전업주부들이 대부분이긴 했지만, 사회경력을 쌓는 젊은 여성이 나뿐인 건 아니었다. 전면적인 억압은 특히 젊은이들의 저항 충동을 격화시키는 법이다. 짐 딕슨은 고루해지길 거부했다. 홀든 콜필드는 학교에 제대로 다니는 것조차 거부했다. 그 소설 속 인물들은 시대의 순응성에서 이탈하겠다고 선언하는 강력한 충동을 구현한 인물들이었다. 그 책들이 쓰인 시점에 왜 우리가 그 작품들을 좋아했는지는 이제 반세기 이후의 시각으로 쉽게 이해할 수 있다.

또한 짐과 홀든이 왜 이제는 더 이상 매력적으로 보이지 않는지도 이해할 수 있다. 50년의 세월은 나에게 거부만으로는 충분치 않다는 점을 가르쳐주었다. 어떤 것에 대해 수긍할 수 있어야 하며, 자신의 주장을 지키기 위해 기꺼이 행동해야 한다. 유아의 첫 충동이자 청소년의 자동적 반응인 단순한 부정으로는 어떤 문제도 해결할 수 없다. 1950년대에는 기성체제의 반대진영에 있는 것만으로도 특출하고 용감하게 보였다. 1960년대부터 그런 손쉬운 해결의 가능성은 줄어들었다.

소설을 읽는 이유는 소설 속 언어와 이야기, 등장인물이 주는 즐거움과 함께 새로운 심리적, 도덕적 가능성을 인지함으로써 의식을 확대하려는 것이다. 다시 읽기는 이런 유의 이해에 대한 욕구를 증폭시킨다. 하지만 『호밀밭의 파수꾼』이나 『행운아 짐』 모두 그런 요구를 충족해주지 못했다. 두 소설 모두 주인공은 자신의 상황을 곱씹기만 할 뿐 새로 배우는 것도 없고 예찬할 만한 무언가를 구현하지도 않는다. 두 소설 모두 조연급 인물들이 너무도 미미한 존재들이어서 제대로 차별화되거나 묘사되지도 않는다. 짐은 활력을 갖고 있고, 홀든은 최소한 이론상으로는 연민을 갖고 있다. 하지만 그런 긍정적 자질들이, 적어도 내게는 도덕적 반성을 이끌어내지 못한다. 홀든은 혼자서는 아무것도 해결하지 못하며, 짐은 행운을 만났을 뿐이다. 이 소설들은 더 이상 내게 발언하지 못한다.

이 소설들을 두 번째로 읽는 것은 우울한 경험이었으며 이 책을 쓰기 위해 다시 읽은 어떤 경험보다도 불편했다. 에이미스와 샐린저를 다시 읽은 것은 즐거움의 욕구나 급작스러운 충동 때문이 아니었다. 나는 문제를 풀기 위한 노력의 일환으로 그 책들을 다시 읽었지만, 문제를 해결하지 못했다. 다시 읽을 때의 반응에 사회사와 개인사 양쪽 다 영향을 미치지만, 각각의 영향력을 구분하기는 어렵고, 책마다 다르다는 불만족스러운 결론만 되뇔 뿐이다. 『행운아 짐』과 『호밀밭의 파수꾼』이 불만족스럽게 느껴진 것은 나의 문학적 경험이 확충되면서 판단기준이 더 엄격해졌기 때문일 수 있다. 또 개인과 제도와의 관계에 대해 내가 오랜 세월 동안 알게 된 것들 때문일 수 있다. 아니면 20세기 중반과 21세기 초의 느낌 차이 때문일 수도 있다. 내가 느낀 불쾌감의 상당 부분은 그 작가들이 자신들이 만들어낸 인물들의 거대한 자기 중심주의와 씨름하기보다는 데우스 엑스 마키나 deus ex machina*나 안이한 연민(훌든)으로 너무나 쉽게 해결을 보려했다는 점에 기인한다. 나 역시 1950년대에 나 자신의 개인적 관심사와 중요성에 대해 확신을 가졌던 사실을 어렴풋이 기억하기 때문에, 나는 비난으로부터 면제된 그 자기 중심주의가 불편하다. 그런 확신은 젊은이들의 특징이기도 하지만, 제도와 지배층에 대한 사적인 반대의사 표명만으로도 충분해 보였던 그 시대에는 더욱 그랬다.

사적인 저항은 처벌도 없고 자기 만족의 대가를 주기 때문에 매력적으로 보였다. 하지만 왜 그것이 적절해 보였을까? 우리(내 주위의 젊은 학자 집단들) 모두 정치적으로 순진했기 때문일까? 본보기가 없었기 때문일까? 에이미스와 샐린저의 우화는 우리 자신의 청렴함을 확인해준다. 쉽게 동일시할 수 있고 그 인물들의 사회적, 직업적 무능함 때문에 우리가 우월감마저 느낄 수 있는 주인공들의 저항에 대한 묘사는 충분한 호소력을 발휘했으며, 그와 동시에 무능함 역시 별 문제가 되지 않는다고 우리를 안심시켰던 것이다.

내가 문학비평가라기보다 도덕군자 같은 소리를 늘어놓고 있다는 사실을 나도 안다. 책을 다시 읽는다는 것은 먼 과거의 나를 보게 함으로써 내가 한때 상상 속에서 동일시했던 인물들뿐 아니라 동시에 나 자신에 대해서도 평가하게 하여, 내 안의 그런 면을 끄집어내는 것 같기도 하다.

* 필연성이 없는 갑작스러운 사건으로 갈등을 해결하거나 결말짓는 플롯 장치.

5
1960년대의 책

1960년대에서 고른 소설은 1950년대 작품들과 마찬가지로 과거의 나에 대해 더 많이 알게 해주는 각성 효과를 지녔다. 어떤 소설을 골라야 할지는 자명했다. 1960년대 말에 출간되어 내가 알던 모든 여자들과 일부 남자들까지 빠져들게 하고 사로잡은 그 소설은 도리스 레싱의 『황금 노트북』이었다. 새로운 종류의 여성, 즉 '자유로운' 여성에 관한 이야기로 일컬어졌던 중요한 작품이다. 지금은 누가 그 책을 읽을까 싶었는데, 토릴 모이가 노스캐롤라이나 주에 있는 국립인문학센터의 하계 세미나에서 레싱의 그 소설을 가르친다는 걸 알게 됐다. 아마존 사이트에는 39개의 독자 비평이 올라 있고, 15개가 최고 평점("믿을 수 없을 정도로 복잡하고 다층적이다")을, 13개는 최하의 두 개 평점("일관성과 초점을 잃었다")을 주었다. 1962년에 처음 출간된 그 소설은 1968년에 미국판 페이퍼백이 나왔다. 내가 처음 접한 책이 틀림없이 그 판본일 것이다. 나는 낡고 밑줄이 잔뜩 쳐진 그 책을 아직도 갖고 있다.

레싱은 영국인(원래는 남아프리카공화국인)이었고 그녀의 환경과 사회 경험은 우리와 판이했다. 그녀의 역사적 시점은 소설의 첫 출간 때로 넘겨짚을 수 있지만, 종종 그 자체가 그 소설의 주제이기도 했다. 주인공의 공산주의에 대한 탐닉은 1960년대 미국의 대다수 중산층 여성에게 생경할 수밖에 없었지만, 주인공의 정치적 역경은 미국에서도 유사점을 찾을 수 있었다. 하지만 그 책이 나와 많은 내 친구들을 압도한 것은 공적인 정치보다 극히 개인적인 정치 때문이었다. 그 책은 남녀관계에 대한 새로운 방식들에 집중하면서 그 가능성에 대해 설득력 있는 부정적 평결을 내렸다. 이 문제와 다른 문제들에 대한 신랄한 논쟁으로 가득한 그 책을 읽으며 우리에게도 논쟁이 필요하다고 느꼈다. 우리는 미국 역사에서 그 시대를 특징짓는 '의식고양' 모임에서 그 책을 토론했다. 점심을 먹으며 토론하고 집에서 토론했다. 평생 읽은 책 가운데 그 책만큼 논란을 불러일으킨 책은 없었다. 그 책과 우리 토론의 중심 주제는 일과 사랑이었다. 일과 사랑이 여성에게 양립 가능한 것인가?(이때가 1960년대였음을 기억해주기 바란다) 남편보다 차라리 연인(아마도 유부남 연인)을 갖는 게 나을까? 단추를 꿰매주거나 감기에 걸렸을 때 간호해줄 필요도 없다. 남편이라면 어느 정도의 실질적 협력과 지원을 기대하는 것이 적당한 것일까? 레싱은 그런 질문들을 던지지만 어떤 질문에도 확정적인 답변을 제시하지 않는다. 그만큼 도발적이었다.

우리(나의 지적, 사회적 공동체를 가리키는 모호한 집합어)에게는 이 책이 훌륭한 소설이라는 데 의문의 여지가 없었다. 그것은 중요한 문제들을 다루었으며 우리에게 강렬한 감동을 주었다. 그때도 우리 중 일부는 그 책이 어설픈 문장들로 가득하다는 것을 알았지만 열정적인 언술 때문에 그것은 아무런 문제가 되지 않았다.

『황금 노트북』이 한때 내게 얼마나 중요했는지를 생각하면, 이 프로젝트 때문에 찾기 전까지 그 책을 한 번도 다시 읽지 않았다는 사실은 좀 이상하게 느껴진다. 어쩌면 그렇게 괜찮은 책이 아니라는 게 밝혀질까봐 두려워했는지도 모른다. 실제로 이번에 다시 읽으면서 많은 결점을 가진 소설(비록 새로운 이유들로 여전히 관심거리를 갖고 있긴 하지만)이라고 고쳐 생각하게 됐다.

플롯은, 글쎄, 플롯이라고 할 만한 것이 과연 있는지가 문제이다. 자의식적 글쓰기로 가득한 이 소설은 같은 이야기를 다양한 관점들로 전달하고 있는데, 버전마다 상당한 변형이 이뤄진다. 여주인공 애나 울프가 그 한가운데 있지만, 그녀에게 정확히 무슨 일이 일어나고 있는지 우리는 완전히 확신할 수 없다. 우리가 확신할 수 있는 것은 그녀가 남자를 원한다는 것, 그 남자는 오랫동안 그녀를 사랑하리라는 것, 좋은 남자는 찾기 힘들다는 것 정도다. 그녀는 서로 다른 색깔의 공책 네 권에 글을 쓰는데, 그녀의 설명에 따르면 하나는 정치를 위한 것, 하나는 그녀의 경험과 생각을 소설로 꾸민 것, 하나는 작가로서의 애나 울프(그녀는 소설 한 권을 출간했는데 생계를 꾸려가기에 충분할 정도의 성공을 거두었다)를 위한 것, 하나는 그녀의 일상을 사실적으로 기록하는 일기용이다. 하지만 그 일기는 확정적으로 '사실적'인 것과는 거리가 멀며, 사실과 소설을 구분하는 문제가 소설 전체를 관통한다. 애나는 글길 막힘writer's block으로 고통받고 있지만 책의 거의 마지막 부분에 이를 때까지 자신의 병에 그 이름을 붙이지 않는다. 그녀는 세계 정세를 감안하면 글쓰기는 불가능하거나 헛되다고 종종 말한다. 소설 마지막 부분에서 그녀는 한 미치광이 미국인 작가와 짧게 사귀며 일시적인 정신병적인 증세를 보이는데, 비록 그를 "사랑하지만" 떠나라고 말한다. 그러고는 우리가 읽고 있는 소설로 여겨지는 것을 쓰기 시작하며, 그 미친 미국인이 첫 문장을 제공한다.

소설은 조밀하게 인쇄된 페이퍼백 666페이지를 빼곡히 채우고 있다. 상충되는 기대들을 잔뜩 안은 채 다시 읽기 시작하자마자 조악한 문장들, 반복되는 패턴, 정치적 거만함이 거슬리기 시작했다. 책에 가득한 정치적 논의들은 거리감이 느껴지고 흥미 없는 것들이었다. 스탈린 이전에 누가 공산당을 떠났나? 트로츠키주의자는 누구였나? 그가 소련의 상황에 대해 말한 것을 누가 진지하게 믿었나? 알게 뭐람. 소설은 페이지마다 그런 문제들을 다루고 있는데, 애나 울프에겐 열정적인 문제일지 몰라도 내게는 아니었다. 주인공의 불안, 우울, 그리고 세계 정세(첫 수소폭탄 시대)에 대한 분노는 현재의 불안, 우울, 분노의 근원들을 감안할 때 공감하기 어렵진 않지만, 그녀의 감정들은 대부분 자기 몰입과 자신의 존재이유에 대한 성찰로 쏠리는 양상을 보인다. 그 성찰은 금방 지루해진다. 이번에 읽으면서 나는 복잡하고 있을 법하지 않은 그녀의 꿈들을 하나씩 읽어가거나 그녀의 내적 상태의 신체적, 정신적 징후들을 낱낱이 분석해야 할 이유를 찾지 못했다.

이 소설은 이상하게도 밀실공포증을 느끼게 한다. "이상하다"고 말한 이유는 소설이 표면적으로는 주인공이 당면한 사건들보다 더 큰 세계의 사건들에 집요하게 관심을 갖기 때문이다. 『호밀밭의 파수꾼』과 비교하면 공간이 더 넓다. 애나의 의식은 홀든이나 행운아 짐보다 훨씬 넓다. 한 장면에서 애나(또는 그녀의 분신)는 매일 신문에 실린 비극적인 국제 뉴스들을 오려 벽에 빈 공간이 없어질 때까지 붙인다. 노트북들에는 종종 불의, 편파, 정치적 둔감함에 관한 신문 보도들을 논평 없이 기록한다. 기록된 대화의 많은 부분은 국제 공산주의의 추이에 관한 것이다. 많은 이야기가 애나가 쓴 유일한 소설의 무대인 전시의 남아프리카공화국에 대한 회상과 그곳에서 인종차별주의의 작동에 관한 자료를 포함하고 있다. 정치의식이 이보다 더 깊게 담긴 소설을 상상하기 어려울 정도다.

하지만 『행운아 짐』이나 『호밀밭의 파수꾼』과 마찬가지로 그 책은 기본적으로 하나의 의식 속에 갇혀 있다. 복잡한 의식이긴 하지만.

그러나 나는 이런 종류의 자기 몰입을 잘 안다. 『황금 노트북』을 처음 읽은 1968년의 나 스스로를 상기해보면 레싱이 애나를 통해 표현한 것과 마찬가지로 나와 내 친구들의 패턴이 불편하게 떠오른다. 우리는 LBJ(린든 B. 존슨 대통령, 우리는 투표에서 그를 찍었다)에 대해 불평하며 국내 및 국제적 사건들에 대해 늘상 이야기했고, 베트남전쟁을 걱정했으며, 원자폭탄을 두려워했다. 어린아이들은 사이렌이 울리면 학교 책상 밑에 숨도록 교육받았다. 우리는 뒤뜰에 방공호를 지은 사람들을 알고 있었다. 1960년대는 동요의 동기들(시민평등권 시위, 미사일 위기, 암살들)이 넘쳐났으며 우리는 자연히 동요됐다. 우리는 여성들의 처지를 걱정했고, 성적 평등에 관한 진보적 사상에 대한 헌신을 천명했다. 그럼에도 우리의 자기 몰입은 엄청난 수준에 이르렀다. '의식고양' 모임들은 여성의 처지에 관한 정치적 자각을 위한 것이었지만, 예외 없이 그 모임은 개인적 불만을 털어놓는 자리가 돼버렸고 지금 돌이켜보면 그 불만의 대부분은 지극히 하찮은 것들이었다.

우리는 시대의 요구에 잘 맞춰 살고 있다고 여겼으며 사실 그랬던 것 같다. 『황금 노트북』을 읽을 때 모두가 애나 울프에게서 자신을 보았다. 우리는 끊임없이 자신에게 질문을 던지고, 세계의 참혹함을 기꺼이 인정하고, 영화로 팔리길 거부하는 (그녀는 출간한 소설의 권리를 파는 것을 거절했다) 그녀를 용감하다고 여겼다. 그녀는 우리가 미국 정치를 비판하고 여성의 상황에 몰두하는 것을 용감한 행동으로 느끼게 했다.

우리 생각에 『황금 노트북』은 (여성 개개인들이 증언했듯이) 열정과 명료함을 지니고 있고, 강하고 동정심이 많고 설득력 있는 주인공이 등장하고, 그 시대와 우리 시대의 문제에 깊이 천착하고 있기 때문에 훌륭한 소설이었다. 그 중에서도 주목할 점은 이 소설이 주관성의 시험을 통과했다는 점이다. 그 소설을 읽는 것은 너무도 엄청난 경험으로 여겨졌다. 40년이 지난 지금은 그 책의 명료성(그것의 열정에 대해서는 의문의 여지가 없지만)에 대해 의문이 들고, 그것의 '참여성'에 의구심이 들고, 주인공에 대해 의문이 들지만. 게다가 문법적 오류들, 어색한 문장들, 장황한 문단들 등 많은 나쁜 작문사례도 눈에 띄었다. 소설의 화려한 형식적 구조는 성공하지 못했다. 애나가 분열된 자신(그리고 세계)을 경험한다는 핵심 논지는 뚜렷이 드러난다. 하지만 노트북들 사이의 차이가 흐릿해지고 반복이 거슬릴 정도로 거듭되면서 결국 노트북들은 그 논지를 지지해주지 못했다. 애나는 자신이 분열되었다고 느끼지만, 노트북들은 대부분 비슷한 이야기들을 하고 있다. 어떤 범주에 속하는 노트북이든 애나의 경험은 사랑과 정치의 시도를 포함하며, 자신의 경험에 대한 그녀의 태도 역시 노트북마다 차이가 없다.

처음 읽을 때 노트북들 사이의 차이들을 계속 파악하는 데 어려움을 겪었던 기억이 난다. 나는 그 곤란이 내 잘못이라고 생각했다. 레싱이 엉성했을지 모른다는 생각은 결코 하지 못했다. 나쁜 문장들도 눈에 띄었으나 글쓰기의 열정적 힘이 그것을 압도하므로 별 문제가 아니라고 나 자신을 납득시켰다. 각 문장 단위의 조악함과 그것에 누적된 힘 사이의 괴리는 나로 하여금 과연 좋은 글쓰기라는 게 그렇게 중요한 것인가 하는 생각이 들게 할 정도였다.

과거에는 그렇지 않았지만 이제는 그 소설의 한결같이 무능하고, 매력 없고, 악의적인 남자 인물들 때문에 마음이 편치 않다. 40년 전에도 책 속에서 남성에 대한 폄하를 인식했지만, 극단적인 페미니즘 수사학을 하도 많이 들어 남성들의 경멸적 묘사가 매우 자연스럽게 느껴졌다. 반대로 여성 등장인물들은 한결같이 최소한 용기가 있었으며 활력이나 충실함, 그리고 다른 매력적인 특성들을 갖고 있으나, 그들은 대부분 남자들에 의해 희생당한다. 그 점 역시 마찬가지로 40년 전에는 완전히 자연스러웠다. 이제 이런 등장인물들은 문학적(혹은 어쩌면 정치적) 편의로 보인다. 나는 나쁜 문장뿐 아니라 확고한 이분법에 대해서도 불관용적으로 변했다.

애나는 그녀의 동료들의 마음상태를, 가끔은 복잡한 방식으로, 어깨 너머나 등 뒤에서 읽어내는 재능을 부여받았다. 많은 페이지들이 이런 종류의 통찰에 할애되고 있으며, 이는 작가로 하여금 등장인물들 간의 복잡한 의사소통을 탐색할 필요를 덜어준다. 사소한 신체적 특징만을 보고 복잡한 감정 상태를 충분히 이해할 수 있다는 식으로 확언하는 습관은, 벌어지는 일들을 '보여주기'보다 '말하는' 데 경도됐음을 보여주는 한 징후다. 『황금 노트북』은 틀림없이 사상에 관한 소설이며, 따라서 필연적으로 많은 말을 한다. 하지만 사상뿐 아니라 소설 내 사건들에 대해서도 독자를 설득하기보다는 윽박지르는 데 가까워 보인다. 나는 예전에는 설득당했지만, 이제는 그것이 윽박지름이라고 느낀다. 그 사상들은 내 안에서 한때 가졌던 활력을 더 이상 갖고 있지 않다.

하지만 내 이야기는 한때 사랑했던 책이 어떻게 범작으로 추락했는지에 관한 환멸의 이야기가 아니다. 다시 말해 『행운아 짐』이나 『호밀밭의 파수꾼』에 관해 했던 이야기들이 아니다. 『황금 노트북』을 최근 다시 읽으며 많은 불만을 갖긴 했지만 4분의 3쯤 읽었을 때 나는 그 책에 사로잡혔다. 그 책이 '왜' 그런 힘을 발휘할 수 있는지에 대한 다른 이해를 얻었다.

나는 지금 그 텍스트와 새로운 관계에 서 있으며 나와 애나 사이의 거리는 더욱 멀어졌다. 적어도 처음에는 훨씬 더 먼 거리였다. 나는 애나 울프와 더 이상 많은 것을 공유하지 않는다. 정치에 대한 나의 관심은 항상 그랬듯이 그녀보다 덜 열정적이며 나의 절망감 역시 덜 절망적이다. 나의 개인사는 애나와는 완전히 다르다. (이것은 내가 그 책을 처음 읽었을 때도 온전히 사실이었다. 비록 그때는 비교할 만한 개인사도 그다지 많지 않았지만.) 나의 사회 환경은 그녀의 환경을 전혀 닮지 않았으며, 비록 충실한 신문 독자이긴 해도 나는 오려낸 기사로 벽을 도배할 정도로 강박적인 독자는 아니다.

다른 경험들과 마찬가지로 최근 『황금 노트북』을 다시 읽은 경험은 나로 하여금 그 소설을 처음 읽었을 때의 나를 돌아보게 만들었다. 그 결과 나뿐 아니라 내 친구 대부분이 애나와 어떤 성격적 특징을 공유했는데, 그것이 지금은 매우 질겁할 만한 특징이라는 점을 깨달았다. 이 징후(모든 공적인 경험을 자기 방종적인 성찰로 전환하는)는 1960년대만의 독특한 특징인가? 물론 그렇지는 않다. 가장 공적인 사건도 개인적으로, 즉 사적으로 경험될 수밖에 없다는 것은 항상 사실이다. 레싱이 환기시키는 것, 그리고 내가 기억하는 것은, 다음과 같은 자명한 사실이다. 모든 이들이 공적 사안으로서 커다란 관심을 표명했던 '하나의 문화, 또는 하나의 여성 문화'는 무엇이 일어났는지보다 그녀 자신이 그것을 어떻게 느꼈느냐에 집중하는 것이었다. 나는 이제 더 이상 그러지 않으며, 내가 아는 한 친구들도 그러지 않는다.

즉 『황금 노트북』은 역사적 유물이 되었다. 더 이상 우리가 과거에 했듯이 애나 울프를 여걸이자 여성 자유의 모범으로 간주할 수는 없다. 그녀는 그녀 시대의 본보기일 뿐 결코 예찬할 만한 대상은 아니다. 비록 1960년대에 그녀를 예찬하지 않기는 어려웠겠지만.

소설의 한 대목에서 애나는 한 공산주의자 동료가 보내준 이야기를 떠올린다. 교사 대표로 선발돼 러시아로 간 남자의 경험에 관한 이야기로, 그는 스탈린을 방문하는 대표로 재차 선발된다. 그 이야기에서 스탈린은 자애롭고 현명하며 동지애가 넘치는 인물로 묘사된다. 애나는 생각한다. "내가 볼 때 중요한 것은 이 이야기가 패러디로서, 또는 아이러니로서, 또는 진지하게 읽혀질 수 있다는 것이다. 이 사실은 모든 것이 분절됐고, 언어의 진실성과 관련된 무언가가 붕괴됨에 따라 우리 경험의 밀도를 언어가 제대로 표현하지 못한다는 것의 또 다른 표현이다."

이제 이 소설 전체를 패러디나 아이러니로 읽는 것은 그리 어렵지 않지만, 진지하게 읽기는 쉽지 않다. 나는 1960년대에 우리가 실행한 진지한 읽기 방식을 생생하게 기억한다. 우리는 『황금 노트북』이 누누이 강조한 조건으로서 자유의 고통을 충분히 이해하면서도 '자유로운 여성'의 관념을 열렬히 끌어안았다. 그런 책 읽기의 매력은 여전하다. 그 소설을 '진지한' 방식으로 이해함으로써 여성들은 자신들의 일상의 투쟁을 근사하게 만들고, 그것을 빼앗긴 지위라는 증거로 바꾸면서 그 속에서 영웅적인 자세를 취할 수 있었다. 『황금 노트북』을 패러디로 볼 수 있느냐의 문제는 그 소설에 등장하는 성찰의 자기 방종적 측면을 강조하여 읽고, 그 성찰이 유발하는 자기 예찬에서 농담을 읽어내는 데 달려 있다. 아이러니로 읽는 문제라면, 그것이 우리 역사의 한 시대에 대한 비판으로 기능할 수 있다고 답하겠다.

무엇보다, 나는 이 소설을 (다른 많은 소설이 그렇듯이) 한 가지 이상의 방식으로 읽을 수 있다고 해서 그것이 소설의 언어가 약화되는 필연적 증거라고 생각하지 않는다. 오히려 그것은 경험의 밀도뿐 아니라 다양한 의미를 허용함으로써 그것에 반응하는 언어의 수용력(경험의 밀도에 대응하는 언어의 밀도)을 입증한다. 다시 읽기는 익숙한 텍스트를 새롭게 이해하는 방식을 종종 알려준다. 그것이 다시 읽기가 지닌 힘과 매력의 한 측면이다. 이 경우, 소설에서 아이러니가 생겨나는 것은 패러디의 측면과 마찬가지로 이 작품에 만연해 있는 성찰 때문이다. 애나 울프의 1인칭 목소리는 독자의 동정적 이해를 기대하며 시종일관 작품을 지배한다. 회의적인 독자라면 애나의 성찰이 그녀의 행동을 대신하는 정도가 어느 정도인지를 이해할 수 있을 것이다. 그녀는 글을 쓰고 싶다고 주장하지만, 그녀 스스로 묘사한 일상의 전개를 볼 때 그녀는 사랑에 대한 헛된 탐색을 꿈꾸고, 창조의 즐거움보다 집착의 즐거움을 선호한다. 따라서 『황금 노트북』은 정치적, 사회적 불의의 문제에 관여하는 의식이나 공적 생활의 참상 뿐 아니라 부조리에 민감한 지성조차도, 폭넓은 관심을 천명하는 동시에 실은 손쉬운 자기 폐쇄의 방종으로 흐를 수 있다는 사실을 보여준다.

역사에 비춰 읽을 때 가능한 이런 식의 읽기는 소설의 위선보다는 자기 기만을 드러낸다. 이는 입센이 『야생 오리』에서 "삶을 위한 거짓말life-lie(존재를 가능케 하기 위해 스스로를 속이는 거짓말)"이라고 명명한 것과 유사한 종류의 자기 기만이다. 자신이 원하는 방식으로 글을 쓸 수 없게 되자 애나는 끝없이 내면을 들여다보며 자신의 정치적, 심리적, 성적 반응들을 분석한다. 그런 내면의 응시가 자신이 끝없이 질문을 던지는 바로 그 경험으로부터 그녀 자신을 괴리시킬 수 있다는 사실을 그녀는 알지 못한다. 『황금 노트북』은 진정으로 '정치적'이기란 좀처럼 쉽지 않다는 것을 암시하고 있다.

복잡한 방식의 회피에 대해 기술하는 것 또한 쉽지 않다. 소설 쓰기가 불가능하다는 애나 울프의 느낌은 의미 있는 정치적 행동을 하기가 불가능하다는 그녀의 느낌에 필적한다. "500편이나 1000편 중 한 편의 소설만이 소설다운 자질, 즉 철학적 자질을 갖고 있다…… 나는 내가 관심 있는 유일한 종류의 소설—질서를 창조하고 삶을 바라보는 새로운 방식을 창안할 수 있을 정도로 강력한 지적, 도덕적 열정을 지닌 작품—을 쓸 수가 없다"고 애나는 쓴다. 그런 진술에서 레싱 자신의 목소리를 듣거나 『황금 노트북』의 창작 의도로 '삶을 바라보는 새로운 방식을 창안'하려는 그녀의 노력으로 해석하고 싶어지는 마음이 드는 것도 사실이다.

애나의 사색을 통해 레싱은 그런 의도에 대한 장애물(근본적인 개념적 장애 이외의 것들)이 무엇인지 특정해나간다. 애나가 보기에 주된 문제는 언어의 본질이다. "사실 참된 경험(꿈을 통한 통찰)은 기술될 수 없다. 구식 소설에서처럼 별표 한 줄을 쓰고 마는 게 오히려 나을지도 모른다는 씁쓸한 생각이 든다. 아니면 다른 종류의 상징기호들, 동그라미나 아니면 사각

형들. 단어들만 아니라면 무엇이라도 좋다." 비슷한 경험을 해본 사람들은 "내가 무슨 말을 하는지 알 것"이라고 그녀는 쓴다. 18세기 소설에는 그런 주장들이 넘쳐났다. 경험해보지 못한 사람은 이해하지 못하고, 경험해본 사람은 기술 없이도 이해할 것이기 때문에 어떤 감정적 상황도 기술할 수 없다고 말하는 화자가 등장하는 식이었다. 하지만 언어의 부족함에 대한 애나의 간헐적 주장은 그녀가 "구식 소설"이라고 부르는 책들에 나타난 표현 불가능의 수사와는 다르다. 그것을 특징짓는 함축된 자부심에서 명확히 구분된다. 별표에 관한 그녀의 "씁쓸한" 생각에서 몇 페이지 더 넘어가면 그녀는 "시간을 초월한" 깨달음에 관해 쓴다. "그녀는 말로 기술할 수 없는 경험을 했다는 것을 알았다. 그것은 단어들이 의미를 가질 수 있는 지점을 넘어섰다." 애나는 다른 많은 사람들도 유사한 경험을 했으리라고 입에 발린 말을 하겠지만, 규범을 "넘어섰다"는 그녀의 느낌은 이 소설을 지배하는 특별함에 대한 확신을 드러내 보이고 있다.

『황금 노트북』을 아이러니로 읽으면, 자신의 삶의 난관에 대한 주인공의 설명에 내재한 오만이 드러난다. 애나(그녀의 자기 방종과 혼란 때문에)와 그녀의 창조자(나쁜 작문, 가식적인 형식, 반복 때문에)에 짜증이 잔뜩 난 채 450페이지쯤 읽어나갔을 때, 나는 갑자기 애나를 설득력 있는 주인공으로 재발견했다. 물론 40년 전에 동일시했던 그 인물은 결코 아니다. 그녀는 역사적 순간에 처한 여성의 딜레마를 강력히 대변하고 있었다. 현재의 내가 보기에 그녀는 새로운 의미로 뭔가를 대변하는 존재였다. 역경에 대한 위험한 반응을 구현하며, 아무것도 하지 않는 채 자기 비판에만 젖어드는 존재. 실제 그녀는 반응하기가 불가능할 정도로 자기 자신에 대한 비판을 늘어놓으며, 모든 좌절적 상황이 그녀의 통제 밖에 있는 것으로 해석한다. 그녀는 즉각적인 문제들에는 곧잘 능숙하게 대처하기도 하지만, 자신의 이야기를 이해하는 특유의 방식 때문에 진보가 없다. 그녀는 내가 한때 생각했던 여성 자유의 이미지가 아니라 여성적 자기 파괴의 전형적인 이미지이다.

아이러니로서의 이 해석은 내게 일관성 없고 재미도 사라진 독서 경험을 어떻게든 이해하기 위한 방편으로 여겨졌다. 나와 그녀 및 그녀의 역사적 시점 간의 거리 때문에 그녀가 말하는 것을 곧이곧대로 진지하게 받아들이는 것은 불가능하지만, 새로운 방식으로 그녀를 이해하는 것은 가능하다. 이제 이 소설은 주인공과 그녀가 구현하는 자기 폐쇄성을 증명하는 지표로 보인다. 심지어는 시간을 거슬러 올라가 그녀의 자기 비판을 소급하여 증명하도록 부추기기까지 한다.

오직 시간의 흐름이 있은 후에야 그런 식의 읽기가 가능하다. 나의 재해석은 소설가의 의도와 명백히 상충되며, 소설의 전략을 약화시킨다. 더욱이 아이러니로 읽으려 해도, 내가 말한 아이러니들의 불안정성을 깨닫지 않을 수 없다. 『오만과 편견』의 유명한 첫 문장은 아이러니를 피해갈 수 없게 만든다. 그 문장이 암시하는 '보편성'의 제한성을 즉각 알아차리지 못하더라도, 소설 중간쯤에 다다르면 독자는 보편적으로 인정되는 진실에 관한 자신감 넘치는 당초의 확언이 내포한 아이러니를 결국 이해하게 된다. 또 다른 예를 보자. 『에마』의 뒷부분에 가면 나이틀리 씨가 청혼을 한다. 에마는 어떻게 반응하는가? "물론 그녀가 응당 해야 하는 식으로. 숙녀라면 항상 그러는 법이다." 다른 맥락에서라면 이 회피는 얼버무리기로밖에 보이지 않을 것이다. 『에마』의 마지막 부분에 여주인공이 어떤 경우에 그녀가 응당 말해야 할 것을 하지 않은 바람에 슬픔과 수치를 느낀 장면을 목격한 뒤 우리는 화자의 표현을, 젊은 여성이라면 누구나 예외없이 예의범절을 지키려고 할 것이라는 사회적 기대에 대한 아이러니한 논평으로 이해한다. 그 복잡한 아이러니는 청혼 장면의 세부 묘사에 대한 감상에 빠져들고 싶은 독자나 감상적인 독자에게 넘치는 충족감을 제공하는 종류의 소설에도 적용된다. 『에마』는 독자들로 하여금 언어의 신호에 주목하게 만들었다. 그 작품은 아이러니를 훌륭하게 통제하고 있다.

내가 오스틴 이야기로 잠시 빠진 것은 그녀의 소설이 통제가 잘된 아이러니의 전범을 제공하고 있고, 상대적으로 『황금 노트북』이 의도한 아이러니가 얼마나 흐트러졌는지를 보여주기 위해서다. 거기서 내가 찾은 아이러니는 다시 읽는 사람을 구출하려는 작전에 가까웠고, 작가의 치밀함보다는 세월의 흐름에 도움을 받았다. 오스틴의 모든 소설에서 어조를 통제해주는 3인칭 화자는 레싱의 소설에는 결여돼 있으며, 애나의 노트북 중 하나가 그런 역할을 할 것이라고 암시되었으나, 일관된 판단을 제공하는 시각이나 목소리는 부재한다. 작가가 명백히 의도하지 않은 곳에서 독자가 아이러니를 발견하면, 독자는 거기에 자기만의 판단 원칙을 밀어넣게 된다.

그게 뭐가 잘못됐다는 게 아니다. 모든 작가들은 독자가 텍스트로 무엇을 할지 통제 불가능하다는 사실을 알고 있다. 다시 읽는 사람은 이미 한 번 읽은 경험 덕분에 책을 읽는 과정에서 자신이 텍스트에 얼마나 기여하고 있는지에 대해 일정한 지식이 있다. 텍스트의 의도를 알든 모르든, 독자는 페이지 위의 단어들을 읽으며 패턴을 만들고 의미를 확대한다. 내가 기억하는 그 인상적인 소설을 재발견하기 위해 나는 시간이 깎아내버린 작품을 새롭게 읽는 법을 발견했다. 『황금 노트북』은 이제 직설적이라기보다 역설적인 소설로서 더욱 유력해 보인다. 하지만 레싱은 자신이 용인한 아이러니를 딱히 통제하려 하지 않았고, 그녀가 주인공의 결점을 알았다는 어떠한 증거도 없다. 나의 이런 깨달음은 개인적 성숙을 의미할 수도 있지만, 문학적 상실을 의미하기도 한다. 역사적 시점에 너무 깊이 휩싸인 책들에서는 그런 상실이 불가피하다.

앞 장에서 다룬 두 작품과 관련해 이 작품을 검토해보자. 세 소설 모두 강한 자기 몰입적 주인공을 갖고 있으나, 『황금 노트북』은 다른 두 작품과 다르다. 나는 앞서 그 소설이 독자를 단일한 몰입적 의식에 가두기 때문에 밀실공포증적인 느낌을 갖게 한다고 언급했다. 홀든과 짐의 경우, 집착의 정도는 비슷하다. 짐은 일반적 공격성에서, 홀든은 비판적 방어적 태도에서 그렇다. 이 남자 주인공들의 소설에서 폐쇄성이 더욱 강하게 느껴지는데, 그것은 이들 작품에 그들의 집착을 넘어서는 세계가 없기 때문이다. 홀든과 짐이 경험하는 '외부 세상'은 극히 제한돼 있다.

『황금 노트북』은 화자인 애나의 한계에도 불구하고 국내, 국제적 사건들을 끊임없이 언급하고 있다. 텍스트만으로는 애나가 모든 것을 자기 몰입의 프리즘에 비춰본 뒤 우리에게 말해주는 것 이상을 알 수는 없지만, 우리가 읽어보았거나 경험해본 더 큰 영역과 역사적 사실에 대한 언급들은 더 넓은 시각의 가능성(앞서 언급한 '아이러니'로 읽힐 가능성)을 허용한다. 『황금 노트북』은 앞서의 다른 두 책보다 더 큰 책이다(페이지 수에서만 그런 게 아니다).

따라서 개인을 넘어서는 역사는 내가 한때 사랑했던 책을 실망스럽게 만들기도 하지만, 때로는 그 실망감을 덜어내주기도 한다.

6
1970년대의 책

1970년대의 텍스트를 고르는 것은 쉽지 않았다. 『포트노이의 불평Portnoy's Complaint』이면 꼭 알맞다고 생각했다. 하지만 그 책은 1968년에 출판됐고 나도 그 해에 읽은 것으로 드러났다. 필립 로스는 1970년대에는 주요 작품이 없다. 주커만 시리즈의 첫 작품인 『대필 작가Ghost Writer』가 예외이긴 하지만 시리즈에 속한 소설은 다시 읽기에 특수한 문제들을 야기한다. 즉 앞 편들에 나왔던 사건들을 기억하기 위해 발췌 독서나 주의 깊게 초점을 맞춘 다시 읽기를 해야 하므로, 즐거움을 위한 일반적인 다시 읽기나 이 책에서 내가 추구하는 종류의 다시 읽기와는 다른 작업이 돼버린다. 소설가로 말하자면 존 업다이크에게도 시리즈 두 번째 편인 『돌아온 토끼』와 시리즈 첫 편인 『벡: 책Bech: A Book』을 제외하고 1970년대는 대단한 시기가 아니었다. 그 시절의 주요 소설인 『소피의 선택』과 『훔볼트의 선물Humboldt's Gift』은 그때 나에게 중요하지 않았다. 그 시대의 사회적 혼란을 생생하게 기억하지만 그때 그것에 관해 읽지는 않았다. 1970년대에 내가 좋아했던 작가는 아이리스 머독과 뮤리얼 스파크다.

그렇다면 머독으로 하자. 과거의 특정한 즐거운 기억 때문이라기보다는 일련의 제외 과정을 통한 선택이다. 머독의 소설 『성스럽고 세속적인 사랑기계The Sacred and Profane Love Machine』는 1974년에 출간됐고 그 해 휘트브레드 상을 수상했으며, 20세기 영국에서의 삶을 다루고 있으나 구체적인 시점은 적시하지 않고 있다. 출간 당시 미국에서 아주 인기가 있지는 않았다. 이 책을 다시 읽고 싶어진 것은 내가 그 책에 관해 기억나는 것이 거의 없기 때문이다. 이 책을 통해 나의 개인적 변화를 짐작해볼 수 있을까? 혹은 사회사에 관해 뭔가를 알아낼 수 있을까?

『성스럽고 세속적인 사랑기계』는 창작 의도를 투명하게 드러내지 않는다. 소설은 인간적 결점에 바탕한 아이러니로 넘친다. 제목의 마지막 단어는 이 작품의 주된 아이러니한 초점을 시사한다. 복잡한 플롯이 전개되면서 연인들과 사랑의 대상은 걷잡을 수 없이 증가하며, 작품은 일련의 개인적 선택들보다 전우주적인 기계적 시스템을 묘사하는 듯 보인다. 그 기계의 에너지원인 열정이 넘쳐난다. 우리는 그런 묘사 뒤의 통찰에 어떻게 반응해야 할 것인가라는 문제를 떠안게 된다. 머독의 화자는 "작가의 아이러니는 가끔 그가 (등장인물에 대해) 느끼는 고소한 즐거움glee을 숨긴다. 이런 은폐가 아이러니의 주된 기능일지도 모른다"고 단서를 제공한다. 이는 독자가 복잡하고 다양한 인간의 유별난 성벽과 자기 기만에 대해 조소하는 즐거움을 작가와 공유해야 한다는 뜻일까? 분명히 즐거움—격렬하고 경탄스러운 즐거움—는 이번에 이 책을 읽으며 내가 느낀 감정 중 하나였다.

샐린저나 에이미스, 레싱의 소설과 달리, 머독의 소설은 세월의 흐름을 잘 견디고 있어 새롭게 읽는 방식이 전혀 필요치 않았다. 한 가지만 말하자면, 그 소설은 다른 책들에는 없는 종류의 복합성을 지니고 있다. 등장인물들은 삶에서 익숙한 비합리성과 노고, 자기 모순과 함께 사랑하고 미워하며, 희망하고 두려워한다. 주인공—주인공 격의 인물은 의학 학위도 없는 정신분석학자로, 교육보다 본능 때문에 자신의 직업을 추구한다—은 때로는 그의 성자 같은 아내를 사랑하지만, 때로는 천박한 정부를 선호한다. 그는 누구를 택할 것인지 왔다갔다하며 자신의 결정을 뒤엎곤 한다. 성자 같은 아내는 남편이 그녀를 떠난 것처럼 보이자 즉각 자신의 애정을 거둔다. 충족되지 않은 동성애 충동을 가진 남자가 등장하며, 죽은 아내를 애도하는 남자(그가 아내를 죽인 것으로 드러난다)도 있다. 순결을 잃고 싶어하는 아름다운 소녀, 모호한 성적 기호를 가진 성인 여성, 미숙한 욕망들로 가득한 문제 많은 젊은 남성, 자라서 조직폭력배가 되고 싶어하며 성과 속과의 관계가 모호한 신비한 여덟 살 소년도 등장한다. 소설에는 무엇보다도 명민한 화자가 등장하는데, 『행운아 짐』의 화자와는 달리 등장인물 누구와도 일치하지 않는다. 다양하고 계속 바뀌는 연애 조합들로 가득한 플롯은 사건들이 워낙 복잡다단해 요약이 불가능하다.

『성스럽고 세속적인 사랑기계』를 처음 읽었을 때 나는 그 책을 무척 좋아했다. 그게 내가 기억하는 전부다. 아마도 플롯 때문에 그 소설에 감탄했던 것 같다. 플롯은 소설의 근원적인 목적을 가리킨다고 믿기 때문에 나는 항상 그것을 중요하게 여긴다. 그래서 머독이 복잡한 창작 의도를 통해 능숙한 솜씨로 가능성을 다루는 것을 즐겼을 것이다. 작가인 머독이 전문적인 철학자라는 사실을 알고 있었지만, 그녀의 소설들을 심오한 연구로 여기지는 않았다. 그 소설들을 한 권씩 연달아 탐독했지만 그레이엄 그린이 말한 "가벼운 읽을거리"에 해당하는 정도로 여겼다.

이번에도 그 책을 즐겁게 읽었는데, 희미하게 기억하는 과거 때와는 다른 이유들 때문이다. 새 이유들은 옛 이유들을 보완했다. 나는 여전히 플롯을 엮는 작가의 솜씨에 경탄하고, 무슨 일이 벌어지고 있는지에 대해 독자의 이해를 바꾸게 했다가 잠시 뒤 또다시 바꾸게 만드는 머독의 속도에 즐거움을 느꼈다. 하지만 '성스럽고 세속적인 사랑'에 대한 해석을 청소년의 번민, 청년기의 익살극, 성인의 글길 막힘writer's block과 긴밀히 연관지어 읽으면, 시간의 경과가 제공하는 관점에 덧붙여 특별한 새로운 관점을 얻게 된다. 조금 전 논의한 다른 작품들과 비교할 때 『성스럽고 세속적인 사랑기계』는 울림이 더 크고, 여전히 중요하게 느껴지는 문제들에 더 깊이 천착하고 있다.

나는 그 소설의 등장인물들이 성스러운 사랑과 세속적인 사랑, 자기 이해와 자기 기만 사이의 복잡한 관계에 대한 철학자의 사색을 극화한 것이라는 사실을 이제야 깨달았다. 성자 같은 아내는 '성스러운' 쪽을 예시하는데, 머독에 따르면 '성스러운' 편이냐 '세속적인' 편이냐 하는 것은 전적으로 무의식적인 힘에 의해 형성된다. 남편에 대한 그녀의 사랑은 그를 향한 한결같은 선량함에서 드러난다. 남편이 오래된 정부와 그 사이에서 낳은 아이의 존재를 밝혔을 때 그녀는 정부와 더 많은 시간을 함께 보내고 그 아이가 더 좋은 학교에 가도록 지원하라고 그에게 말한다. 그녀는 이타적으로 사려하며 모두의 안녕을 희구한다. 하지만 그녀가 이타심을 통해 복잡한 상황과 거기에 관련된 사람들을 통제하는 일종의 권력 관계를 구축하려 한다는 사실을 본인은 어렴풋이, 정부는 더욱 뚜렷이 느끼게 된다. 그녀는 이런 삶을 지속하다가 부적절한 때에 부적절한 곳에서 테러범의 총격으로 죽음을 맞는다. 이 사건은 하나의 무미건조한 단락으로 언급되는데, 이 단락은 아내 해리엇이 남편 정부의 아들인 루카를 자신의 몸으로 막아서는 것으로 끝난다. 우리는 그녀의 죽음을 간접적으로만 알게 된다. 이는 무엇이 '중요한' 사건인지에 대해 사람마다 생각이 다르다는 견해를 강조하기 위한 장치다. 해리엇의 죽음은 플롯 안에서 거의 사건도 아닌 듯 느껴진다.

하지만 실은 이 사건이 플롯의 문제를 해결해준다. 그것은 정신분석학자 블레이즈가 아내와 정부 중 누군가를 영속적으로 선택해야 할 필요를 없앰으로써 소설이 일종의 해결을 보게 한다. 이런 내러티브 장치는 『행운아 짐』 끝부분에서 짐이 갑자기 새 직장을 갖게 되는 것만큼이나 명백히 자의적이긴 하지만, 여기서는 다른 방식으로 작동한다. 살인이 발생할 때쯤 독자(적어도 이번에 다시 읽은 나)는 인간 사랑의 복잡성과 교차를 조절하는 것으로 상정된 우주적 '기계'의 작동이 소설 플롯의 작동과 닮았다는 사실을 깨닫게 된다. 기계의 작동 결과로 해리엇은 죽는다. 이 기계를 작동시키는 존재는 따로 있지 않다(이 책은 유신론과는 거리가 멀다). 이 책에 따르면, 현실 차원에서 전개되는 플롯을 만들어내는 소설가는 최소한 존재하지 않는다. 플롯들은 개인의 결단과 행동의 결과로 등장하는데, 그 결단과 행동들은 종종 사람들이 무심결에 자기 자신을 위해 불가피하게 구축하는 작은 기계들로부터 생성된다.

소설은 이 점을 비롯, 형이상학적인 어떤 문제에 대해서도 명료하게 말하지 않는다. 작품은 도전적인 가능성들을 제기했다가, 그와 모순되는 가능성들을 이어서 제기한다. 하지만 기계장치의 비유는 여러 국면에서 놀라운 방식으로 되풀이해 나타난다. 독자는 블레이즈의 개인사와 그의 심리적 상태에 대한 논의를 통해 그가 '잃어버린 선량함' 때문에 슬퍼한다는 사실을 알게 된다. 다시 말해 육욕적이고 자기방종적인 블레이즈조차 '성스러운' 면을 갖고 있다는 것이다. 설명은 계속된다. "그의 심리에 대한 성찰은 그를 전혀 돕지 못했다. 기계장치의 많은 부분은 극도로 명료했지만 그와는 상관이 없었다." 정식 훈련은 받지 않았어도 환자들 사이에서 큰 성공을 거둔 이 정신분석학자는 자신의 직업과 관련된 인간성의 측면을 자신의 문제와는 무관한 '기계장치'라고 여긴다. 아마도 그는 자신이 치료하는 환자들과 자신은 전혀 다르다고 믿고 있는 듯하다. 기계장치는 그들과 관련된 문제이고, 그에게는 오직 선량함만이 중요한 문제다. 하지만 그는 자신의 일에 대해 더 배우기 위해 의학대학원에 갈 생각을 하고 있으며, 선량함은 대부분의 시간에 그의 관심사 밖으로 밀려나 있다. 해리엇은 선량함에 대해 근심하지만, 블레이즈는 자기 방종적이다.

방종은 앞의 두 장에서 논의한 소설들, 특히 『황금 노트북』에서 되풀이 되는 주제다. 그것은 『행운아 짐』에서도 나타나는데, 짐은 유치한 충동의 표현과 마찬가지로 유치한 특권의식 속에 끝없이 빠져든다(짐을 창조한 작가가 플롯 해결의 방법으로 징벌보다 보상을 제공함으로써 주인공의 방종을 부추겼다는 점도 덧붙인다). 1인칭 화자 시점인 『호밀밭의 파수꾼』은 주인공이 그가 만나는 대부분의 사람들보다 우월하다고 확신하는 점에 대해 어떠한 통제도 행사하지 않는다. 실제로 홀든의 자기 방종적 환상이 그 소설의 주된 내용이다. 『황금 노트북』은 다른 두 작품보다 물리적으로 규모가 더 커서, 화자가 온갖 모습으로 자책과 자기 정당화를 마음껏 할 수 있도록(현실에서 그녀가 일을 하지 못하게 하는 도피주의적 방종으로 보이는 자아에 대한 태도) 더 넓은 공간을 제공한다.

이들 경우에서 내가 방종이라고 부르는 것의 근원은 집요하게 자기 자신에게 초점을 두는 태도다. 각 소설 주인공들은 외부세계에 대해 진정한 관심을 갖는 것이 불가능할 정도로 자기 집착이 심하다. 이 주인공들에 대해 내가 짜증나는 것은 무엇보다 그들이 이런 식으로 묘사됐기 때문이다. 네 명 모두 철이 들어야 한다! (홀든은 아직 성인이 되지 않았기 때문에 용서받을 수 있을지도 모르겠다. 하지만 소설 속 청소년들에 대해 읽는 것은 그들이 종종 현실에서 실제로 그러듯이 어른들을 지치게 한다.)

자기 집착은 『성스럽고 세속적인 사랑 기계』의 모든 주요 등장인물의 특징이기도 하다. 하지만 머독의 소설은 앞서 3편의 소설을 전혀 닮지 않았다. 비꼬기를 좋아하고 모든 걸 다 아는 듯한 머독의 화자는 등장인물들의 회피와 방종, 자기 몰입에 대해 주의를 환기시키고, 글의 어조나 잦은 명시적 언급을 통해 소설 속 인물들을 비판함으로써 다른 소설들에는 없는 시각을 제공한다. 인물들의 회피, 방종, 자기 몰입은 작가에게는 '고소한 즐거움glee'의 대상이며 독자는 그 즐거움을 공유하는 데 암묵적으로 초대된다. 하지만 수많은 결점의 폭로에서 우리가 얻는 즐거움 때문에 소설의 구조와 어조가 제시하는 판단의 필요가 완화되지는 않는다. 즐거움과 판단으로 동시에 초대하는 이 기이한 조합이 아이리스 머독 소설의 특성을 규정한다고 나는 생각한다. 소설에는 이렇게 장난스러움과 진지함이 기이하게 공존한다. 머독은 그것이 사물의 본질이라고 시사한다.

소설이 진행되면서, 블레이즈는 더욱 모순을 드러낸다. 다른 등장인물들도 극단적인 비일관성을 보인다. 독자들은 많은 등장인물 중 누구의 본질에 대해서도 결론을 내릴 수가 없으며, 각 인물을 얼마나 용인할 것인지도 결정할 수 없다. 문제는, 삶에서 종종 그러듯이, 정보의 부족이 아니라 정보의 과잉이다. 이런 가공의 인물들을 만나면 우리가 종종 무시해버리곤 하는 우리 자신의 비일관성이 고통스러울 정도로 정묘하게 우리 앞에 떠오른다.

『성스럽고 세속적인 사랑기계』의 아이러니는 자기 중심주의egotism의 결합에서 주로 비롯된다. 3인칭 시점의 화자는 주요 등장인물들의 의식 속에 잠시 머무는 식으로 관점을 이리저리 바꾼다. 따라서 독자는 아내(그녀는 자신이 선량하다는 사실을 알고 있으나 그럼에도 배신당했다는 것을 인지한다), 정부(다른 여자의 남편과 연을 맺음으로써 심리적, 경제적, 직업적, 성적인 불행을 겪는다), 청소년기 남자아이(유일한 자녀로서 부모의 사랑을 독차지할 것을 기대했으나 이제 그 사랑을 공유해야 할 새로운 [사생아인] 아이가 나타났다)의 독선을 경험한다. 각 인물은 특권적 지위를 확고히 누리다가 그 특권이 사라지자 분노를 느낀다. 독자는 소설 속 인물들에 대해 그들이 스스로에 대해 아는 것보다 집합적으로 훨씬 더 많이 알고 있다. 여기에 아이러니가 있다. 이는 아무것도 알려주지 못하는 지식, 웅장함 뒤의 사소함만 밝혀내는 지식의 아이러니이다.

등장인물들은 종종 그들의 자기 중심주의에 의기양양해한다. 블레이즈는 배신당한 아내("그녀는 착하고 다정했으나 배신당했다")에 대한 자신의 동정심을 생각하며 회상한다. "만일 그가 종종 자기 자신에게 그런 척했듯이 에밀리〔그의 정부〕를 의무적인 대상으로만 대했다면 그녀와 헤어질 수 있었다. 그러고는 아내를 사랑하는 과업으로부터 보다 도전적인 문제를 만들어낼 수 있었을 것이다. 그 상황에서 불가사의하게도 그의 마음에 자리 잡은 친숙하고 강한 자기 중심주의가 상황을 그의 안락 위주로 정리해 버렸다." 블레이즈 자신은 그의 애정 관계가 (그가 아닌 "불가사의"에 의해) 그의 안락 위주로 정리되는 데 어떤 아이러니도 느끼지 못한다. 하지만 독자는 그런 아이러니를 깨닫지 않을 수 없다.

화자의 설명은 종종 이전에 등장인물의 시선을 통해 극화된 아이러니로 시선을 돌리게 한다. "그녀는 여자였다. 그리고 달걀 속 배아처럼 자신의 덕성에 대한 자신감이라는 모태에 의존해 삶을 영위하는 유형이었다." 이런 묘사는 해리엇에 대한 조롱을 불러일으킨다. 하지만 소설은 덕성이라는 관념을 진지하게 다루며 독자로 하여금 해리엇의 어떤 부분이 진정 덕성스러운지 평가하도록 한다. "자신감의 모태"는 그녀 마음에 자리한 '친숙하고 강한 자기 중심주의'와도 같은 것을 시사하며, 이는 남편의 경우와는 어떤 점에서도 명백히 다르지만 같은 방식으로 작동한다. 사람이 세상을 살아가도록 돕는 자신감이 아무리 유용하더라도, 거기에는 궁극적인 근거가 부재한다. 『성스럽고 세속적인 사랑기계』는 이런 불편하지만 중요한 사실을 거듭 상기시킨다.

이 지점에서 '즐거움'은 배경에 머문다. 머독이 구축하는 맥락에서 비극적으로 느껴지는 지각(인간은 자신에 대해 거의 알지 못하며 어떤 운명이 그를 기다리고 있는지에 대해 전적으로 무지하다는 것)은 다양한 사건들이 급증하면서 희극적인 함축성을 띠기 시작한다. 해리엇과 블레이즈는 각자의 자기 중심주의에서만 서로 닮았다. 그것을 통해 블레이즈는 결혼의 배신을 정당화하고, 아내는 자신의 선량함을 함양한다. 거대한 기계의 작동은 그들에게 어떤 응보가 마땅한지에 대한 아무런 고려도 없이 블레이즈에게는 보상을 해주고 해리엇은 징벌한다. 블레이즈는 아내의 죽음으로 해방감을 느끼며, 실제로 해리엇이 사라지면서 그의 상황은 단순해진다. 하지만 우리는 그 상황이 그가 이해하는 식으로 머물러 있지는 않을 것이라고 확신할 수 있을 정도로 인간의 삶이 어떻게 펼쳐지는지 충분히 잘 알고 있다. 실제로 그는 다음과 같은 진실을 어렴풋이 지각한다. "데이비드(그의 청소년 아들)가 나를 용서하게 만들 기계장치는 존재하지 않는다." 블레이즈는 이 말을, 해리엇이 죽기 한참 전에 아내에게 정부와 아들의 존재를 고백하라고 그에게 조언하는 이웃에게 한다. 소설의 결말에 이르기 전에 죄인은 고해를 하며, 아내는 죽고, 정부는 행복해진다. 하지만 데이비드는 극심한 불행에서 벗어나지 못한다. 블레이즈가 옳았다. 아버지를 용서하게 하는 기계장치는 존재하지 않는다. 따라서 문제가 싹틀 수밖에 없다.

신이란 인간이 자기 위안을 위해 만들어내는 다양한 상상 중 하나에 불과하다고 생각하게 만드는 이 소설은 독자에게 인간 군상의 파노라마에 대한 전지적 시점을 제공한다. 소설을 통해 생명을 얻은 상상의 인물들은 자신이 적어도 가까운 미래를 예측할 수 있으리라는 환상을 결코 버리지 않는다. 『성스럽고 세속적인 사랑기계』는 한 조연급 등장인물의 미래에 대한 명상으로 끝을 맺는다.

> 그는 혼자 생각했다. 세 명이나 되는 여성들, 세 명의 정말 아름다운 여성들이 나의 관심과 도움을 바라며 나를 만나고 싶어한다. (…) 마음이 다시 동할 것이다. 끔찍하지도 신성하지도 않겠지만 어쨌든 마음이 동할 것이다. 순진하고 시시하고 하찮은 세상의 행복을 다시 느낄 것이다. 세 명의 아리따운 여성이 모두 나를 좇다니! 하고 그는 생각했다. 그는 조금 나아진 기분과 안도감을 느끼며 벤틀리를 타고 홀로 옥스퍼드

로 향했다.

이런 것이 인간의 삶이라고 머독은 말한다. 사람들은 미래에 대한 상상으로 들뜨고 위안을 얻지만, 미래가 현실이 되면 상상한 것과는 전혀 다르다. 닮은 구석이라고는 전혀 찾아볼 수 없는 경우도 많다. 하지만 아무리 그런 경험이 쌓이더라도 사람들은 앞으로 어떤 일이 벌어질지 상상하고 그 상상에 의해 고무되고 위안 받기를 멈추지 않는다.

이런 깨달음에 우리는 울 수도 있고, 웃을 수도 있다. 머독은 무엇이 일어날지에 대한 끔찍함을 충분히 재현하면서도 웃음을 불러들인다. 인생에서는 끔찍한 일들이 일어나지만 동시에 회복력resilience도 존재한다. 『성스럽고 세속적인 사랑기계』의 아이러니는 풍자적이지 않다. 개혁을 주창하거나 개혁의 가능성에 대한 믿음을 시사하지도 않는다. 대신 슬픈 즐거움이라는 역설적 조건을 제시한다.

소설은 1970년대에 탄생했지만, 그 시대에 대한 뚜렷한 암시는 간단하게 언급되는 테러범 일화뿐이다. 그 책이 출간 무렵 나를 매혹시킨 것은 당시 정신분석학의 인기와 더불어, 보다 일반적으로는, 확산일로에 있던 자기 성찰에 대한 심취와 연관된 것 같다. 워터게이트 사건과 베트남전쟁의 모호한 결말은 미국을 도덕적 악취에 휩싸이게 했으며, 자아에 초점을 맞추고 그것을 향상시키려는 노력은 도덕적 불편함으로부터 개인적인 도피를 제공했다.

『성스럽고 세속적인 사랑기계』는 별 유용성이 없는 보편적 성찰과 장기적으로 별 효과가 없는 개인적인 도덕적 관심사들을 기술한다. 그것은 우리가 1970년대에 알던 종류의 사람들(어쩌면 당시의 우리)을 다룬다. 그것은 우리의 자기 집착을 용인하지 않는다. 반대로 정신이 번쩍 들도록 우리에게 도전한다. 그때 나의 독서는 순진했지만, 그럼에도 머독의 소설에서 스스로를 너무 심각하게 대하지 말라는 시각을 발견할 수는 있었다.

머독이 자아에 대한 것 이상의 통찰을 제공한다는 사실을 이제 나는 깨닫는다. 소설가는 등장인물들의 의식 속으로 끊임없이 들어가지만, 그녀의 기교는 거리감을 갖게 하며 독자의 회의를 촉구한다. 소설 맨 마지막의 세 명의 미녀에 대한 문장들은 화자가 작동하는 방식을 보여준다. 이 문장들은 뒷부분에 등장해 별 대단한 장면이 없었던 에드거 드마네이의 생각을 전달하는 동시에 그라는 존재를 드러낸다. 독자는 그의 사적인 생각 속에 직접 참여하며, 즐거워하든 공감하든 혹은 둘 다이든 간에 머독이 준 지식을 통해 에드거의 어리석음을 깨닫게 된다. "마음이 다시 동할 것이다. 끔찍하지도 신성하지도 않겠지만 어쨌든 마음이 동할 것이다. 순진하고 시시하고 하찮은 세상의 행복을 다시 느낄 것이다." '나의' 마음이 아니라 마치 그의 마음이 세상에서 유일한 것처럼 그냥 '마음'이다. '나의' 행복이 아니라 '세상의' 행복이다. 우리가 만난 다른 대부분의 등장인물들과 마찬가지로 이 인물은 스스로를 우주의 중심으로 대하는 정도가 아니라 마치 자기 안에 우주가 있는 것처럼 여긴다. 그는 끔찍하든 신성하든 성스러운 사랑의 가능성을 인식하지만, 순진하고 시시하고 하찮은 행복에 만족한다.

소설을 끝맺는 이 구절은 독자가 만난 수많은 등장인물 가운데 어느 누구도 성스러운 사랑(그게 무엇을 의미하든 간에)의 엄격함을 경험하고 싶어 하지 않을 가능성을 제기한다. 머독이 그녀의 핵심 용어들을 결코 설명하지 않는다는 것은 말할 필요도 없다. 물론 그것은 신성한 존재, 신의 사랑을 의미하지는 않는다. 오히려 개인들 사이의 극도로 행복한 감정을 가리키는 것으로 보인다. 해리엇은 그것을 경험한다고 스스로 믿을지도 모르지만 독자에게는 그녀가 암묵적으로 주장하는 것의 정당성을 의심할 만한 근거가 있다. 어쩌면 그것은 또 다른 환상에 불과할지 모른다. 어쨌든 대부분의 등장인물은 세속적인 사랑으로 충분하다. 그것이 항상 만족스럽지는 않으며, 어쩌면 전혀 만족스럽지 않을 수도 있지만, 그래도 인간 조건에서는 언제나 가질 수 있는 것이기 때문이다.

독자들 가운데 스스로 성스러운 사랑을 갈망하는 사람은 거의 없다고 나는 생각한다. 어쩌면 『성스럽고 세속적인 사랑기계』는 그런 갈망을 지닌 사람들을 바로잡아주는 작품일지도 모른다. 어쨌든 이 책은 화자와 독자 사이에 편안한 관계를 정립하려 하지 않는다. 그것이 '거리감'이라는 말에서 부분적으로 내가 의미하는 바다. 이 책은 독자에게 안락한 휴식처를 제공하지 않는다. 우리는 화자나 등장인물 그 누구도 사랑하도록 요구받지 않는다. 소설은 그 대신 생각하기를 요구한다. 그 중에서도 특히 과거의 소설가들이라면 '인간의 본성'이라고 불렀을 것에 대해 생각하기를 요구한다. 머독의 소설은 수많은 등장인물을 통해 사람들은 각기 전혀 다르지만 많은 공통점을 갖고 있다고 주장한다. 사람들이 세상을 살아가면서 자기 자신이나 타인에 대해 지나치게 많은 것을 알지 않기 위해 동원하는 다양한 기교들이 벌이는 장관은, 거리를 두고 보면 '즐거움'의 원천이다. 또한 동시에 교훈적인 깨달음도 제공한다.

『황금 노트북』과 달리 『성스럽고 세속적인 사랑기계』는 거대 사상들을 직접적으로 언급하지 않는다. 오히려 읽는 이 스스로 독자적인 생각을 하도록 유발한다. 그 책은 순전한 오락을 넘어 도발의 즐거움을 제공한다.

그 책을 다시 읽는 것은 앞서 다시 읽는 즐거움의 전형적인 요소로 서술한 느긋함의 경험이 아니라 고양된 각성의 경험이었다. 이는 지금까지 다시 읽기와 관련시키지 않았던 다른 종류의 즐거움이다. 처음 읽었을 때의 경험을 거의 잊은 탓에 머독의 책이 제공하는 자극에 마음이 열려 있기도 했지만, 그 즐거움의 강도는 깜짝 놀랄 정도로 컸다.

『성스럽고 세속적인 사랑기계』는 내가 보기에 매우 훌륭한 소설이다. 그 이유는 부분적으로 그것이 시간의 경과 속에서 성공적으로 살아남았기 때문이다. 앞서의 장에서 논의한 다른 작품들에 대해서는 자신 있게 같은 판단을 내릴 수 없다. 머독의 플롯이 복잡하다는 것은 30년 전에도 느꼈지만 그것이 관념의 복잡함에 부합한다는 사실을 그때 몰랐다. 하지만 이 책은 『황금 노트북』이 1960년대에 뿌리를 두고 있거나 『호밀밭의 파수꾼』이 1940년대에 대해(그 시기에 대한 1950년대의 평가를 포함해) 이야기하는 분명한 방식으로 1970년대를 반영하지는 않는다. 집안 장식이나 발화 패턴, 등장인물들의 직업생활에 대한 사소한 세부묘사는 머독의 이 소설이 20세기 후반에 속한다는 것을 알려준다. 하지만 특정 연대를 꼭 짚어 소설이 틀림없이 그때에 속한다고 강변하는 것은 증거를 왜곡하는 것이다.

어쩌면 1970년대라는 연대적 특성 때문에 이 소설이 40년 뒤에 그 시기를 특별히 대변하지 못하는 것인지도 모른다. 1970년대는 1950년대나 1960년대처럼 특별한 색깔을 갖고 있지 못해 소설에 특유의 소재를 제공하지 못한다는 것이다. 하지만 나는 그런 안이한 설명은 미덥지 않다. 더욱 도발적이고 유혹적인 설명은, 지금까지 논의한 다른 작품들의 경험을 고려해볼 때, 어쩌면 상대적으로 취약한 소설만이 10년 단위의 특정 연대와 단단히 결합할 수 있는 것일지도 모른다는 것이다. 『오만과 편견』의 경우, 소설의 많은 부분이 18세기 후반과 19세기 초엽에 뿌리를 두고 있음을 시사하지만, 어떤 점도 특정 연대를 떠올리게 하지는 않는다. 오스틴의 그 작품이 두 세기 동안 엄청나게 읽혔다는 사실은 많은 사람들이 그 속에서 인식할 수 있거나 심지어 동일시할 수 있는 경험의 기록을 발견했음을 시사한다. 『성스럽고 세속적인 사랑기계』가 『오만과 편견』의 위상을 넘볼 수는 없다(한 가지 이유만 대자면 아직 그만큼 오래 살아남지 않았다). 하지만 이 작품 역시 보편적인, 또는 적어도 광범위한 경험에 대해 이야기하고 있다. 가끔씩 신랄한 20세기적 회의주의 어조에도 불구하고, 작품은 문명 세계 존재의 삶과 사랑, 고통과 기쁨에 대해 숙고한다.

머독의 소설을 다시 읽고 사회사가 어떤 변화를 유발하는지에 대한 나의 생각은 더 복잡해졌다. 또한 나는 21세기에 살면서 『호밀밭의 파수꾼』을 사랑하는 대학생들을 걱정하게 되었다. 내 친구의 말에 따르면, 영문학 전공 고급반 학생들 중 최상위 3명은 그 소설을 싫어했지만, 나머지 학생들은 아주 독창적이고 아주 즐겁게 읽히는 소설로 여겼다는 것이다. 만약 그 소설이 그것이 쓰여진 역사적 시기에만 속한다면, 과연 21세기의 젊은 이들이(많은 나이든 사람들을 포함해) 그것을 여전히 의미 있는 소설로 여길 수 있을까? 혹시 그 책에 대한 나의 환멸은 전적으로 나의 개인사에서 비롯된 것 아닐까?

하지만 굳이 그렇게 생각할 필요는 없을 것 같다. 『호밀밭의 파수꾼』은 그 연대의 가치관과 전제로 충만한 감성에서 탄생했을 것이다. 하지만 모든 연대의 청소년들은 권위적인 제도에 대해 반항적이고 분노를 느낀다. 내 친구의 학생들도, 비평적으로 뛰어난 일부를 제외하고는 시간의 경과에도 불구하고 홀든 콜필드와 자신을 동일시했으며, 그 동일시를 판단의 근거로 삼았을 것이다. 『호밀밭의 파수꾼』은 처음 출간된 1951년에 열광적이고 광범위한 호응을 받았다. 출간 2주 만에 〈뉴욕 타임스〉 서평의 베스트셀러 목록 1위에 올랐다. 다시 말해 그 책을 읽은 것은 나와 내 친구, 그리고 우리 세대만이 아니었다. 그것은 시대의 분위기에 호소했다. 그 책은 여전히 해마다 수십만 권이 팔리며, 그 중 일부는 고등학교와 대학교 영문학 수업에서 사용된다. 그 소설은 여전히 수많은 성인들의 관심을 모은다. 그들은 그것을 시대물로 여길까? 그들은 처음 읽은 경험을 회상하며 다시 읽는 이들일까? 젊은이들이 샐린저의 그 작품을 높이 평가하는 것은 아마도 개인사, 성인을 향해 나아가는 그들의 성장사가 큰 역할을 하는 것이리라. 반면 사회사, 지난 60년간 문화적 환경의 변화는 성인들로 하여금 그 책에 대해 좀 더 복잡한 평가를 내리도록 요구한다.

『성스럽고 세속적인 사랑기계』로 말하자면, 나의 개인사(내가 그 소설을 처음 만났을 때보다 나이가 더 들고 경험이 더 많아졌다는 사실)는 내가 지금 그 책을 더 진지하게 여기는 이유를 부분적으로 설명해준다. 그러나 30년 전에 비해 지금이라는 역사적 순간에 머독의 소설이 지닌 풍부함을 간파하기가 더욱 수월하다는 생각이 들기도 한다. 그동안 정신분석학에 대한 광범위한 회의가 제기됐고, 사랑의 행태의 다양성이 공개적으로 드러났으며, 많은 소설 작품이 독자가 텍스트 및 화자와 맺는 관계를 바꾸었다. 『성스럽고 세속적인 사랑기계』의 소재와 방법은 출간 당시보다는 지금과 더 친숙해 보이며, 독자가 등장인물과의 '자기 동일시' 대신 그들에 대한 냉철한 숙고의 초대에 응할 가능성도 마찬가지다.

그렇다면 『성스럽고 세속적인 사랑기계』는 시대를 앞선 작품이었을지도 모른다. 당시 내가 그 작품의 성취를 이해할 만한 비평적 정교함을 갖추지 못했기에 어쩌면 내게만 그런 것일 수도 있다. 나는 얽혀 있는 이 두 가능성*을 분리할 능력이 없으며, 나의 실험을 통해 그 둘은 앞으로도 필연적으로 영원히 얽혀 있으리라는 심증이 든다. 우리가 개인으로서 변화하는 것은 문화적 환경 때문이기도 하고 가족, 친구, 우리의 DNA 때문이기도 하다. 같은 힘들이 우리의 책 읽기와 다시 읽기에도 영향을 미친다. 그 요인들 각각이 독서에 기여하는 정도를 정확히 알아낸다는 것은, 삶의 다른 양태에 대해서와 마찬가지로 명백히 불가능하다.

1950년대, 60년대, 70년대에 나는 이 소설들을 즐거움을 위해 읽었고, 내가 찾던 즐거움을 그 속에서 얻었다. 지금 21세기에 와서는 그 작품들을 이제 내가 어떻게 생각하는지 알기 위해, 그리고 개인사와 사회사의 관계라는 특정한 지적 문제에 대해 생각하기 위한 방편으로 다시 읽었다. 이 두 가지의 읽기는 매우 다른 방식이라 다른 결과를 도출할 게 확실했다.

사회적 맥락이 쓰기와 읽기에 미치는 영향을 알아보기 위한 의도로 기획된 나의 실험은 그 문제를 풀지 못한 채 남겨두는 한편, 독자의 즉각적 의식상태라는 또 다른 변수를 상기시켜주었다. 래리 맥머트리는 친숙한 텍스트에서 예전에 만났던 것을 발견하는 기쁨에 관해 썼다. 그런 위안을 주는 경험을 얻기 위해서는, 예전에 그 책을 대할 때 가졌던 마음상태에 다가오는 무언가를 다시 붙잡을 수 있도록 자신의 내부에서 일종의 감정적, 지적 퇴행을 유도해야 한다고 나는 생각한다. 그런데 그와는 반대로 나는 즐거움을 위해 같은 시대의 들뜬 분위기에서 읽었던 작품들을, 세월이 흐른 뒤 그 힘을 평가하기 위해 목적의식을 가지고 다시 읽었다. 내 마

* 개인사와 사회사의 영향력을 가리킨다.

음상태는 내가 첫 장에서 다시 읽기의 특징적 조건으로 언급했던 유보적 관심과는 거리가 멀며, 맥머트리의 경우라고 상정한 유사 퇴행상태도 아니었다. 나는 맥머트리가 찾는 안전함을 얻지 못했다. 만일 내가 예전에 『호밀밭의 파수꾼』을 지금의 목적의식을 갖고 읽었다면 50년 전에 그 작품에 대한 나의 평가는 더욱 신중했을지도 모르지만, 그래도 모든 책 읽기에 작용하는 의식의 즉각적 영향력을 통제할 방법은 없다.

읽기는(이 점에 있어서 읽기는, 또는 쓰기는) 항상 냉철한 것일까? 그래야만 하는 것일까? 오히려 그게 정말로 가능하냐고 물을 수도 있다. 사실 그럴 수 없다. 읽기와 쓰기는 생각뿐 아니라 감정도 요구한다. 그 사실을 감안하면 읽거나 다시 읽는 행위는 인간의 생각과 감정만큼 다양하고 예측 불가능한 결과를 낳는다. 동일함을 보장하는 일종의 퇴행상태가 아닌 다시 읽기에서 나는 끊임없는 변화를 발견한다. 읽은 텍스트의 의미에 대해 의견을 개진할 때 그 발견들이 부분적으로 내 삶의 다양한 상황에 기반한다는 것을 더욱 뚜렷이 지각하게 되는 것이다.

7
순수한 즐거움을 위한 다시 읽기

다시 읽기의 넘치는 즐거움pleasure은 가끔 예측 불가능할 때가 있다. 정의상 다시 읽기란 우리를 익숙한 것에 다시 익숙해지게 하는 것이다. 이는 종종 낯설게 하기를 통해 이뤄진다. 우리가 안다고 생각했던 책이 우리의 이해에 새로운 요소를 추가할 것을 요구한다. 어린 시절에 좋아했던 책이 우리가 기대하지 않았던 기쁨을 안겨준다. 우리는 그 책이 무엇에 관한 것이었는지 알고 있다고 생각했지만, 이제 책은 자신이 다른 무언가에 관한 것이라고 우리에게 이야기한다. 우리의 기억이 이해를 형성하면서, 그 이해는 바뀐다. 다시 읽기를 즐기는 우리는 안정성과 함께 그것이 주는 놀라움 때문에 다시 읽기를 사랑한다.

다시 읽기에 대한 나의 현재 연구의 많은 부분은 즐거움에 관한 것이다. 즐거움은 때로는 목적이기도 하고, 때로는 다시 읽기의 다양한 측면을 들여다보려는 노력의 부산물이기도 하다. 이 장에서는 오락적인 다시 읽기를 통해 내가 전형적으로 추구하는 종류의 즐거움에 대해 생각해보고자 한다. 뚜렷한 즐거움이 없었던 상황들에 대해서도 간략하게나마 생각해볼 것이다. 다시 읽기의 놀라움과 다른 충족감은 보통 여러 가지 잡다한 것으로부터 온다. 언뜻 보이는 것과 달리 완전히 새로운 해석은 그리 흔치 않다. 이제부터 이야기할 것은 최근에 경험한 몇 가지 사례들이다.

때때로 즐거움은 책 그 자체와 함께 시작되며, 심지어 책이 초점인 경우도 있다. 나는 광택 있는 그림 표지를 쓰는 현재의 것 이전의 낡은 펭귄 문고판 책 한 권을 떠올려본다. 같은 문고의 다른 책들과 마찬가지로, 두껍고 무광의 흐릿한 주황색 표지 한가운데 둘러진 넓은 흰 띠에 작가 이름과 제목이 평범한 대문자로 쓰여 있고, 위에는 펭귄 문고 로고가, 아래에는 흑백의 펭귄 그림이 있다. 책장은 누렇게 변했지만 여전히 튼튼하고 유연하다. 저작권 연도는 1938년, 출판 연도는 1956년으로 돼 있다. 뒷표지에는 작가의 사진과 짧게 요약된 그의 생애가 있고 그 밑에는 작가의 주요 작품들이 나열돼 있는데, 작은 대문자로 "미국에서는 판매하지 않음"이라고 써놓았다.

그 구절은 이 책을 특별하게 느끼게 만든다. 미국 독자들은 이 책을 얼마나 소유하고 있을까? 우리가 이 책을 갖게 된 건 영국에 처음 장기체류하면서 닥치는 대로 책을 사들였던 1957년이 틀림없다. 책값은 저렴했다. 이 책은 새 책이 2실링 6페니였으며, 이는 당시 35센트에 해당했다. 중고책들은 대개 훨씬 더 쌌다. 우리는 주로 영국 고전과 시, 소설들을 무더기로 사들였으며 희곡 일부와 조너선 스위프트의 산문집 같은 책도 구입했다. 하지만 이 책은 20세기 소설오, 아직 고전으로서의 지위를 굳히지는 못했다. 그레이엄 그린의 『브라이튼 록Brighton Rock』으로, 작가 자신이 "가벼운 읽을거리"라고 분류한 소설이다.

책은 무겁지 않고 작은 편이다. 250쪽밖에 안 된다. 큰 호주머니나 보통 크기의 손가방 안에 들어갈 만한 크기다. 다른 많은 열정적인 독자들과 마찬가지로 나는 항상 책을 가지고 다닌다. 교통 체증이 있으면 어떡하지? 치과의사가 늦으면 어떡하지? 비상사태에 대비하게 해주는 이 펭귄 책은 이런 경우 다시 읽기가 보장해주는 만족감을 준다. 예상치 못한 사태에 대한 부적이자 안전책으로서 읽을 이 책은 마음을 편하게 해주며, 책 모서리가 접혀 있고 색이 약간 바래어 더욱 정겹다.

이 책을 만지작거리기만 해도 나는 즐거워진다. 그 책의 외양을 보고 있으면 책을 살 능력이 있고 살 책들이 널려 있다는 사실이 엄청난 행운의 선물로 여겨지던 젊은 시절의 행복이 떠오른다. 주황색 표지를 보면 우리가 산 다른 펭귄 책들이 생각나는데, 한 번씩 대거 사들일 때마다 독서의 향연을 벌이던 게 기억난다. 게다가 그레이엄 그린이라는 이름은 1957년에도 즐거움을 보장해주는 이름이었으며, 이번에 확인했듯 현재도 마찬가지다.

즐거움은 중요하다. 진정으로 중요하다. 이 사실을 잘 알았던 새뮤얼 존슨은 『시인들의 생애』에서 작품을 평가하며 그 점을 환기시킨다. "보편적 본질에 대한 적절한 묘사만큼 많은 이들을 오랫동안 즐겁게 하는 것은 없다"고 그는 썼다. 권위를 지닌 이 선언은 셰익스피어에 대한 논의에서 이 르네상스 시대 극작가가 200년 이상 인기를 누리고 있는 이유에 대해 숙고할 때 등장한다. 존슨은 그 인기야말로 작품의 가치를 입증하는 가장 중요한 증거라고 믿는다. 어떤 책이 독자를 즐겁게 하지 못한다면, 제아무리

온통 지혜로 채워져 있더라도 살아남지 못한다. 독특하고 특수한 점들에 초점을 맞춘 묘사가 아닌 "보편적 본질에 대한 적절한 묘사"는 즐거움에 관한 우리의 관념과 일치하지 않을 수도 있다. 하지만 독서(그리고 다시 읽기)를 통해 얻는 즐거움은 새뮤얼 존슨의 시대와 마찬가지로 지금도 중요하다.

『브라이튼 록』으로 말하자면, 나의 두 번째 읽은 경험은 첫 번째와 두드러지게 달랐다. 지금은 그 책을 다르게 해석한다는 뜻은 아니다. 오히려 읽는 과정 전체가 다르게 느껴진다. 그레이엄 그린을 처음 발견했을 때 나는 그의 소설들을 반추할 틈도 없이 집어삼킬 듯 읽어댔다. 지금은 책의 물리적 존재를 즐기며 충분히 여유를 갖고 더 숙고하며 읽는다. 예전에 알아채지 못했던 약점들이 눈에 들어오기도 한다. 하지만 그 사실에 즐거움이 줄어들지는 않는다. 『브라이튼 록』은 여전히 기분 좋은 경험을 제공한다. 이는 단지 그것이 지닌 유물遺物로서의 본질 때문만은 아니다.

이 음울한 소설이 매력적인 등장인물은 전혀 없이 비열한 인물들만 가득하고 음산한 논조로 끝난다는 점("그녀는 흐릿한 6월의 햇빛을 받으며 끔찍한 공포를 향해 서둘러 걸어갔다")을 감안하면, 그런 느낌이 든다는 건 좀 이상한 일이기도 하다. 소설은 목표가 뚜렷하지 않은 폭력조직의 범죄활동을 서술하면서 조직의 열일곱 살 먹은 사이코패스 두목에 초점을 맞추고 있다. 서술 과정에서 여러 사람이 살해당하지만 그 살인 장면들은 흥분을 불러일으키지 않으며, 시답잖아 보이는 탐정—단정치 못하고 제멋대로인 중년 여성—이 보이Boy라고 불리는 그 사이코패스에게 희생된 무고한 젊은 여성을 구출하고 책임소재를 규명하는 데 궁극적으로 성공을 거두지만, 그 과정에서 서스펜스를 구축하지도 않는다. 소설의 관심은 거의 전적으로 개인적인, 특히 '보이'의 심리상태를 탐구하는 데 맞춰져 있다.

그런 책을 다시 읽는다는 것은 어떤 면에서 독특한 시도이다. 플롯이 어떤 긴장감을 유발하느냐는 두 번째 읽을 때 사라진다. 모든 이야기가 어떻게 결말지어질지 나는 처음부터 알고 있다. 예전에 읽을 때 나는 별 매력 없는 등장인물들의 정신세계를 이미 이해했다. 그런데 뭣 때문에 그들을 다시 만나길 원하겠는가. 그 칙칙한 배경(사회 밑바닥 인생들이 영국의 휴양지 브라이튼을 경험하는 이야기)의 어떤 점도 유쾌한 사색을 유발하지 않는다. 하지만 『브라이튼 록』은 두 번째 읽을 때도 처음 읽을 때만큼 흥미만점이었다.

그 책을 더 천천히, 여유를 갖고 읽으면서 나는 그린의 대담한 의도에 찬탄했다. 작가는 보이(그의 이름은 핑키다)를 '호감이 가는' 인물로 그리려는 어떤 노력도 기울이지 않는다. 인물의 의식은 내내 추악하다. 독자는 시간이 흐르면서 핑키가 악을 구현한다는 사실을 서서히 깨닫게 된다. 핑키가 편의상의 이유로 결혼하는 소녀는 반대로 선을 상징한다. 로즈라는 이 소녀는 교육을 받지 못했고 무지하고 심지어 어리석기도 하지만(얼굴을 외우는 기억력은 비상하고 정확한 결론을 도출하는 능력을 갖고 있긴 해도) 선하다. 그녀는 매력적이지 않으며 어리석게도 핑키에게 헌신한다. 그녀는 자신이 영겁의 벌을 받게 될 것이라 생각한다. 그녀의 선함에도 불구하고. 선과 악은 아마추어 탐정인 아이다가 집착하는 옳고 그름과는 아무 관련이 없다. 하지만 그것은 매우 중요한 요소이며 이 소설은 그 진실을 느끼게 만든다. 그린은 하찮고 매력 없는 인물들을 중요하게 만드는 엄청난 어려움에 맞서 성공을 거뒀다.

달리 표현하면, 『브라이튼 록』은 '형이상학적'인 재미난 읽을거리이자 형이상학적 스릴러물에 가깝다. 소설은 매력 없는 여러 인물들이 지닌 하찮고 야비한 관심사들이 얼마나 중요할 수 있는지를 서서히 깨닫도록 의식을 조작함으로써 독자들을 매혹시킨다. 나는 핑키를 진지하게 대하는데, 그것은 그가 살인을 하기 때문이 아니라 그의 상상력이 치명적으로 갇혀 있기 때문이다. 밀턴의 악마처럼 그는 항상 지옥과 함께한다. 그는 자기 자신으로부터 벗어날 수 없다. 그는 문제를 해결하는 데 살인 말고는 해결책을 상상하지 못한다. 그의 본성이 주는 공포는 그의 행동이 주는 공포를 훨씬 능가한다. 독자가 그런 깨달음을 얻게 되는 과정이 소설의 매력을 구성하고 있다.

그리고 이런 매력은 황홀함의 바탕을 이루는 감정으로, 소설에 강력한 즐거움을 선사한다. 그레이엄 그린은 그의 '가벼운 읽을거리'와 그보다 진지한 소설들에서 그런 즐거움을 지속적으로 제공한다. 나는 『브라이튼 록』을 두 번 읽었지만 몇 번을 더 읽더라도 일상적인 현실의 언어로 쓰여진 이 영혼의 갈등에 계속 사로잡힐 것 같다. 이런 갈등은 독자에게 신학적 신념을 요구하지 않는다. 이 책이 오락으로서 갖는 기능은, 부분적으로는 이 책이 독자로 하여금 전혀 흥미 없어 보이는 인물들로부터 극적인 드라마를 이끌어내는 작가의 재주에 경탄하고 또 거기서 재미를 찾게 한다는 점에 의존하고 있다. 비슷한 플롯을 지닌 『실락원』은 속도와 수사법을 통해 고도의 진지함을 표방한다. 반면 『브라이튼 록』은 활기차게 전개되며 많은 양의 대화를 폭력배와 노동자들의 언어로 표현한다. 소설은 스스로 거대한 주장을 만들어내려 하지 않는다.

다시 읽기가 주는 즐거움의 중요한 원천인 '매력'은 신비한 성질을 지니고 있다. 어떻게 해야 매혹의 힘을 일반화할 수 있을까? 읽을 때마다 그것이 반복될 수 있다는 가능성을 어떻게 설명할 수 있을까? 물론 항상 반복되는 것은 아니다. 처음 읽을 때 매력적이었던 책이 다음번 정독 때는 힘을 잃을 수 있다. 하지만 독자들은 그들이 처음 발견했던 마법을 집요하게 찾으려 할지도 모른다. 그들은 많은 종류의 책들에서 그것을 발견하곤 한다. 어린이책에서 가끔, 판타지물이나 SF물을 비롯, 지극히 평범한 사실주의 소설에서도 그렇다. 어떤 책을 매력적으로 느낀다는 것은 주관적 반응이 포함돼 있다는 뜻이다. 매력은 결국 독자에게 속하는 것이며, 독자와 텍스트 사이의 교유를 통해 발견된다. 하지만 그것은 읽은 글 자체에 내재된 속성처럼 느껴진다. 다른 누군가는 『브라이튼 록』을 반복적으로 읽으며 매력적이지 않다고 느낄 수 있다는 게 이렇듯 이론적으로 가능하지만, 나로선 그것을 믿기가 힘들다.

이번에 내가 느끼는 매력은 내가 기억하고 있는, 그 책을 처음 읽었을 때의 매력을 닮았다. 『브라이튼 록』이 준 거의 유일한 놀라움은 내가 플롯을 알고 있는데도 여전히 책이 나를 흡입한다는 사실이다. 이야기의 결말을 알아내려고 서두를 필요가 없고 작가의 서술 기법을 음미할 여유가 있기 때문에 처음 읽었을 때보다 그 책을 더욱 찬탄하게 된다. 책은 그대로이지만 그 책을 읽는 경험은 새 것처럼 느껴진다. 이런 차이는 다시 읽기의 즐거움에 매우 중요하다. 예전에 읽어서 텍스트에 대한 완벽한 기억을 갖고 있더라도, 새로운 순간에 새로운 상황에서 다시 읽는 행위는 언제나 새로운 생각과 감정을 불러일으킨다(물론 완벽한 기억에 의존해 이런 주장을 하는 것은 아니지만). 어떤 텍스트는 여러 번 다시 읽고 나면 닳아버려 더 이상 신선한 반응을 주지 않으며, 나는 가장 최근에 루이스의 나니아 시리즈에서 그런 경험을 했다. 나에게 그런 쇠퇴가 일어나는 일이 아주 드물다는 게 그저 기쁠 따름이다.

책을 읽고 다시 읽는 것은 부분적으로 새로운 지식을 얻기 위해서다. 지식의 습득은 즐거움으로 이어진다. 많은 사람들이 지적했듯이, 소설은 인간의 본성과 남자와 여자들(그리고 때로는 아이들)이 살면서 부딪히는 문제를 대하는 방식에 대해 특별한 지식을 제공한다. 사실주의적 소설들은 평범한 인간의 사고와 감정이 어떻게 작용하는지에 대한 통찰을 제공한다. 가정사와 정치, 사회의 비밀을 드러내는 것을 암묵적으로 전제하는, 소문에 대한 인간의 보편적인 관심은 우리에게 사건의 막후에(무엇과 관련된 일이든 간에) '실제로' 무슨 일이 일어나고 있는지를 알고자 하는 광범위한 욕망이 존재하고 있음을 증명해준다. 사실주의 소설들은 바로 그런 지식을 제공한다는 환상을 공급한다. 우리는 그 소설들이 진실을 참칭하지 않는다는 사실을 잘 알고 있다. 그럼에도 우리는 그런 책들이 이야기하는 종류의 진실만을 믿기도 한다.

나는 이런 종류의 소설들로 가장 자주 되돌아온다. 『브라이튼 록』은 나름의 매력을 지니고 있지만, 내 생각에는 19세기 영국 소설들이야말로 몇 번을 읽든 관계없이 더욱 확고한 만족감을 준다. 조지 엘리엇, 앤서니 트롤럽, 심지어 윌키 콜린스까지 포함해 그들은 일상생활의 세부적인 것들에 관심의 초점을 맞추고, 그 과정에서 정신의 작용을 놀라울 정도로 정확하게 드러내는 능력을 지녔다. 내가 말하고자 하는 바는, 19세기 소설에서 정교한 플롯을 연기하는 가공의 등장인물들은, 그들이 실존인물일 경우와 똑같이 상황에 반응한다고 지속적으로 믿게 만든다는 것이다. 그들이 어떻게 반응할지 미리 알지 못하는 데서 흥분(놀라게 하는 효과, 지속적인 즐거움)이 생겨나지만, 일단 그 반응이 기술되고 나면 그것은 마치 필연적이었던 것처럼 느껴진다.

이런 내러티브를 통해 얻는 인식 덕분에 우리는 소소한 사건에 관한 소설에서도 깊은 즐거움을 얻는다. 엘리자베스 개스켈의 『아내들과 딸들 Wives and Daughters』이 그 예인데, 내가 볼 때 이 작품은 작가의 마지막 작품이자 최고의 소설이다. 개스켈의 죽음으로 내러티브가 끝을 맺지는 못했지만 균형 잡힌 형식과 내용상 놀라운 성취를 거둔 작품이다.

내가 대학에서 개스켈의 이름을 처음 들었을 때 그녀는 이름 없이 보통 "개스켈 부인"으로 불렸으며 예외 없이 '2류 소설가'로 인용되었고 연구도 거의 이루어지지 않았다. 그녀의 작품 『크랜퍼드Cranford』는 때때로 생색이라도 내듯이 '2류 걸작'으로 분류되곤 했다. 그런 시대 이후, 그녀는 『루스Ruth』나 『북과 남North and South』 같은 소설에서 보여준 현대 사회의 실상에 대한 날카로운 인식 덕분에 문학계의 창공에 떠올랐다. 『아내들과 딸들』은 과학에 대한 빅토리아 시대의 관심이 일부 묘사되긴 하지만, 여전히 지방 영주가 다스리고 주민들은 과거를 중시하며 미래가 가져올 변화에 무관심한 시골 마을을 무대로 삼고 있다. 이 소설은 중대한 이야기를 들려주지도, 거대하고 중요한 주장을 하지도 않는다. 주인공 몰리 깁슨이 12세로 처음 등장해 성장하며 사랑에 빠지고, 윤리적 문제에 봉착하고, 실의에 빠지지만 결국은 잘 풀린다는 이야기이다. 이야기는 느긋한 속도로 전개된다. 소설은 빅토리아 시대의 도덕적 감성으로 가득하며 구식 논조를 띤다.

나는 이 작품에 완전히 마음을 빼앗겼다.

그런 소설을 다시 읽는다는 것은 특별한 종류의 매력을 느끼는 것이다.

나는 『아내들과 딸들』을 적어도 서너 차례, 어쩌면 그 이상 읽었다. 그 책은 이를테면 『오만과 편견』만큼 손때가 묻진 않았지만, 오스틴의 소설들만큼이나 자주 읽어서 처음 읽은 경험을 기억할 수 없을 정도다. 특정 작품을 여러 차례 반복해서 읽게 되면, 각각의 읽는 과정과 거기서 얻은 것을 다른 때와 구분하기 힘들어진다. 하지만 새로운 것을 발견했을 때는 항상 알아챌 수 있다.

이번에 나 자신의 반응에 특별한 관심을 기울이며 『아내들과 딸들』을 다시 읽었는데 몇 페이지도 지나지 않아 나는 눈물을 글썽이고 있었다(내가 가진 펭귄 문고판으로 700쪽이 넘는 소설이다). 19세기 소설을 읽으며 종종 눈물을 흘리긴 하지만 아직 그 대목까지는 어떤 슬픈 사건도 일어나지 않았다. 문제는, 책을 다시 읽는 경우에 앞으로 무슨 일이 벌어질지 내가 이미 알고 있다는 사실이다. 페이지 위에 펼쳐진 글들은 몰리와 아버지 간의 친밀한 관계를 기술하고 있다(그녀의 어머니는 죽었다). 마을 의사인 깁슨 씨는 재혼할 것이며 그것은 자신의 재혼으로 인해 딸의 상황이 나아지리라는 잘못된 믿음에 기반했다는 사실을 나는 알고 있다. 아버지와의 친밀함을 신뢰하는 몰리는 그 친밀함이 영원할 거라고 믿는다. 내가 이미 알고 있는 미래의 사건에 대한 무지 때문에 그녀가 애처롭게 느껴진다. 다시 읽는 독자에게 그녀의 행복은 슬픔으로 느껴진다.

다시 읽기는 미리 아는 즐거움을 제공한다. 다시 읽는 독자는 세세한 줄거리를 기억하지 못한다 해도 최소한 사건이 어떻게 진행될지, 혹은 적어도 사태의 실마리가 어떻게 풀려나갈지에 대한 희미한 기억은 갖고 있다. 그런 어슴푸레한 기억만으로도 『아내들과 딸들』의 도입부에서 눈물을 흘리게 하는 효과를 거두기에 충분하다. 두꺼운 사실주의 소설을 읽으며 눈물을 흘리는 즐거움이 과소평가돼선 안 되겠지만, 사전에 습득한 지식은 다른 종류의 감정을 유발하기도 한다. 읽는 경험을 더욱 풍요롭게 만드는 감정들이다. 다시 읽을 때의 흥분은 처음 읽을 때의 그것과는 다르다. 그것은 증식 과정에서 생성된다. 다가올 사건에 대한 사전 지식은 결과에 대한 추측을 의미에 대한 추측(더 깊은 형태의 흥분)으로 변화시킨다.

개스켈의 플롯으로 돌아가보자. 깁슨 씨의 결혼은 이어지는 이야기의 많은 부분을 추동하는 동시에 몰리에게 고통을 가져온다. 그녀는 비상한 도덕적인 노력을 통해 그것에 맞서면서 영웅적으로 변모하게 되며, 빅토리아 소설에서 이런 요소는 여주인공에게 궁극적인 행복을 담보한다. 그녀와 동갑인 아름다운 이복자매(몰리가 지닌 도덕적 품성과 양심이 결여된 젊은 여성)의 존재는 상황을 복잡하게 만들며, 아버지 친구의 아들인 로저 햄리를 향한 몰리의 사랑이 커가는 것을 한동안 위협한다. 이 같은 소설 속 상황은 도덕적, 심리적 탐구의 풍부한 기회를 제공하며, 개스켈은 이 두 가지를 맹렬히 추구한다.

몰리는 그녀의 아버지가 결혼하려는 여성과 예전에 만난 적이 있다. 그녀는 열두 살 때 지방 영주의 거처인 '타워스'에서 열린 연회에 참가했는데 그녀를 데려온 사람들이 그녀를 그곳에 남겨두고 가버리고, 그 집의 가정교사였던 커크패트릭 부인이 그녀를 돌보는 일을 맡게 된다. 그녀는 항상 겉으로는 다정한 척했지만 이기적이고 기만적이고 음흉한 본성을 몰리에게 드러낸다. 깁슨 씨가 딸에게 커크패트릭 부인과 결혼할 계획을 이야기하자, "그녀는 아무런 대꾸도 하지 않았다. 무슨 말을 해야 할지 알 수 없었다. 외침과 고함, 혹은 결코 잊히지 않을 격노의 표현을 통해 노여움과 증오, 분노의 열정—무엇이든 간에 그녀의 가슴속에 끓어오르던 것—이

스며나올까봐 어떤 말도 하지 않으려 했다. 그것은 마치 그녀가 딛고 서 있던 해안의 단단한 지면이 무너져내려 광활한 바다로 홀로 떠내려가는 것 같았다."

몰리의 아버지는 그녀의 인생에 단단한 지반을 제공해왔다. 그러므로 그녀가 위험천만한 표류나 밧줄이 끊어진 듯한 느낌을 갖는 것은 충분히 타당하다. 개스켈의 뛰어난 통찰은 말바꿈표로 묶인 "무엇이든 간에 그녀의 가슴속에 끓어오르던 것"이라는 말 속에 명민하게 드러난다. 몰리는 자신이 무엇을 느끼는지 알지 못하지만 그 느낌이 열정적이고 고통스럽다는 사실은 안다. 그녀가 느끼는 모든 감정을 일일이 나열하지 않으면서도 그 감정의 존재와 그것의 묘사 불가능성을 동시에 짚어냄으로써 불확실성 속에 머무는 개스켈의 능력은 몰리의 발전에 대한 진술에 진정성을 부여한다. 몰리의 도덕적 진보와 함께 독자는 그녀의 감정적 여정에 강력한 관심을 갖게 된다.

소설은 심지어 매력 없는 등장인물들의 감정도 설득력 있게 조명한다. 깁슨이 청혼을 하기 전, 커크패트릭 부인이 영지의 손님방에서 거울 장식을 바라보며 생각에 잠기는 장면이 있다. 그녀는 자신의 집에서 이와 비슷한 효과를 내고자 했지만, 지니고 있는 모슬린은 더럽고 리본은 색이 바랬으며 이런 조건들을 개선할 돈이 없었다. 그녀는 생각한다. "이곳에선 돈이 숨 쉬는 공기와 같군. 세탁비가 얼마인지, 어떤 분홍색 리본이 1야드짜리인지 아무도 묻지 않으며 알지도 못해. 그들은 나처럼 한 푼 한 푼 벌지 못할 거야. 돈을 벌기 위해 억척스럽게 일하며 내 평생을 보내야 한단 말이야? 그건 순리에 맞지 않아. 결혼은 순리에 맞는 일이야. 남편이 온갖 더러운 일을 도맡아 하고, 아내는 귀부인처럼 거실에 앉아 있는 거지. 가엾은 커크패트릭이 살아 있었을 때는 나도 그랬지. 휴! 과부로 산다는 건 슬픈 일이야." 이 미망인이 결혼을 "순리적인 것"으로 여기는 이유들을 통해 우리는 그녀의 본성을 읽을 수 있으며, 또한 그녀가 얼마나 고약한 아내가 될 것인지도 미리 알 수 있다. 하지만 동시에 그녀의 생각은 사회적 포부를 지닌 여성이 짊어진 가난의 파토스를 드러내기도 한다.

커크패트릭 부인은 사악하진 않지만 짜증스럽고(몰리와 그녀의 아버지는 물론 독자에게도, 혹은 적어도 내게는), 자신에게만 몰두해 있고, 공감 능력이 없으며 사소한 것에만 관심이 있고, 그 이외의 것은 모조리 거부해버린다. 몰리는 자신보다 타인에 대해 생각하라는 로저 햄리의 조언을 따르려고 노력하며 계모를 받아들이고 그녀의 지시에 순종한다. 하지만 그녀는 옳고 그름에 대한 자신만의 관념을 지니고 있고, 그것을 발전시킨다.

『아내들과 딸들』의 특별한 강렬함은 도덕적 삶뿐 아니라 감정적 삶의 중요성에 대한 주장에서 드러난다. 몰리의 아버지는 자신을 억압하는 훈련을 해왔다. 그는 어떠한 '감정'을 표현하는 것에도 비판적이며 감정을 드러내지 않는 것을 최선으로 여긴다. 몰리의 아름다운 이복자매 신시아는 남자들을 손쉽게 유혹하지만 깊은 감정을 느끼지 못한다. 그녀는 지금까지 성별에 관계없이 누구도 사랑한 적이 없다고 몰리에게 털어놓는다. 신시아는 최소한 자신이 얻지 못하는 것을 찬탄할 줄은 안다. 그녀는 몰리를 높이 평가한다. 몰리의 계모인 그녀의 어머니는 삐치는 것 외에 어떤 감정도 느낄 줄 모른다.

몰리는 인간적인 약점으로 가득한 이런 환경에 살면서 자신의 강렬한 감정을 인정하고 유지한다. 감정을 제어해야 할 때는 그렇게 하지만 감정을 인생의 원리로서 높이 평가한다. 로저와 대화를 나누면서 그녀는 다른 사람들의 욕구에 순종해야 한다는 생각에 대한 회의를 피력한다. "저 자신을 죽이고 다른 사람들이 원하는 대로만 산다면 정말 따분할 것 같아요. 그래야 할 어떤 이유도 찾지 못하겠군요. 그럴 바에야 아예 살지 않는 게 나을 것 같아요." 자기 희생적 삶에 잠재한 감정적 위험에 대한 그녀의 통찰은, 여성의 자기 헌신에 높은 가치를 부여하곤 하는 19세기 후반 소설에서는 흔치 않은 요소이다. 자신의 감정적 활력과 고결함을 지키려는 몰리의 투쟁은 때로 고통스럽고 때로 신나며 언제나 흥미만점이다. 내가 앞서 사실주의 소설에서 즐거움의 원천으로 언급한 인간 본성의 내밀한 작용이란 바로 이런 것이다.

그런 즐거움을 통해 우리는 '문학은 독자를 기쁘게 하고 가르쳐야 한다'(가르침은 기쁨을 정당화하고, 기쁨은 가르침을 편하게 만들어준다)는 고전적 금언을 떠올리게 된다. 새뮤얼 존슨은 일반적 인간 본성의 적절한 묘사에 대해 언급하면서 그런 결합을 상정한다. 하지만 그런 상정 없이도, 가르침이 인간 본성의 작용과 연관되고 즐거움 역시 같은 원천에서 솟아나는 『아내들과 딸들』 같은 소설들에서 나는 그런 즐거움을 발견할 수 있다. 이런 즐거움은 일상생활로부터의 '도피'를 만들어내지 않는다. 오히려 독자들에게 소설적 삶에 대해 숙고할 기회를 제공함으로써 현재 삶의 가치에 눈뜨게 한다.

이 소설을 처음 읽는 독자는 예외 없이 심리적 통찰의 즐거움을 만끽할 수 있다. 두 번째와 그 뒤에 읽을 때는 플롯이 어떻게 진행될지에 대한 관심이 사그라듦에 따라 통찰의 기쁨이 증폭될 수 있다. 독자가 이미 결말과 거기까지 도달하는 과정을 안 뒤에도 플롯이 놀라운 힘을 발현하는 것은 사실이다. 하지만 다시 읽고자 하는 선택은 이야기가 어떻게 끝나느냐를 넘어서는 그 이상의 관심을 암시한다. 플롯이 복잡한 내용을 엮어가는 과정을 더 분명히 관찰하거나, 기쁨을 주는 등장인물과 재회하거나, 사건에 세심한 관심을 기울일 필요 없이 내러티브의 표현을 즐기길 원하는 것이다. 처음 읽을 때 마음의 내밀한 작용에 대한 소설의 통찰에 매료되었다면, 다시 읽을 때는 원래의 인상을 강화하거나 그 통찰을 더욱 확고히 구체화하고자 할 수도 있다.

『아내들과 딸들』을 다시 읽으면 처음 발견한 것 이상을 얻을 수 있다. 바로 심리적, 도덕적 통찰이라는 보장된 즐거움이다. 나는 개스켈이 몰리의 연애 장면을 다룰 때 제약을 부여한 점을 찬탄한다. 몰리는 로저가 신시아와 약혼할 때쯤 그에 대한 자신의 사랑을 깨닫게 된다. 몰리가 보기에 신시아는 그의 가치나 그의 사랑을 제대로 평가하지 못한다. 신시아와 파혼한 뒤 로저는 점차 몰리를 사랑하게 된다. 하지만 그는 어떤 종류인지 딱히 쓰여져 있지는 않지만 위대한 과학적 발견을 해왔던 아프리카에서 6개월을 더 보내야 한다. 로저의 집에 성홍열이 발생했기 때문에 의사인 몰리의 아버지는 로저가 집에 오지 못하게 하고, 연인들은 서로 만나지 못한다. 로저는 몰리에게 그의 사랑을 내색하지 않은 채(비록 그녀의 아버지에게는 고백하지만) 아프리카로 떠나야 한다. 쏟아지는 폭우와 함께 그의 관심을 끌기 위해 집요한 노력을 기울이던 계모가 몸으로 막아서는 바람에 그녀는 그를 제대로 보지 못한다. 소설이 당초 계획한 마지막 장을 앞두고 여기서 끝나버림으로써 독자는 작가의 과묵함을 더욱 강렬히 느끼게 된다. 이 점 역시 빅토리아 시대 소설에서 기대하기 어려운 점이다.

예전에 읽었을 때는 이 소설이 빅토리아 시대의 관습을 거스르는 점이 인상 깊었다. 몰리는 가끔 성질을 부리긴 하지만 전통적인 '착한 소녀'처럼 행동한다. 그러나 지역사회의 눈 밖에 나더라도 자신만의 길을 가는 몰리의 능력은 그녀의 비범함을 드러낸다. 신시아를 돕는 과정에서 그녀는 자신의 명예를 실추시킨다. 그녀는 아버지에게조차 자신의 행동을 해명하려 하지 않는다.

하지만 다시 읽는다는 것은, 이미 말한 바와 같이 종종 의외의 것을 드러낸다. 이번에 나는 개스켈이 두 마리 토끼를 한꺼번에 잡았다는 사실을 놀라움과 함께 깨닫게 되었다. 몰리는 소설 앞부분에서 자신을 망각한 채 오로지 타인만을 생각하는 자기 희생의 대가에 대해 언급한다. 하지만 그녀는 이복자매인 신시아의 도덕적 결함을 알면서도 그녀를 위해 자신을 기꺼이 희생한다. 그녀는 감정적 활력을 지키는(다시 말하지만 이것은 이 시대에는 아직 흔한 관심사가 아니었다) 한편 도덕적 수양을 강화한다. 그녀가 빅토리아 시대의 규범과 지역사회의 규범에서 심각하게 일탈했다고 책망할 수는 없다. 그녀는 무슨 일인지 알려달라는 아버지의 요구를 거절하지만 그것은 더 고차적인 도덕적 의무를 수행하기 위해서였다. 하지만 그녀는 아버지에게 자신이 유지하는 자율성의 중요성에 대해 선언한다. "아마도 제가 어리석었을 거예요. 하지만 제가 한 일은, 저 스스로 한 일이지 누군가가 시킨 게 아니에요." 그녀는 전통적인 윤리적 기준에 순응하는 동시에 자신의 독립성을 주장한다.

경박스럽고 천박한 신시아에 대한 개스켈의 묘사 역시 그런 이중적 패턴을 보인다. 신시아는 허영심과 예지의 결여로 인해 복잡한 사건에 휘말린다. 그녀는 자신의 목적을 위해 정숙한 이복자매를 이용한다. 그녀는 고결한 약혼자로부터 좋은 이야기를 들으며 살 수 없게 되었다. 그녀는 자신의 도덕적, 감정적 허물을 인지하고 수치감과 죄의식을 느낀다. 자기 자신에 대한 현실주의적 시각 덕분에 그녀는 자신이 주변 사람들의 찬탄 없이는 살 수 없다는 사실을 깨닫게 된다. 그래서 그녀는 부유하지만 천박한 런던 남자를 유혹해 결혼하며, 그는 신시아를 높이 평가하는 한편, 그녀의 본성을 간파하고 책망하는 사람들과 어울리지 않게 해준다. 소설은 신시아가 정직에서 벗어났음을 분명히 하지만 이 때문에 그녀를 벌하지는 않는다. 그녀는 바로 자신이 원하던 바를 얻는다. 게다가 화자는 그녀에 대한 동정심을 호소한다. 그녀의 자각은 그녀를 고통스럽게 하지만, 그녀는 자신의 결점들과 싸울 수단을 내면에서 찾을 수가 없기 때문이다. 『아내들과 딸들』은 전통적인 도덕적 교훈을 전달한다. 착한 소녀는 나쁜 소녀보다 더 많은 찬사와 더 큰 보상을 받아야 한다. 하지만 동시에 그 책은, 심지어 도덕적으로 유약한 사람들에게도 찬탄할 만한 인간적 특성이 있을 수 있으며, 심지어 사랑받을 수도 있다고 암시한다.

『아내들과 딸들』을 다시 읽는 잔잔한 즐거움은 여러 번 다시 읽을 때의 감정적 톤을 전형적으로 예시한다. 상상력이 풍부한 작품과 처음 만났을 때의 흥분은 되풀이되는 만남 속에 사그라지고, 첫 만남 때보다 훨씬 복잡한 추측이 동반하는 새로운 흥분과 함께 지식의 평온함, 확신 어린 기대감이라는 부드러운 자극이 그 자리를 대신한다. 물론 잃는 것도 있다. 처음 만났을 때의 플롯과 등장인물들의 지적, 감정적 도전이 바로 그것이다. 독자는 다시 읽을 때마다 예전 경험의 총합에 비춰 텍스트를 개작하므로, 새롭고 더욱 사적인 개인적 발견의 드라마가 사건과 의미를 깨닫는 차원의 줄거리의 원래 관계를 대체한다. 오랜 친구와 여러 번 만나듯이, 친숙한 텍스트를 여러 번 접하면 관계는 더욱 깊어진다.

『아내들과 딸들』을 처음 읽었을 때 이야기와 등장인물들에 대한 친밀감을 느꼈고, 이후 여러 차례 읽는 과정에서 그것이 점차 발전해갔다는 것 이상을 이야기하기는 어려울 듯하다. 특별한 힘을 지닌 다른 소설들에 대한 경험도 이와 유사한 친밀감이라는 특징을 지니고 있다. 그런 느낌을 상술한다는 것은 다른 사람과 맺은 친밀감의 윤곽을 그려 보이는 것만큼이나 어려운 일이다. 사람과의 친밀감처럼, 책과의 친밀감은 서로 맺고 있는 관계가 드러내주는 것에 가치를 더해간다. 그것이 증대되어가는 과정이 바로 다시 읽기가 주는 커다란 즐거움 중 하나다.

다시 읽기는 즐거움뿐 아니라 괴로움도 줄 수 있다는 점도 밝혀야겠다. 자신이 쓴 글을 다시 읽는 것은 특히 위험하다. 오래전에 처음 읽은 책들에 내가 끼적인 주석을 읽은 기억이 떠오른다. 나는 내가 대학생 때 읽은 소설의 여백에 "상징이다!"라고 적어둔 것을 발견하고 진저리를 쳤다. 도서관에서 빌린 책들에서 다른 사람들이 여백에 남긴 글을 가끔 볼 때가 있다. 학부생들이 써놓은 게 분명한 주석과 느낌표, 밑줄은 일반적으로 짜증을 유발하지만 여백에 써놓은 메모가 매우 의미심장하게 다가올 때도 있다. 하지만 내가 쓴 주석에 대해서는 한 번도 그런 기억이 없다.

그래도 내가 젊었을 때 쓴 글들, A학점을 받았지만 내가 교수였다면 그다지 관대하게 봐주지 않았을 에세이들도 눈감고 넘어갈 순 있다. 하지만 예전에 아꼈으나 반복해서 읽으며 김이 빠져버린 책들에 대해서는 변명하고 나서기가 더 힘들다(아마도 그 책들을 아꼈던 젊은 날의 나 자신에 대한 관용이 필요한지도 모르겠다). 바로 앞 3개 장에서 나를 실망시킨 책이라고 논한 『호밀밭의 파수꾼,』 『행운아 짐,』 『황금 노트북』을 다시 읽으면서 불만스럽거나 화가 나지는 않았다. 그 작품들이 매력을 잃게 된 이유가 무엇인지에 지나치게 관심을 쏟았기 때문일지도 모른다. 하지만 그럼에도 가끔 어떤 책이 내가 기대한 양분을 더 이상 제공하지 못한다는 것을 알게 되면 나는 실망에서 분노까지 다양한 감정을 느끼게 된다.

어떤 책이 그런 운명을 겪을지는 알 도리가 없다. 이 장을 쓰면서 나는 그런 즐겁지 않은 느낌이 어떤 것인지 곧바로 말할 수 있도록 부정적인 감정을 불러일으킬 만한 책을 찾아나섰다. 어느 정도의 자신감을 갖고 『오즈의 마법사』를 골랐는데, 소녀 시절에 사랑했던 이 책을 나는 그 이후 한 번도 읽지 않았다. 어떤 비평을 통해 그 책에서 프랭크 바움의 작문이 그리 좋지 않다는 논평을 접한 적이 있기에, 나는 내가 이제는 그 작품을 좋아하지 않으리라 생각했다.

하지만 그 작품의 작문은 그야말로 모범적이었다. 간명하고 직설적이고 힘찼다. (캔자스 풍 작문이라고 부를 수도 있겠다.) 임의로 예를 든다면 "그들은 화사한 색깔의 새들의 노랫소리에 귀를 기울이고, 사랑스러운 꽃들을 바라보며 걸어갔다. 꽃들은 점차 무성해져 이제 온 땅이 꽃들로 뒤덮였다. 주홍빛 양귀비 군락과 함께 노랗고 하얗고 파랗고 자줏빛의 큰 꽃들은 색깔이 너무도 휘황찬란해 도로시는 눈이 부실 정도였다." 바움은 어떤 종류의 새와 꽃들인지 이야기하지 않는다. 어떤 종류인지는 중요하지 않다. 사자와 도로시, 토토를 곧 잠들게 할 양귀비만 특정하여 썼으며 그밖에는 화사한 색깔, 휘황찬란함 등 아이의 눈에 비칠 법한 것만 서술했다.

그러고 나서 그는 허수아비와 양철 나무꾼의 반응에서 희극을 만들어낸다. 도로시가 꽃들에 대해 "정말 아름답지 않아?"라고 묻자 허수아비는 "그런 것 같아…… 내게 뇌가 있다면 그들을 더 좋아할 것 같아"라고 대답하고, 양철 나무꾼은 "내게 심장만 있다면 그들을 사랑할 텐데"라고 말한다. 『오즈의 마법사』의 다른 장면들과 마찬가지로 이 장면은 (꼭 그래야만 하는 건 아니지만) 사유와 감정의 본질에 대한 사색을 이끌어낼 수 있다. 왜 뇌는 꽃을 더 좋아하게 만들까? 양철 나무꾼은 분명히 동료들을 사랑하는데도 왜 사랑하는 능력을 발휘하는 걸 자꾸 미루는 것일까?

그리고 ("내게 ~만 있다면 모든 게 달라질 텐데"라는) 이 반복되는 수사적 어구trope는 텍스트 안에서 어떻게 작동할까? 독자는, 심지어 아주 어린 독자도, 등장인물들이 그들이 찾는 것을 이미 갖고 있다는 사실을 재빨리 깨닫게 된다. 성인 독자라면 바움이 언어에 대해 무지하기는커녕 언어의 힘에 주목하는 작가라고 추정할지도 모른다. 허수아비, 양철 나무꾼, 사자는 스스로를 뭔가가 결여된 존재라고 명명한다. 그런 행위는 결여를 강화하며 실제로 그렇게 만들어버린다. 마침내 마법사가 그들에게 물체를 하나씩 주고 그것을 각자가 원하는 힘으로 명명하게 함으로써 그들의 문제는 해결된다. 그 명명은 효력을 발휘해 사자를 용감하게, 허수아비를 지혜롭게, 양철 나무꾼을 자애롭게 만든다.

하지만 의심 많은 성인 독자는 아마도 처음 읽을 때는 책을 다 읽고서도 의심을 풀지 못하고, 두 번째와 그 이후 읽을 때 그 의미를 찾으려 할 것이다. 등장인물들의 문제가 어떻게 해결되는지 알게 된 이후에야 우리는 그 문제의 본질을 완전히 이해할 수 있다. 그 뒤에야 독자는 단어와 의미의 미묘한 극적 효과들을 인지하고 즐길 수 있는 의식 상태를 갖게 된다. 혹은 나의 이번 두 번째 다시 읽기 이후에 그렇게 되지 않을까 싶다.

내가 바움의 문체를 캔자스 풍 산문체라고 부른 것은 물론 도로시가 캔자스 출신이기 때문이다. 그레고리 머과이어의 『위키드』에 나오는 한 등장인물은 도로시를 "겨자씨처럼 꾸밈없고 솔직"하다고 묘사하는데, 이는 매우 좋은 표현이다(머과이어의 글에 관해 사족을 달자면, 내가 최근에 처음 읽은 『위키드』는 마녀의 관점에서 사건을 상술함으로써 독특한 재미를 제공하지만, 바움의 책보다 훨씬 무섭다. 또 복잡하고 거창한 사상들을 큰소리로 늘어놓는다. 내 생각에 그 책은 그다지 신통찮게 느껴졌으며 다시 읽을 것 같지 않다). 현재 대부분 성인 독자들의 반응을 형성한 주디 갈런드가 등장하는 영화에서의 캔자스는 음울한 잿빛이다. 반면 오즈는 화려하고 생기가 넘친다. 잿빛과 천연색의 대비는 영화뿐 아니라 책에도 등장한다. 하지만 캔자스는 '집'이자 사랑과 안식의 보금자리로, 암묵적으로는 도로시의 가식 없는 정직함의 원천으로 묘사된다. 바움의 문체 역시 소박함과 진실함이라는 같은 덕성을 지니고 있다. "그들은 일찍 잠자리에 들어 푹 잠을 잤다. 동이 트자 궁전 뒤뜰에 사는 푸른 수탉의 꼬끼오 소리와 푸른 알을 낳은 암탉의 꼬꼬댁 소리가 그들을 깨웠다." 평범한 풍경처럼 다뤄진 수탉과 달걀의 푸른빛은 사실적인 문장에 묘한 느낌을 덧붙인다.

이야기는 이런 유의 수사학적 기교에 크게 의존하고 있다. 그러나 등장인물이나 사건의 기이함을 강조하는 표현은 전혀 사용하지 않는다. 마법사 오즈가 잘린 목, 으르렁대는 괴물, 불덩어리의 모습으로 변장할 때에도 외양의 진기함은 거의 강조되지 않는다. 수사법은 이야기의 실체를 반영하고 있다. 사건이 일어나는 것은 그것이 실제로 벌어졌기 때문이다. 오즈가 도로시가 동쪽 마녀를 죽인 일을 언급하자 도로시는 "꾸밈없이" "그렇게 됐어요…… 어쩔 수 없었어요"라고 대답한다. 도로시의 솔직한 캔자스식 성격은 무슨 일이든 피할 수 없다면 곧바로 부딪힌다는 것이다.

내가 이 책을 처음 읽었을 때(그때 나는 매우 어렸다) 왜 좋아했는지는 기억하지 못한다. 하지만 지금은 여러 가지 이유로 이 책에 감탄한다. 그

중 하나는 문체다. 나는 본연의 역할을 정확히 수행하는 문체를 만나면 가장 순수한 형태의 즐거움(즉시 인식할 수 있는 정갈한 즐거움)을 느낀다. 바움의 문체는 허세를 부리지 않으며 주목을 끌려고 하지 않으면서도 할 일을 한다. 그것은 이야기 전개를 방해하지 않으며 실제로 이야기를 순조롭게 진행시킨다. 짧은 내러티브 시간 동안에 많은 일이 벌어지는데, 사실적 문체는 그것들을 수월하게 이해할 수 있게 돕는다.

그러고는 초보적일 정도로 단순하지만 만족스러운 성격 묘사가 있다. 나는 대학 시절 영어수업에서 '복잡한 것'을 찾고 높이 평가하는 훈련을 받은 세대에 속한다. 내부에 어떠한 복잡함도 숨기지 않은 단순함이 그 자체로 즐거움을 준다는 발견은 실로 놀라웠다(『오즈의 마법사』를 경제에 관한 우화로 보는 비평적 해석이 그간 수차례 제기됐지만, 나는 그런 해석을 조금도 믿지 않는다). 도로시는 존재할 법하지 않은 그녀의 다른 세 일행과 마찬가지로 몇 가지 특성만 부여받았다. 이미 언급한 솔직함, 문제들이 해결되리라는 암묵적 믿음, 무슨 일이든 기꺼이 받아들이는 자세, 그리고 타인들에 대한 근원적 배려(그녀가 캔자스로 돌아가고자 하는 주된 이유는 그녀의 계속된 부재로 엠 숙모가 속상해할까봐 염려해서다) 등이다. 양철 나무꾼, 허수아비, 사자는 각자 부드러운 마음씨, 총명함, 용기 등 자신들이 이미 가지고 있음을 깨닫지 못한 자질을 갖고 싶다는 욕망에 기반해 모든 일에 반응한다. 도로시는 모든 상황에 직접적이고 실용적인 방식으로 맞선다. 동쪽마녀를 의도치 않게 녹여 없앤 뒤에 "도로시는 물을 또 한바가지 퍼와서 〔마녀가 녹고 있는〕 난장판에 끼얹었다. 그러고는 그것을 문 밖으로 모조리 쓸어날려버렸다." 다른 일화들처럼 이 문장들을 일종의 희극(도로시가 마녀의 죽음으로부터 어떠한 감정도 느끼지 않는 점에는 희극적인 면이 있다)

으로 받아들일 수도 있고, 일을 척척 해나가는 도로시의 성격에 대한 또 다른 증거로 여기며 감탄할 수도 있다.

마지막으로 이야기가 있다. 이 책의 이야기는 사건들이 빠른 속도로 예측불허로 전개되고, 이에 전혀 놀라지 않는 도로시와 대조적으로 독자에게는 놀랄 거리가 가득한 좋은 이야기이다. 원정대가 목적을 이루기 위해 일련의 시험을 거치는 동화의 구조가 내러티브를 통제하며, 마법사가 실제로는 아무런 힘도 가지지 못한 것으로 드러나는 희극적인 반전도 나온다. 일부 내용은 아이들에게 무서울 수도 있겠지만(무섭다는 느낌을 받은 기억은 없다) 난관은 재빨리 해소된다. 서스펜스도 있지만(여행자들이 에메랄드 시에 도착할 수 있을까? 도로시가 캔자스로 돌아갈 수 있을까?) 그리 강하지는 않다. 각각의 사건은 그 자체로 만족감을 제공한다.

『오즈의 마법사』를 다시 읽는 것은 유별난 경험이었다. 마치 처음 읽는 것처럼 신선하게 느껴졌다. 아마도 처음 읽은 경험으로부터 내가 기억하는 것이 오로지 그 책이 제공한 즐거움뿐이라는 사실에서 유발된 효과이리라. 어쩌면 처음 읽은 경험을 (아이 적에 본) 영화가 덧씌우면서 내 기억에서 지워버렸는지 모르겠다. 어쨌든 이번 두 번째 읽기가 처음 읽었을 때와 어떻게 달랐는지에 대해서는 아무것도 말할 것이 없다. 그저 놀라움 그 자체였다.

하지만 이번에 읽은 것이 처음과 다르다는 건 '틀림없다'고 어느 정도 자신 있게 말할 수 있다. 『오즈의 마법사』를 처음 읽을 무렵 나는 손에 잡히는 모든 것을 닥치는 대로 읽었고, 비평적 안목 없이 행복하게, 상상적 지식을 쌓아가며 읽었다. 이제 나는 내가 즐기는 것이 무엇인지 말할 수 있는 위치에 있다. 그리고 텍스트의 무엇이 즐거운 경험을 제공하는지를 공식화하는 일은 그 자체로 즐거운 일이다. 그것은 이 책을 쓰는 즐거움과 쓰기에 앞서 사색하고 그것을 스스로 의식하는 즐거움의 축소판이다. 또한 다시 읽기는 예외 없이 희미한 기억으로 남은 기분 좋은 분위기, 일종의 뒤섞인 즐거움을 제공하기도 한다. 『오즈의 마법사』를 읽으며 나는 아주 어렸을 때, 커다란 빅토리아 양식의 공공도서관 창가 자리로부터 출발하는 기나긴 시간의 분위기를 느꼈다. (특정한 기억 영역에서 사라지는 일이 비교적 적은) 성인 책들의 경우에도, 내가 문제의 책에 대한 예전의 반응을 기억하지 못한다 해도 삶의 그 단계나 물리적 환경이 종종 기억 속에 되살아나곤 한다.

내가 최근에 바움을 읽으며 얻은 즐거움(전문가적 문체, 훌륭한 성격 묘사, 힘찬 내러티브의 즐거움)은 처음 읽은 경험을 더 생기 있게 만들어줄 수 있다. 하지만 다시 읽기의 만족감은 다시 읽기가 독자와 텍스트 사이의 교환에 기억 속의 즐거움(혹은 괴로움)을 더하는 방식 때문에 처음 읽을 때와는 명백히 다르다. 기억은 우리가 읽고 있는 페이지를 빛나게 하는 경험을 상기시킴으로써, 처음 읽기나 다시 읽기에 관계없이 독서를 풍요롭게 한다. 다시 읽기에 수반된 기억은 감정적 상황적 맥락을 살려 예전에 그 책을 읽었을 때의 특정 경험을 불러낸다. 그리고 이를 통해 특별한 형태의 풍요로움을 제공한다.

그런 기억들은 그 자체로 기쁨을 줄 수 있겠지만, 두 번째 읽기에서 살아남지 못한 책의 경우에는 실망감과 다중적 괴로움을 강화할 뿐이다. 『오즈의 마법사』로는 이 명제를 시험하지 못했으나 『바람과 함께 사라지다』로는 가능했다. 실제로 나는 두 번째 읽으면서 완독조차 할 수 없었다. 그 책이 그렇게 두꺼운 줄 기억하지 못했다(포켓판형으로 1448쪽이다). 이 두꺼운 책은 나쁜 작문에다 진부한 상투적 표현으로 가득하고(일부 표현은 작가의 창작이었을 수도 있지만 그렇다고 즐거움을 주지는 않는다) 열 살 소녀의 눈에도 어색하게 보일 정도로 역사를 각색했다. 어떻게 그런 책이 퓰리처상을 수상할 수 있었을까?

하지만 내가 열 살이었을 때 이 책은 훌륭한 책으로 보였다. 읽는 것을 멈출 수가 없었다. 나는 이불 밑에서 회중전등을 비춰가며 읽었다. 불을 끄고 잠자리에 들라는 어머니의 지시를 정면으로 거스른 유일한 사례다(그래도 기술적으로는 지시를 따랐다. 잠만 안 잤을 뿐 불을 끄고 침대에 눕긴 했으니까). 나는 내가 아름답고 매력적이고 못된 스칼렛보다 착한 멜라니를 더 닮았다고 생각했지만, 나 자신을 스칼렛과 동일시하고 상상을 통해 남부의 신화에 참여했다. 나는 플로리다 주 중부에 살았다. 부모님은 북부 출신이었다. 나는 암만 노력해도 남부 억양으로 말을 할 수가 없었다(반면 언니는 어떤 이유에선지 손쉽게 말할 수 있었다.) 학교에서 우리는 남부 연합의 용맹과 고귀함에 대해 많이 배웠지만, 에이브러햄 링컨에 대해선 극히 조금밖에 배우지 않았다. 로버트 리 장군의 생일은 휴교일이었지만 링컨의 생일은 그렇지 않았다. 그러므로 마음속으로 남북전쟁의 장면과 연결된다는 것은 멋진 경험이었다.

나는 문체에 대해 알지 못했고 개의치 않았다. 그 독서는 모공으로 무언가를 빨아들이는 즉각적인 흡수과정과도 같은 것이었다. 나는 내가 글을 읽는다는 사실을 인식하지 못했고, 내가 읽는 책 속에 완전히 빠져들었다. 누군가 나에게 『바람과 함께 사라지다』의 어휘 선택이 경솔하고 문장 구성이 형편없다고 말했다면 나는 그게 무슨 말인지뿐 아니라 그게 왜 대수인지도 이해하지 못했을 것이다.

나는 나를 일상에서 지워버리는 능력을 가진 그런 종류의 독서 기억을 소중히 여긴다. 하지만 또한 현재의 나를 나답게 만드는 종류의 읽기도 소중히 여긴다. 예전의 열정적 몰입만큼 무아지경의 상태는 아니라는 이야기다. 사실 극단적으로 의식이 충만한 상태라고 해야 옳다. 『오즈의 마법사』의 경우, 돌아온 즐거움을 양으로 따지자면 적어도 어릴 때 몰두한 즐거움만큼이거나 그 이상이었다. 하지만 한때 무아지경의 황홀을 만들어낸 책이 이제는 짜증이나 싫증, 혐오감을 유발할 때, 마음은 환멸로 가득하게 된다. 이는 정말 문자 그대로의 환멸감이다. 나에게 커다란 즐거움을 주었던 환상이 사라졌다고 느껴진다. 실망스러운 책을 경험한 순간에 그것을 대체할 유일한 즐거움은 내가 열 살 때보다 더 똑똑해졌다고 느끼는 공허한 만족뿐이다.

여기에 다시 읽기의 위험이 있다. 신기하게도 사람들은 인생의 각 단계에서 그 순간 정말 필요로 하는 책을 만나게 된다는, 독서에 대한 마법 같은 이론을 나는 굳게 신봉한다. 『바람과 함께 사라지다』는 내가 남녀 간의 관계와 그것이 어떻게 만들어지는지 궁금해하기 시작하던 열 살 때의 순간에 속했다. 연애나, 캔자스보다는 오즈와도 같은 세상에 상상적으로 참여하고자 하는 나의 욕망을 동화는 오랫동안 충족시켜주었으나, 이제 나는 그 이상을 원했고, 마거릿 미첼의 소설은 그 이상의 무언가를 나에게 주었다. 조잡한 묘사와 지나치게 차별화된 등장인물들, 반복되는 정서들, 역사적 취약점 같은 단점들은 설사 내가 그 책의 그런 면을 인식할 수 있을 만큼 많은 것을 알았다 해도 별 문제가 되지 않았으리라. 어쨌든 지금 되돌아보며 나는 그렇게 생각한다.

세월이 흘러 이제 나는 한때 나에게 즐거움을 주었던 것을 즐기지 못할 만큼 충분히 안다. 상실감은 내가 예전보다 더 명민해졌다는 인식과 공존하지만 감정적 무게 쪽이 훨씬 더 무겁다. 나는 회중전등을 비춰가며 책을 읽는 소녀에게 애착을 느끼면서도, 내가 예전에는 그렇게 무지했나 하는 약간의 부끄러움도 느낀다. 다시 읽기는 다양한 종류의 성장을 측정하게 한다. 심지어 거기에는 박탈감마저 포함된다.

이제 믿음직스러운 19세기 소설로 돌아가자. 특히 지난 세월 동안 몇 번이나 다시 읽으며 일련의 복잡한 즐거움을 얻은 조지 엘리엇의 『미들마치』. 이 책은 지혜로 가득한 복잡하고 매혹적인 작품이다. 아마도 한 20년간 나는 그 책을 읽지 않았다. 최근에 다시 읽었는데 처음에 예상치 못한 괴로움에 봉착했다. 나는 책의 물리적 존재가 엘리엇의 걸작을 예전에 접했을 때를 기억하게 도와주리라 기대하고 그 책에 관해 마지막으로 강의했던 판본을 찾아 읽었다. 휴턴 미플린 출판사의 낡은 리버사이드 페이퍼백은 그레이엄 그린의 펭귄판과 달리 내구성이 좋지 않았다. 반쯤 떨어져나간 뒷 표지는 바스라지는 페이지들을 부분적으로만 덮고 있었다. 책을 읽으면 무릎 위로 종이 부스러기가 떨어졌다. 페이지를 아무리 주의 깊게 넘겨도 건드릴 때마다 부서졌다. 나는 보통 빨리 읽는 편인데 열흘 동안 840쪽 가운데 200쪽밖에 읽지 못했고 나머지를 읽기가 두려워졌다. 내가 가장 좋아하는 책 중 하나를 읽는데 두렵다니. 새 책이 필요한 게 분명했다. 최신 펭귄판은 나와 엘리엇의 관계를 바꿔놓았다. 새 책은 특별한 연상을 전혀 불러일으키지 않았다. 물리적 실체를 통해 과거에 읽은 경험을 강화시키지도 않았고, 삭아버린 책을 통해 이 소설의 시대가 끝났다는 것을 암시하지도 않았다. 그러나 나는 나머지 600여 페이지를 불과 나흘 만에 독파했으며 풍성한 즐거움을 얻었다(웃음을 터뜨리고 눈물을 흘리는 즐거움을 포함해).

내가 나이를 먹어감에 따라 이 소설의 지혜는 새로운 방식으로 스스로를 드러낸다. 이번에 나는 엘리엇이 그녀의 복잡한 철학적 드라마를 제시하는 데 있어서 어조를 얼마나 지혜롭게 활용했는지를 숙고했다. 작가가 특이한 권위를 지닌 어조를 통해 강력한 효과를 거둔다는 사실을 나는 오래전부터 주목하고 있었다. 헨리 필딩이나 로렌스 스턴 같은 소설 기법의 선구자들과 달리 그녀는 등장인물이나 독자에 대한 자신의 힘을 과시하지 않는다. 하지만 독자는 그 많은 등장인물들의 개인적으로 뒤엉킨 일들을 꿰고 있는 화자의 통제 아래 놓여 있음을 적어도 어렴풋하게나마 느끼지 않을 수 없다. 우리는 화자가 상상된 인물들 사이의 미묘한 관계를, 자신은 알 수 없다고 말하면서도 설명해주고 있는 의미망(엘리엇이 좋아하는 표현을 쓰자면) 속에서 탐색하며 화자와 함께 그것을 숙고한다. 이런 의도(독자의 의도와 화자의 의도)의 목적은 어떤 최종적인 확답을 발견하고자 하는 게 아니다. 오히려 숙고 그 자체가 목적이다. 상상된 삶들을 극도로 진지하게 대하려는 의지와 역량은 독자 자신의 경험에 대한 새로운 이해로 이어질 수 있다.

지금 내게 무엇보다 강렬하게 인상적인 것은 『미들마치』의 아이러니가 지닌 해석적 힘이다. 그 텍스트의 아이러니를 예전에 몰랐다는 뜻이 아니다. 나는 화자가 도로시아에 대해서조차 조롱하고 있다는 사실을 처음 깨닫고 충격을 받았던 것을 기억한다. 그러나 지금까지 나의 주된 관심은 톤보다는 내용이었다. 나는 엘리엇을 위대한 도덕 교육자로 여겼으며, 여전히 그렇게 생각한다. 때때로 금언을 던지기도 하지만 그녀가 제공하는 교육은 등장인물의 정교한 안목 속에 주로 존재한다. 나는 몇 년 전에 사람이 과연 본질적으로 변할 수 있느냐를 놓고 동료와 오랜 토론을(여러 번의 점심으로 이어졌다) 벌인 적이 있다. 내 친구는 그럴 수 없다고 했고 나는 그럴 수 있다고 했다. 한번은 내 쪽에서 강력한 주장을 폈다. 내가 "조지 엘리엇은 사람이 변할 수 있다고 했어"라고 말하자 내 친구는 "물론 그랬지. 그래서 네가 그렇게 생각하잖아"라고 대답하는 것이었다.

그녀가 논쟁에서 이겼다. 나는 그녀의 말이 옳다는 사실을 곧바로 깨달았다. 옳고 그름이나 도덕적 행위의 본질에 관해 내가 믿는 것의 대부분이 『미들마치』 같은 책을 읽은 데서 왔다는 사실을 깨달았다. 그 책은 윤리적 문제들에 깊고 미묘하게 관여했고, 내가 숙고하던 문제들(등장인물이나 인간관계의 곤경들)에 대해 내가 직접 알고 있는 성인들 누구보다도 많은 관심을 보였다. 그렇다, 내 생각의 많은 부분은 책에서 왔다. 동료가 인간의 가능성에 대한 자신의 생각이 실제 사람들을 관찰한 데서 온 반면, 나의 의견은 소설에 의존한 것이라고 시사했을 때, 나는 논쟁에서 졌다고 느꼈다. 직접경험이 간접경험보다 더 신뢰할 만하다고 나는 선뜻 수긍했다.

이제 나는 더 이상 그렇게 생각하지 않는다. 그 오래전 논쟁이 바로 이번 주에 일어났다면, 나는 엘리엇을 도덕의 권위자로 옹호하면서 인간의 본성에 관해 그녀가 제시하는 증거들이 우리가 관찰로부터 얻는 것보다 더 우월하다고 주장할 것이다. 우리와 마찬가지로 그녀의 판단의 근거도 실제 사람들일 것이다. 하지만 나는 물론 내가 아는 어떤 이의 능력과 비교하더라도 그녀의 관찰은 더 크고, 그녀의 이해는 더 깊으며, 그녀의 윤리지능은 더 뛰어나다. 나는 엘리엇을 도덕의 권위자로만 생각했기 때문에 그 효과의 본질 이전에 그녀가 어떻게 그런 효과를 거두는지에 대해서는 관심을 제대로 기울이지 않았다.

우리가 어떤 것을 충분히 자주 읽는다면 우리는 마침내 그것의 모든 측면에 관심을 기울일 수 있을 것이다. 하지만 '충분히 자주' 읽는다는 건 불가능하다. 모든 측면을 본다는 것 역시 불가능하다. 하지만 비록 불완전한 다시 읽기를 통해서라도 주의를 기울이는 새로운 방법을 찾는 기쁨을 얻을 수 있다. 나와 『미들마치』의 관계가 바로 그랬으며, 이제부터 나는 이 책의 아이러니에 초점을 맞추고자 한다.

문학비평에서 여러 시대에 걸쳐 인기를 누린 용어인 아이러니는 현 시점의 대중 담론에서는 우월의식에서 비롯된 얄팍하게 으스대는 태도나, 반대 시각들을 주목할 가치가 없다고 일축하는 경향과 관련되어 느낌이 좋지 않은 용어가 돼버렸다. 하지만 엘리엇의 아이러니는 결코 피상적이지 않다. 『미들마치』의 가장 잘 알려진 장면 중 하나는 그녀의 아이러니가 진지하게 활용된 전형적인 예다. 소설의 여주인공 도로시아와 그녀보다 나이가 훨씬 많은 남편 커소번은 신혼여행을 간 로마에서 첫 번째 싸움을 벌이며, 이는 신부에게 충격을 남긴다. 그녀는 자신이 계획한 위대한 학술서를 결코 쓰지 못하리라는 남편의 두려움을 무심결에 그에게 언급한다. 그녀는 어떤 일이 일어났는지 완전히 이해하지는 못했지만, 남편에게도 역시 내적 충동이 있으며 그녀로서는 그것이 무엇인지 알 수 없다는 사실을 어렴풋이 깨닫는다. 엘리엇은 쓴다. "오늘 그녀는 자신의 감정에 대한 커소번 씨의 반응을 기대하며 자신이 터무니없는 환상을 품고 있었음을 깨닫기 시작했다. 그리고 그녀 자신과 다를 바 없이 그에게도 서글픈 자각이 절실히 필요할지 모른다는 예감이 들었다." 그러고는 심각한 아이러니를 담은 표현이 등장한다. "우리 모두는 태생상 도덕적으로 어리석어, 이 세상을 지고한 자아를 먹여 살리는 젖통으로 여긴다."

세상을 젖통에 비유하는 것은 그 구성요소들의 어처구니없는 불일치 때문에 갑자기 말도 안 되게 느껴질지 모른다. 그 표현의 시각적 구상은 도무지 있을 법하지 않다 싶을 정도로 기괴하지만, 그 의미를 파악하기는 어렵지 않다. 그 불일치가 바로 핵심이다. 우리("우리 모두")는 의식이 출발하는 순간부터 세상의 광활함이 우리의 개인적 충족을 위해 존재한다고 가정한다. 도덕적 어리석음과 반대되는 도덕적 지성은 우리가 우주에서 가장 중요한 지위를 누리고 있지 않다는 것을 인식하는 데서 생성된다. 하지만 이런 추상적 진술문에는 기괴함을 통해 자기 몰입의 불균형을 강조하는 은유적 힘이 떨어진다.

이 소설의 아이러니한 어조는 상상 속에서 누리는 자아의 지고함과 현실의 어리석음 사이의 불일치라는 또 다른 종류의 불일치에서 기인한다. 바로 이 불일치가 『미들마치』에 주요 주제를 제공하는데, 그것은 등장인물들이 그들 자신을 둘러싸고 구축하는 환상과, 무엇이 중요한가에 대한 그들의 감각이 약화되어가는 방식을 지속적으로 폭로한다. 소설에서 가장 존경할 만한 인물인 도로시아 브룩조차 덕성을 간절히 염원한다는 것만으로는 충분치 않다는 사실을 배워야 한다. 그녀조차도 여러 번 기민한 화자의 언급 대상이 된다.

『미들마치』의 앞부분에는 아이러니가 넘친다. 주로 성 테레사에 관한 내용을 담고 있는 두 쪽에 걸친 '머리말'은 단도직입적으로 진지한 논조를 견지하고 있으나, 1장 초반부터 화자는 등장인물들에 대해 모호하고 불안정한 태도를 보인다. 브룩 양은 "매우 총명한 편이지만 그녀의 여동생 실리아가 더 상식이 있다는 게 일반적인 평가다. 그렇지만 실리아가 옷에 장식을 더 많이 대지는 않았다"는 구절을 보자. "그렇지만"은 무엇을 의미할까? 상식과 장식 사이의 관계는 뭘까? 명백히 지역사회의 관점에서는 상식이 있는 여성이 장식으로 어떤 화려함을 드러낼 것으로 여겨지나, 실리아는 그 기대를 저버렸다. 그래서 이 점을 두고 그녀를 경멸해야 하나 아니면 칭찬해야 하나? 이 질문은 사실 논점 밖이다. '장식'은 계급과 확고히 연결돼 있다. "조용한 시골 저택에 살면서 거실 크기만 한 마을 교회를 다니는 그런 태생의 (도로시아와 실리아 같은) 젊은 여성들은 자연히 요란한 장식을 장사치 딸들의 야망쯤으로 여겼다." '자연히?' 계급의 구분이 자연스러운 것으로 여겨진다면 그 사회는 매우 경직된 게 틀림없다. 이는 정신과 영혼의 확대를 향한 도로시아의 충동을 거의 격려받지 못하리라는 암시인 셈이다. 또한 "내세에서의 삶을 비롯한 정신적 삶에 대한 고민들과 김프*나 옷 주름을 세우는 일 따위에 대한 강렬한 관심을 화해"시킬 수 없는 도로시아는 순교를 열망하고, 뜻밖의 순간에 그것과 맞닥뜨릴지 모른다고 화자는 암시한다.

소설 앞 장에서는 주로 도로시아를 향하고 있으며, 가끔은 그보다 더 명백한 대상을 향해 있는 화자의 아이러니는 전반적으로 애정 어린 어조에 의존한다는 특성을 지니고 있다. 그것은 딱 잘라 말하는 법이 거의 없다. 종종 그 어조는 의도적이고 너그럽게 포괄적이며, 우리 모두가(이 작품에는 1인칭 복수 대명사가 빈번하게 등장한다) 부드럽게 조롱하는 화자의 관심을 끄는 특성을 공유하고 있음을 시사한다. 이렇게 작품 전체에 깃든

* 목이 깊게 파인 드레스 밑에 받쳐 입는 언더블라우스.

아이러니의 중대성은 다음과 같은 화자의 언급에서 암시된다. "인간 군상이 은밀하게 모여드는 광경을 지켜본 사람이라면, 한 사람의 인생이 다른 사람의 인생에 미치는 영향이 서서히 준비되어간다는 것을 알게 된다. 마치 소개받지 않은 이웃을 대하는 우리의 무관심이나 냉담한 시선에 깃든 아이러니처럼. 운명은 우리의 '등장인물들'이 자신의 손 안에 쥐여진 모습을 조소하며 지켜볼 뿐이다" '운명'은 자신의 등장인물들을 통제하는 힘을 신처럼 과시하지는 않지만, 그들의 운명을 직접 그려가며 그들에 대한 '조소'를 완전히 금치는 못하는 작가의 다른 이름처럼 보인다. 앞으로 벌어질 일에 대한 작가의 지식은 그녀의 인식을 굴절시켜, 종종 연민과 명민함을 뒤섞게 한다. 그녀의 아이러니는 오직 가학주의적인 구두쇠 페더스톤(구제불능의 인물)과 탐욕스러운 그의 친척들에 대해서만 지속적으로 냉혹하다. 하지만 그녀는 자신이 조롱하는 결점이 인간이면 보편적으로 갖고 있는 것이라는 사실을 종종 인정한다. 그래서 커소번이 가장 나쁘게 그려지는 장면에서, 그가 윌에 대한 도로시아의 관심을 질투하는 것에 대해서도 화자는 커소번에게 동정심을 보인다. 도로시아의 남편은 이제 자신이 "더 이상 무비판적으로 사랑받지 못한다"고 의심한다. 화자는 비꼬는 투로 "그가 순수하게 사랑스럽지는 않다"는 "강력한 이유"를 포함해 그의 의심에는 정당한 이유가 있다고 언급한다. 그러고는 "하지만 그는 우리 모두가 그러하듯이 이를 고백하지 않은 채 다른 것들과 마찬가지로 의심했으며, 그것을 결코 발견하지 못하는 배우자를 맞았더라면 얼마나 위안이 됐을까 하고 생각했다"고 덧붙인다. 우리가 인정하든 않든간에 우리 모두는 순수하게 사랑받기를 열망한다. 우리의 동반자들이 우리를 그렇게 생각해주기를 원한다. 세상을 우리의 즐거움을 위한 젖통으로 여기는 자기 몰두의 또 다른 형태다.

도로시아와 그녀의 순수한 이상주의에 대한 화자의 다소 신랄한 논조는 계속 반복된다. 이타심을 향한 욕망(또는 가장된 자기 중심주의) 덕분에 이 젊은 여성은 자신의 자아를 보다 개방적이고 보편적으로 바라본다. 하지만 성 테레사가 되고 싶어하는 이 여성은 현세를 살아야 하며, 따라서 개인이 지닌 가능성의 한계를 배워야 한다. 이 같은 필연적 사실를 상기시키는 대목들이 자주 독자의 관심을 끈다.

긴 소설이 끝을 향해 치달으면서, 화자의 신과 같은 인식이 더 이상 책의 중심인물에 대한 비판을 허락하지 않기라도 한 듯이, 마침내 아이러니는 거의 사라진다. 도로시아는 한계에 대해 배우지만 경험을 통해 교훈을 얻는 다른 인물들과 마찬가지로 그 배움의 본질에 대해 결코 설명하려 하지 않는다. 새로운 깨달음을 통해 그녀는 죽은 남편의 분명한 반대를 무릅쓰고 그의 사촌 윌 래디슬로와 결혼한다. 예전에 『미들마치』를 읽었을 때 나는 질투에 가득 찬 커소번이 그랬듯이 이 결혼이 못마땅했다(비록 커소번과 같은 이유 때문은 아니지만). 나는 엘리엇이 윌을 가식적이고 알맹이는 없는(도로시아의 헌신을 받을 가치가 전혀 없는) 낭만적인 인물(개인적으로 나는 '낭만적인'이라는 말을 긍정적 의미의 어휘로 생각하지 않는다)로 그렸다고 생각했다. 소설의 아이러니한 해설에 대한 새로운 해석을 통해 나는 도로시아가 타인뿐 아니라 자신의 본질을 받아들이는 것을 배웠다고 이해한다. 이는 세상이라는 젖통이 단지 우리만을 위해 존재하는 게 아니라는 점에 대한 깨우침을 함축하는 배움이다. 도로시아는 헌신할 필요가 있다. 윌은 그녀의 헌신을 원한다. 그에게 그럴 가치가 있느냐는 무관하다. 결국 누구에게도 그런 가치는 없다. 도로시아의 운명은 그녀의 원래 열망에는 미치지 못하지만, 그것은 행복을 가능케 하는 전적인 수용을 불러온다.

이보다 한참 앞쪽에 벌스트로드 부인은 타락한 한량이자 살인 용의자인 남편의 곁을 지킴으로써 결혼을 통한 수용(행복은 아닐지라도)의 전형적인 예를 보여준다. 화자는 그녀의 충실함과 자비로움에 대해 오로지 존경과 찬사만 보낸다. 그녀가 헌신을 바치는 대상은 유약하고 위선적일지 모르나 그 결혼과, 그녀와 인연을 맺은 고통받는 남자에 대한 그녀의 충실함은 칭찬받을 만하다. 마찬가지로 도로시아에 대한 화자의 마지막 언급은 주인공 둘의 결혼 중 어느 것도 "이상적으로 아름답지"는 않다는 점을 인정하면서도 그들 내면에 깃든 성품에 대한 찬미를 암시한다. 약간 불안하다 싶은 정당화의 어조, 거의 미안해하는 듯한 어조가 아이러니를 대신한다. 화자 또한 새로운 관점을 획득한다. "(도로시아의) 삶의 결정적 행동(즉 그녀의 결혼)은 이상적으로 아름답지는 않았다. 그것은 젊고 고귀한 충동이 불완전한 사회적 상태의 조건 속에서 벌인 싸움의 엇갈리는 결과였다. 위대한 감정에는 실수라는 측면이 있고 위대한 믿음에는 환상이라는 측면이 있다." 다시 말해 도로시아는 그녀의 꿈을 이루지 못했으나, 사회적 상태를 감안할 때 그녀는 최선을 다했다.

하지만 다른 인물들의 삶의 '엇갈리는 결과'에는 같은 식의 정당화가 부여되지 않는다. 리드게이트는 결혼의 압박 속에 아내의 의견을 따르면서 자신의 이상과 타협하고 젊은 나이에 세상을 뜬다. 화자의 아이러니는 의사의 경력을 요약하는 데서 잠시 나타나며, 로저먼드가 남편을 성공적으로 다루는 데서 분명히 드러난다. 물론 두 사람 다 도로시아처럼 명백히 불완전한 사회적 상태의 조건들로부터 고통받는 것은 사실이지만,

(『성스럽고 세속적인 사랑기계』가 그랬듯) 아이러니는 거리감에 달려 있다. 『미들마치』에서 이것은 운명이 '등장인물들'의 운명을 숙고하는 거리, 작가가 가끔 자신의 등장인물을 고려하는 거리이다. 소설 끝까지 화자는 리드게이트의 산산조각 난 희망에 대한 동정심에도 불구하고 그와 아이러니한 거리를 유지한다. 도로시아는 다른 문제다. 책의 마지막 부분을 보자.

키루스 대왕의 힘을 앗아간 강물처럼 그녀의 본성 역시 이름 없는 수로에서 흘러갔다. 하지만 주변 사람들에 미친 그녀 존재의 효과는 무수히 확산되었다. 이 세상에서 선의 성장은 부분적으로는 사소한 행동들에 의존하기 때문이다. 이 세상이 그렇게 나쁘지 않은 것은 드러내지 않은 채 충실한 삶을 사는 수많은 이들과 찾는 이 없는 무덤 속에 묻힌 이들 덕분이다.

화자가 그녀의 등장인물들을 숙고하는—사실 우주를 숙고하는—신과 같은 거리는 그대로 유지되지만, 그녀는 결코 '빈정대지 않는' 현명하고 자애로운 관찰자이다. '우리'(등장인물들처럼 어리석음에 연루된 너와 나, 그리고 대다수 사람들)는 이제 행위자라기보다 행위의 대상으로 존재한다. 도로시아는 구원의 인간적 힘을 대변하게 된다. 어조와 내용에 있어서 이 마지막 문장들은 원래의 꿈과 타협하고 평범한 삶을 받아들인 등장인물의 개인적이고 보편적인 중요성을 강조하는 새로운 뜻을 나타낸다. 그녀는 희망과 타협했지만, 의도적으로 평범함을 택한 리드게이트와 달리 최선을 다했다고 소설은 주장한다.

나는 마지막 문장에서 어떤 긴장감을 듣는다. 그 문장들은 도로시아의 결말에 관해 나를 완전히 납득시키지 못했다. 하지만 엘리엇이 자기 희생을 통해서도 여성의 승리를 구현할 수 있다고 믿게 되면서(그녀는 『플로스 강의 물방앗간』에서도 비슷한 입장을 취한다) 독자를 교육시키려고 노력하며 스스로의 견해를 수정한다는 점은 알 수 있었다. 그녀가 구사하는 아이러니의 패턴은 아이러니의 거부로 종결되는데, 이는 마치 이야기꾼은 인간 본성의 외곽선이 어디인가를 질문할 뿐 아니라 이를 예찬해야 한다고 말하는 듯하다. 그래도 아이러니는 가공의 등장인물들이 지닌 복잡한 조건의 혼란스러움에 화자와 독자가 거리를 두게 하는 동시에 연루되게 함으로써 제 할 일을 다했다.

아이러니와 그것의 소설적 해결에 대한 이 정도 언급으로는 엘리엇 소설의 복합성을 제대로 건드리지 못한다. 하지만 이는 처음 읽어서는 얻을 수 없는 다시 읽기의 특별한 즐거움에 관심을 기울이게 한다. 대작의 새로운 측면을 조명하는 즐거움. 처음 읽을 때 사람들은 소설 전체를 파악하길 원한다. 첫 만남 이후 독자들의 마음속에 질문들이 남는다. 심지어 책의 윤곽에 대한 확실성을 얻으려고 해도 여러 번 읽어야 가능하다. 하지만 그 다음의 이어지는 읽기에서는 전체상을 파악하는 데 대한 염려가 줄어들면서 더 작은 문제들에 관심을 돌릴 수 있게 된다. 어떤 것을 새롭게 본다는 것, 작품의 한 가지 면이라도 신선하게 파악한다는 것은 특별한 기쁨을 제공한다. 그것은 다시 읽기의 다채로운 즐거움과 그것이 주는 놀라움이기도 하다.

문학비평가로서 받은 나의 훈련은 나의 관심을 끄는 '더 작은 문제들'을 굴절시킨다. 나는 소설이 나에게 작용하는 방식, 효과(표면적인 효과가 아니라 독자로서의 나에 대한 심대한 영향력)를 창출하는 방식을 파악하는 데서 특별한 즐거움을 얻는다. 『미들마치』는 인간에 대한 지혜와 그 지혜를 전달하는 창의적 구성의 기교 때문에 내가 오랫동안 사랑하고 자주 (처음 읽은 경험을 기억할 수 없을 만큼 자주) 읽었을 뿐 아니라 크게 칭송하는 작품이다. 하지만 이런 사랑과 칭송은 결과적으로 그저 엘리엇이 어떻게 그렇게 많은 성취를 거두었는지를 파악하려는 나 자신의 노력을 장려할 뿐이다.

어쨌거나 나는 다른 사람들에게 나와 같은 작업을 하라고 권유하지 않으며, 나의 문학적 즐거움이 다른 독자들에게 일종의 모델이 되어서는 안 된다고 믿는다. 독자들 스스로 좋아하는 책들을 접하고 또 접하며 자신만의 즐거움을 추구하길 바란다. 그리고 아직껏 다시 읽기를 해보지 않은 사람들은 그것이 주는 다채로운 기쁨을 직접 경험해보길 바란다.

8
직업을 위한 다시 읽기

책을 읽거나 다시 읽는 사람들 중 다수—분명 대다수—가 앞 장에서 언급했거나 언급하지 않은 방법을 통해 의식적으로든 무의식적으로든 자신의 활동에서 즐거움을 추구한다. 문학 대학원 학위과정에 있거나 대학에서 문학을 가르치는 사람들은 대개 그들이 공부하고 가르치는 책들에 대한 즐거움과 사랑과 함께 자신의 길을 걷기 시작한다. 하지만 공부하는 과정에서나 나중에 그들이 가르치게 될 때 그 즐거움을 강조하는 경우는 드물다.

문학을 가르치는 교수로서 나는 수업시간에 읽는 즐거움에 대해 그리 자주 언급하지는 않는다는 사실(아예 하지 않는 것은 아니다!)을 고백해야겠다. 최근에 1학년들을 대상으로 '제인 오스틴 다시 읽기' 세미나를 진행할 때 한 학기 동안 3편의 소설을 두 번씩 읽었지만, 즐거움에 대해서는 토론하지 않았다. 학생들은 이를테면 『오만과 편견』을 세 번째 읽는 즐거움을 종종 언급하곤 했다. 우리의 초점은 다른 데 있었다. 나는 이제 그 '다른 데'에 대해 생각해보려고 한다. '직업적 다시 읽기'가 어떻게 작동하는지, 그것이 오락적 다시 읽기와 어떻게 다른지, 그것의 가치는 무엇인지 등에 관해. 나의 목적은 두 가지이다. 먼저 '직업적 다시 읽기'의 본질에 대해 숙고해보려 한다. 또한 의도적인 다시 읽기로 무엇을 성취할 수 있는지에 관한 전체 맥락을 전달하기 위해 그런 다시 읽기와 정전canon의 형성, 그리고 이른바 '소설의 발생the rise of the novel'과의 가능한 관계에 대해 숙고해볼 계획이다.

직업적 다시 읽기에서 내가 의미하는 것은 직업으로서 수행하는 종류의 다시 읽기이다. 문학을 가르치는 사람들은 같은 텍스트를 읽고 또 읽으며 그것을 통해 보수를 받는다. 결국 그것이 그들의—우리의—직업이다. 우리는 문학비평과 비평사를 가르치고 저술하기 위해 다시 읽는다. 우리는 낡은 페이퍼백 교과서에 주석을 달고 밑줄을 긋고 모서리를 접기 때문에, 낡은 교재를 새 것으로 대체하는 일은 재앙에 가깝다. 수년간의 반응에 대한 기록을 버리면 우리가 생각하고 느낀 것 그리고 이해가 발전해온 과정의 대부분을 잃어버릴 위험이 있다.

우리가 가르치거나 쓰기 위해 행하는 종류의 다시 읽기는 정해진 일과처럼 느껴질 수 있지만, 또한 문학적 성취도quality의 색인으로 볼 수도 있다. 문학을 가르치는 사람들은 어떤 책은 신선한 기쁨과 통찰을 끝없이 제공하지만 어떤 책은 몇 번만 반복하면 닳아빠져버린다는 사실을 안다. 수년간 근대극을 매년 가르치면서 나는 조지 버나드 쇼와 체홉을 반복해서 읽었다. 몇 년 뒤 쇼는 지겨워졌으나 체홉은 점점 더 좋아졌다. 체홉은 위대한 극작가이며 쇼는 몇 수 아래라는 게 나의 결론이다.

그것은 나에게 강요되었거나 혹은 나의 경험에 의거한 판단이었다. 다시 읽기의 반복—직업적 다시 읽기뿐 아니라 '하찮은' 다시 읽기도 마찬가지다—은 독특한 권위를 동반한다. 같은 텍스트를 계속해서 접하면 그것은 뇌의 깊은 곳에 자리 잡게 된다. 반복은 믿음을 생성한다. 반복에 의한 다시 읽기는 그것을 수행하는 사람에게 자신이 텍스트를 완전히 소유하고 있으며 따라서 작가와 독자 간의 미묘한 대결—서로 간의 암묵적 협동과 공존하는—에서 승리하고 있다는 환상을 제공한다.

하지만 직업적 다시 읽기는 반복에만 의존하지는 않는다. 자기 방종으로서의 다시 읽기와 직업적 규율로서의 다시 읽기의 가장 중요한 차이는 목적이다. 어떤 것을 그냥 다시 읽고 싶어서 읽는 행위의 즐거움은 부분적으로는 즐거움 외에 어떤 의식적인 목표도 없다는 데서 기인한다. 친숙한 운율을 즐기거나("온종일 단조롭고 어둡고 정적이 감도는 가을날에……")*, 친숙한 줄거리를 따라가거나(소녀가 소년을 만나 좋아하게 된다, 소년은 다른 사람을 더 좋아한다, 소년은 마침내 그 사실을 이해한다……), 특별히 아무것도 찾지 않으면서 새로운 것을 발견하고 옛 것을 즐기면서 굳이 깨달음을 추구하려 하지 않는다. 하지만 수업 진행이나 논문을 쓰기 위해 다시 읽으면 무언가를 찾게 된다. 어쩌면 그 '무언가'는 특정한 형태를 띠고 있지 않을 수도 있다. 예를 들어 『로더릭 랜덤의 모험』**에 대한 설명에 일관성을 부여할 수 있는 통합적 견해를 만들기 위해 뭔가를 찾고 있을 수도

* 에드가 앨런 포의 『어셔 가의 몰락』 첫 구절로, d가 반복되는 두운법을 사용하고 있다.

** 터바이어스 스몰릿이 쓴 악한 소설.

있다. 아니면 이미 어떤 가설을 세웠을 수도 있다. 이를테면 18세기 소설에서 병환은 관행적으로 정서 불안을 의미한다는 주장을 뒷받침할 뭔가를 찾고 있을 수 있다. 어떤 경우든 우리의 관심은 초점이 맞춰져 있다. 우리는 아마도 찾고자 하는 것을 찾게 될 것이다. 그러나 동시에 우연히 발견하게 될 다른 가능성들은 놓칠지도 모른다.

오락적 다시 읽기의 가치는 예측할 수 없는 결과에 달려 있다. 철학자 존 카그가 인용한 임마누엘 칸트의 『판단력 비판』의 한 구절에 나는 관심이 끌렸다. 칸트는 '정해진 목적 없는 목적성'에 대해 서술한다. 카그는 이 구절이 단지 기쁨을 위하여 책을 2번째나 5번째, 8번째 읽을 때의 마음상태를 가리키는 것이라고 설명한다. 결과에 대한 염려로부터 자유로운 독자는 특별한 목적에 초점을 두지 않은 채 해결의 필요를 강요당하지 않는다. 기쁨을 얻는다는 일반적 목적이 독서 행위를 지배하며 여기에는 어떤 급박성도 없다.

직업적 다시 읽기는 이와 대조적으로 어떤 특정한 목적을 위한 것이며 목적성과 급박성 둘 다를 느끼게 된다. 여기서도 역시 예상치 못한 가능성들이 드러날 수 있으며 방향이 바뀔 수도 있다. 우리가 어떤 주장—수업이나 에세이를 구성하기 위한 논지—을 찾거나 흐릿하게 떠오른 아이디어의 확증이나 확충을 도모하건 간에, 우리는 스스로를 텍스트의 의도에 내맡기기보다는 텍스트가 우리의 목적을 따르게 한다. 종종 가치 있는 결과가 나오기도 한다. 직업적으로 다시 읽는 사람은 충동적으로 다시 읽는 사람보다 무작위적 가능성에는 덜 개방적이지만, 대신 어떤 사고를 개발하거나 발전시키는 흥분을 발견한다. 이는 다른 종류의 발견이다.

직업적으로 다시 읽는 경우에는 그 읽는 분량 덕분에라도 읽는 이의 목적에 맞게 방향을 잡을 수 있고 실수를 피할 수도 있다. 『로더릭 랜덤』에 대한 새로운 가설을 찾는 사람은 그 소설만 다시 읽지는 않는다. 이상적으로 스몰릿의 다른 소설들은 물론 헨리 필딩이나 새뮤얼 리처드슨의 작품들도 읽을 것이다. 그는 18세기 문화에 젖어들게 될 것이다. 그는 그 시대 줄거리의 형태에 대해 잘 알고 있다. 등장인물에 대한 가정을 이해한다. 알아야 할 모든 것을 통달하지는 못했을지라도—그런 사람은 없다—읽고 또 읽은 데서 폭넓은 전문성을 확보하며, 그 전문성은 개별적인 텍스트를 탐구하고 재탐구하는 과정을 가치 있게 해준다.

다른 과정들과 마찬가지로 이런 종류의 다시 읽기에는 위험요소가 포함돼 있다. 18세기 장시長詩인 제임스 톰슨James Thomson의 「계절」을 연구했던 대학원 시절 경험이 생생하게 기억나는데, 결국 나는 그걸로 박사학위 논문을 썼다. 나는 대학원의 한 세미나에서 그 시를 처음 접했는데 매우 어려웠다. 나는 오로지 이론적인 측면에서 그것에 관심을 가졌다. 즉 나는 그것의 아이디어의 일부는 탐구할 가치가 있다고 생각했지만, 시로서의 성취도에 대해서는 별 생각이 없었다. 나는 그 작품을 읽고 또 읽었다. 더 많이 읽을수록 그 작품이 더 좋아졌다. 다른 시들도 읽었지만 내게는 그 작품보다 중요해 보이지 않았다. 논문을 다 쓰고 나서야 모든 사람이 톰슨이 최소한, 이를테면 초서에 맞먹는다고 생각하는 건 아니라는 사실을 알고 당혹해했다.

그런 마음의 틀은 아마도 박사학위를 받으려는 목적에는 적합했겠지만, 수년간 많은 다른 시인들을 읽고 다시 읽은 결과 나는 톰슨에 대해 덜 근시안적인 시각에 입각한 신중한 견해를 갖게 되었다. 다시 읽으면서 우리는 예전에 읽은 것을 바로잡기도 하고, 바로 앞서 읽은 것을 수정하기도 한다. 하지만 그것이 통찰을 보장해주지는 않는다. 톰슨에 관한 나의 경험이 시사하듯 이는 무언가를 조명하기보다는 흐릿하게 하는 일종의 집착을 만들어낼 수 있다. 또는 직업적 다시 읽기, 특히 가르치기 위한 다시 읽기는 활기를 잃고 독자가 예전에 생각했던 것을 반복하는 데 그치게 할 수도 있다. 가르치는 사람은 특히 그렇고, 비평가 역시 같은 텍스트들을 거듭해서 만나게 된다. 때때로 그것들은 생기를 잃는다. 이럴 때 다시 읽기는 익숙한 표면만 미끄러져 지나치는 자동적이고 피상적인 활동이 된다. 가끔씩은 정말 주의를 기울이기가 어려울 정도다.

하지만 여러 번 다시 읽는 형식에서의 다시 읽기는 최근에 읽은 비평가의 견해나 수업시간에 번뜩 떠오른 기발한 생각에 지나치게 영향을 받는 것과 같은 다른 중대한 착오를 예방해줄 수 있다. 이는 독자의 과거와 현재의 경험을 높이 사고 축적의 지혜를 추구하는, 본질적으로 보수적인 활동이지만, 새로운 통찰의 분출을 허용하며 사고가 근거 없이 변형되는 것을 예방하기도 한다. 비평가의 눈으로 다시 읽게 되면 글의 성취도뿐 아니라 글의 근거들에 대해서도 지속적으로 평가하게 된다. 이상적으로, 그러한 비평가의 눈은 미심쩍은 해석과 잘못된 기억을 억제한다.

'오락적' 다시 읽기와 '직업적' 다시 읽기 사이에 절대적 구분을 제안하려는 건 아니다. 우리가 그 사실을 언급하든 말든, 즐거움은 양쪽 모두에서 기능한다. 즐거움은 지각의 출발점을 제공한다. 모든 종류의 다시 읽기를 행하는 사람들에게 지각은 풍부하게 제공된다. 하지만 전문가들은 논지를 구성하거나 뒷받침하기 위해 지각을 더 밀어붙일 것이다. 그 과정에서 오락적으로 다시 읽는 사람들과 달리 잠재적으로 비옥한 아이디어들을 제거하고, 전달을 위해 논리정연한 주장을 만들며, 자신의 통찰을 다듬을 것이다. 직업적으로 다시 읽는 사람은 자신이 발견한 것을 지속적으로 평가하지만, 오락적으로 다시 읽는 사람은 그냥 수용한다. 하지만 둘 다 다시 읽기가 제공하는 안정과 발견에 관여하며 이를 가치 있게 여긴다.

직업적으로 다시 읽는 사람은 관심을 공유하는 공동체 내에서 활동하며 자신의 다시 읽기에 대해 구두 또는 서면으로 전문적 대화를 나눈다. 그들은 널리 퍼진 견해들에 대해 집단적 영향력을 행사한다. 집단적 다시 읽기—조밀한 시간적 간격으로 개별 평론가들이 다시 읽는 것—는 어떤 책들이 문학적 정전이 될 것인지를 결정한다. 또한 집단적 다시 읽기는 정전을 바꾸는 힘을 갖고 있다.

구체적으로 '소설의 발생'을 보자. '소설의 발생'이라는 표현은 그것을 제목으로 한 이언 와트Ian Watt의 책이 1957년에 출간된 뒤 광범위하게 통용되고 있다. 와트는 18세기 초에 장편소설이 크게 부상했으며, 그가 진지하게 논의하는 작가인 대니얼 디포, 새뮤얼 리처드슨, 헨리 필딩 등의 작품들이 그 대표적인 예라고 주장한다. 그의 견해는 강력한 영향력을 행사했고 그의 책이 장기간 영향력을 발휘하는 동안, 장편소설은 비평가, 교사, 학생들의 의식 속에서 눈에 띄는 자리를 차지하게 됐다.

소설이 1720년과 1750년 사이에 '부상했다'—문화적 진실을 표현하는 수단으로서의 중요성과 형식으로서의 세련됨에서 부상했다—는 의견은 완전히 소급적인 개념이다. 18세기에 영국에서 살았던 사람들은 출간되는 소설의 수가 늘어나는 것을 목도하고 한탄하긴 했지만, 대체로 그런 부상을 딱히 의식하지 못했다. 당시 많은 비평가들이 특정 소설 작품들의 도덕적, 형식적 우수성을 기꺼이 인정했지만—이들이 어떤 작품인지에 대한 논쟁이 없지는 않았다—아무도 소설을 희곡이나 시에 버금가는 중요한 장르로 진지하게 여기지 않았다. 세라 리브Sarah Reeve는 1785년의 저서 『로망스의 진보Progress of Romance』에서 그 형식에 대한 가장 강력한 논거를 제공했으나, 그 책의 즉각적인 영향력은 미미했다. 정황 증거로 볼 때 18세기 사람들은 소설을 읽다 남에게 들키면 변명하는 경향을 보였다. 제인 오스틴의 『노생거 사원』에 나오는 소설에 대한 유명한 변론은 젊은 여성이 무엇을 읽고 있냐는 물음에 "짐짓 무관심한 척하거나 잠깐 부끄러워하며" "아, 그냥 소설이에요"라고 대답하는 장면에 등장한다. 화자는 이런 응답을 비난하며, 일반적으로 소설이라 함은 "마음속의 가장 강력한 힘들이 그려지고 그것이 변형되는 과정의 가장 행복한 묘사와 위트와 유머의 활기찬 분출이 가장 잘 고른 언어로 세상에 전달되는 작품들"이라고 규정한다. 하지만 그런 견해는 소수 의견이었을 뿐이다.

현재 소설이 장르로서 높은 위치에 오른 것은 상대적으로 최근의 일이며 그 발생을 추적하는 관심 또한 마찬가지다. 소설의 대두를 문학사의 사실로 간주하는 것은 비평가들의 마음속에서 일어나는 현상이다. 소설이 어떤 시점에 시작되지 않았다는 게 아니다. 물론 그랬다. 소설은 시간이 흐르며 엄청나게 증가하였고 늘어나는 독자의 수와 함께 인기가 높아졌다. 모든 의미에서 소설은 확실히 대두했다. 하지만 그것의 이른바 시작점은 개별 평론가들의 견해에 따라 다양하며, 위대한 그리스 로마 시대부터 18세기 초엽까지 온갖 시점이 거론되었는데, 그것이 부상한 시점 또한 마찬가지로 다양한 기간에 위치할 수 있다. 내가 관심 있는 점은 평론가들이 소설이나 서정시 또는 비극의 대두—또는 소설의 죽음이든 간에—를 선언하기로 마음먹은 뒤 그들의 선언이 수용되는 과정이 어느 시점에 어떻게 발생하느냐는 것이다.

그런 일련의 선언들을 돌아보면 그 과정이 순환적이라는 사실을 알 수 있다. 비평적 관심은 한동안 소설에 쏠렸다가 이동한다. 이를테면 이야기시narrative poetry의 경우는 한 세대쯤 지나면(비평의 한 세대는 그리 길지 않다) 소설로 다시 돌아올 공산이 크다. 나는 이런 전환이 직업적 다시 읽기 과정의 필연적 결과로서 발생할 가능성이 있다고 보며, 그 과정은 관심을 쏟을 만하다.

연구라는 것이 하기 쉽다는 이야기는 아니다. 다시 읽기라는 행위는 매번 서로 다르며, 한 개인에게도 다르고 타인의 다시 읽기와는 더더욱 다르다. 내가 언급한 비평적 초점의 전환은 내가 '집단적' 다시 읽기라고 부른 것에서 파생된다. 서로 다르지만 적어도 어떤 면에서 같은 방향을 지향하는 많은 개별 행위들의 누적된 효과로부터. 몇 주나 몇 달의 일정한 기간에 다양한 매체에 게재된 여러 편의 비평논문이 예전에는 의식하지 못했던 공통된 태도나 전제를 표방하고 있는 것을 나는 갑자기 목도한 경험이 있으며 다른 사람들도 그랬을 것이다. 이렇게 새로 공유된 전제는 전면적인 전환을 드러낼 수 있다.

하지만 다시 읽기가 어떻게 하여 그런 새로운 징후를 만들어내느냐는 여전히 베일에 가려져 있다. 나는 그것에 대해 추정해보고자 한다. 집단적 다시 읽기가 정전에 대한 사고방식의 변화나 정전 자체의 변화를 어떻게 만들어내는지에 관해. 증거를 구하기는 쉽지 않으므로 으레 그래왔듯 나 자신을 예로 들겠다. 최근 다시 읽은 2권의 책에 관한 경험을 살펴볼 것이며, 이를 통해 전제들과 문학적 정전이 어떻게 변하는지에 대해 유용한 추측에 이를 수 있기를 바란다.

『톰 존스』는 논란의 여지가 없는 영국 소설의 고전으로, 많은 비평적 전환 속에 살아남았다. 그 이유는 셰익스피어 작품과 마찬가지로 헨리 필딩의 이 작품은 다양한 접근을 허용하며 다양한 욕망에 만족을 제공하기 때문이다. 나는 『톰 존스』를 학생 때 읽었고 교수가 된 뒤 여러 번 읽었다. 그 작품에 대해 한 번 이상 집필했다. 이번에 그 작품을 다시 읽으며 내가 무엇을 발견했는지 곧 기술하겠다. 이번에 함께 다시 읽은 또 다른 작품은 엘리자베스 인치볼드Elizabeth Inchbald의 『단순한 이야기A Simple Story』로, 이 작품은 정전으로서의 지위는 아직 덜 확고하다. 더 정확히 말하자면 현재 중요작으로 널리 받아들여지고는 있으나 이런 지위를 얻은 지는 30~40년밖에 안 된다. 많은 평론가들이 여성들이 쓴 소설들을 무시했으나 최근에는 관심을 돌리고 있다. 나는 학생 때 이 책을 접하지 못했으나, 여기서 집필과 수업지도를 위한 주제를 얻은 적이 있다.

나는 이 장을 쓰기 위한 특정한 목적을 지닌 채 직업인으로서 이 책들을 최근에 다시 읽었다. 예전에 두 작품에 대한 비평을 발표하였기 때문에—『톰 존스』는 내가 쓴 세 권의 책에서 언급되며 『단순한 이야기』는 최소한 두 권에 나온다—나는 특수한 직업적 문제의식을 지닌 셈이다. 나는 다시 읽기를 통해 예전에 내가 이미 말한 것을 반복하는 대신 새로운 통찰을 위한 무언가를 얻기를 원했다. 예전의 반응에서 벗어나기란 쉽지 않은 일인데, 이번에는 내가 예전에 주목하지 않았던 무엇인가를 즉각 발견할 수 있었다.

나는 플롯이 소설에서 의미를 발생시키는 기능에 대해 오랫동안 관심을 가져왔다. 플롯은 표면적인 조직 체계로 여겨질 수도 있지만 소설의 깊은 구조를 반영하는 것으로 이해할 수도 있다. 두 위대한 비평가—19세기의 새뮤얼 테일러 콜리지와 20세기의 로널드 크레인—는 『톰 존스』가 '완벽한 플롯'을 가졌다고 선언했다. 소설의 플롯은 한 젊은이가 온갖 시험을 거쳐 공주를 얻는다는 동화적 패턴으로 간략히 요약할 수 있다. 고아 출신인 톰은 대지주의 딸인 부유한 젊은 여성을 사랑하는데, 온갖 유혹과 실수, 불운의 사고를 겪은 뒤 자신의 진정한 혈통을 알게 되고 사랑하는 여인을 얻게 된다. 그의 모험의 세부내용과 수많은 등장인물이 이 형식적 체계를 복잡하게 구성하고 있다. 이 책의 플롯은 아리스토텔레스가 비극에 요구한 뚜렷한 서두(톰의 등장과 어린 시절을 잘 보여주는 일화들에 대한 상세한 서술)과 중간(톰의 양부의 집이 있는 패러다이스 홀에서 런던까지의 파란만장한 여정), 결말(젊은 방탕아의 설득력 있는 개심, 혈통의 발견, 사랑하는 소피아와의 결혼)을 지녔으므로 완벽하다고 여길 수 있다. 또한 플롯은 대칭적이다. 3부로 구성되며 각 부는 6개의 편book으로 이뤄진다. 1부는 패러다이스 홀에 관한 내용이고, 다른 부는 영국을 가로지르는 여정, 나머지는 런던에 관한 것이다. 가장 중요한 점은 이 책의 플롯이 복잡한 사건 전개를 배치해두고, 줄곧 놀라움을 불러일으키며, 모든 것이 준비되어 있다는 점이다. 체홉은 관객이 1막에서 벽에 걸린 총을 보았다면 3막이 끝나기 전에 그 총이 발사돼야 한다고 말했다. 『톰 존스』에서는 모든 총이 발사된다.

하지만 그래서 어쨌다는 걸까? 플롯의 그런 측면들은 사소한 것으로 여겨지며 우리가 소설을 읽을 때 추구하는 감정적 힘이나 심리적, 도덕적, 사회적 지혜에 분명히 기여한다고 하기 어렵다. 물론 플롯의 비범함과 대칭성은 즐거운 질서감을 만들어냄으로써 소설의 미적 효과를 성취하는 역할을 한다. 또한 소설 속 사건들을 발생시키는 복잡한 배열을 추적하는 것도 가능하다. 하지만 어째서 완벽한 플롯이 극찬을 받을 근거가 될 수 있는지의 이유는 그리 명백하지 않다. 인터넷 서점 아마존에는 현재 '완벽한' 플롯을 지녔다는 10편의 소설 목록이 게시돼 있다. 거기에는 『초콜릿 고양이 범죄』『마음의 도둑』 같은 책들이 포함돼 있다. 나는 이 책들을 읽어보지 않았지만 그 책들이 플롯을 중요하고 심오한 구조로 여기는 비평가들의 기준을 충족시킬 수 있을지는 좀 의심스럽다.

플롯을 진지하게 다루면 많은 질문이 제기된다. 이를테면 크레인은 플롯을 행동, 인물, 생각을 아우르는 소설의 핵심으로 간주한다. 그가 볼 때 플롯을 이해하는 것은 그 소설의 의도 전체를 온전히 이해하는 것이다. 나는 거기에 동의하고 싶다. 『톰 존스』를 이번에 다시 읽으며 나는 플롯의 작동 방식에 대해 새로운 연구과제가 생겼다. 나를 당혹케 한 것은 그 소설의 유별난 화자와 그의 소설 속 행위와의 관계이다. 그가 플롯에 어느 정도까지 그리고 어떻게 포함된다고 말할 수 있을까? 간섭이 심한 필딩의 이 화자는 『톰 존스』의 가장 독특한 측면의 하나다. 1장에서 화자는 그의 역할이, 여행자들이 여관에 머물도록 유혹하는 즐거움의 메뉴를 제공하는 여관주인과 유사하다고 설명한다. 이어지는 17편 모두 화자가 그의 관심을 끄는 문제에 대해, 때로는 상당한 분량으로 숙고하는 장으로 시작한다. 더구나 그는 마음대로 스토리에 들어와 자신의 영리함을 자랑하거나, 독자들이 처음 읽을 때 놓친 것을 돌아가 읽을 것을 종용하거나, 등장인물들에 대해 도덕적 판단을 내리거나, 톰이 그의 여정에서 만나는 다양한 여관주인들과 의사들 사이의 공통점을 지적하곤 한다.

화자의 개입은 잡다하지만 임의적이지는 않다. 많은 평론가들이 지적했듯, 이 화자는—톰의 이력에 보다 관습적인 방식으로 연관된 어느 누구 만큼이나 '등장인물'에 가까워 보이는—독자와 등장인물에 미치는 자신의 통제력을 자랑하며 그것에 대한 집착을 드러낸다. 그것에 대한 의문을 풀기 위해 노력하면서 나는 이 집착이 플롯이 작동하는 방식에 대한 열쇠를 제공한다는 생각을 하기 시작했다. 관습적인 소설의 플롯은 등장인물들의 욕망—전형적으로 서로 상충하는 욕망들이거나 자연법이나 사회적 구속으로 인해 충족되지 않는 욕망—에서 유발된다. 면밀히 짜인 플롯에서 주요 등장인물들은 서로의 욕망을 복제한다. 때로는 단일한 목적을 위한 경쟁에서 대립하며, 때로는 동일한 목적을 서로 다르게 이해함에 따라 동맹과 적대관계를 구축하기도 한다. 『톰 존스』에서 주요 인물들은 화자와 함께 통제에 대한 욕망을 공유한다. 그들은 다양한 종류의 통제를 다양한 이유에서 다양한 방법으로 추구하며, 그 절차에 의해 그들의 상상된 존재의 본질을 드러낸다.

필딩의 복잡한 패턴이 표현된 장면을 몇 가지 살펴봄으로써 그 패턴이 어떻게 도덕적, 심리적 깊이를 지닌 소설을 그리는지 알아보자. 화자를 제외하고 가장 명백히 통제에 몰입하고 자신의 이익을 위해 다른 종류의 지배를 시행할 가능성을 쥐고 있는 유일한 등장인물은 소설의 악한, 블리필이다. 톰의 양형제로 처음 소개되지만 결국 톰의 배다른 형제로 드러나는 블리필은 모든 면에서 톰의 반대다. 톰과 달리 그는 자신이 무엇을 왜 하는지 항상 정확히 알고 있다. 부의 통제를 위한 욕망이 그의 행동과 해석을 상당수 형성하고 있다. 또한 그는 속임수를 통해 타인들을 통제하는 데 명백한 기쁨이 느낀다. 이런 활동을 통해 그의 뛰어난 영리함과 지혜가 확인된다. 소설 끝까지 이어지는 모든 시도에서 그가 명백히 성공을 거두는 것은 그의 조작 기술 덕분이다. 그는 스승들과 심지어 인자하고 현명한 삼촌 올워디 대지주에게서마저 좋은 평판을 얻으며, 그들이 톰에 대해 부정적인 견해를 갖게 만든다. 블리필의 통제의 기쁨은 곧 가학적인 끝을 드러낸다. 그는 톰의 연인인 소피아를 유혹하고 거의 얻다시피 한다. 그녀가 자신을 싫어한다는 사실을 알지만 그럼에도—사실 그 때문에—그녀를 소유하는 환희를 상상한다.

반면 톰은 단순히 자신의 삶에 대한 통제만 희망한다. 하지만 자아인식의 결여와 즉각적인 상황에 계획성 없이 반응하는 경향 때문에 그것을 이루는 데 어려움을 겪는다. 올워디가 그를 패러다이스 홀로부터 쫓아냈을 때(블리필의 그에 대한 오도된 주장을 기반으로) 톰은 극심한 통제 상실과 함께 돈이나 뚜렷한 목표도, 사랑하는 여인을 얻을 전망도 잃는다. 톰이 잇따라 재앙에 부딪히면서 상황은 갈수록 악화된다. 올워디는 그에게 매우 큰돈인 500파운드짜리 지폐를 주었으나 그는 그것을 보기도 전에 잃어버린다. 그는 다른 남자로부터 구출한 여인과 잠자리에 드는데, 이 때문에 그가 머무는 여관에 들른 소피아를 만나지 못한다. 그는 병사에게 머리를 맞아 의사로부터 그 상처 때문에 목숨을 잃게될 것이라는 진단을 받는다. 의식적인 선택을 내리지 않은 결과로 그는 계속 불편한 상황을 맞는다. 런던에서 그의 마음은 여전히 소피아에게 가 있으나, 그는 부유하고 제멋대로인 여인의 기둥서방으로 지낸다. 그는 어떤 남자를 아무 이유 없이 살해했다는 혐의로 감옥에 갇히게 된다. 감옥에서 교수형의 위협을 받던 그는 여관에서 함께 잤던 여인이 사실은 그의 어머니라는 사실을 알게 된다. 이러한 역경에도 불구하고 그는 끝내 해피엔딩을 맞게 되는데, 자기 통제력을 회복했음을 보여주는 일련의 의식적이고 의지력을 담은 결정을 내린 뒤, 그 간접적인 결과로서 소피아를 얻는다.

소피아의 아버지인 대지주 웨스턴을 필두로 몇몇 등장인물들은 부모로서 통제를 행사하겠다는 결의를 보인다. 적어도 2명의 조연급 인물들이 딸을 통제하겠다는 웨스턴의 의지를 따라하지만, 그와 마찬가지로 그들의 시도는 성공을 거두지 못한다. 실제 이 소설에서 돈이나 다른 사람들을 통제하려는 노력은 거의 성공하지 못한다. 이 법칙에서 중요한 예외는 집시의 왕과 화자이며, 둘 다 인자한 통제의 힘의 예를 보여준다.

집시의 왕은 선정善政—대규모의 통제—의 원칙들을 보여주기 위해 『톰 존스』에 등장하는 듯하다. 톰과 그의 길벗 파트리지는 집시들과 그들의 왕을 만난다. 잠깐 같이 있는 동안 집시의 왕은 지혜와 정의의 원칙에 기반해 절대 권력을 행사하며, 톰은 그 결과 집시들이 행복을 누린다는 사실을 알게 된다. 화자는 인자한 독재가 가장 만족스러운 인간 상황을 만들어낸다고 언급한다. 절대 통치의 유일한 어려움은 그것을 제대로 행사할 수 있는 사람을 찾기가 지극히 어렵다는 점뿐이라고 화자는 덧붙인다.

화자에 대해서는 잠시 후에 언급하기로 하고, 필딩의 소설에서 여성의 지위에 대해 잠깐 살펴보자. 여기서 여성들은 항상 남성 권위에 종속된 것으로 묘사된다. 여성들은 권력을 피하려고 할 수는 있을지언정 스스로 행사할 수는 없다. 소피아는 그녀가 혐오하는 구혼자를 물리칠 수 있도록 거부권을 행사할 수 있는 통제만을 원한다. 그녀는 아버지의 뜻에 거스르는 결혼은 하지 않겠다고 기꺼이 약속한다. 올워디는 구혼자들의 항의에 그녀가 대꾸조차 하지 않는 것을 극찬했다. 그녀는 지혜, 꿋꿋함, 용기, 비범함을 보여주지만 최소한의 요구 이상의 통제는 추구하지 않는다. 권위의 획득에 대한 무관심이 그녀의 탁월함의 한 측면을 이루고 있다. 소피아를 통제할 수 있다고 잘못 생각한 웨스턴의 여동생이나 톰을 통제하려고 하는 벨라스턴 양 등 소피아보다 독단적인 여성들은 참담한 실패를 겪는다.

통제에 대한 여성들의 욕망이 사회적으로 받아들여질 수 없는 것이라면, 필딩의 소설이 지닌 의도는 자신을 통제하려는 열망을 제외한 온갖 통제에 대한 욕망은 남자들에게 거의 가치가 없다고 시사한다. 그 예외는 또 다른 인자한 독재자인 화자로서, 그는 돈에 대한 자신의 관심을 인정하고 블리필보다 더 눈에 띄는 조작으로 플롯의 복잡성을 만들어내며, 그가 성공적으로 통제하고 있는 인물들에 대해 부모 같은 감정을 토로하고, 자신의 의견과 그것의 옳음을 마음 편하고 의기양양하게 확신하는 자기 확신의 모델이다. 블리필, 웨스턴, 벨라스턴 양과 달리 그는 결코 실패하지 않는다. 근본적인 예의범절을 어기지 않는 한 누구에게나 인자한 올워디와 달리 화자는 결코 판단의 실수를 범하지 않는다. 통제에 대한 그의 감각은 그보다 앞선 고전에서 문학적 재료를 전유하는 데까지 미치며, 그는 그런 버릇을 자유롭게 고백하고 정당화한다.

필딩의 소설을 읽으며 독자는 화자에게 괴롭힘, 놀림, 꼬드김을 당한다. 다시 말해 적어도 부분적으로는 그에게 통제당한다. 그런 경험은 읽는 즐거움을 제공하는데, 책을 덮어버리기만 하면 그것을 피할 수 있기 때문이다. 실제 화자는 이 사실을 아주 잘 알고 있으며 그의 수많은 조작에도 독자를 궁극적으로 통제할 수 없다는 사실에 이따금 불안감을 내비친다. 독자들은 화자의 통제 아래 있다고 느끼므로, 적어도 부분적으로는 통제와 관련된 커다란 플롯에 참여하는 셈이다. 소설은 지배를 위한 혼돈의 투쟁으로 얼룩진 사회에 관한 역동적 지도를 제공한다. 그런 투쟁이 빚어내는 문제들을 신의 섭리가 보상한다 해도—필딩의 세계가 그러하듯이—그 문제들이 만들어내는 압박 속에 살아가는 당장의 어려움이 경감되지는 않는다. 굶주린 아내와 아이들을 먹여 살리기 위해 노상강도로 길에 나선 조연급 등장인물인 한 젊은이가 바로 그 생생한 사례다. 그는 인간이 삶의 여정에서 만나는 도덕적, 사회적, 심리적 장애물과 상황을 통제하기 위한 투쟁에서 동원하는 열정과 활력을 예증한다. 필딩의 다른 인물 대부분과 마찬가지로 마지못해 노상강도로 나선 그 사내의 정신적 삶에 관한 자세한 이야기는 거의 드러나지 않는다. 하지만 플롯은 그의 어려움을 보상해주는데, 이는 그가 (블리필과는 전혀 달리) 톰이나 올워디, 소피아처럼 강인하고 관대한 마음씨를 가졌기 때문이다. 톰과 다른 이들의 호의로 그는 결국 자신의 삶을 부분적으로 통제할 수 있게 되며, 그것은 누구나 바랄 수 있는 최상의 것이라 할 만하다.

화자가 다른 인물들과 함께 플롯에 참여하고, 통제의 드라마를 연출하며, 독자조차 관여에서 벗어날 수 없다는 사실은 『톰 존스』의 플롯이 인생 그 자체의 플롯이길 열망하고 있다는 가능성을 제기한다. 통제의 욕망은 그것을 좌절시키려는 힘과 마찬가지로 모든 곳에서 이런저런 형태로 나타난다. 비록 현세의 삶을 조밀하게 그리는 데 그치긴 했지만, 필딩의 소설은 『신곡』과 마찬가지로 인간의 이야기를 제공한다.

이는 필딩이 지닌 대담하고 풍부한 혁신성을 드러내주는 주장이다. 소설의 '부상' 초기에도 필딩의 작품을 포함한 소설들에 구현된 풍부함, 창의성, 정교함은 소설이라는 장르가 부상하기까지의 기나긴 과정을 필요로 하지 않았다는 점을 시사한다. 그것은 마치 제우스 신의 머리에서 튀어나온 아테나처럼 다 자란 채 튀어나왔다. 통제의 플롯에 관심의 초점을 맞추면서, 우리는 지배에 대한 보편적 욕망의 이야기에 함축된 이슈들에 관여하는 작가의 포괄성과 치밀함에 주목하게 된다. 독자와 화자의 관계를 통해 통제를 당하는 경험에 대한 시사들을 포함해.

이제 『단순한 이야기』를 살펴보자. 이제 『톰 존스』에서 더 이상 할 이야기가 없기 때문이 아니라, 18세기 후반에 여성이 쓴 소설을 더 잘 알려진 18세기 중반의 남성 이력에 관한 소설과 관련지어 살펴볼 만한 가치가 있기 때문이다. 인치볼드의 소설은 『톰 존스』보다 훨씬 짧으며 스스로에 대해 겸손하다. 작가 서문은 단지 경제적 필요 때문에 그것을 쓰게 됐다고 밝히고 있다. 플롯은 '완벽'하기는커녕 뒤죽박죽이며, 비평가들 역시 그렇게 여긴다. 그 책은 다른 시기에 쓰인 두 가지의 분리된 부분으로 구성돼 있다. 하나는 한 여성의 이력, 다른 하나는 그녀의 딸의 이력에 관한 것이다. 내가 이 책을 필딩과 관련지어 다시 읽으려고 생각한 것은 그것이 필딩의 작품과 명백한 대조를 이루고 있으며, 여성이 쓴 데다가 특히 내 경우엔 아무리 자주 읽어도 질리지 않는 작품이기 때문이다. 이번에 다시 읽으며 나는 이 책에서 플롯의 기능과 주제의 이슈로서 통제의 중요성에 대해 다시 생각해보게 되었다.

『톰 존스』와 달리 『단순한 이야기』는 역설적인 제목과 달리 익숙한 패턴의 플롯을 갖고 있지 않다. 버릇없고 아름답고 부유하고 부모가 없는 젊은 여인 밀너 양은 그녀의 후견인인 가톨릭 사제 도리포스와 사랑에 빠진다. 종교적 서원으로부터 자유로워진 뒤 그는 엘름우드 경이 된다. 예전에 그는 밀너 양의 의도적인 불복종 때문에 그녀와 결혼하지 않겠다고 맹세했으나 스승의 주장에 떠밀려 자신의 피후견인과 결혼한다. 그들은 4년간 행복한 시간을 보내며 딸을 낳았으나 엘름우드 경은 장기간 떠나게 된다. 그가 없는 동안 아내는 부정을 저지른다. 그가 돌아오자 그녀는 도망을 치고, 열일곱 살 난 딸 머틸다를 남긴 채 삼십대의 나이에 후회와 함께 숨을 거둔다. 엘름우드 경은 아내뿐 아니라 딸도 거부했으나 죽어가는 아내의 요청으로 자신의 눈에 띄어서는 안 된다는 조건으로 딸이 집 안에 살도록 허락한다. 그녀는 우연히 아버지와 마주치게 되고 집에서 쫓겨난다. 그녀를 사랑하던 사촌이자 엘름우드 경의 상속자인 러슈브룩은 이 일로 크게 상심한다. 방탕한 귀족이 머틸다를 납치해 범하려고 했으나 그녀의 아버지가 그녀를 구출한다. 엘름우드 경은 딸에 대한 사랑을 복원하고 러슈브룩의 그녀에 대한 사랑을 승낙한다. 화자는 교훈을 덧붙인다. 밀너 양은 머틸다처럼 그녀를 유순하고 정에 약한 여인으로 만든 역경의 시련을 거치는 편이 나았을 것이라고. 화자가 들려주는 이야기의 세부내용은 이런 요약보다 훨씬 더 설득력 있게 들린다.

『톰 존스』 직후에 이 소설을 다시 읽으며 나는—예상할 수 있듯이—대조보다는 유사성을 보았다. 『단순한 이야기』 역시 통제에 중심을 두었고, 지배를 위한 강박적 욕망에 지속적으로 초점을 맞춤으로써 많은 비평가들의 생각보다 훨씬 강력히 통일된 플롯을 가지고 있음이 드러났다. 소설은 밀너 양의 아버지가 임종 자리에서 딸을 결국에는 "제약보다 선택에 의해" 훌륭하게 만들 후견인으로 누구를 선택할지 숙고하는 장면으로 시작한다. 그는 딸이 바람직한 상태의 "훌륭함"을 체화할 때까지 이 후견인(도리포스로 드러난다)이 딸을 제약할 것을—통제 아래 둘 것을—내심 희망한다. 나중에 '엘름우드 경'이라는 작위를 얻게 되는 도리포스는 그 피후견인의 경박한 행동들에 고심하다가 이를테면 가장무도회에 가지 못하도록 권위를 행사하지만, 그녀는 그런 금지를 무시한다. 그녀와 엘름우드 경이 서로에 대한 사랑을 선언한 뒤 그녀는 그에게 자신의 힘을 시험해보고 싶다고 공공연히 떠들며 끊임없이 의도적인 도발을 감행한다. 밀너 양과 엘름우드의 옛 스승 샌퍼드 간에도 통제를 둘러싼 부차적 싸움이 전개된다.

밀너 양은 부정을 저지름으로써 자신의 힘을 확인한 것을 후회하며 딸에 대해 아무런 대책도 남기지 않은 채 모든 유언을 철회하고 세상을 뜬다. 아내의 배신 뒤로 엘름우드 경은 '무정한 폭군'이 되며 샌퍼드에게 "예전처럼 통제당하지 않을 것"이라고 말한다. 머틸다는 아버지에게 완전히 복종할 필요성을 받아들이며 러슈브룩과 샌퍼드는 그의 뜻을 거스르길 두려워한다. 소설의 마지막 부분은 엘름우드 경이 주변의 모두를 통제하지만 행복을 얻는 데 실패하는 것을 그린다. 그가 통제를 늦출 때에만 가족은 화합의 기쁨을 얻는다. 소설의 마지막 장면에서 그는 한 번도 통제를 벗어나고자 하지 않은 머틸다에 대한 통제를 멈추고 그녀에게 러슈브룩의 요구를 받아들일지 스스로 결정하라고 말한다. 그녀는 알지 못했으나, 그 요구는 청혼이었다.

소설은 러슈브룩의 청혼 이후 어떻게 되는지 이야기해주지 않는다. 대신 화자는 독자에게 머틸다가 어떻게 대답할지 결정하도록 요청한다. 이는 이 책에서도 등장인물들뿐 아니라 화자 역시 통제의 플롯에 참여함을 알려준다. 그녀의 역할은 필딩의 화자가 지닌 역할과 전혀 다르다. 권위를 내세우는 대신, 화자는 긴장된 상황에 처한 등장인물들의 생각과 느낌에 대해 자신이 알지 못한다고 종종 토로한다. 화자는 마지막으로 불확실성을 드러내는 장면에서, 독자에게 머틸다의 대답을 '추측'해보게 권한 뒤 독자가 설령 머틸다가 청혼을 받아들인다는 대답을 선택했더라도 그 두 사람의 "결혼 생활이 행복한 나날"이 되었을지는 여전히 의문의 여지가 있다고 지적한다. 그러고는 갑자기 의미의 절대적 통제를 주장하며 가정법

구문으로 가득한 교훈을 덧붙인다. "머틸다의 할아버지인 밀너 씨는 그의 재산을 먼 친척에게 맡기는 편이 나았다. 머틸다의 아버지가 그렇게 하려고 했듯이. 그랬다면 그는 그의 딸에게 제대로 된 교육을 시킬수 있었을 것이다."

이 가정법은 확고한 마지막 진술에 숨겨진 불확실성에 주의를 돌리게 한다. 가정법상의 모든 가능성은 사실과 반대된다. 더구나 "제대로 된 교육"이 무엇인지도 정의되지 않는다. 머틸다가 겪은 시련의 교육은 그녀를 유순하게 만들었고 한 번씩 감정을 고집할 때마다 그녀는 후회에 휩싸였다. 이것이 화자가 밀너 양에게 돈보다 더 가치 있었을 것이라고 권하는 종류의 교육일까? 그런 시련을 겪었다면 밀너 양은 사제와 사랑에 빠지지 않았을 테고 그랬다면 소설은 없을 것이다. 인치볼드는 첫 번째 주인공에 대한 도덕적 배척으로 소설을 끝맺음으로써 내러티브의 통제를 포기한다.

표면적인 수준에서 『단순한 이야기』의 통제의 플롯은 명백해 보인다. 밀너 양과 엘름우드 경 사이의 권위 싸움이 첫 부의 대부분을 차지하며 밀너 양과 샌퍼드 간의 싸움도 두드러진다. 엘름우드 부인이 임종하면서 유서 작성을 거부하겠다는 주장은 절대 권위에 대한 그녀의 주장과 머틸다의 무조건적 순종만큼이나 강조된다. 화자와 독자가 그 패턴에 어떻게 참여하는지는 그리 명백하지 않다. 독자로 하여금 머틸다의 러슈브룩에 대한 응답을 결정하도록 초대하기 오래전부터 화자는 때때로 일어날 수 있는 의견 차이에 주의를 환기시키며 자신의 담론을 형성해왔다. 엘름우드 경이 신문에 실린 아내의 부고를 보는 감정이 임종 자리의 엘름우드 부인의 감정과 필적할 수도 있음을 제기하며 화자는 "누가 말할 수 있겠는가?"라고 묻는다. 화자는 등장인물들의 행동을 제대로 해석하기 위해 분투하면서 독자도 같은 노력에 참여하도록 암묵적으로 요청한다. 필딩과 달리 그녀는 지배와 복종의 심리적 근원에 은근히 관심을 보인다. 독자들에게 통제의 순간을 부여하는 만큼 그들의 심리 역시 여기에 관여되었음을 시사했다. 소설은 통제를 위한 투쟁이 덧없고 파괴적이지만, 인간의 본성상 필연적임을 보여준다.

두 편의 친숙한 소설을 다시 읽으며 예전에는 보지 못했던 새로운 패턴을 어떻게 해서 볼 수 있게 되었을까? 다시 읽을 때 발견이 난데없이 불쑥 생겨난다는 전형적인 설명도 있다. 물론 그렇지 않다. 근본적으로 텍스트는 가능성을 통제한다. 다른 힘 또한 이에 기여한다. 오락적 다시 읽기처럼 직업적 다시 읽기는 상황에 반응한다. 나의 물리적 환경은 예전에 이 소설들을 읽을 때와 달라졌다. 나는 다른 것들을 읽고 다른 일들을 하며 다른 사람들을 만나고 다른 생각을 한다. 더구나 항상 그렇듯 세계는 변화하며 비평 담론도 바뀐다. 통제라는 이슈는 대중지에 등장하고 부모들의 대화에도 나온다. 이 모든 외부적 상황들이 내가 최근 책을 읽으며 발견한 것과 관련이 있다. 각각의 영향력을 정확히 분리할 수 없다 해도, 어쨌든 내가 느낀 어렴풋한 가능성의 느낌 덕분에 나는 다시 읽는 행위에 수반되는 복합성을 깨닫게 되었다고 할 수 있다.

내가 기술한 특정한 다시 읽기로 이 소설들이 제시하는 모든 이슈를 다룰 수는 없다. 하지만 두 권의 전혀 다른 소설에서 공통적으로 드러난 통제의 플롯은 다시 읽기가 제공하는 새로운 통찰과 이를 통해 발견할 수 있는 의외의 관련성을 시사한다. 나는 길게 기술할 수도 있는 주장을 간략히 소개했다. 그런데 과연 이것이 소설의 발생과 무슨 관련이 있을까?

어떤 의미에선 전혀 없다고도 할 수 있다. 하지만 우리는 추정의 영역에 속해 있고, 적어도 추정건대 내가 한 것처럼 『톰 존스』와 『단순한 이야기』를 함께 묶는 것 자체가 중요한 주장을 함축할 수 있다. 무엇이 정전을 구성하고 그것들이 어떻게 평가돼야 하는지에 대해 수용된 의견과 일반적 이해에 따르면, 『톰 존스』는 초기 소설의 기념비라 할 만한 중요 저작이다. 『단순한 이야기』의 위상은 상대적으로 불확정적이다. 두 작품 모두 계몽으로서 플롯의 가능성을 정교하게 이해했다고 보이는 점에서 인치볼드의 소설을 진지하게 대할 필요가 있음을 알 수 있다. 여성이 썼기 때문이 아니라 그 형식적 기교 때문이다. 『단순한 이야기』를 그렇게 이해하는 것은 작품을 확고한 정전의 지위로 끌어올리는 작은 한 걸음의 시작이다.

나는 앞서 다시 읽기는 본질적으로 보수적이라고 말한 바 있다. 그것은 개인 독자의 과거에 의지한다. 이는 과거의 경험을 다시 방문하면 참신한 지식과 이해를 찾을지도 모른다는 가정에 기반하고 있다. 다시 읽으며 얻은 새로운 발견은 아무리 작은 것들이라 할지라도 그 자체로 기쁨을 준다. 화자가 인물들에 대해 부모와 같은 감정을 보이며, 그의 딸이 그가 원하는 대로 하지 않으려 한다는 사실에 당혹해하는 웨스턴의 감정을 느끼려 하는 모습을 보는 기쁨. 이것이 필딩의 소설적 세계를 지배하는 긴밀한 연결일 뿐 아니라 하나의 작은 농담이기도 하다는 것을 알아차리는 기쁨. 다시 읽기는 이렇게 원대한 통찰을 낳을 수도 있다.

크든 작든 일련의 지각들이 쌓이면 중요한 깨달음으로 이어진다. 그 사실을 발견하는 행복한 경험은 대부분의 비평가들이나 특별히 무언가를 찾으려 하지 않으면서 다시 읽는 사람들 모두에게 친숙한 일이다. 그렇게 쌓인 지각들이 꼭 비평가에게만 속할 필요는 없다. 정전의 변화는 관습적인 지각 변동처럼 갑작스럽게 일어나지 않는다. 무수히 많은 의견들이 쌓이면서 점진적으로 일어난다. 한 번에 한 사람씩 평론가가 내리는 평가의 뉘앙스가 바뀌다가, 결국에는 개별 작품들이 서열의 어디쯤 속해야 하는지에 대한 가정이 변화하는 것이다.

요새 우리가 서열 이야기를 많이 한다는 뜻이 아니다. 평가라는 개념은 분노를 부르기 쉬우며, 어떤 작품이 다른 작품보다 낫다고 주장하는 지뢰밭을 기꺼이 통과하려는 사람은 거의 없다. 어떤 기준에서? 어떤 목적으로? 하지만 소설의 발생이라는 개념은 가장된 평가 시스템을 들여온다. 만약 장르로서 소설의 중요성이 일정 기간 동안 증가했다면, 그 사실은 개개 소설들이 그 이전의 소설들보다 더 설득력 있음을 시사한다. 18세기 소설의 발전 양상은 전통적으로 다음과 같이 전개된 것으로 알려져 있다. 디포, 리처드슨, 필딩과 함께 소설이 '부상'했다가 점점 더 많은 여성들이 소설가로 등장하고, 18세기 말이 되면서 고딕소설의 등장으로 선정적으로 변하고, 정치 선전의 수단으로 사용되면서 수적인 면에서는 아니지만 그 중요성에서 다시 하강한다. 그러고는 제인 오스틴과 브론테 자매, 그리고 빅토리아 소설의 위대한 시대를 맞으며 다시 부상한다.

이제 그런 시나리오를 새로운 이야기로 써보자. 한 비평가—어쩌면 나—가 친숙한 텍스트와 덜 친숙한 텍스트를 같이 다시 읽다가, 건성으로 소설을 쓴다고 오랫동안 평가받아온 엘리자베스 인치볼드가 실은 극도로 정묘한 형식적 디자인을 사용했음을 그녀의 가장 잘 알려진 소설에서 발견한다. 그리고 다른 비평가들도 『단순한 이야기』에서 또 다른 우수함을 찾아낸다고 생각해보자. 또 다른 비평가들은 내가 좋아하는 『험스프롱』이라는, 있을 법하지 않은 제목의 18세기말 정치 소설을 다시 읽고는 그것이 성격 묘사에서 독특하고 흥미진진한 방식을 제공한다고 생각하기 시작했다고 하자. 이는 그들로 하여금 다른 정치소설들에 대해 참신한 시각을 갖게 하고 재평가를 이끌어내게 된다. 오래지 않아 우리는 18세기 소설이 퇴보하지 않은 채 계속 부상하고 있다는 새로운 이야기를 갖게 된다.

나는 특정한 설을 퍼뜨리려는 게 아니다. 최근에 쓴 저서 『소설의 기원 Novel Beginnings』에서 나는 18세기 소설의 발전을 실험의 양상으로 간주하는 새로운 시각을 강력히 주장했다. 이 주장을 입론할 때도 나는 그것의 유효성이 그것을 다른 방식으로 입증할지도 모를 다른 많은 비평가들의 기여에 달렸다고 생각했다. 비평의 변화, 우리가 문학에 대해 스스로에게 말하는 이야기들에서의 변화는 느린 축적에 의해서만 발생한다. 그 축적은 여러 번의 다시 읽기라는 기초에 의존하며, 그것이야말로 새로운 통찰로 인도하는 가장 믿음직한 통로이다.

직업적 다시 읽기의 특별함과 가치가 정전을 바꿀 가능성에만 존재하는 것은 아니다. 비직업적인 다시 읽기와 마찬가지로 그것은 개인적 통찰과 그런 통찰이 만들어내는 패턴 덕분에 번성한다. 이를 적어놓고 보면 오락적 읽기의 기록과는 많이 다르다. 이 책의 다른 소설들에 대한 논의와 비슷한 방식으로 출발한 것도 아니다. 그것의 동기는 예전에 내가 다른 저서를 통해서 말한 것과는 뭔가 다른 것을 말하고 싶다는 욕망과 함께 시작되었으며, 그 욕망은 책 읽기를 즐기는 독자로서보다는 비평가로서의 나의 역할에서 비롯되었다. 이 소설들에서 내가 발견한 새로운 측면들은 내가 앞 장들에서 주로 썼던 것들과는 다른 종류다. 심리적, 도덕적 통찰이나 개인적 지각보다는 플롯과 화자의 구조적 요소와 전체 패턴에 강조점을 두었다. 나는 전면적인 비평의 기초가 될 수 있는 무언가를 쓰려고 의식적으로 노력했다. 두 작품에 대한 나의 발견을 뒷받침하기 위해서는 필딩과 인치볼드에 대한 다른 비평들, 두 소설가의 다른 작품들, 그들의 시대의 문화적 정치적 역사를 살펴야 한다. 이런 주장은 더 많은 등장인물들로 확대될 수도 있고, 18세기 사상가들이 바라본 통제의 문제를 다룰 수도 있다. 거기에서는 다시 읽기에 관한 나의 개인적 경험보다는 소설적 성취에 대한 판단이 강조될 것이다. 이 모든 연구, 혹은 대부분의 연구가 실제로 수행된다면, 그것은 지속적인 비평적 대화에 참여하게 될 것이다. 한 비평가의 다시 읽기에서 그것이 비롯됐다는 사실은 여기에서 특별한 고려 대상이 되지는 않을 것이다. 주장으로서의 그것의 가치는 중요하겠지만.

직업적 다시 읽기는 오락적 다시 읽기와 목적과 효과라는 점에서 다르지만, 둘다 파급력을 지닌다. 직업적 다시 읽기는 저술과 수업 같은 공적 활동과 연결된다. 오락적 다시 읽기는 대개 사적으로 전개되며 종종 사적 대화를 통해 공유된다. 직업적 다시 읽기는 문학을 예술적 구성체와 지식의 수단으로 가정하며, 이 두 가지를 이해하기 위해 수행된다. 오락적 다시 읽기는 다양한 가정을 바탕으로 이뤄진다. 그것은 대체적으로 직업적 다시 읽기보다 더 마음이 열려 있는 편이다. 하지만 두 가지 다 문화적 삶과 성장에 필수적인 기능이다.

9
누구나 좋아해야만 하는 책

이번 장에 기록된 실험은 그 방법을 볼 때, 오락적 다시 읽기에서는 초점을 맞춘 목적의식이 결여되어 있는 게 특징이라는 앞서의 주장과 모순되는 것처럼 보일지도 모르겠다. 하지만 내가 여기에서 기술하는 다시 읽기는 바로 앞 장에서 기술한 의미에서의 '직업적' 다시 읽기도 아니지만, 꼭 오락적이라고 말하기도 어렵다. 이 작업은 나의 직업적 활동에서 생겨난 가정들에 의거하고 있다. 데이비드 로지는 오래전 희극 소설 『역할 바꾸기Changing Places』(1975)에서 '읽어야만 하는 책이 존재한다'는 가정을 비웃은 적이 있다. 여기에서는 문학을 전공하는 학자들이 '읽어야만' 하나 실제로는 읽지 않은 문학작품이 무엇인지 고백하는 게임이 등장한다. 불운한 주인공은 『햄릿』을 읽지 않았다고 고백하고, 그 때문에 해고당한다.

나 역시 독서에는 '의무적인 것'이 포함돼 있다고 믿는다. 이번에 나는 내가 아는 대부분의 사람들이 찬탄하지만, 나로서는 처음 읽은 뒤로 매우 싫어하게 된 책들을 의도적으로 주의 깊게, 목적을 지니고 다시 읽기에 나섰다. 그 책들은 진지하게 대해야 하는 책들이므로 또 한 번의 기회를 줘야 한다고 생각했다. 정상적인 상황에서라면 처음에 마음에 들지 않은 책들을 다시 읽는 경우는 드물다. 처음 읽을 때 불쾌하거나 아무런 재미를 느끼지 못한 책들을 많은 세월이 지난 뒤 의도적으로 다시 읽는다면 어떤 일이 생길까? 의지를 통해 즐거움을 느낄 수 있을까? 취향의 비합리성을 감안할 때 그런 시도 자체가 의미가 있을까? 어쩌면 의지의 개입과 관계없이 내 취향이 변했을 수도 있다. 나는 열의를 갖고 해답을 찾아 나섰다.

이 연구를 위해 고른 첫 번째 소설은 인기 있고 귀중한 영문학 고전 『픽윅 페이퍼스Pickwick Papers』다. 나머지 두 작품인 포드 매덕스 포드의 『훌륭한 군인』과 솔 벨로의 『허조그』는 고전의 지위까지는 확립하지 못했지만 섬세한 문학적 감수성을 가진 사람들은 대부분 그 작품들을 칭송한다. 나는 최근 다시 읽기 전까지 이 작품들을 한 번씩밖에 읽지 않았다.

나는 '자연스럽게' 즐기지 못한 책에서 즐거움을 찾을 수 있는지 알고 싶었다. 다른 많은 독자들처럼 다시 읽기를 통해 나는 어떤 책들이 기쁨의 원천에서 지루함이나 짜증의 결합물로 변화하는 데서 실망을 경험했고, 앞 장들에서 이에 대해 이미 밝힌 바 있다. 하지만 한때 싫어했던 책이 보배로 탈바꿈하는 반대의 경험은 아직 겪지 못했다. 이제 예전에 읽은 책들을 내 의식 속에서 변화시키려는 노력에 최선을 다해볼 생각이다.

먼저 『픽윅 페이퍼스』다. 내가 이 책을 처음 읽은 것은 30여 년 전이다. 나는 그 경험에서 단지 두 가지만 기억한다. 책의 서문에서 그 작품의 성취를 헨리 필딩의 그것과 비교한 데 분개한 것과 시답잖고 장황한 글을 독파하려는 나를 엄습한 엄청난 지루함이다. 이번에 읽은 옥스퍼드 세계 고전판에 있는 서문 역시 그 작품을 필딩과 비교하고 있었고, 나는 그것에 여전히 짜증이 났다. 액자 형식의 사용, 느슨한 일정의 여행을 내러티브 구조의 원칙으로 삼은 점, 조연급 인물들을 기괴하게 묘사한 점 등에서 젊은 디킨스와 선배 작가들 사이에는 물론 공통점이 있지만, 내가 보기에는 차이점이 유사점을 압도한다. 디킨스는 부패한 변호사나 무능한 의사와 같은 사회악에 대해 필딩만큼 강한 감정을 느꼈을지도 모르지만, 이 작품에서는 소설 자체를 만만찮은 장르로서 진지하게 대한 것 같지는 않다. 『톰 존스』는 '완벽한 플롯'을 갖춘 반면, 『픽윅 페이퍼스』는 논리적 발단, 중반, 결말의 형식을 갖춘 시퀀스들도 있긴 하나 대체로 플롯을 구성하는 흉내만 낼 뿐이다. 소설 전체는 횡설수설하는 '모험'의 연속으로 진행되다가 픽윅이 돌연 여행을 관두기로 결정하며 자의적으로 끝난다. 에피소드 간의 연결은 작가의 편의에 맞춰 엉성하게 이뤄졌다. 존슨 박사가 『클래리사』에 대해 언급한 유명한 말처럼, 이 책을 플롯 때문에 읽는다면 지루함에 죽고 싶은 마음이 들 것이다.

내가 짜증난 진짜 이유는 필딩은 위대한 소설가였지만 젊은 시절의 디킨스는 그의 적수가 못 된다고 생각했고 지금도 그렇게 생각하기 때문이다. 디킨스가 정기간행물 연재를 위해 픽윅 클럽 회원들에 관한 대중적인 인물 스케치를 시작했을 때 그는 소설을 쓰려고 했던 게 아니었다. 더더욱 그 작품을 필딩의 작품과 비교할 수 없는 이유다. 그 스케치를 모아 탄생한 이 소설은 필딩의 작품과 비교하면 엉망진창이다.

『픽윅 페이퍼스』의 앞부분을 읽으며 나는 또다시 지루함을 경험했다. 소설 앞부분에서 화자가 픽윅과 그의 친구들에 대해 유머러스하게 거들먹거린 것이 또 다른 짜증의 요인이었다. 디킨스는 인물들을 창조해낸 뒤에 화자를 통해 그들과 절연함으로써 양다리를 걸치려 한다. 그럼에도 나는 결국 『픽윅 페이퍼스』에 대해 최소한 부분적으로는 마음을 바꿨다. 절반 넘게 읽었을 때 나는 찬탄할 만한 점들을 많이 발견했다. 나의 부정적인 경험을 긍정적인 것으로 '바꾸려던 노력'은 사라지고, 이야기 자체가 나의 의식을 장악했다.

내가 『리틀 도릿』과 『황폐한 집』의 작가에 대해 오래전부터 높은 존경심을 가져왔다는 것을 아마도 처음부터 말해야 할 것 같다. 나는 『위대한 유산』 『어려운 시절』을 다시 읽었고, 『데이비드 코퍼필드』는 심지어 두 번 이상 다시 읽었다. 『픽윅 페이퍼스』를 처음 읽기 전에 이 작품들 전부 적어도 한 번 이상 읽었기 때문에 픽윅 씨와 그의 친구들의 이야기를 즐기려는 기대가 무너지자 실망과 함께 충격을 받았다. 반대로 이번에는 픽윅 클럽이 즐겁지 않을 것이라는 예상하에 그 책을 다시 읽다가, 나 자신이 매일같이 디킨스와 만날 시간을 고대하고 있음을 깨닫고 깜짝 놀랐다.

여기에 이르기 위해 나는 읽을 만한 가치가 있는 대부분의 소설은 플롯이 극도로 중요하다는 나의 확신을 버리거나 최소한 접어둬야 했다. 나는 필딩의 소설적 구조의 개방성과 형식적 질서 간의 상호작용 및 긴장을 찬미한다. 그의 인물들은 떠돌아다닌다. 그들은 우연에 의해 움직이는 듯 보이지만, 화자의 인도(많은 비평가들이 주장했듯 신의 섭리를 표방하는)를 따라 무작위적인 사건들로 보이는 것들로부터 합리적인 구조를 만들어낸다. 젊은 디킨스는 무작위성을 내러티브의 원칙으로 삼아 이를 더욱 전면적으로 받아들였다. 그는 『톰 존스』에 빈번하게 등장하는 명백한 우연을 차용하지는 않는다. 제멋대로 행동하도록 내버려둔 듯 보이는 그의 인물들은 그들의 본성을 표현할 뿐이며, (작은) 재앙을 막기도 하고 해피엔딩을 맛보기도 한다.

그들의 본성의 표현은 디킨스의 창조적 언어—픽윅 씨의 충직한 하인인 샘 웰러가 대표적인 예로, 그는 모든 경험을 괴상한 비교를 통해 해석하며 사회적 지위가 높은 이들의 사례를 인용함으로써 자신의 말을 정당화한다—와 함께 소설의 기쁨을 창조한다. 내가 좋아하는 장면(여러 장면이 있지만)은 그가 폭우가 쏟아지는 아침에 밖에서 마차를 모는 장면이다. 말을 바꾸기 위해 마차가 멈춰 섰고, 마차 밖에 앉은 밥 소여는 샘이 날씨를 상관치 않는 것 같다고 말한다. 샘이 날씨를 신경 쓸 필요를 못 느낀다고 대답하자 밥은 그답지 않게 이유 같지 않은 이유를 댄다고 말한다. 그러자 웰러는 "예, 나으리. 그 젊은 귀족이 어머니의 숙모의 조부가 휴대용 부싯깃통으로 왕의 파이프에 불을 붙여준 공로로 연금을 받게 되자 기분좋게 말했듯이, 무엇이든 간에 현존하는 것은 옳습니다"라고 대꾸한다. 상투적 문구에 대한 샘의 상세한 설명은 사회 비판적 함의를 지닌 작은 희극적 우화를 만들어낸다. 이 장면은 기상천외의 비유와 예측불허의 설명을 제공하는 샘의 능란한 화술의 전형을 보여준다. 조금 전 인용문에서 예상치 못하게 사용된 '기분좋게'라는 단어처럼, 이 공들인 표현들의 디테일은 음미할 가치가 있다.

샘의 비유는 종종 본문에 힌트가 전혀 존재하지 않는 이야기를 통해 즐거움을 창출한다. 그의 상상 속에서 먼 친척이 오래전에 행한 어떤 행동 덕분에 한 젊은 귀족이 갑자기 연금 명단에 오를 수 있었다는 이야기는 어떻게 해서 가능한 걸까? 그 젊은이가 정말로 '기분 좋은' 사람이라는 걸까 아니면 그의 기분 좋은 대답을 통해 아이러니를 던져주려는 걸까? 그는 라이프니츠의 독자reader일까, 아니면 현존하는 것이 옳다는 그 경구는 사회 질서를 정당화하는 그의 집안 가훈인 걸까? 대답을 알 길은 없지만, 꼬리를 물고 이어지는 의문을 피하기가 어렵다.

다른 사건에서 샘은 주인 픽윅의 명령을 따라 윙클을 주인에게 데려가기 위한 사전조처로 그를 감시한다. 사회적 신분이 높은 윙클은 그에게 나가라고 하지만 샘은 꿈쩍도 않은 채 만약 필요하다면 그 젊은이를 업고 갈 것이라고 말한다. 샘은 이어 "당신이 나를 궁지에 몰아넣지는 않을 것이라고 믿어보죠. 이 말은 어떤 귀족이 성마른 페니윙클*을 핀으로 빼내려 하는데 그것이 껍질 밖으로 나오려 하지 않자 거실문짝으로 으깨버려야겠다고 위협하면서 말한 것을 인용한 거랍니다"라고 말한다. '페니윙클'은 핀으로 속살을 빼내야 하는 작은 연체동물 '페리윙클'을 샘의 식으로 발음한 것이다. 페리윙클은 거리 음식으로 팔렸는데 귀족이 먹는 음식은 아니었다. 여기에도 이야기가 숨어 있다. 거실문과 페리윙클의 불균형—그 작은 껍질에서 손톱만 한 속살을 꺼내는 데 거실 문을 동원한다는 것은 터무니없고 효과 없는 일이다—은 귀족의 미숙함을 드러낸다. 그는 빈민들의 음식에 익숙지 않다. 그는 어쩌다가 그런 음식을 시식하게 됐을까? 무엇 때문에 그 작은 조개류와 대화하고 있는 걸까? 그 고둥에 대해 '성마른'이라는 형용사를 쓴 것은 앞서 사용한 '기분 좋게'라는 부사와 마찬가지로 샘의 활기 넘치는 상상력을 전형적으로 드러내준다. 그는 하찮은 미물에게조차 성격을 부여한다("페니윙클"이라는 표현을 통해 그는 성별 구분까지 드러낸다).

이런 활기찬 상상력 속에 이야기들이 두드러진다. 샘은 이야기를 들려

* periwinkle, 바다 고둥의 일종.

주고 비유를 통해 암시할 뿐 아니라, 가장 친숙한 이야기들도 재해석할 수 있음을 보여준다. 샘의 아버지는 통풍痛風의 치료법을 발견했다고 선언한다. 픽윅은 그의 설명을 열심히 노트에 받아 적는다. "통풍은 너무 편하고 안락한 데서 생기는 불평이다." 그것의 치료법은 목소리가 크고 "그 큰 목소리를 쓸 줄 아는" 과부와 결혼하는 것이다(그 자신이 과부와 결혼했으며 그 사실에 대한 후회가 그의 말에 일관적으로 등장하는 주제다). 픽윅은 샘에게 그 처방을 어떻게 생각하느냐고 묻는다. "나으리, 푸른 수염의 집안 사제가 그를 땅에 묻을 때 가여움에 눈물을 흘리며 말했듯이 제가 왜 그를 결혼생활의 희생자로 여기는지 생각해보시죠." 잘 알려진 이야기에 더해진 이 참신한 시각(푸른 수염을 희생자로 보는 것)은 샘의 독창성을 웅변한다. 그가 보는 세상은 다른 이들이 보는 세상과 다르다. 자신의 아버지를 푸른 수염과 연결시키고, 동화를 이야기 속 악당의 관점에서 생각하고, 푸른 수염의 집안 사제를 인용함으로써 자신의 권위를 세울 수 있는 인물은 그뿐이다. 푸른 수염을 희생자로 여기는 생각은 다소 억지스러워서 자신이 희생자라는 아버지의 주장에 대해 샘이 의심을 갖고 있음을 보여주는 것일 수도 있지만, 그럴 가능성은 그리 크지 않다.

이야기들은 이 소설 속 세계뿐 아니라 곳곳에서 넘쳐나며, 장소와 사람에 구애받지 않는다. 이야기는 미완성으로 끝나기도 하고, 제대로 끝맺기도 하며, 터무니없을 때도 있는 반면 그럴듯하기도 하고, 어떤 때는 뚜렷한 목적 아래, 어떤 때는 무작위로 등장하기도 한다. 『픽윅 페이퍼스』 앞부분에서 픽윅과 그의 친구들은 나중에 사기꾼으로 밝혀지는 낯선 인물을 만난다. 그는 이름을 밝히지 않은 채 끝없이 열광적으로 떠드는데, 그의 말은 전부 다 분절돼 있다. 그가 스페인 소녀들을 잠깐 언급하자 픽윅 그

룹의 일원인 터프먼은 그가 스페인에 체류한 적이 있는지 묻는다. 그가 오랫동안 스페인에 살았다고 하자 터프먼은 "많은 정복이 있었나요?"라고 재차 묻는다. 그러자 그 낯선 이는 "정복! 셀 수 없을 정도로. 돈 볼라로 피즈긱—상류귀족—외동딸—도나 크리스티나—굉장한 여인—미친 듯이 나를 사랑— 질투심이 난 아버지—고매한 딸—잘생긴 영국인—실의에 빠진 도나 크리스티나—청산靑酸—내 가방 속 위 세척기—시술 실행—기쁨에 겨운 늙은 아버지—우리의 결혼을 승낙— 손을 맞잡고 눈물을 쏟음—낭만적인 이야기—정말로"라고 대답한다.

이 작은 희극적 순간은 속도감 있는 내러티브와 상투적인 연애담이 여행자 가방 속의 위 세척기라는 의외의 요소와 결합됨으로써 독자들을 즐겁게 하지만, 후속 이야기가 있을 법하지는 않다. 하지만 이야기는 계속된다. 그 낯선 이는 도나 크리스티나가 위 세척 시술의 결과 숨졌다고 밝힌다. 그녀의 아버지도 사라져 어디서도 찾을 수 없었다. 그러고는 한 대형 분수가 갑자기 작동을 멈추는데, 그 아버지가 딸의 사랑을 간섭한 데 대한 후회로 자살을 기도하여 분수의 수도관에 머리를 집어넣은 채 발견된다.

두 페이지 뒤에 픽윅 일행은 낯선 이가 들려준 일화에 대해 언급한다. "터프먼은 아무 말도 하지 않았다. 하지만 도나 크리스티나와 위 세척, 분수대를 생각하자 그의 눈가가 젖어들었다." 위 세척과 분수대 장면에서 웃음을 지었던 독자는 놀랄지도 모르겠다. 터프먼은 그 낯선 이의 툭툭 끊기는 이야기를 희극적인 자기 묘사가 아닌 순수한 이야기로 여기며 반응한다. 또한 그의 반응은 이야기의 우스꽝스러운 측면을 보지 못하는 그의 낭만적 성정을 드러내는데, 작품의 독자는 감정에만 치우쳐 우스운 이야기를 제대로 이해하지 못하는 터프먼의 모습 또한 희극적으로 여길 것이다.

하지만 그는 이 두서없는 소설이 지닌 중요한 측면에 주의를 돌리게 한다. 그것은 이 소설이 통찰, 자극, 오락, 수사학으로서의 이야기를 끝없이 찬양한다는 점이다. 『픽윅 페이퍼스』에는 지속적인 플롯과 플롯의 중요성에 대한 인식이 결여돼 있는 대신, 소설 속 인물들과 소설 바깥의 독자에게 즐거움과 깨달음을 주는 수많은 소형 플롯이 제공된다.

『픽윅 페이퍼스』는 엄청난 양의 이야기와 그 가능성을 제공함으로써 소설의 혼란스러운 내러티브 구조를 보상해준다. 샘의 상상력을 자극하는 비유들, 샘과 그의 아버지 간의 일화적 대화, 여행자들이 만나는 사람들이 들려주는 이야기들, 픽윅과 그의 클럽 회원 각각에게 일어나는 사건들. 한 장면에서 픽윅은 부패한 변호사들과 집주인만 배불리는 부당한 판결에 따라 벌금을 내는 대신 제 발로 감옥으로 간다. 이에 뒤질세라 샘 역시 그의 아버지와 공모해 감옥에 갇히는 데 성공한다. 디킨스의 목적에 맞춰 감옥은 이야기들의 새로운 보고가 된다.

이런 희극의 뒤편에는 사회 비평이 숨어 있다. 불공평한 법과 빈민들의 고통은 『픽윅 페이퍼스』의 주제로 종종 등장한다. 선거제도의 허점과 비리, 끔찍하게 바가지 긁는 아내, 남편의 학대에 시달리는 부인들의 고통도 단골 주제다. 디킨스는 심지어 9월 1일 아침에 사냥철이 시작되는 줄 모르고 만사태평한 자고새들을 동정하기도 한다. 환자 치료보다 자기 자신에 대해 떠벌이는 데 열중하는 두 젊은 의사가 조연으로 등장하는데, 디킨스는 이들을 통해 의료 관행을 손쉽게 비판할 수 있게 된다. 의료계에 대한 가장 절묘한 공격은 매일 저녁마다 크럼핏 빵을 4개씩 먹는 남자에 관한 샘의 이야기에 등장한다. 의사는 이것이 치명적인 습관이라고 선언한다. 그러자 환자는 3실링어치의 크럼핏을 토한 뒤에 총으로 자살한다. 비극적 결말에 혼란스러워진 픽윅이 "왜 그런 거야?"라고 묻자 샘은 그 이유가 크럼핏이 건강식이라는 확신을 지키기 위한 것이었다고 설명한다.

나는 자꾸 샘의 이야기로 돌아가게 되는데, 그것이 『픽윅 페이퍼스』에서 무엇보다도 관심을 끈다. 샘은 충직한 하인이라는 문학적 정형stereotype에 들어맞지만, 그의 이야기들(의사와 크럼핏 이야기나 그의 전매특허인 비유가 함축된 소재들) 덕분에 가장 복잡한 인물로 부상한다. 복잡하지 않은 인물들도 내러티브상으로는 관심을 끈다. 이 책에 등장하는 이야기들이 그 많은 수와 다양성(많은 이야기들이 있을 법하지 않고 조악하긴 해도)으로 독자의 관심을 끌듯, 많은 인물들 역시 관심을 요한다. 소설에는 수십 가지 이름을 지닌 인물들이 묘사된다. 그들 대부분은 알아볼 수 있는 특성이 두세 가지에 불과하다. 하인인 조는 뚱뚱하고 먹기 좋아하며 항상 꾸벅꾸벅 존다. 윙클은 동작이 어설프며 제대로 할 수 있는 일이 없다. 와들은 모두가 행복하길 원한다. 픽윅조차 독자들의 눈에 다른 누구보다 많이 띄긴 하지만, 성정이 완전히 정의되지 않았다. 그는 항상 관대하고 동정심이 많지만 그의 성격이 구체적으로 어떤지는 잘 모른다. 샘은 매우 개인적인 화법 덕분에 다른 누구보다 두드러져 보인다. 개인별 성격 규정은 분명치 않지만, 그가 지닌 개성의 풍부함이 내러티브에 질감을 만들어낸다. 소설 끝부분에서 픽윅은 "새로움에 대한 나의 추구가 다른 이들에게는 하찮게 보였을지 몰라도 나는 지난 2년간 다양한 인간 군상들과 섞여 보낸 것을 결코 후회하지 않을 것"이라고 말한다. 이 말은, 화자의 말을 통해 작품의 목적이 인간 본성의 향연을 제공하는 것이라고 밝힌 『톰 존스』의 경우와 마찬가지로 디킨스의 소설 또한 이를 겨냥하고 있음을 선언하는 것이다. 디킨스의 향연은 필딩에 비해 영양가가 떨어지긴 하지만(인간의 조건에 대해 깊이 천착하지 않는다) 맛깔스러운 측면을 지니고 있다.

이 소설을 다 읽은 뒤 내게는 위대한 소설보다 즐거운 소설을 읽었다는 느낌이 남았다. 내가 이 책을 처음 읽었을 때는 그것을 감상하기에 충분한 시간을 갖지 못했다는 생각이 들었다. 나는 책의 두서없음에 짜증이 나서 디테일에 주의를 기울이지 않았다. 어쩌면 젊었을 때의 나는 훨씬 교조적이어서 플롯에 대한 집착 때문에 느슨한 내러티브가 지닌 가능성을 보지 못했을지도 모른다. 어쨌거나 나는 처음 읽었을 때의 짜증과 지겨움으로부터 한참 멀어졌다. 다시 읽기를 개인적 변화의 잣대로 최대한 잘 활용하려면 개인적인 정전 목록에서 예전에 빼버린 책들과의 새로운 만남에 자기 자신을 의도적으로 몰아넣는 연습을 해야 한다. 그런 만남이 항상 예전과 정반대 의견으로 귀결되지는 않겠지만, 그렇게 의견의 역전이 일어날 경우 우리의 극적인 심리적, 도덕적, 미적 성장을 측정해볼 수 있다.

『픽윅 페이퍼스』에 대한 나의 새로운 반응은 역전과는 거리가 멀다. 나는 그 소설을 좋아하길 희망하며 다시 읽었고, 예전보다 더 좋아하게 됐다. 하지만 아직 내가 사랑하거나 앞으로 사랑하게 될 책이 된 것은 아니다. 나는 특별한 이유가 없었다면 이 책을 다시 읽지 않았을 테고, 즐거움을 위해 그 책을 다시 읽을 것 같지는 않다. 그 책을 다시 읽으며 찾은 즐거움은 극히 미미했다. 그 소설은 나의 '감성'에 와닿지 않았다.

구식 단어인 '감성sensibility'은 18세기에는 감각이 덕성으로 발현되는 품성을 가리켰다. 옥스퍼드 영어사전은 이 단어를 "이해나 느낌의 빠름과 예민함"이라고 정의한다. 하지만 예문으로 제시한 인용문(예를 들면 "나는 자연물들의 매력에 대한 스페인 일반인들의 감성을 종종 언급했다")을 보면 '감정적 반응성' 정도의 정의가 더 나은 것 같다. 이 단어는 즉흥적이고 통제할 수 없는 느낌, 일종의 민감함을 지칭한다. 독자의 감성에 와닿는 책은 문학비평의 정통적 용어들로 표기된 어떤 것보다 훨씬 권위 있고 '옳게' 느껴질 것이다. 사람들과의 관계에서와 마찬가지로 책들과의 관계에서도 우리는 그것이 우리와 뜻이 통하는지 살핀다. 만약 통한다면 독자는 스스로나 타인에게 그 책을 '사랑한다'고 선언할 수 있을 것이다. 나 역시 스스로 그런 선언을 하는 버릇이 있으며, 그럴 때마다 다른 방식으로는 그 미묘한 의미를 제대로 살려 공식화할 수 없으리라고 확신한다.

『픽윅 페이퍼스』와의 경험을 통해 나는 내가 18세기를 연구한 경험에서 얼마나 큰 영향을 받았는지 새롭게 깨달았다. 하지만 왜 18세기가 나의 관심을 끄는지에 대해 먼저 해답을 찾아야 할 것이다. 18세기는 나의 감성에 와닿는다. 나는 알렉산더 포프나 조너선 스위프트, 새뮤얼 존슨처럼 문학작품에서 질서, 통제, 합리성을 원하는 것 같다. 『픽윅 페이퍼스』의 두서없음은 나를 멀어지게 만들었다. 나는 그 소설의 장점들을 인지했지만, 그 횡설수설함은 여전했고 읽기가 불편한 것은 어쩔 수 없었다.

대학에 다닐 때 소설작법 강의를 자주 들었는데, 돌이켜보면 그 모든 강의에서 교수는 포드 매덕스 포드의 『훌륭한 군인』을 완벽한 기교의 소설이라고 칭찬했다. 소설—가급적이면 완벽한 기교의 소설—을 직접 쓰고 싶었던 나는 수업의 일환이 아닌 오락과 가르침을 기대하며 그 책을 당장 읽었다. 그 책이 무엇이 그리 대단한지 알 수 없었으며 즐겁지도 않았고 모방할 만한 어떤 것도 찾을 수 없었다. 나는 끝까지 읽지도 않았다. 얼마 전에 나는 작가인 제인 스마일리가 〈가디언〉 지(2006년 5월 27일자)에 쓴 에세이에서 그 작품을 "걸작이며 거의 완벽한 소설"이라고 언급한 것을 보았다. 그 책을 다시 읽어야겠다고 생각했지만 지금의 프로젝트 때문에 그 소설이 다시 떠오르기 전까지는 아무것도 하지 않았다.

나는 '완벽한 소설'의 특징이 무엇인지, 그런 소설을 읽는다면 내가 바로 알아차릴 수 있을지 확신이 없다. 그래도 『훌륭한 군인』을 존경심을 갖고 대하자고 마음먹었다. 처음 읽었을 때도 그랬지만, 그때는 별 소용이 없었고 다 읽기 전에 이미 흥미를 잃었다. 내가 갖고 있는 빈티지 출판사 판본은 1950년대에 출판됐으며(원작은 1951년에 출간되었다) 뒷표지에는 '15명의 저명한 비평가들'이 공동 추천한 문구가 인쇄돼 있다. "포드의 『훌륭한 군인』은 금세기에 영어로 출간된 최고의 작품 15~20편에 속한다." 그 비평가 명단은 콘래드 에이큰, 리온 에덜, 루이 보건, 그레이엄 그린, 존 크로 랜섬, 마크 쇼러, 진 스태퍼드 같은 이름들을 망라하고 있었다. 이 정도의 인증을 거쳤다면 읽을 가치는 충분하다. 분명 처음 읽을 때 내가 틀린 것이리라.

글쎄, 어쩌면 부분적으로만 틀린 건지도 모르겠다. 나는 여전히 『훌륭한 군인』을 완벽한 소설로 여기지 않으며, 항상 톱10(혹은 톱15나 톱20) 리스트들을 인정하는 데 애를 먹어왔다. 하지만 그 책은 진지한 관심을 요구한다. 교수들의 자극 외에는 그 책을 읽게 된 어떤 상황도 기억나지 않지만, 화자에 대한 짜증은 생생하게 기억한다. 나는 그가 신경 쓸 가치가 없다고 생각했고 그 책의 내러티브가 쓸데없이 복잡하고 지루하다는 인상을 받았다. 하지만 그 책의 많은 것을 놓친 것 같다. 매우 난해한 작품이어서 어쩌면 지금도 많은 것을 놓치고 있다는 생각이 든다. 확실히 그 책을 처음 읽었을 때 나는 너무 어렸다. 나는 대학을 일찍 들어갔기 때문에 채 열여섯 살이 못 되었을 것이다.

조숙한 독자들의 문제는 그들이 읽기에는 아직 이른 책들을 많이 읽으며 종종 그 사실을 깨닫지 못한다는 것이다. 우리 부모님은 많은 면에서 엄격했지만 문학 책은 단속하지 않았다. 나는 원하는 책이면 어떤 것이든 읽을 수 있었고 성행위가 무엇을 의미하는지 아무런 감도 잡지 못할 때 그것을 광범위하게 다룬 많은 소설을 읽었다. 어찌어찌하여 나는 그것을 짐작하고 넘어갔는데, 내가 그것을 이해하지 못했기 때문에 그것들이 나를 타락시키지는 않았던 것 같다(그것이 어머니의 지론이기도 했다). 이런 많은 소설이 제공한 신기한 즐거움 때문에 나는 그것이 무엇에 관한 것인지 정확히 알 정도로 나이가 먹은 뒤에 그 책들을 다시 읽게 되었고, 다시금 즐거움을 느끼기도 했다. 『훌륭한 군인』을 읽을 때 나는 이미 내가 성숙했다고 생각했으며 그 책을 다시 읽어야겠다는 생각은 한 번도 들지 않았다.

나는 그 책을 여전히 '좋아하지 않지만' 어떤 점들은 칭송하게 됐다. 화자는 여전히 성가시지만 간간이 마음을 끌긴 한다. 이 책은 나와 뜻이 통하지 않는다. 자연스러운 친밀감은 느낄 수 없다. 알렉산더 포프와 새뮤얼 존슨도 이 책을 칭송하지 않으리라고 나는 확신하지만, 훌륭한 솜씨와 지성적 작품으로서 이 책이 누리는 지위는 의심하지 않는다. 나는 근본적으로 공감하지 못하는 책은 즐길 수 없다는 나의 타고난 친밀감 이론을 수정해야겠다고 느꼈다. 공감과 감성의 관여는 문학 작품에 반응하기 쉽게 한다. 하지만 어떤 작품들은 나의 공감을 더 확장하도록 요구한다.

『훌륭한 군인』의 부제는 '열정의 이야기'다. 첫 문장은 "이것은 내가 들은 가장 슬픈 이야기다"라는 구절이다. 소설은 표현된 진술과 함축된 진술("이 책은 열정의 이야기를 들려줄 것이다") 둘 다를 정당화하지만, 다른 많은 것들과 마찬가지로 이 두 진술문에는 오해의 소지가 있다. 성적 열정의 언명들이 넘쳐나지만 이는 전부 너무나 복잡해서 한 단어로 제대로 묘사할 수 없는 감정들을 암시한다. 소설이 들려주는 이야기는 슬프지만 화자는 그것을 "들을" 뿐 아니라 그 속에서 행동하며 주위에 자신의 소신을 밝힌다. 부제와 첫 문장은 관습적인 이야기를 암시하지만, 관습이 중요하게 부각됨에도 불구하고 내러티브 자체는 결코 관습적이지 않다.

파격의 한 지표는 플롯의 위치다. 『훌륭한 군인』은 수많은 플롯을 갖고 있으나(『픽윅 페이퍼스』와는 전혀 다르다) 플롯보다는 그것이 드러나는 방식이 더 중요하다. 플롯 자체는 모두 요약하기에 너무 복잡하다. 중년 초입의 다월 부부(남편 다월이 화자다)와 애시버넘 부부 간의 관계가 중심 주제다. 제목의 『훌륭한 군인』은 명백히 애시버넘 대령이지만, 다월 역시 같은 주장을 할 수 있을 것 같다. 다월 부부는 아내의 심장이 좋지 않다는 이유로 성생활이 없는 결혼생활을 이어간다. 하지만 다월 부인("가련한 플로렌스")은 애시버넘 대령과 장기간 정사를 나눈 것으로 드러난다. 애시버넘 대령의 결혼도 처음은 그렇지 않았지만 성생활이 없는 생활이다(독자는 많은 애매한 부분들을 파악해내야 한다. "명백히"같은 단어들이 도움이 된다). 훌륭한 군인 애시버넘 대령은 그의 부인 외에 많은 여성들과 정사를 벌였고 그들에게 관심을 갖고 있는 것으로 드러난다. 내가 감히 옮겨 쓸 시도조차 하지 못할 복잡한 플롯은 모두 다양한 여성들과 관련된 것이다. 관계의 복잡성은 플로렌스 다월의 자살(독약에 의한)과 애시버넘 대령의 자살(주머니칼로 목을 벤다), 그를 사랑하던 젊은 여성의 정신이상과 화자 다월의 형이상학적인 절망으로 귀결된다.

플롯에는 앞뒤가 맞지 않는 점들이 없지 않다(불합리한 플롯을 지닌 완벽한 소설이라 해야 할까?). 다월이 플로렌스 가족의 반대를 무릅쓰고 그녀와 결혼하겠다고 결심하고 한밤중에 줄사다리를 타고 그녀의 방에 올라가자 그가 사전에 아무 암시를 주지 않았음에도 그녀는 그를 기다리고 있었다. 그녀는 모든 구혼자들이 줄사다리를 타고 올라올 것을 기대하는 걸까? 아니면 다월에게서 어떤 특별한 종류의 진취성을 지각한 걸까? 소설에서 그가 진취적인 인물이라는 다른 증거는 없다. 애시버넘을 사랑하는 소녀 낸시는 그의 자살 소식을 듣고는 그 자리에서 바로 치유할 수 없을 정도로 미쳐버리는데, 그녀는 "크레도 인 우눔 데움 옴니포텐템*"을 계속 되뇌는 증세를 보인다. 다른 말은 전혀 하지 않으며 간간이 "셔틀콕"이라고 외치기도 한다. 자살과 즉각적인 정신이상, 그 증세의 발현 등은 그다지 믿을 만하지 않지만, 간간이 나오는 이런 믿기 어려운 대목들 때문에 내러티브의 강력한 효과가 경감되지는 않는다. 그 효과는 무슨 일이 일어났는지에 대한 다월의 지속적인 발견과 자신의 삶을 이해하기 위해 그 사건들을 이야기로 바꾸려는 그의 노력에 의존하고 있기 때문이다.

그가 들려주는 이야기는 혼란스럽지만 독자는 그것을 직접 파악해야 할 필요를 느낀다. 그래야만 자신의 경험에 대한 화자의 결론을 이해할 수 있기 때문이다. 다월은 그의 이야기에 두서가 없음을 독자에게 환기시킨다.

> 내가 두서없이 이야기를 늘어놓았기 때문에 듣는 사람은 미로에서 길을 찾아가는 것처럼 어렵게 느껴질 수도 있음을 안다. 어쩔 수 없다. 나는 시골 오두막에서 세찬 바람 소리와 먼 바다 소리를 들으며 말없이 내 말을 듣는 사람과 함께 있다는 생각을 고수해왔다. 길고 슬픈 사건에 대

* Credo in unum Deum Omnipotentem, '전능하신 하느님을 믿습니다'라는 뜻.

해 이야기할 때는 앞으로 갔다 뒤로 갔다 하는 법이다. 잊어버린 대목들이 생각날 때마다 아주 상세하게 설명하는 것은, 그것들을 제자리에서 설명하는 것을 잊어버리는 바람에 그 생략으로 인해 잘못된 인상을 줬을지 모르기 때문이다. 이것은 진짜 이야기이고, 진짜 이야기는 그 이야기를 하는 사람이 들려주듯이 하는 것이 아마도 최선의 방책일 것이라는 생각에 위안을 구한다. 그럼으로써 그 이야기들은 가장 진실해 보일 것이다.

이 문단은 매우 중요하기 때문에 통째로 인용했다. 먼저 시골 오두막을 보자. 소설 첫머리에 다월은 이야기를 어떻게 할 것인지를 두고 고심한다. "마치 일종의 이야기처럼 처음부터" 할 것인지, 아니면 타인들의 "입을 통해 나에게 전달된 현 시점에서" 말할 것인지. 그는 두 번째 길을 택하고, 자신이 시골 오두막에서 "동정적인 사람의" 맞은편에 앉은 것처럼 상상하기로 한다. 그는 항상 침묵을 지키며 앉아 있는 그 동정적인 청자에게 소리 내어 말하듯이 이야기를 하기로 한다. 여기에서 침묵은 중요한 디테일로 보인다. 다월은 자신의 해석에 대한 문제 제기를 원치 않는다.

이야기를 이런 식으로 펼쳐나가기로 결정한 이유는 "마치 일종의 이야기처럼"이라는 구절과 "그럼으로써 그 이야기들은 가장 진실해 보일 것이다"라는 구절에서 드러난다. 이는 진실과 허구의 구분이라는 문제를 제기한다. 허구는 알아볼 수 있는 형식적 질서를 갖고 있으나 진실은 그렇지 않다. 다월은 "잘못된 인상"을 주는 데 대한 그의 우려에서 볼 수 있듯이 진실을 전달하는 데 지대한 관심이 있다. 작가인 포드 역시 똑같지는 않지만 유사한 관심을 지니고 있다. 나의 이런 추정은 "소설가의 책무는 독자들이 사태를 명확히 보게 하는 것"이라는 다월의 주장에 근거하고 있다. 포드와 다월 둘 다 이야기를 혼돈스럽게 풀어놓으며 그 이유는 동일하다. 인생의 진실은 혼돈이며, 명백히 드러난 혼돈은 서글픈 동시에 흐릿하게 명확하다obscurely clarifying.

이번에 이 책을 다시 읽고 나서 나는 이 생각을 숙고해볼 가치가 있다고 생각했다. 소녀 시절에 『훌륭한 군인』과 씨름할 때는 다월의 무질서하고 난해한 내러티브 속에 어떤 '생각'이 내재돼 있다는 사실을 놓쳤다. 무질서 때문에 짜증이 난 나머지 포드 매덕스 포드는 그렇게 대단한 소설가가 아니라고 결론을 내렸다. 더구나 당시 나의 지적 자신감은 훗날의 자신감을 훨씬 능가했다. 강의마다 A학점을 받았고 다들 나를 '똑똑하다'고 여겼다. 나는 나 자신을 문학적 장점을 가려내는 빼어난 판관으로 여겼다. 소설의 작가가 무엇을 하고 있는지를 파악하려고 노력하는 대신, 그가 이야기하는 법을 잘 모른다고 결론 내렸다. 문학적 장점의 판관으로서 나는 열심히 생각하지 않았던 것이다.

포드와 그의 화자가 제시하는 혼돈 이론 뒤에는 큰 문제가 숨어 있다. 이 이야기 속에 깃든 혼돈은 사태를 명확히 해주고 있는가? 이 이야기는 혼돈 그 자체라기보다는 그것의 예술적 모방이다. 겉으로 드러나는 혼란에는 적어도 세 가지 목적이 있다. 다월을 짓누르는 압박이 무엇인지 지시하고, 이야기를 정의하고 들려주는 것이 그에게 얼마나 중요한 것인지 알려주며, 그 소설의 핵심인 다월의 성격 묘사를 발전시키는 데 도움을 준다. 앞서 인용한 문단에서 우리는 다월이 들려주는 이야기의 주도면밀함과 그 자신이 그 사실을 의식하고 있음을 알 수 있다. 그 용의주도함을 믿으면서도 우리는 화자가 자기 자신에게 뭔가를 숨기려는 수단으로 그것을 이용하고 있다는 의심을 품게 된다. 이 이야기의 다른 부분들을 들려주는 다른 모든 이들과 마찬가지로 다월 역시 믿을 수 없는 화자이다.

그를 믿을 수 없는 주된 이유는 그가 자신에 대해 무지하기 때문이다. 그는 자신을 아무도 마음 써주지 않는 존재로 여긴다. 그는 누군가가 자신을 따뜻하게 안아준 것이 단 한 번뿐이었다고 말한다. 그가 플로렌스와 함께 달아나기 위해 줄사다리를 타고 그녀의 방에 올라갔을 때였다. 그는 여러 명을 사랑하거나 사랑했다고 주장한다. 한때 사랑했지만 지금은 혐오하는 플로렌스, 한때 사랑했으나 지금은 좋아하지 않는 애시버넘의 부인(리어노라), 제정신을 찾으면 결혼하기 위해 회복하기를 참을성 있게 기다리고 있는 미쳐버린 소녀 낸시, 그가 매우 존경하는 애시버넘 대령 등이 그들이다. 그는 그들 중 누구도 자신을 사랑하지 않는다고 생각하는데, 독자가 이와 다르게 생각할 만한 분명한 근거는 없다. 하지만 애시버넘 부부 두 사람은 그를 높이 평가하는 것이 명백하다. 그는 누구와도 성관계를 맺지 않았으며 그럴 희망도 없다. 그는 돈이 많지만 그것으로 할 만한 일은 별로 없다.

다음은 소설이 끝나기 직전에 그가 마무리하는 내용의 일부다.

> 그렇다, 사회는 계속돼야 한다. 토끼처럼 번식해야 한다. 그것이 우리가 여기 있는 이유다. 하지만 나는 사회를 그리 좋아하지 않는다…… 내가 사람들을 찾아다니지 않으므로 아무도 나를 찾지 않는다. 내가 아무런 관심도 없으므로 아무도 내게 관심을 갖지 않는다…… 인생은 그렇게 사그러진다…… 하지만 어쨌든 당신의 기분을 북돋워줄 리어노라가 늘 존재한다(그녀는 재혼했고 임신중이다). 당신을 슬프게 하고 싶지 않

다. 그녀의 남편은 워낙 알뜰하고 평범해서 그의 옷 대부분이 기성복이다. 인생에서 필요한 것은 그런 것이며, 이것이 내 이야기의 끝이다.

소설은 화자가 지금껏 들은 가장 슬픈 이야기에 대한 묘사로 시작하여 그의 상상 속 청자를 "슬프게 하고" 싶지 않다는 선언으로 결론 맺는다.

하지만 이것은 거짓말 혹은 또 다른 자기 기만이다. 다월은 그 청자(독자는 물론이고)를 슬프게 하고 싶어한다. 그의 마무리는 상상된 "동정적" 청자에 대한 적극적인 적대감을 시사한다. 이제는 완전히 인습적으로 변한 리어노라에 대한 생각이 청자의 기분을 북돋워줄 것이라는 환상—그런 식으로 힘을 얻는 사람에게 경멸만을 표명하는 환상—과 함께. 그 이야기의 진짜 뜻은 엄청난 자기 연민이다. 아무도 그를 사랑하지 않으므로. 아무도 그를 찾지 않으므로. '사회'와 어떠한 접점도 없으므로. 사랑하는 소녀가 미쳐버렸으므로. 그녀는 그를 알아주지 않으므로. 그녀뿐 아니라 다른 누구도 마찬가지며 그 역시 어느 누구와 어떤 것도 하길 원하지 않으므로. 그가 이야기의 끝에서 밝히는 것은 문자 그대로 리어노라의 새 남편이 "완벽히 평범하고 덕이 있지만 약간 기만적인 남편"처럼 워낙 평범해서 기성복에 꼭 들어맞는다는 것이다. 다월은 자기 연민 외에 공격성과 우월의식도 드러낸다. 이 모든 것이 그가 자신의 우월성을 함축적으로 주장하고 있음을 뒷받침한다.

리어노라, 그녀의 새 남편, 임신중인 아기(역시 "완벽히 평범하고 덕이 있지만 약간 기만적인" 인물이 될 운명이라고 그가 단언하는)에 대한 그의 경멸은 마지막에서 3페이지 전에, 놀랍게도 그 자신을 에드워드 애시버넘과 함께 "열정적이고 고집불통이고 너무나 정직한 유형"으로 분류한 데서 기인한다. "내가 그를 사랑하는 것은 그가 바로 나 자신이었기 때문이다"라는 다월의 말은 에밀리 브론테의 『폭풍의 언덕』에 나오는 캐서린을 연상시킨다("내가 바로 히스클리프야"). 그는 만약 자신이 애시버넘의 용기와 정력, 체격을 가졌더라면 완전히 똑같이 행동했을 것이라고 말한다.

이는 얼마나 거대한 가정인가! 체격은 말할 것도 없이 다른 사람의 용기와 정력(성적 능력? 남자다움? 그게 뭘 의미하든간에)을 갖지 못한 다월은 애시버넘과의 모호한 동일함을 주장할 뿐이다. 더욱이, 다월이 들려준 이야기에 따르면 용기는 그의 이른바 분신인 애시버넘의 두드러진 특징이 아니었다. 다양한 여성들에 대한 그의 반복된 성적 수작을 (일종의 정력과 더불어) 용기의 징표로 보지 않는 이상 말이다. 우리가 읽은 이야기에서 그런 수작들은 극단적인 감상벽과 연관돼 있기에 독자의 마음속에서 애시버넘과 용기는 그리 잘 연결되지 않는다. 다월은 그 자신과 자신이 존경하는 남자를 오해하고 있다. 두 사람이 동일하다는 그의 아이러니한 주장은 그의 은밀한 부러움과 혼란스러운 자의식을 드러낼 뿐이다.

실제로 소설의 끝에 가면 다월의 많은 주장이 환상으로의 도피를 반영하고 있음을 알 수 있다. 그는 자신이 진정으로 사랑했던 두 사람은 애시버넘과 낸시였다고 선언한다. 낸시는 애시버넘 쪽에서 더욱 설득력 있게 사랑했던 미친 소녀다. 낸시에 대한 다월의 이른바 사랑은 난데없이 제기된 것이다. 그는 낸시가 제정신으로 돌아오면 결혼할 수 있도록 기다리기 위해 그녀를 자신의 집에 묵도록 주선하지만, 그것은 그를 더욱 고통스럽게 할 뿐이다. 그는 이제 자신이 리어노라를 좋아하지 않으면서도(독자들은 오래전부터 느꼈을 법한 감정) 그녀의 새 남편을 질투한다는 사실을 인정하면서, 그 질투심이 "리어노라를 소유하고" 싶어하는 데서 발현된 것인지 모른다고 추정한다. 이는 처음으로 등장한 이야기인데, 낸시를 향한 그의 위대한 사랑 쪽보다 더욱 설득력이 있다. 그는 자신이 "열정적이고 고집불통이고 너무나 정직한 유형"(이는 애시버넘과 낸시에게 부여한 표현으로, 사회를 떠받치는 평범하고 덕이 있지만 약간은 기만적인 인간들과 대조를 이룬다)으로 변했다고 결론짓는다.

소설의 다른 많은 것들처럼 이 모든 주장들의 효과는 모호하다. 나는 다월이 그의 경험을 해석하면서 진실을 발견하기보다 환상으로 도피했다고 주장했지만, 다른 가능성도 있다. 그는 자기 자신을 열정적인 사건들의 구경꾼으로 제시하고 있으며, 섹스 없는 결혼을 유지하자는 아내의 주장이나 그녀가 침실 방문을 항상 잠가놓는 데 대해 물어볼 용기(와 '정력')조차 없지만, 어쩌면 실제로 그는 마지막에 주장하듯이 소설의 이야기 대부분을 만들어가는 다른 인물들만큼이나 열정적이고 고집불통이면서도 그들보다 더 절제력을 가졌는지도 모른다. 어쩌면 그는 그의 참된 본성을 회피하는 대신 결국 알아냈는지 모른다. 어쩌면 내러티브 속 수많은 재앙들(다월의 아내의 자살과 애시버넘의 자살, 낸시의 광기, 다월의 고통)은 화자의 자기 통제에서 간접적으로 비롯됐는지도 모른다. 다시 말해 화자 자신이 '훌륭한 군인'이며 참을성 있게 버팀으로써 그 모든 파괴를 불러일으켰는지 모른다.

다월은 이야기를 통해 자신의 삶을 이해하고자 한다고 나는 앞서 주장했다. 그가 만들어낸 이해는 그가 견뎌낼 수 있는 이해다. 그 자신이 열정적이고 고집불통이며, 그가 보기에 사건을 이끌어간다고 여겼던 사람들을 닮았다는 것. 하지만 그는 독자들에게, 이야기가 화자의 치명적인 수동성에서 비롯되었다는 전혀 다른 종류의 깨달음을 감지하게 한다. 또한 다른 가능성도 있다. 이를테면 모든 주요 등장인물들을 자기 방종적이고 무책임하며 스스로의 본성을 알지 못한 채 쾌락의 추구 외에는 지배적 동기를 찾지 못하고 있다고 보는 것이다. 그런 묘사는 이따금 다른 사람들의 곤란을 재정적으로 도와주던 애시버넘에게조차 해당될 수 있다. 모든 주요 인물들은 서열적이고(다월은 적어도 이 점에 대해서는 옳았다) 인습적인 사회의 타락을 예증한다. 그들은 자기 파괴의 우화에 참여하고 있다.

그런 다양한 가능성들(의심할 바 없이 또 다른 가능성들도 있다)을 감안할 때 내러티브가 말하고자 하는 바는, 이해한다는 것은 우리 자신을 만족시킬 수 있는—위안을 줄 수 있는—해석을 찾는 문제라는 것이다. 자신의 아내를 사랑하지 않았고—사랑한 적이 없다—자신의 정직함 때문에 떠나보낸 여인을 그리는 애시버넘에게서는 그런 해석을 발견할 수 없다. 그는, 다월에 따르면 "마음속에 그저 그런 시와 소설들이 뒤섞인 감상주의자"이기 때문에 자살한다. 또는 역시 다월의 말에 따르면, 충분히 고통받았기 때문에 그랬을 수도 있다. 다월은 자기 자신에 대해서는 물론 타인들에 대한 해석도 한껏 제시한다. 소설 앞부분에서 그의 불확실한 태도는, 일어난 사건의 이야기를 그가 찾고 만들어 가는 과정에서 그가 내린 결론에 대한 불쾌한 자신감으로 바뀐다. '불쾌'하다고 한 것은 그 결론들이 그 자신을 미화하고 있으며(위의 관습처럼 모험적이고 은밀히는 생존자로서), 냉소는 안이하고 사실과 부합하지 않기 때문이다.

『훌륭한 군인』을 처음 읽었을 때 화자가 그리 탐탁지 않았으며 지금도 마찬가지다. 과거에는 그러지 못했지만 지금은 포드가 그의 인물을 얼마나 솜씨 있게 드러내고 있는지, 자기 중심적인 내러티브가 얼마나 기교적으로 작가를 드러내는지가 보인다. 작가가 일견 혼란스러워 보이지만 결국은 의미로 충만하게 되는(의미가 너무 많아 인물과 행동을 판단할 근거로 무엇을 골라야 할지 모를 정도로) 작품을 얼마나 교묘히 만들어냈는지 이제는 이해할 수 있다. 이 작품을 거의 '완벽한'소설로 칭송하는 사람들은 의심할 바 없이 그것의 뛰어난 기교에 반응하는 것이며, 나도 (마지못해서이긴 하지만) 마찬가지다. 이 소설이 사회와 그 일부 구성원들에 대한 통렬한 비평이라는 사실을 이제는 알겠다.

하지만 나는 여전히 그 내러티브가 거리감을 느끼게 하는 차가움, 독자를 산만하게 하며 내가 볼 때는 불필요한 복잡성을 지니고 있다고 느낀다. 그와 관련된 사건들의 고통스러운 감정적 도덕적 함의로부터 사이를 두고 있는 다월의 거리감에는 마지막에 그의 소외와 긴밀히 연결된 듯 보이는 자기 만족이 더해진다. 리어노라와 그녀의 새 삶을 묵살하는 안이한 냉소. 애시버넘에 대한 설명할 수 없는 이상화를 제외하고는 어떤 것에도 전념하지 못하는 부분 등. 우리가 소설에서 들을 수 있는 유일한 목소리는 그의 목소리뿐이며, 그의 성격이 지닌 이런 측면들이 소설에 그림자를 드리운다. 다월은 물론 작가 자신이 아니다. 작가인 포드는 타락의 고통을 (이야기를 만드는 어려움과 함께) 묘사하기 위해 사건과 사건의 전달 양쪽에 전문가다운 솜씨를 발휘했다. 소설에 중요한 영향을 미치는 화자의 이 매력 없음은, 몇몇 사람이 이 소설이 거의 완벽에 가깝다고 선언하게 한 원인이기도 하다.

적어도 이론적으로 나는 이 소설의 성취에 찬탄한다. 만약 내가 이 작품을 가르치거나 다른 맥락에서 이것에 대한 글을 쓴다면, 나는 화자와 소설에 걸쳐진 나의 유년시절로부터의 불쾌감에 대해서는 조금도 언급하지 않은 채 조금 전 스케치한 해석을 써내려갈지도 모른다. 하지만 의식적으로

이리저리 끼워 맞춘 내러티브 구조는 그 명석함을 자랑하는 것 외에는 별다른 효과가 없는 골칫거리를 만들어낼 뿐이며, 나는 이런 점에서 소원함을 느낀다. 나는 『훌륭한 군인』을 칭송하지만 여전히 좋아하지 않는다. 그 책을 이번에 다시 읽은 경험은 판단이 취향에 영향을 줄 필요는 없다(그 역은 성립하지 않는다. 취향은 판단에 영향을 미치는 경향이 있다)는 점을 상기시켜줬다. 포드의 소설을 처음 읽을 때는 내 취향에 맞지 않다는 점 때문에 나의 비평적 능력을 발휘할 수 없었다. 이번에 다시 읽을 때 비평적 능력은 발휘됐으나 그 책과 나와의 친근감 결여는 또다시 드러났다.

『허조그』는 이번 실험에서 내가 당초 희망했던 대로의 결과가 나온 유일한 사례다. 1960년대에 처음 읽었을 때 그 소설은 지겹고 짜증스러웠다. 지겨웠던 것은 내러티브를 통제하는 허조그의 목소리가 워낙 단조로워서였고, 짜증스러웠던 것은 일탈적이고 자기 연민 의식 속에 갇히는 주인공이 폐소공포증을 불러일으켰기 때문이다. 지금 생각하면 내가 뭐가 잘못돼 그렇게 느꼈는지 모르겠다. 이제 나는 그 자기 연민 속에 포함된 다양성에 놀라지 않을 수 없다. 이제는 그 책이 계속된다면 행복을 느낄 것 같다. 물론 작가인 솔 벨로의 목소리가 가끔씩 허세를 부리는 것 같고 진짜 성인 여성을 제대로 그리지 못하는 무능력에는 짜증이 나기도 하지만, 대부분은 작가의 존재를 잊고 즐겁게 소설 안에 거할 수 있다.

플롯이라 할 만한 것은 별로 없다. 사건들은 일어나지만 그것들이 큰 차이를 만들지는 않으며 인과관계도 별 의미가 없다. 중요한 사건의 대부분은 과거에 일어났다. 중년의 전직 대학교수인 허조그는 중요한 책을 남기고 싶어했고 그런 책의 일부를 쓰느라 많은 시간을 보냈지만, 이제는 학자로서의 경력을 접으며 그 계획도 포기했다. 두 번째 아내는 그와 가장 가까운 친구와 눈이 맞아 그를 버린다. 허조그에겐 첫 번째 결혼에서 낳은 아들과 두 번째 결혼에서 낳은 딸이 있는데 둘 다 그들의 어머니와 같이 산다. (허조그가 볼 때) 만족스러운 여자친구 라모나는 뛰어난 요리사이며 잠자리에서도 훌륭하다. 허조그는 2만 달러의 상속금으로 캐츠킬스의 커다란 빅토리아 풍 저택을 사서 손수 고쳤다. 하지만 소설의 대부분 동안 그 집은 내버려진 채인데, 그의 전처는 남편이 거절한 도시에서의 교수 생활을 원했기에 그 집을 경멸했고 허조그 자신은 그 집을 잊어버린다.

중요한 사건들은 허조그의 의식 속에서도 일어난다. 이 책은 처음에는 사소해 보이는 방식으로 독자를 교육시킨다. 독자로 하여금 허조그를 그가 자신을 대하는 만큼이나 진지하게 대하도록 교육시킨다. 이 무직자는 대부분의 시간을 자신이 아는 사람들과 유력 정치인들, 철학자들, 작가들, 정신과 의사들, 다양한 종류의 이론가들을 상대로 쓰다 만 편지를 (대부분 머릿속에서, 때로는 종이에) 작성하는 데 보낸다. 처음 그 편지들은 그의 마음속 혼란을 표현하며 그 혼란은 워낙 두드러져 애정 어린 형조차 그가 제정신이 아니라고 생각한다("내가 미쳤더라도 상관없다, 라고 모지스 허조그는 생각했다"는 구절로 소설은 시작된다). 점차 나는 그 편지들이 전달하는 허조그의 자신과의 씨름이 삶의 사건들에 관한 것이기보다는 세상과 그 속에서 자신의 위치를 이해하고자(얼마나 소박한 목표인가!) 하는 노력과 관련된 것이라는 사실을 깨닫기 시작했다. 이를테면 기차 여행 중에 그는 두 번째 아내 매들린을 성당에 다니도록 한 힐튼 주교에게 편지를 쓴다. 그는 힐튼 주교가 위대한 개념 속에 살기 때문에 평범한 미국인들을 이해하지 못한다고 쓴다. 주교가 방송에서 설교를 할 때 술집에서 TV를 보며 그를 이해하려는 수많은 아일랜드인, 폴란드인, 크로아티아인들이 있다고 그는 쓴다.

> 하지만 저는 지성사에 정통한 전문가로서 정서적 혼란에 시달리고 있으나…… 과학적 사고가 가치에 기반한 모든 고려를 엉망으로 만들었다는 주장에 저항하며…… 우주적 공간의 크기가 인간적 가치를 파괴하지는 않으며 사실의 영역과 가치의 영역은 영원히 분리되는 것이 아니라고 확신합니다. 어떤 독특한 생각이 (유대인인) 저의 마음에 떠올랐는데 이것을 한번 들여다봅시다! 저의 삶은 전혀 다른 점을 보여줄 것입니다. 이 문명을 서양 종교와 사상이 품었던 최고의 희망의 패배로 보는 현대판 역사주의에 질렸습니다. 하이데거는 그것을 일상과 평범함으로 빠져든 인간의 두 번째 타락이라고 불렀지요. 어떤 철학자도 평범함이 무엇인지 알지 못하며, 그 속에 충분히 깊이 빠져들지 못했습니다.

허조그가 작성한 그 편지는 마지막에, 자신이 평범을 구현하는 존재이므로 그의 행동이 역사적 중요성을 갖는다는 필자의 "의심할 바 없이 미친"생각을 언급한다.

이 대목을 텍스트의 비교적 앞부분에서 읽으면서 나는 그것이 허조그의 강박적인 자기 몰입을 나타낸다고 생각했다. 그의 삶은 인간의 조건에 대해 잘못된 견해를 개진하는 철학자와 역사학자들을 효과적으로 논박하기 위한 것이다. 이것이 허조그의 다른 편지 대부분과 마찬가지로 그의 의식의 흐름의 발화를 구성한 것이라면, 여기에 반영된 그의 의식은 스스로 혼란을 느끼는 동시에 타인을 혼란하게 하고 있다고 나는 생각했다. 그렇다면 독자들이 그것에 상관할 이유가 뭐란 말인가?

그 대목은 133쪽에 등장한다. 205쪽에 가면 허조그는 해리스 펄버(한때 그의 스승이었으며 지금은 잡지 편집자인)에게 에세이를 쓸 "굉장한 아이디어"를 공유하자는 편지를 거의 다 써가는 참이다. 그는 그 에세이가 "영감을 주는 조건"을 다룰 것이라고 말한다. 그 조건에 대한 그의 개념은 편지가 계속되면서 확장된다. "절멸은 더 이상 은유가 아닙니다. 선과 악은 실재입니다. 따라서 영감을 주는 조건은 비전에 속한 문제가 아닙니다. 이는 신들이나 왕들, 시인들, 목사들, 성지를 위해 예비된 것이 아니며 인간과 모든 존재에게 속하는 것입니다. 따라서……"

여기서 생각의 연결이 한동안 끊긴다. 허조그는 머릿속에서 활력이 넘치는 걸 느끼며 몸의 자세를 통해 정신적 긴장을 표현한다. "그는 '이성이 존재한다! 이성…… '이라고 썼다. 그때 작지만 분명하게 돌과 나무, 유리 조각이 떨어지는 우르릉 하는 소리가 들렸다." 그런 현상을 무시한 채 그는 「아이젠하워의 국가적 목표에 대한 보고서」를 썼으며 그가 스케치한 논문이 이 보고서의 리뷰가 될 것이라고 밝힌다. "그는 골똘히 깊이 생각하더니, '모두가 자신의 삶을 바꿀 것. 바꿀 것!'이라고 썼다."

이 대목은 소설의 정확히 중간쯤에 나온다. 이는 내러티브의 중심 의식으로, 허조그가 그의 모든 명상과 괴로움의 깊은 주제를 여기서 처음으로 (완전히 확신할 수 없는데, 허조그의 사색이 워낙 방대하고 복잡해서 정확히 기억하기는 힘들다) 분명히 표현했다고 나는 생각한다. 그는 변할 수 있을까? 그는 변해야만 할까? 그는 '어떻게' 변할 수 있을까? 편지의 소재가 아이젠하워나 키에르케고르, 교회의 권력이나 도시 치안의 불충분함이든, 그리고 받는 사람이 전 부인이거나 정신과의사, 죽은 어머니나 주교이든 간에, 그의 주제는 궁극적으로 그 자신이며 자신의 유사 정신이상 상태에서 벗어날 수 있을까에 관한 것(그가 그러길 실제로 원하는지)다.

하지만 그뿐이 아니다. 여기에 내가 처음 읽을 때 놓친 중요한 진실이 깃들어 있다. 이번의 독서는 무뎠던 과거의 나를 질책하게 하는 다시 읽기였다(처음 읽을 때 마음에 들지 않았던 책을 다시 읽는 일이 드문 것은 무엇보다도 과거 자신의 어리석음을 발견하는 모험을 무릅쓰고 싶지 않기 때문일지 모른다). 처음 읽을 때는 이해하기 어려웠고, 용인하기도 어려웠고, 많은 것을 빠뜨렸다. 내가 처음 읽을 때의 상황과 관련해 기억하는 모든 것은 솔 벨로에 대한 찬사라는 일반적인 맥락이다. 남편, 친구들, 나 모두 그를 소설의 대가로 여겼다. 나는 웰슬리대학의 1학년에게 『허공에 매달린 사나이』와 『오늘을 잡아라』, 그리고 덜 성공적이긴 했으나 『비의 왕 헨더슨』 등 모두 내가 존경하는 작품들을 가르쳤다. 나는 『허조그』도 예찬하게 될 것이라고 기대했으나 그러지 않았다. 그 이전에 『훌륭한 군인』을 읽으면서 나는 나의 불쾌함에 정당성을 부여해줄, 주인공의 제멋대로인 자기 중심주의를 불평하는 유사 도덕적 비평적 정당화를 고안했었다. 지금 생각해보면 당시 나의 진짜 불평은 내 주변에 있던 이들에 대해 자기 중심적라고 느낀 것, 직접적으로는 말할 수도 없고 말하고 싶지도 않았던 불평이었다는 생각이 든다. 어쨌든 나는 허조그와 소설 『허조그』를 좋아하지 않았고 그 사실에 대해 떠들고 다녔다.

이제 나는 세계가, 즉 소음과 정치, 위협, 재앙으로 가득한 20세기의 세계가, 비록 허조그의 의식을 통해서이지만, 소설 속에 얼마나 중요하게 자리잡고 있는지 볼 수 있다. 그 의식의 배경에는 홀로코스트가 놓여 있고, 전경前景에는 그의 삶의 상황이 현재와 과거가 모호하게 뒤섞인 채 놓여 있다. 다른 요소들에 대한 지각이 다가오면 그는 그에 따라 반응한다. 편지를 쓰고, 때로는 쓰는 도중에 그것이 당초 의도와는 전혀 다른 것으로 변하고, 누군가에게 전화를 하거나 전보를 보내고, 피아노를 칠하거나 콩 통조림을 딴다.

이런 유의 무작위적 행동은 도덕적 과정으로 변화한다. 행동 자체가 점차 엉뚱해진다. 허조그는 그의 아버지가 그에게 총을 겨냥한 것을 기억하며 아버지의 권총을 훔친다. 그 총은 한 번도 살상 목적으로 사용된 적이 없다. 그것을 훔칠 때 허조그의 마음속에는 특별한 생각이 없었으나, 그는 그것을 전 부인과 그녀의 연인을 쏘는 데 사용하기로 마음먹는다. 총알 2발을 장전하고 그들의 집 주변에 숨은 채 그들을 살펴보며 전 부인의 연인이 딸을 목욕시키는 광경을 본다. 그는 그들을 쏘지 않기로 마음을 고쳐먹는다. 그는 빌린 차에 딸을 태우고 여행을 떠난다. 그의 부주의 혹은 공격성(어느 것인지 분명하지 않다)이 교통사고를 유발한다. 경찰은 장전된 총을 발견하고 총기소지면허가 없는 그를 감옥에 가둔다. 그의 부유한 형이 그를 보석으로 빼내주며 정신과의사를 만나볼 것을 종용한다. 형은 의사에게 그를 데려가 교통사고로 부러진 갈비뼈에 붕대를 감은 뒤 캐츠킬스에 있는 저택으로 그를 데려간다. 그가 집을 비운 동안 아사한 작은 새들과 큰 곤충들의 마른 사체들 사이에서 그는 정착한다.

앞서 나는 소설의 행로에서 별다른 사건이 일어나지 않는다고 언급했다. 방금 말한 막바지를 향한 사건들의 요약은 엄청난 일처럼 들릴지도 모르지만 총과 교통사고, 감옥에 갇힌 사건을 읽어도 중요한 사건들을 읽는 것처럼 느껴지지 않는데, 이는 어떤 일화에도 강조나 상세한 묘사가 동반되지 않기 때문이다. 허조그는 엄청난 속도로 감옥에 갇혔다가 풀려난다.

모든 것이 주인공의 마음속에 의미를 축적시킨다. 하지만 그 축적은 다른 많은 개별 사건들만큼이나 무질서해 보인다. 허조그의 명상과 특히 그의 편지들은 가끔 의미 있어 보이지만(전체로서 의미를 찾기는 어렵다) 그의 행동과 반응은 개별적이거나 누적된 효과를 갖는 것 같지 않다.

하지만 허조그는 변화하며 책도 바뀐다. 소설의 끝으로 가면서 나는 그 모든 알 수 없는 편지와 무작위적 사건들이 한데 합쳐져 중요한 무언가를 이루고 있다는 느낌을 갖기 시작했다. 테네시에 병 하나를 내려놓는 것으로 시작되는, 월리스 스티븐스Wallace Stevens의 「병의 일화Anecdote of the Jar」라는 짧은 시가 있다.

> 그것은 둥글었네, 언덕 위에서.
> 그것은 거친 황야가
> 언덕을 둘러싸게 만들었네

무언가가 허조그의 주위에 그의 삶이라는 거친 황야가 생겨나게 만든다. 여기에는 둥근 병은 없지만 그의 경험의 총체가 있다. 소설 뒤쪽에서 그는 신에게 메모를 쓴다. "제 마음은 정연한 의미를 찾기 위해 노력했으나 그렇게 잘하지는 못했습니다. 하지만 당신의 알 수 없는 뜻을 행하고 그것과 당신을 상징물을 거치지 않은 채 받아들일 수 있기를 소망했습니다. 모든 것은 엄청난 의미가 있습니다. 특히 나를 비운다면." 그런 인물에게 자신이 없는 세상의 가능성을 상상한다는 것은 엄청난 깨달음이나 다름없다. 자신의 마음이 이해하기 위해 분투해왔다는 그의 지각과 연결되어 있는 깨달음. 그는 수용의 위치로 빠지거나 혹은 오르는데, 거기서 그는 물의 차가움, 일몰의 아름다움, 새가 지저귀는 소리 등 모든 감각적 경험의 순간을 감사히 여긴다. 내면의 대화에서 신인 듯한 대화 상대자가 그에게 묻는다. "무엇을 원하는가, 허조그?" 그는 조용히 대답한다. "괜찮습니다. 아무것도 원하지 않습니다. 저는 제가 계속 사는 동안 뜻해진 대로 있는 것에 매우 만족합니다." 두 페이지 뒤에 소설은 끝난다. 허조그는 집을 청소하는 여성에게 어떤 지시를 하기 위해 전화를 할 것인지 생각한다. "지금은 아니었다. 이 순간 그는 누구에게도 전할 말이 없다. 아무 말도, 단 한 마디도 없다."

신을 포함한 다중에게 전할 메시지를 상상할 필요는 영구적으로 사라져 버리는데, 약 20쪽 앞에 "그가 편지를 쓴 마지막 주는 그렇게 시작되었다"고 시작하는 문단이 이를 증명한다. 그는 더 이상 편지를 쓸 필요가 없다. 이 제멋대로이고 무질서한 남자는 많은 몸부림과 많은 고통과 많은 자기 성찰의 결과로서 마음의 지속적인 평정을 이뤄낸 것이다.

앞서 나는 이 소설이 개인 의식의 작용뿐 아니라 세계에도 관심이 있다는 사실을 처음 알게 됐다고 말했다. 허조그의 지각이 더 큰 세계에 대한 우리의 지식을 걸러낸다는 사실에도 불구하고 세계에 대한 그의 언급은 독자가 인식할 수 있는 것들이며 독자는 이를 통해 작품명과 동일한 이름을 지닌 인물의 내적 혼란뿐 아니라 더 큰 혼란상을 떠올리게 된다. 작가인 솔 벨로가, 그리고 그 시대를 산 모든 이들에게 알려진 그 세계는 공격성과 악행, 위선, 가식으로 충만했다. 이 모든 속성은 20세기 이전에도 존재했고 앞으로도 계속될 것이다. 하지만 『허조그』는 그것들이 빚어낸 즉각적 결과로서 인물들이 갈등에 포위되는 양상을 생생하게 묘사하고 있다. 허조그나 그의 아버지 누구도 총을 쏘지 않았으나 총을 쏘거나 총에 맞을 가능성은 상존한다. 사람들은 다양한 타인들과 관계를 맺었다 끊었다 하며 그런 경험이 즐거움을 가져오는 경우는 드물다. 삶은 위험하고 혼란스러우며 대부분의 사람들은 그것을 이해하려는 시도조차 하지 않는다.

허조그는 그런 시도를 '하며', 필연적으로 실패한다. 그는 자신의 지각을 받아들이면서 현실을 수긍하고 누릴 수 있는 즐거움을 취한다. 작은 것들(꽃, 빛, 온도……)과 작은 상상(캠프에 간 아들을 찾아갈 예정)들의 즐거움은 당초의 거대한 상상에 비하면 하찮아 보일지 모르나 실제이며 위안을 준다.

나는 독자로서 '즐겁게' 허조그에 깃들 수 있다고 앞서 썼다. 대부분의 순간에 우울하고 산만하고 극도로 불안해하는 인물에게서 즐거움을 느낄 수 있는 것은, 허조그가 모든 것에 열정적인 강렬함으로 반응하기 때문이다. 그는 항상 생생하게 살아 있다. 이 주인공의 과잉 반응하는 경향은 유감이지만 그렇게 생명력으로 넘치는 사람에게 긍정적으로 반응하지 않기란 어려운 일이다. 지금 나는 그렇게 생각하지만 1960년대엔 그렇지 않았다. 허조그는 죽음을 생각할 때조차 생명이 고동친다. 그의 모든 어리석은 행동들은 갈라진 모든 틈을 메우고, 모든 경험을 최대한 활용하려는 그의 지속적인 노력을 증명한다. 그것에 대해 쓰거나, 그것에 대해 쓰는 것을 생각하거나, 그것으로 인해 고통을 받거나, 부수적인 가능성들을 상상함으로써. 그는 자신의 모든 존재를 동원해 주위에 일어나는 모든 일에 반응한다.

이러한 강렬한 반응은 허조그를 둘러싼 혼란을 빚어내는 데 크게 기여한다. 삶을 깊이 이해하면, 그것은 다룰 수 있는 이상의 자극을 매순간 제공한다. 하지만 방어적인 맹목이 우리들 대부분을 보호한다. 허조그는 자신의 안락을 넘어 전체를 본다. 그가 배우는 교훈, 그가 변하는 방식은 세계의 작동을 매순간 분석할 필요 없이 인정하고 받아들이는 새로운 수용력을 담고 있다. 그는 더 평화롭게 살 것이라고 믿는다. 어쩌면 그가 옳을 것이다. 어쩌면 그는 다시 혼란에 빠질지도 모른다. 혹은 그는 죽을지도 모른다.

소설의 그런 결론은, 그를 둘러싼 세상이 크게 잘못되었고 성직자와 정치인, 철학자와 문학이론가들이 세상의 문제를 더하기보다는 해결에 기여하도록 방식을 바꿀 필요가 있다는 허조그의 생각이 잘못됐음을 의미하지는 않는다. 그것은 그가 세상을 어떻게 바꿀 것인지 그들에게 설명할 지식과 지혜를 가졌다는 가정에 오류가 있음을 의미할지도 모른다. 소설 마지막의 명백한 메시지—마음을 놓아라—는 부수적 문구를 함축한다. 마음을 놓아라, 하지만 주변에 무엇이 일어나는지 눈을 떼지 말라.

이 소설은 설교하는 소설이 아니다. 독자에게 마음을 놓고 보라고 윽박지르지 않는다. 단지 허조그와 그의 기이한 인생 이력을 숙고해보도록 초대할 뿐이다. 소설의 첫 문장이 암시하듯 그가 결국 정신이상이 되는 건지 나는 잘 모르겠지만, 그가 하는 이상으로 염려하지는 않는다. 『허조그』는 중심인물과 동일시하도록 강요하지 않는다. 나는 그를 다시 바라보기만 했다(어쩌면 소설과의 그런 관계는 40년 전의 나에게는 불가능했는지 모른다). 그런 응시가 가질 수 있는 효과는 엄청나다.

우리는 물론 허조그를 실제 인물을 보듯이 보지는 않는다. 우리는 벨로의 언어라는 매개를 통해 그를 본다. 그 언어의 정확성와 우아함은 주의를 끈다. 무작위적인 예로 어린 시절 기차여행에 관한 허조그의 추억을 보자.

휴일은 그가 아이 적 몬트리올에 있을 때와 마찬가지로 기차여행으로 시작해야 한다. 온가족이 그랜드 트렁크 역으로 가는 전차를 탔다. 손에 든 바구니(골풀과 나뭇조각으로 만든)에는 레이철 가 시장의 조나 허조그에게서 헐값에 산 너무 익은 배들이 담겨 있었다. 반점투성이의 배들은 말벌들의 먹잇감으로 안성맞춤일 정도로 부패하기 직전이었지만 향기는 말할 수 없이 좋았다. 기차 안의 해진 푸른 털 좌석에 앉은 아버지는 손잡이에 진주가 박힌 러시아 칼로 배를 깎았다. 그는 유럽인의 날렵한 솜씨로 껍질을 깎고 씨를 도려낸 뒤 조각냈다. 기관차가 울음소리를 내더니 쇠단추를 단 객차들이 움직이기 시작했다. 태양과 강철빔이 그을음을 기하학적으로 갈랐다. 공장 벽 옆에는 더러운 잡초가 자랐다. 양조장에서는 몰트 냄새가 풍겨왔다.

글의 디테일은 아이의 눈에 비칠 법한 것들이지만 배치와 언어는 전문가의 솜씨이며 리듬과 용어선택은 허조그의 추억을 일종의 시로 바꾼다. "그는 깎고 도려내고 잘랐다." 작은 노래와도 같은 이 표현에 "유럽인의 솜씨"라는 삐걱거리는 불청객이 끼어든다. 기관차는 경적을 울리는 대신 울음소리를 내고, 그을음의 기하학적 절단은 유리를 바라보는 아이의 지각에서 일어났다기보다 그것의 본성상 그런 것인 양 규칙적인 모양으로 나뉜다. 정확히 묘사된 "더러운 갈대"는 울부짖는 기관차와 쇠단추 장식의 객차들만큼이나 매혹적인 표현이다. 이런 디테일은 향수를 불러일으킬 뿐 아니라(물론 그것도 있지만) 정밀한 표현(손잡이에 진주가 박힌 칼, 푸른 털 좌석)으로서의 가치도 지니고 있다. 그 장면의 중심에서 과거의 아이와 지금의 독자가 바라볼 때, 허조그의 아버지가 배를 깎아 나눠준다. 그러고 나서 독자는 아버지로부터 주의를 돌려 유리창이 보여주는 경이로운 풍경을 통해 여행 그 자체로 향한다.

정밀함과 충만함의 결합이 언어를 시종 통제하며 허조그의 감정적 활력을 기록하는 동시에 작가의 통제를 선언한다. 그것은 독자를 즐겁게 하고, 내러티브를 따라오게 만들며, 유사 정신이상 상태의 허조그가 독자를 자신의 혼돈 속으로 내팽개치지는 않을 것이라는 확신을 준다.

어쨌든 그 소설은 나를 즐겁게 했다. 약간 혼란스럽게 만들기도 했다. 이론화할 수는 있지만 처음 읽었을 때 왜 그렇게 싫었는지는 정말 모르겠다. 허조그는 홀든 콜필드가 아니다. 소설의 끝에 그는 정말로 성인이 된다. 어쩌면 1960년대에 나는 나이는 충분히 먹었지만 그를 이해할 만큼 성숙하지는 못했는지도 모른다.

『허조그』의 두 번째 읽기는 내가 처음 읽기에만 연관돼 있다고 잘못 생각해온 '발견'이라는 경험을 제공했다. 어떤 면에서 그 경험은 처음 읽는 것보다 더 흥분됐는데, 그것이 놀라움뿐 아니라 이상하게도 하나의 승리처럼 느껴졌기 때문이다. 그 자체로 나의 실험은 충분히 의미를 거두었다.

10
남몰래 좋아하는 책

열정적으로 책을 읽던 청소년 시절에는 만약 다른 사람들이 내가 어떤 책들을 즐긴다는 것을 알면 쑥스러울 것이라는 생각을 결코 해보지 않았다. 영문학과 대학생이 되어 2년이 지나자 그 의미를 알게 되었다. 나머지 대학 시절 동안 남들에게 들켰을 때 쑥스러울 수 있는 책들은 아예 읽거나 다시 읽지 않았다. 대학원 시절 나는 은밀한 방종으로 되돌아갔지만 남들에게 이를 공개할 생각은 전혀 없었다. 나는 스스로를 지성인으로 정립하려 하고 있었기에 이를테면 내가 여성지 〈레이디스 홈 저널〉을 좋아한다는 사실은 공개할 수 없었다.

그것은 아마도 나의 첫 문학적 죄악이었을 것이며, 말하기는 부끄럽지만 수년간 계속되었다. 어머니는 그 잡지를 정기구독했고 나는 어릴 때부터 읽기 시작해 기사나 요리법 등 잡지 내용을 모조리 사랑했는데 특히

'이 결혼은 구원될 수 있을까?'라는 월간 연재물을 특별히 좋아했다. 그 질문에 대한 답은 항상 그렇다였는데 나는 어떻게 해피엔딩에 이를 수 있을지 생각해보다가 내용을 확인해보는 것을 즐겼다. 결혼생활의 곤란과 해결책에 관한 연재물을 매달 읽으며 나는 미래를 위한 유용한 정보를 축적한다고 느꼈다. 대학에 입학한 직후 그 연재물 제목이 '이 결혼은 구제불능이다'로 바뀐 것을 보고 얼마나 경악했는지 지금도 기억한다.

나의 열정은 점차 식어갔다. 치과 대기실에서 그 잡지를 본다면 읽을지도 모르지만 그렇지 않고선 읽을 가능성이 없다. 이제는 그 책에 끌리지 않는다. 하지만 아무 생각 없이 행하는 독서가 때때로 필요한 법이다. 많은 동료들과 달리 나는 탐정소설이나 첩보 스릴러물을 즐기지 않는다. 이른바 칙릿도 몇 번 읽어보았지만 관심이 지속되지 않았다. 댄 브라운은 읽히지가 않는다. 그래도 내 요구를 충족시키는 것들을 이따금씩 발견한다. 예전에 이불을 뒤집어쓰고 읽은 『바람과 함께 사라지다』가 특별한 즐거움을 가져다주었듯이 나의 사소한 독서가 은밀하다는 사실(사람들에게 잘 이야기하지 않는다)자체가 그 즐거움을 배가시킨다.

성인이 된 뒤 나의 요구를 충족시켜준 것들 중의 하나는 P. G. 우드하우스Wodehouse의 (엄청난 양의) 작품들이다. 그중에서도 지브스Jeeves 이야기들을 가장 좋아하긴 했지만, 내가 읽은 모든 우드하우스 작품에서 어렵지 않게 만족감을 얻을 수 있었다. 내 서재에서 벌어진 수많은 학살에서 살아남은 책은 『우드하우스 선집』으로 최근 다시 읽기 전까지 몇 년 동안 읽지 않았다. 그 책은 독특한 다시 읽기의 경험을 제공했다. 래리 맥머트리가 다시 읽기의 즐거움으로 찬양한, 책이 예전 그대로이고 그 사실에 기뻐 어쩔 줄 모르는 경험을 나는 처음 제대로 이해했다. 대개 같은 책을 두 번, 세

번, 열 번 읽으면 같은 점과 다른 점이 있다. 그중 다른 점에 더 관심이 끌리는데 그것은 내가 변하고 성장했다는 인상을 주기 때문이다. 나니아 책들이 더 이상 경이를 제공하지 못하자 나는 그 책에 대한 흥미를 잃었다.

최근 다시 읽은 우드하우스의 모든 작품들은 내가 기억하는 것과 완전히 그대로였고, 그것은 대단한 일이었다. 새로운 깊이도, 새로운 통찰도, 어떤 새로운 것도 찾을 수 없었다. 나는 새로운 것을 바라지 않았다. 우드하우스를 다른 어린이 같은 것들과 함께 끊었다고 생각했는데, 그럼에도 나는 마치 전혀 변하지 않은 것 같았다. 지브스는 예전과 정확히 똑같은 방식으로 즐거움을 주었다. 이야기의 산문체는 친숙한 즐거움을 제공했다. 플롯은 가볍고, 있을 법하지 않고, 재미로 가득한 그대로였다. 이런 즐거움을 어떻게 그렇게 오랫동안 잊고 있었을까?

어떤 의미에서 우드하우스의 단편이나 소설은 기억에서 멀어지기가 매우 쉬우며 별 어려움 없이 잊혀진다. 그리 중요하지 않은 플롯은 등장인물들과 화자를 움직이는 메커니즘 역할을 한다. 그것은 굳이 기억할 필요가 없으며 중요하지도 않다. 어떤 문제든 지브스가 해결한다는 것은 기억했지만 문제나 해결책의 내용은 기억하지 못했다. 이야기를 풀어가는 작가의 언어가 항상 완벽하다고 기억했지만 그 예는 댈 수 없었다. 도저히 배길 수 없을 정도로 유머러스한 톤을 기억했지만 그것이 어떻게 성취됐는지는 기억하지 못했다. 내가 모든 것을 기억하는 것처럼 보이는 것은 다시 읽는 과정에서만 그랬다. 나는 여전히 다음에 무슨 일이 일어날지 늘 맞히지는 못했지만, 사건이 일어나고 나면 기억이 떠올랐다. 현재의 생생한 즐거움 속에서 과거의 즐거움을 떠올리고 그것을 재경험한 것이다.

이제 나의 충족감을 상술하는 추가적인 즐거움을 누려보자. 먼저 플롯이다. 여기서 초점의 대상은 깊은 의미가 아니다. 나는 그의 책에서 의미를 찾아야 한다고 느낀 적도 없으며 그런 것이 발견될 것이라고 믿지도 않는다. 대신 우드하우스는 엄청나게 빠른 행동의 장면을 그 자체를 위해 제공한다. 등장인물들은 항상 마음속에 어떤 목표를 갖고 있다. 그들은 마치 작은 기계인형처럼 움직인다. 작가가 그들의 태엽을 감은 뒤 내려놓으면 그들은 가짜 수염을 달거나, 집사에게 크랩스 도박 기술을 향상시킬 수 있는 방법을 가르쳐주거나, 인근에 사는 부자들이 모두 실제로는 가난하다는 것을 밝혀내거나, 먹고 먹고 또 먹어서 그들이 아는 모든 음식으로 인한 소화불량의 괴로움에 시달린다.

나는 이 예들을 『우드하우스 선집』에 실려 있는 『퀵 서비스Quick Service』라는 장편소설에서 가져왔는데, 많지는 않더라도 이와 비슷한 예를 그의 다른 단편소설에서도 쉽게 찾을 수 있다. 단편이나 장편 할 것 없이 등장인물들은 대개 분명하게 정의된 어떤 목적을 달성하는 과정에서 끝없는 좌절을 겪는다. 지브스가 소설에 나올 때는 그가 모든 것이 마침내 잘 해결되도록 만든다. 지브스가 없다면 화자는 같은 결과를 달성하기 위해 여러 가능성을 저울질한다. 독자들은 결말이 어떻게 될지 안달하지 않으며 과정을 즐기기만 하면 된다.

『퀵 서비스』는 우드하우스가 그럴듯함에 얼마나 무관심한지를 잘 보여주는 사례다. 플롯은 우스꽝스러울 정도로 복잡하게 꼬여 있다. 그것이 그렇게 재미를 주는 이유이지만 모조리 요약하고 나면 별로 재미가 없다. 그건 마치 농담을 설명하려는 거나 같다. 플롯의 중심에는 한동안 악당으로 여겨지는 부유한 실업가가 있다(끝에 가면 악당은 없는 걸로 밝혀진다). 오래전에 그는 자신이 납품하는 햄에 집착한 나머지 그 햄을 진지하게 대하지 않은 여성과 약혼을 깼다. 이제 그는 그녀를 혐오하며 (그 점에 있어서는 다른 모든 여성들도 마찬가지였다) 두 번 다시 만나기 싫어한다. 그녀가 햄의 품질에 대해 불평하려는 기미를 알고 그녀의 사진을 훔친 뒤(다른 누군가를 시켜서) 광고 목적으로 사용하기로 결심한다. 그러고는 여러 가지 있을 법하지 않은 이유 때문에 그녀와 결혼하기로 한다. 그러고 나서는 마음이 바뀌어 결혼하지 않기로 한다. 소설 끝에 가면 그는 다시 한 번 결혼을 하려고 한다. 우여곡절을 거친 그의 연인은 행복하게 그의 계획에 동의한다. 그러고는 가장 일어날 법하지 않은 극적인 대목이 등장하는데, 그녀에게 갑자기 멋진 생각이 떠오른다. 햄에 대한 자신의 새로운 열정을 표현하기 위해 그녀는 자신의 사진을 광고에 사용하도록 제안한다. 그녀가 제안한 광고의 카피는 오래전에 그가 생각했던 문구와 정확히 일치한다.

플롯을 이처럼 대담할 정도로 그럴듯하지 않게 전개하는 것은 독자가 소설에 상상적으로 참여하기 위해 '불신의 자발적 유보willing suspension of disbelief'가 필요하다는 관념에 대한 우드하우스의 저항을 보여준다. 이는 워즈워스가 '시적 믿음poetic faith'을 정의하면서 만들어낸 개념인데, 소설 독자나 연극 관객의 정신적 상태를 설명해준다. 그러나 그런 조건으로는 『퀵 서비스』의 독자들을 달랠 수 없다. 반대로 그들은 그런 있을 법하지 않은 사건들이 이어지는 복잡한 전개뿐 아니라 자신의 목적에만 여념이 없어 행동의 비정상성을 인식하지 못하고 미친 듯한 행동들을 연달아 수행하는 등장인물들이 빚어내는 터무니없는 상상을 보며 웃음과 함께 책 속에 빠져들 것이다. 그 등장인물들을 '믿기는' 불가능하며 '동일시하기'는 그나마 가능할지 모른다. 플롯이 현실과 어떤 종류의 연관을 갖고 있다고 간주하는 건 불가능하다. 하지만 기계적인 등장인물들이 미친 듯한 플롯을 수행함에 따라 빚어지는 장관을 즐기는 것은 어렵지 않을 뿐 아니라 독자의 마음을 사로잡는다.

많은 편들이 발표된 지브스 이야기를 한데 묶으면, 많은 부분이 반복되는 가운데 사건이 꼬리를 물고 일어나는 장편소설이 된다. 우드하우스는 서투른 버티 우스터에게 심각한 상황들이 닥치게 만들고 영리한 지브스(버티의 시종이자 집사)가 뜻밖의 해결책을 찾게 하는 데 끝없는 창조성을 발휘했으며 모든 이야기를 똑같은 패턴으로 고안했다. 대표적인 사례로 『지브스와 임박한 파국Jeeves and the Impending Doom』을 보자. 버티는 그를 싫어하는 애거서 고모 댁에 초대되어 3주간 머무는 동안 보내는 이의 서명도 없는, 내용을 해독할 수 없는 전보를 받는다. 그는 "우리 우스터 가문은 머리가 그렇게 뛰어나지는 않아, 특히 아침 먹을 때는 말이야"라고 유쾌하게 말한 뒤 지브스에게 그 전보가 무엇을 의미하는지 묻는다. 지브스는 주인보다 영리하지만, 그 역시 무슨 뜻인지 알 수 없었다. 그들은 고모의 시골저택으로 가서 버티의 오랜 친구인 빙고를 만난다. 그는 아내가 집을 비운 동안 도박으로 잃은 돈을 벌충하기 위해 애거서 고모의 밉살스러운 아들 토머스("인간의 형상을 한 악마")를 가르치고 있다. 빙고가 그 전보를 보낸 것으로 드러난다. 줄거리가 더 전개되면 사귀기 힘든 필머 장관이 등장하는데 그의 근처에서는 술이나 담배가 금지되며 버티는 그와 매일 골프를 한 라운드 쳐야 한다. 필머는 섬에서 발이 묶이고 성난 백조에게 공격을 당하나 폭풍우 속에서 버티에게 구출된다. 밉살스런 토머스가 그들이 섬에서 못 나오게 한 장본인이었으나, 필머가 타고 돌아오려던 배를 버티가 훔쳤다고 지브스가 애거서 고모에게 말했기 때문에 비난은 버티의 몫이 된다. 이 거짓말이 간접적으로 모든 문제를 해결한다. 지브스는 애거서 고모가 필머로 하여금 버티(현재는 물론 영원히 실업상태지만 일하지 않고서도 멋지게 살 수 있을 만큼 돈이 많은)를 개인비서를 채용하도록 유인했다는 사실을 알아낸다. 그는 또 손쉽게 접근할 수 있는 배수관을 통해 버티가 눈에 띄지 않은 채 탈출할 수 있게 한다. 빙고는 그의 일자리를 유지하고, 버티는 일자리를 갖지 않아도 되며, 버티와 지브스는 불유쾌한 환경에서 벗어난다.

전개가 빠르고, 있을 법하지 않으며, 웃음을 유발하는 사건들의 장면은 지브스 이야기의 독자들에게 커다란 즐거움을 안겨주는 언어 수행linguistic performance의 기초를 이루고 있다. 시종과 주인 둘 다 특유의 언어 패턴을 구사하는데, 적어도 나는 여기서 끝없는 즐거움을 느낀다. 머리가 조금 나쁜 걸로 묘사된 버티는 귀족적 속어와 예법, 상투어의 빈번한 사용 등 귀족들의 언어적 관습에 크게 의존한다. 그래서 아침 자리에서 기분이 뒤숭숭할 때는 이렇게 말한다. "우리 우스터 가문은 철인들이지. 하지만 나의 이 용감무쌍한 외양 속에는 형언할 수 없는 두려움이 숨어 있다네." 이런 일련의 진부한 표현 뒤에 그는 지브스에게 말한다. "오늘 아침의 나는 그 오랜 즐거운 내가 아니라네"(지브스는 예상대로 "그런가요, 주인님?"이라고 대꾸한다). 진부함이 중복된 이 표현은 자신의 느낌을 정확하게 알지 못할 때 표현의 어려움을 전달하는 동시에 그의 상황으로부터 일체의 파토스를 제거하는 역할을 한다.

버티와 그의 고모 간에 이루어진 첫 번째 대화는 그의 언어가 만들어내는 다른 효과를 보여준다. 애거서 고모는 명령을 내린다. 그녀는 아무리 버티라도 필머에 대해서는 들어보았을 것이라고 말한다. "'물론이죠'라고 나는 말했지만 사실 그 인물은 내가 전혀 모르는 사람이었다. 여차저차해서 나는 정치판 인물들에 대해 썩 잘 아는 것은 아니었다." 애거서 고모는 지시를 내린다. 버티는 담배를 피워서도, 술을 마셔서도, 술집이나 당구장, 극장을 언급해도 안 된다. 그는 각각의 세부지시를 "아이구" "제기랄" 같은 문구로 받는다. 애거서 고모의 마지막 언급에 버티는 "그걸로 끝이었으며 나는 아픈 마음을 안고 휑하니 빠져나갔다"고 반응한다.

'아픈 마음'이라는 표현과 함께 하나의 문단과 완벽한 희극적 장면이 끝난다. 버티가 구사하는 귀족적 화법은 상투어로 이뤄져 있다. 그는 자신의 느낌을 전달하기에는 적절치 못한 감탄사 비속어들에 주로 의존하는데, 그는 자신의 느낌을 잘 알 때조차 그것을 정확히 전달하기를 꺼리는 듯 보인다. 독자에게 자신의 감정을 말하고 싶어할 때 그에게 떠오르는 것은 새로운 상투어, '아픈 마음'이 전부다. 그의 빈곤한 언어 능력을 감안할 때 그 문구는 우스꽝스러울 정도로 부적절한 속어("휑하니 빠져나갔다 beetled out")와 연관돼 있음을 알 수 있다. 고모에 대한 버티의 반응을 서술한 문단은 상이한 언어 사용역linguistic registers을 무모할 정도로 과감하게 결합시키고 있다. '외교관'이라는 상대적으로 정밀한 표현이 전형적인 버티 식의 회피를 보여주는 '여차저차해서'와 같은 문구와 나란히 쓰인다. 문제의 특정 외교관은 또한 버티 식 속어인 어떤 '인물bird'로 바뀐다. 속어와 문학적 용어의 코믹한 결합이 이 이야기 전체—사실 다른 모든 이야기들—의 특징이다.

지브스는 그의 주인과 마찬가지로 지극히 예측 가능한 언어만 사용하며 그의 사회적 역할 밖으로 벗어나지 않는다. 버티가 삶에 대해 이야기하길 원하면, 지브스는 바지 기장에 대해 논의하길 고집한다. 토머스가 필머를 단검으로 찌르지 않을까 버티가 걱정하면, 지브스는 그럴 수도 있겠지만 일단 기다려보자며 버티가 넥타이 매듭을 더 단단히 조여야 한다고 말한다. 버티가 "지금 이런 때에 넥타이가 문젠가, 지브스? 리틀 집안의 행복이 경각에 달렸다는 걸 모르겠나?"라고 말하면 지브스는 "넥타이가 중요하지 않은 때란 없습니다"라고 대답한다. 버티는 잠시 생각한다. "그가 고통당하는 걸 알 수 있었지만 그 상처를 치유하려고 하지는 않았네. 뭐라고 표현해야 할까? 몰입돼 있었어. 나는 너무 몰입돼 있었네. 멍할 정도로. 걱정에 찌든 정도는 아닐지라도."

버티는 책을 제법 읽은 것처럼 보인다. 그는 풍부한 어휘력을 갖고 있으며 지브스에게 한방 맞았다고 느낄 때 그 어휘들을 적절하게 또는 제멋대로 쏟아놓는다. 지브스는, 저녁식사를 위해 옷을 차려입는 이 장면에서처럼, 깍듯이 예의를 갖추는 방식을 통해 반대의사를 전달하곤 한다. 버티와 달리 지브스의 언어는 항상 상황에 잘 들어맞는다. 지브스의 완벽한 통제와 버티의 눈에 띄는 통제의 결여 둘 다 희극을 제공한다. 버티는 행동반경이 더 넓다. 그는 성난 백조로부터 도망쳐 지붕으로 올라가 같은 이유로 지붕 위에 있던 필머의 옆에 앉는다. 그 장면은 두 사람이 멀리서 다가오며 서로에게 "안녕하세요Hi"라고 반복해서 인사하는 것으로 시작된다. 여섯 번이나 그 인사를 교환한 뒤 필머가 "오"라고 말하자 버티는 "안녕하세요What ho"라고 대답하는데, 이는 그가 보통 '인사를 마무리할 때 쓰는' 표현이다. 그는 지금까지의 대화를 통해 별 진전이 없음을 인정하고 '좀더 머리를 썼어야 했다'고 생각하다가 백조가 덤벼들자 황급히 지붕으로 피하며 "눈과 얼음을 뚫고 기묘한 문양과 함께 '더욱 더 높이Excelsior!'라고 새겨진 깃발을 들었던 청년은 나의 이상이었지"라고 말한다.

버티는 여기서 롱펠로의 시 「더욱 더 높이Excelsior」를 언급하고 있는데이는 그의 문학적 지식의 일부로, 언뜻 보기에 그에게서 기대하기 어려운 표현일 수도 있다. 하지만 그의 머릿속은 온갖 잡동사니로 가득하며 그 때문에 그의 언어는 매우 무작위적으로 보인다. 그의 언어는 이따금씩 모호한 목적을 수행하기도 하지만, 어디로 튈지 모르기 때문에 항상 즐거움을 준다.

지브스와 버티가 각자가 속한 사회 계급의 전형을 드러내는 방식을 감안하면, 우드하우스가 풍자적 목적을 염두에 둔 것으로 짐작하거나 추정할지도 모른다. 만약 그렇다면 그들은 그들 자신을 매우 신사적으로 표현하는 셈이다. 이 소설을 읽는 즐거움 중 하나는 날이 서 있지 않다는 점이다. 별다른 특출한 점이 없어 보이는 필머는 그의 보트를 잃어버리고 백조에게 쫓긴 뒤 지붕으로 도망가 비에 흠뻑 젖는다. 이 대목에서 그는 보트를 잃어버린 점에서만 버티와 다를 뿐이다. 등장인물들은 이렇게 공개적 굴욕을 겪기도 하지만 금방 회복한다. 선한 사람들뿐 아니라 악한들도 그들이 원하던 바를 곧잘 이룬다. 커다란 관용이 모든 것을 덮는다. 악한들은 사악해지길 원하지 않으며 그냥 그런 모습으로 드러날 뿐이다. 버티가 버티일 수밖에 없는 것과 마찬가지로 애거서 고모 역시 그녀 자신일 수밖에 없다. 이런 사례들을 일반화해보면, 귀족 계급은 그저 그런 식으로 그려진 것뿐이라는 결론이 내려진다. 그들을 보고 웃을 수는 있지만 꾸짖을 필요는 없다.

내가 자주 즐기던 우드하우스는 조금도 변하지 않았다. 다만 그의 작품을 읽는 것과 관련해 한 가지는 바뀌었다. 내가 왜 쑥스러워했는지 이해할 수가 없다. 이 작가는 무엇을 하든 멋들어지게 해낸다. 이 특별한 즐거움은 이제 꽤 훌륭해 보인다.

존 콜리어John Collier는 내가 박사학위를 받은 직후 시기에 은밀한 즐거움을 제공해주었다. 나는 그의 단편 대부분을 읽었는데 젊은 지성인들의 읽을거리로 그런대로 괜찮은 편인 〈뉴요커〉 지에 그의 작품이 이따금 실린다는 사실로 나의 행동을 스스로 정당화했다(콜리어가 내가 가장 좋아하는 이야기 중의 하나인 냉동 양다리로 아내의 머리를 때려 살해하는 남자에 관한 소설을 썼다고 생각하는데 확실치 않다. 어쩌면 내가 즐겨 읽는 또 다른 작가인 로알드 달이었는지 모르겠다). 콜리어의 장편도 읽었지만 열의는 다소 덜했다. 장편이건 단편이건 하나같이 심각하지 않은 읽을거리며 화제로 삼을 만한 작품들은 아니다. 나는 한때 많이 모았던 그의 작품 대부분을 버렸는데 장편소설 한 권이 살아남았다. 『악을 경계하라, 또는 마음의 불행Defy the Foul Fiend, or The Misadventures of a Heart』이라는 작품으로 1934년에 출간됐다. 그것을 다시 읽으며 나는 매우 놀랐다.

사실 처음의 독서로부터 나는 아무것도 기억하지 못했다. 콜리어의 작품들이 내게 남긴 어렴풋한 인상은 신랄한 위트와 영리한 플롯구성, 뜻밖의 맥락에서 초자연적 존재를 불러내는 경향이 있다는 것 정도였다. 『악을 경계하라』에는 첫 번째 특징만 보인다. 내러티브의 진행과정에서 많은 일들이 벌어지지만 플롯은 끈질기게 여봐란 듯이 평범하다. 여기서 초자연적 힘은 개입하지 않는다. 위트의 대상은 가끔 예상을 벗어난다.

나는 책을 무작위로 폈다가 다음 문단을 만났다.

스텀버 영부인은…… 런던에서 가장 영감을 주고, 도발적이며, 달아날 길 없는 가슴의 소유자였다. 그 광경은 노인을 회춘하게 만든다. 젊은이들로 말할 것 같으면 그렇게 최상의 모습을 가진 피조물을 만날 때는 그들의 생각을 완전히 드러내지 않도록 해야 한다. 그러지 않으면 그 피조물은 지속적으로 놀라고 허둥대고 화를 낼 것이다…… (윌러비)는 그녀의 미소에 넋을 잃은 채 그 기분 좋은 언덕을 살펴보았다. 수영을 하면서 도저히 도달할 수 없는 모래언덕을 바라보는 듯한 강렬한 느낌과 함께.

스텀버 영부인의 가슴을 묘사하는 일련의 형용사들은 콜리어의 최상의 솜씨를 보여주는데 각각의 수식어는 날카롭고 정확하며 경이로운 데다 그 연결 또한 놀랍기는 마찬가지이다. '도발적'이라는 형용사는 예측 가능하지만 '영감을 주는inspiring'이라는 표현은 가슴에 대한 형용사로서는 뜻밖이다. 그것은 '달아날 길 없는inescapable' 문제를 야기한다. 스텀버 영부인이 온갖 장소를 돌아다니기 때문에 그 가슴으로부터 달아날 수 없다는 뜻일까? 모든 사람들이 그것에 대해서 말하기 때문에? 그 영부인이 자신의 존재를 드러내는 수단으로 그것을 의도적으로 사용하기 때문에? 이 달아날 수 없음에 대해 우리는 무엇을 느껴야 할까? 그 점에 있어서 최상의 모습으로 빚어진 '피조물'로부터 가설적으로 경험하게 되는 이 정서에 대해 우리는 무엇을 느껴야 할까? 이 문단은 무언가, 혹은 누군가를 조롱한다는 느낌을 주지만 대상이 무엇인지는 정확히 알 수 없다. 스텀버 영부인? 하지만 그녀가 그런 가슴을 가진 게 그녀의 잘못일까? 소설의 주인공인 윌러비 역시 썩 잘하지 못하고 있다. 여인의 미소에 넋이 빠진 채 그녀의 가슴을 익사로부터 구조해줄 모래언덕이라 여기는 그는 (이때가 마지막이 아닌데) 얼간이처럼 보인다.

얼간이를 주인공으로 삼는 것은 20세기 소설에서는 꽤 흔한 일이며 그런 주인공에 대한 작품의 어조는 상냥한 편이다. 『악을 경계하라』의 화자는 그런 경향의 예외로서 그가 주인공에게(다른 대부분의 인물들에 대해서도 마찬가지로) 우월감을 갖고 생색내는 태도는 독자를 불편하게 만들 정도다. 스텀버 영부인에 관한 문단을 읽으면서 떠오른 질문들 때문에 나는 한동안 계속 읽어나가야 했다. 나는 작가가 독자로 하여금 영부인과 그녀의 가슴에 대해 어떻게 판단하길 기대한 것인지 알고 싶었다. 얼마 읽지 않아 나는 이렇게 등장인물들마다 질문투성이라는 사실을 깨달았다. 화자는 온갖 이유를 들어 윌러비에게 생색을 낸다. "우리 주인공은 과거 한때 가장 높은 정신적 경지의 인도주의적 충동을 탐닉하곤 했다." 동사인 '탐닉했다'와 '가장 높은 정신적 경지'라는 두 표현은 어감이 그리 좋지 않다. "'검은 벨벳 위의 진주 같은 이름이군' 하고 그는 외쳤다. 실상 그는 1890년대의 작가들과 안면을 트게 된 것이다." 독자는 1890년대의 작가들에 대한 화자의 경멸을 공유하라고 권유받는데, 따라서 윌러비에 대해서도 마찬가지다. 윌러비의 생각과 감정, 충동은 지속적인 조롱의 대상이 된다. 소설 대부분에 걸쳐 그에 대한 조롱은 그가 어리고 경험이 없기 때문인 것처럼 보이지만, 그가 성인이 된 뒤에도 조롱은 잦아들 줄 모른다. 소설 중간쯤 가서는 '이게 다 무슨 상관이냐' 싶은 치명적인 기분마저 들었다. 나는 그 책을 끝까지 읽었는데, 책에 몰입해서가 아니라 그것에 대해 생각해보고 싶었기 때문이다.

젊은 청년이 세상에서 자기 자리를 만들어가기 위해 노력한다는 친숙한 플롯은 여기서 특별한 전환을 맞는데, 이는 윌러비의 성장환경 때문이다. 작위만 있을 뿐 늙고 가난한 난봉꾼의 사생아로 태어난 윌러비는 사귀기 힘든 삼촌의 집에서 성장하는데 그의 아버지는 아무 준비 없이 그를 그 집에 맡겨버린다. 숙모는 친절했으나 곧 죽는다. 랠프 삼촌은 그들이 살던 집을 버리지만 윌러비를 계속 머물게 해달라는 아내와의 약속 때문에 윌러비를 거기에 남긴다. 하지만 그를 보살피거나 교육하기 위한 배려는 전혀 없었다. 소년은 되는 대로 자라는데, 학교는 다니지 않고 말 관리인으로부터 전통적인 교육 내용보다는 인생에 초점을 맞춘 교육을 듬성듬성 받았다.

윌러비가 성년의 나이에 이르자 그의 삼촌은 아버지에게 그를 데려가 아들에 대해 책임지라고 요구한다. 그 결과 윌러비는 우둔하고 무능한 스텀버 경의 개인비서(비서 업무에 대해서는 아무것도 모른 채)가 된다. 스텀버 경은 그 가슴을 지닌 영부인의 남편이다(스텀버 경은 몇 주간 일을 해보고 윌러비가 얼마나 잘하는지 보자고 말한다. 화자는 "스텀버 경만큼 본 게 없는 사람이 윌러비처럼 한 게 없는 사람에게 한 이 말은 그의 서재와 미래를 즐거운 낙관의 빛으로 물들였다"고 언급한다).

이 시점부터 소설의 나머지 부분에서 사건들은 예측 가능하다. 윌러비의 야망은 성관계를 맺는 데 집중된다. 스텀버 영부인을 흠모하다 해고된 뒤 다양한 집단을 전전하면서 그는 매춘부, 돈 많은 여성, 다정한 중산층 소녀, 그외 다양한 여성들과 관계를 맺는다. 결국 다정한 소녀 루시와 결혼하는데 그녀는 음악에 관심을 갖고 교습을 받는다. 소설의 끝은 다소 놀라운 편이다. 아버지의 작위를 물려받은 윌러비는 가족의 재산인 황폐한 시골 건물을 함께 물려받는데 그는 곧 이곳에 정을 붙이게 된다. 1년여간 신혼의 단꿈을 보낸 뒤(두 젊은이는 처음부터 진정 행복했다) 루시는 교양 있는 파트너나 문화를 즐길 기회가 없는 것을 더 이상 참을 수 없다고 결심한다. 그녀는 떠나며 윌러비는 가난한 시골생활에 정착한다. 서재 마루에는 수확한 사과가 저장돼 있고, 그는 대부분의 시간을 비둘기를 사냥하며 보낸다.

이 시점까지 플롯은 그리 중요하지 않았다. 그것은 화자에게 등장인물에 대한 우월감을 피력할 기회를 제공하고 있지만, 소설은 내용보다 어조에 더 중점을 둔 듯 보인다. 루시가 떠나는 순간 나는 책의 부제인 '마음의 불행'을 언뜻 떠올렸다. 이 문제의 마음은 짐작컨대 윌러비의 마음이며, 나는 그때까지 그의 감정을 그리 진지하게 대하지 않았다. 나는 또 책의 속표지에 적힌 셰익스피어의 『리어왕』으로부터의 인용문구를 떠올렸는데, 의심할 바 없이 그것은 책의 제목을 설명하기 위한 것이었다. "그대의 발을 매음굴에 들이지 말고, 속치마에 손을 대지 말 것이며, 펜을 대금업자의 장부로부터 멀리하며 악을 경계하라." 윌러비는 그의 인생 이력 대부분에 걸쳐 이 권고를 따르지 않았다. 하지만 비둘기를 사냥하고 사과를 서재에 보관하면서 사창가나 속치마, 대금업자들과는 멀어진 듯한 생활에 정착했다. 이것을 해피엔딩으로 봐야 할까? 윌러비는 결국 자신의 마음을 찾은 것일까?

화자의 톤은 바뀌었으나 독설은 완전히 멈추지 않았다. "(윌러비는) 그날 오후 거리에서 자신만만한 눈에, 아름답지만 우둔해 보이는, 모험심 많은 케이크 가게 여주인을 지나쳤다." 속치마는 그리 멀지 않은 곳에 있었다. 하지만 다음 문단에 "그는 그의 작은 계곡을 바라보았다. 그것은 한동안 석양빛에 물들어 있었으며 그는 그 빛나는 정지된 순간 속에 영겁의 세월을 느낄 수 있었다. '나는 지킬 거야.' 그는 말했다. '나는 알 거야, 그리고 지킬 거야. 내 마음속에 지킬 거야.'" 여기서 아이러니의 기미는 전혀 없다.

소설은 전체적으로 의외로 감상적이면서도(이 경우, 소설의 교훈은 마음은 원하는 것을 가질 때까지 자신이 뭘 원하는지 알지 못한다는 것이 될 터이다) 해피엔딩으로 느껴진다. 하지만 적어도 내게는 해피엔딩이 책을 구원하기에 충분다고 느껴지지 않는다. 많은 것이 내용보다는 스타일에 의존해 있다. 다소 조소하는 듯한 어조는 화자를 그 조소의 대상과 분리해버린다. 윌러비의 느낌들은 탐색된다기보다 요약되며, 그는 사람이라보다는 무슨 표본 같다. 소설은 독자가 마음을 써야 할 어떤 것도 제공하지 않는다. 우드하우스가 항상 주의를 기울인 독자들 자신의 즐거움조차도.

여기서 우드하우스와의 비교는 유익하다. 콜리어처럼 우드하우스는 리얼리즘을 시도하지 않는다. 그의 인물들은 실제 인간과는 사소한 공통점만을 지닌 명백한 문학적 상상물이다. 하지만 그의 플롯과 톤은 그의 우스꽝스러운 인물들과 암암리에 상상된 독자들을 한데 엮는 훌륭한 유머를 전달한다. 그의 소설의 어떤 것도 독자에게 진지하게 여기길 요구하지 않으며, 인간의 조건에서 상상 가능한 파란만장한 사건들을 즐기도록 독자를 초대한다. 나는 지브스 이야기를 읽을 때는 기분이 좋아졌지만, 사회와 소설 안팎의 인물들을 신랄하게 다루는 콜리어의 소설을 읽으면서는 기분이 나빠졌다.

예전에 즐겁게 읽었던 소설에 대해 지금은 명백히 부정적인 감정을 품게 되면서 이런 감상에 나는 놀라지 않을 수 없었다. 왜 나는 한때 그것을 좋아했다가 지금은 단호히 싫어하게 됐을까? 작품의 위트와 표현의 간결성과 탁월함 모두 인정하지만 그것은 즐겁게 느껴지지 않았다. 다른 상황이었다면 절반쯤 읽다가 책을 덮었을 것이다. 한때 나는 그 작품에서 많은 것을 보았다. 그때 내게는 위트와 표현만으로 충분했던 것일까? 그렇게 생각하진 않지만 기억할 수가 없다.

젊은 날의 자신을 재구성하려는 것은 그것을 기억하려는 것만큼이나 만족스럽지 않다. 그러려고 노력하는 과정에서 나는 모든 것(굶주리고 회의로 가득한 소년시절, 주변인이면서도 상류층만큼이나 즐거웠던 시절, 스스로 만족하고 성공적인 성년 시절)을 꿰뚫어보는 듯한 화자의 태도를 당시에는 바람직한 정교함으로 여겼던 것 같다. 피상적으로 그려진 인물들과는 동일시할 수 없기에 나는 모든 것을 아는 척하는 화자와 동일시했으며 거기서 즐거움을 찾은 것 같다.

『악을 경계하라』는 더 이상 즐거움을 주지 못하는 은밀한 즐거움guilty pleasure이다. 나는 그 작품을 넘어 성장해버린 모양이다.

아널드 베넷Arnold Bennett의 작품들은 우드하우스나 콜리어와는 전혀 다른 은밀한 즐거움을 제공한다. 버지니아 울프는 베넷의 소설을 인정하는 것은 비난받을 일이라고 단언했으며 나는 그녀의 의견을 알고 있었음에도 그의 작품에 대한 탐독을 멈추지 않았다. 내가 우드하우스를 즐기던 시점과 그리 멀지 않은 시절이었다. 그 두 작가는 어조와 내용에서 확연히 다르다. 베넷은 귀족이나 시종들과는 전혀 무관하다. 그는 영국인들의 일상적 현실에 대한 그의 지식을 주로 활용했다. 사람들이 무엇을 먹고, 입고, 집 안에 들여놓는지, 교제와 아이들 양육을 어떻게 하는지, 사회적 역할에 어떻게 순종하고 또는 벗어나는지. 그의 톤은 직설적인 보도체와 가벼운 역사적 겸양 사이를 오간다. 19세기 말을 무대로 한 그의 소설은 1910년에 선보였다. 화자는 1910년의 관습과 습관이 25년 전의 그것보다 우월하다고 가정한다.

버지니아 울프는 『보통의 독자 : 1권The Common Reader: First Series』에 실린 「현대 소설」이라는 에세이에서 베넷을 H. G. 웰스 및 존 골스워디John Galsworthy와 함께 묶어 "영혼이 아닌 육체에 집착하는…… 유물론자들"이라고 부른다. 베넷이 셋 중 가장 나으며 생생한 인물들을 창조해낸다고 울프는 말한다. "하지만 그들이 어떻게 살며 무엇 때문에 사는가라는 질문이 이 남는다"고 울프는 덧붙인다. 그들의 운명은 "브라이튼의 최상급 호텔에서 보내는 끝없는 행복"이라고 결론짓는다. 그녀의 관찰에는 베넷이 영혼의 문제들을 다루는 데 있어서 어떤 능력을 지녔을지라도, 일련의 부르주아적 가정들이 그 효과를 떨어뜨릴 것이라는 그녀 나름의 생색내는 듯한 태도가 함축돼 있다.

아널드 베넷은 내가 박사학위 구두시험을 위해 공부하다가 발견한 소설가 중 하나다. 그 시험을 위해—나의 목표는 지식의 깊이보다는 폭이었다—나는 잘 알지 못하는 작가들의 작품 2~3권씩을 읽어야 했다. 베넷은 (발작과 함께) 보통 이상의 관심을 끌었다. 나는 그의 (25권이 넘는) 많은 소설을 읽었다.

이 시기에는 아마도 지적으로 무차별적이었던 십대 시절에 대한 반작용으로, 가치의 차별화가 나의 관심을 끌었던 것 같다. 내가 두려워했던 구두시험은 대학교수로서의 경력에 발을 들여놓으려는 나의 자격 요건을 시험하기 위한 것이었다. 그 요건들 중 하나는 문학적 장점을 평가하는 능력, 즉 작품의 나쁜 점들로 부터, 특히 그저 그런 점들로부터 좋은 점을 구분해내는 능력이었다. 나의 베넷 읽기는 이와 하등 상관이 없었다. 나는 버지니아 울프가 그에 대해 무슨 말을 했는지 알고 있었다. 그가 일반적으로 2류 소설가로 평가된다는 것도 알고 있었고, 나는 거기에 동의할 심산이었다. 그냥 시험을 대비해 그의 많은 작품들을 읽는 것이라고 스스로를 속였다. 실제로 내가 그의 책을 읽었던 이유는 나의 긴장을 풀어주었기 때문이다. 베넷에 대한 나의 일시적 중독은 다른 사람들이 탐정 소설을 읽을 때 느끼는 즐거움, 아무 생각 없는 탐닉과 동일하다고 생각했다.

2년 뒤에 나는 결혼을 했다. 우리는 영국으로 갔고 굶주린 듯이 책들을 사모았다. 책 가게에서 베넷의 작품을 볼 때마다 덥석 집어들었다. 그 작품들의 낮은 가격은 그가 모국에서도 높은 가치를 인정받는 소설가가 아니라는 점을 시사했지만 그의 작품은 여전히 즐겁게 읽혔다. 이상하게도 나는 전에 읽은 그의 책들의 내용을 모조리 잊어버려서 완전히 처음 보는 책인 양 다시 읽곤 했다.

이번에도 같은 일이 다시 일어났다. 『전래 이야기The Old Wives' Tale』*를 다시 읽으면서, 플롯이 (울프의 암시와는 반대로) 파란만장했음에도 도무지 기억해낼 수가 없었다. 그 책에는 여전히 진정 효과가 있었는데, 페이지를 채우는 세부묘사에 많은 주의를 기울이지 않아도 되었기 때문이다.

그런데 역설적으로 그 세부묘사 자체가 진정 효과의 많은 부분을 설명해준다. "상점은 좁고 천장이 높았다. 은식기들이 덫에 사로잡힌 야생동물들처럼 진열돼 있었다. 유리 상자 속에 은 그릇과 각종 기구들이 담긴 채 어두운 천장까지 쌓여 있었다. 진열대 맨 위의 유리 상자에는 금시계 10여 개가 코담배 상자, 법랑류, 다른 골동품들과 함께 들어 있었다." 이런 식의 묘사가 지속적으로 새로운 디테일을 보태며 10줄 이상 이어진다. 짧은 일화가 벌어지는 장소인 이 가게는 전혀 중요하지 않으며 가게 안에는 아

* 직역하면 "늙은 아내(여성)들 이야기"가 되며 중의적 제목으로 보인다.

무런 특별한 것도 없다. 덫이라는 흔하디흔한 비유가 쓰였지만 별 중요성을 띠고 있지 않다. 하지만 이런 디테일의 축적은 독자로 하여금 그 장면에 대해 알아야 할 모든 것을 아무 힘도 들이지 않고 알게 되었다는 인상을 받게 한다. 그러다가 만약 뭔가가 문제가 된다면 독자는 즉각 알게 될 것이다. 작가는 독자에게 아무런 요구도 하지 않는 듯 보인다.

아무런 요구도 하지 않는 것처럼 '보인다'고 하지만, 실상 베넷은 독자들에게 많은 것을 요구한다. 버지니아 울프 같은 모더니스트들과는 거리가 있지만 그 역시 자신만의 구상이 있으며 그것은 복잡한 종류의 것이다.

내가 그것을 알아채기까지는 한참 걸렸다. 내가 갖고 있는 소설의 판본은 600쪽 이상을 빽빽하게 채우고 있는데, 많은 부분 동안 별 일이 벌어지지 않는다. 게다가 일어나는 일의 많은 부분은 완전히 예측 가능한 것들이다. 독자는 제목의 '늙은 아내들old wives'을 산업화된 영국 중부지역 마을의 가게주인 딸들인 십대 자녀로 처음 만난다. 콘스턴스는 둘 중 더 순종적이며 가게에서 부모를 도와주는 점원과 결혼한다. 전혀 놀랄 게 없다. 아름답고 반항적인 소피아는 매력적인 외판원과 눈이 맞아 달아나며(역시 놀랄 게 없다) 내러티브에서 한동안 사라진다. 콘스턴스는 아들을 낳는다. 소피아의 남편은 곧 그녀를 버리며 소설의 막바지에 이를 때까지 30년 이상 아무 소식이 들리지 않는다. 콘스턴스는 버슬리에서 무사 평온한 삶을 보낸다. 소피아는 파리에서 근근이 먹고 살며 역시 별 사건이 없다. 결국 그들은 고향에서 다시 결합한다. 소피아가 먼저 죽고 이어 콘스턴스가 죽으며 이야기가 끝난다.

'그래서 어쨌다는 건가'라는 질문이 불가피해 보인다. 내가 요약한 것보다 더 많은 사건이 소설 내에서 일어나긴 하지만, 내가 언급한 것들보다 더 관심을 끌 만한 것은 없다. 작가는 번거롭거나 불필요한 인물은 무관심하게 버린다. 설정이 너무도 자의적이어서 본의 아니게 재미를 주는 한 일화에서 소피아에게 구애하던 한 프랑스인은 열기구 풍선을 탄 채 날려가 다시는 소식을 들을 수 없게 된다. 자매의 부모는 내러티브 내에서 자신들의 역할을 다한 뒤에 죽는다. 그 사실로 이어지는 이야기는 거의 없다.

하지만 『전래 이야기』는 놀라운 점들을 지니고 있다. 소설은 대부분 사건들의 표면에만 머물며 인물들의 생각과 감정에 대한 세부 묘사를 피하는데, 이는 궁극적으로 독자가 지닌 깊숙한 의식 작용과 연관돼 있다. 처음부터 내러티브는 그 자매들을 대조—소설이나 영화에서 친숙한 종류의 대조—함으로써 잘 조직돼 나간다. 콘스턴스는 처음부터 순종적이어서 어머니를 모델로 삼고 어머니의 삶 이상을 바라지 않는다. 소피아는 더 큰 흥분과 가능성을 동경하며 스스로가 지적 열망을 갖고 있다고 여겨 교사가 됨으로써 인생행로에서 처음 부모의 영역을 벗어난다. 소피아는 파리에 살고 콘스턴스는 버슬리에 머문다. 콘스턴스는 (그녀의 어머니처럼) 일찍 살이 찌지만 소피아는 계속 날씬하다. 소피아는 이따금 발송인 주소 없이 크리스마스카드를 가족들에게 보내며 콘스턴스는 모든 카드를 애지중지 보관한다. 소피아는 소녀시절의 장소나 사람들로 돌아가지 않겠다고 결심하나 콘스턴스는 타지에서 사는 것을 상상할 수조차 없다.

하지만 소피아 역시 버슬리로 돌아온다. 편리한 우연의 일치로 그녀는 언니가 과부가 됐다는 사실과 다른 가족 사정을 알게 되고 또 다른 시간적 우연의 일치로 파리에서 수년간 훌륭하게 운영해온 펜션을 그 이상 적절할 수 없는 시점에 판다. 그녀는 언니를 만나러 영국으로 가며, 그러려고 결정한 일은 아니지만 소녀 시절에 살았던 집에서 살게 된다. 그녀는 자신의 푸들을 못살게 구는 하인의 행동과 같은 일들에 관심을 쏟는다. 콘스턴스와 새롭게 가까워진 것을 즐기며 그녀와 집안이나 지역 이야기를 나눈다. 언니의 '선량함'을 찬탄하면서도 한 번씩은 자신이 언니보다 우월하다고 느낀다. 가끔 파리를 애정을 담은 채 기억하지만, 그곳에서의 긴 체류 기간 동안에도 영국인과 영국식 관습이 우월하다고 줄곧 믿었다.

독자는 소피아가 왜 이곳에 머무는지 아리송하게 느낄 수 있다. 여전히 그 체류를 '방문'으로 여기던 시점에 그녀는 콘스턴스의 장점과 단점, 영국인 전반에 대한 자신의 호의적 평가를 생각해본다. 하지만 그녀는 "그렇지만 그런 사람과 항상 있는 것이란! 콘스턴스와 항상 같이 지내는 것이란! 육체적으로나 정신적으로나 버슬리에 항상 있는 것이란!"이라고 말한다. 그것은 마치 상상도 할 수 없는 생각인 듯 보인다. 하지만 그녀는 머문다.

독자가 그것에 대해 어리둥절함을 느낀다 하더라도 그 느낌은 그리 급박하게 느껴지지는 않는다. 급박성을 결연하게 피하는 베넷의 태도는 그의 모든 문학적 효과의 특징이다. 소피아의 남편이 그녀를 외국에서 궁핍한 채 남겨놓고 떠날 때 텍스트는 그 사실을 서술하고 뒤이은 오랜 질병에 관한 끔찍한 세부묘사도 덧붙인다. 하지만 소피아 자신은 그 상황에 대해 곰곰이 생각하지 않으며, 그녀가 아프고 쇠약해졌을 때 돌보던 여인들이 그녀를 급히 데려가고, 그녀는 회복되자마자 생존을 위한 즉각적인 실용적 방책들을 생각해낸다. 요컨대 결혼생활에서 버림받은 사실이 소피아를 인생의 다음 단계로 가게 위한 수단으로 기능하기 때문에, 서술에는 별다른 감정적 압박이 없다.

언니와 머물겠다는 소피아의 결정(무의식적으로 내려졌으며 본인도 오랫동안 그 점을 인식하지 못한다)도 마찬가지다. 그것은 위기감을 만들어내지도, 그것에 반응하게 하지도 않는다. 주인공의 삶에서 확정적인 변화가 일어날 때도 특별히 강조되지 않는다. 내러티브의 중요한 모든 순간에 작가는 감정적, 심리적 가능성을 강조하거나 독자의 간절한 관심을 요구하지 않는다.

하지만 이야기를 이해할 필요가 있는 독자가 제공된 단서들을 생각해 보면, 두 자매 사이의 대조점들이 그들이 서로 닮았다는 더욱 중요한 진실을 가리고 있다는 사실을 깨달을지도 모른다. 소피아는 항상 자신이 콘스턴스보다 더 매력적이고 흥미롭고 영리하며, 버슬리를 벗어난 넓은 세상에서의 삶에 더 잘 들어맞는다고 생각한다. 언니를 마지막으로 '방문'하기 위해 들른 날 아침 그녀는 예전에 넓고 인상적이라고 기억하던 광장을 내다보고는 그것이 작고 볼품없다는 사실을 발견한다. 그러고는 "내가 여기 살아야 한다면 죽을 것 같아. 활력을 없애버려. 사람을 짓눌러. 더럽고 흉물스러워! 거기다 사람들이 말하고 생각하는 꼴이란!" 하고 생각한다. 그녀가 전형적인 버슬리 사람들보다 우아하게 말한다는 것은 확실하다. 하지만 그녀의 생각에 대해서는 확신이 잘 서지 않는데, 이는 버슬리 광장에 대한 그녀의 부정적 판단에 앞선 500여 쪽에서 그녀가 실무를 잘 처리한다는 것 외에는 그녀가 어떤 생각을 하는지 거의 알 수가 없기 때문이다.

이 아침 명상에서 몇 쪽 뒤에 소피아는 스코틀랜드 의사를 만나는데 그는 다른 버슬리 주민들보다 더 세련됐고 그녀에게 강한 관심을 갖고 있다. 대화를 시작할 요량으로 그는 졸라의 소설 하나를 읽고 있다고 말한다. 소피아는 그것을 읽지 않았다고 말한다. 화자는 그녀가 20여 년 전인 1870년 이후 거의 아무것도 읽지 않았다고 밝힌다. 의사는 다시 그녀와 대화를 나누기 위해, 그녀가 직접 체험했던 보불전쟁 말기의 파리 포위에 대해 말했다. 그녀는 별로 말할 게 없다. 화자는 그 의사가 "실망하지 않기로 작정하지 않은 이상 그녀의 답변에 실망했을지도 모른다"고 말한다. 소피아로서는 사람들이 그 포위에 대해 왜 그렇게 법석을 떠는지 이해할 수가 없다. 그녀는 그 전쟁의 사건들(그녀의 구애자가 열기구를 타고 날아간 일을 포함해)이 관심이나 중요성을 갖고 있다는 것을 알지 못한다. 그녀는 자신의 삶에 즉각적으로 영향을 끼치지 않는 이상, 국가나 심지어 지역사회에 대해서도 생각하지 않는다.

책에 대한 무관심(실제로는 그녀가 직접적으로 관여하지 않는 사건들에 대한 무관심)에서 소피아는 그녀의 언니와 그녀의 우월감의 대상인 다른 버슬리 사람들을 꼭 닮았다. 그녀의 우월의식은 실속보다는 스타일에 기반한다. 그녀가 실속이 없다는 뜻은 아니다. 콘스턴스도 마찬가지이며 소피아는 기꺼이 인정할 것이다. 하지만 그녀는 두 자매를 함께 규정하는 특성들을 두 사람이 공유하고 있다는 사실을 결코 알지 못한다.

사실 그들은 둘 다 그들의 어머니를 닮았다. 콘스턴스는 때때로 주저하거나 유약해 보이지만(특히 소피아가 돌아올 당시 성인이 된 버릇없는 아들의 무심함에 상처를 받거나 하인들을 부리는 데 어려움을 겪는다) 그녀는 의외의 힘을 갖고 있으며 그녀를 알거나 만나본 마을 사람들도 그 점을 인정한다. 소피아와 마찬가지로 그들도 그녀를 생색내며 대하기도 하지만 그녀에 대해 경외감을 품고 있다. 화자는 "그녀는 기질적으로 온순하지만 경이감을 일게 하는 면을 갖고 있다"고 말한다. 젊은이들은 그녀를 구식이라고 생각한다. 그녀는 그런 판단들을 전혀 알지 못한 채 잔잔한 삶을 이어간다.

이런 점들을 알지 못한다는 것은 두 자매에게 강력한 방어막을 제공한다. 소피아는 그녀의 남편이 떠난 뒤 그에 대해 아무것도 느끼지 않는다. 그가 병들고 궁핍한 모습으로 다시 나타난 뒤 그녀는 곧바로 알 수 없는 이유로 죽는다. 콘스턴스는 그녀의 삶에 여동생이 다시 합류하게 된 것이 기쁘기만 했다. 하지만 소피아가 죽고 나자 그녀는 안도감을 느낀다. "그녀의 느긋한 평온 속에 정력적이고 능수능란한 소피아가 불쑥 나타나 오랜 습관의 흐름을 망쳐버렸다." 소피아가 죽기 한참 전쯤에 콘스턴스는 동생을 '이기며', 자신이 이겼다는 사실도 알고 있다. 그녀는 호텔에 잠시 기거했다가 결국 옛 집에 돌아와 머문다. 소피아와 의사는 그녀가 집 밖으로 나가 사치의 맛을 보고 자신이 가진 돈으로 즐거움을 얻게 하려 하지만 "순박한 콘스턴스는 이를 전혀 알지 못한 채 활동적이고 완강한 두 사람이 그녀가 앞으로 20여 년을 즐겁고 행복하게 살 수 있도록 삶을 준비해왔다는 사실을 전혀 눈치채지 못했다." 그녀와 소피아는 그들이 알고 싶어하지 않는 것은 언제나 알지 못한 채 지낸다.

소피아는 언니와 살더라도 스스로 매력적이고 재주가 많고 영리하다는 자의식을 유지하지만, 소설 속에 나오는 증거를 모아보면 그녀의 감정의 범위와 지성은 콘스턴스만큼 제한적이라는 사실을 알 수 있다. 일찍이 외판원과 사랑에 빠진 뒤 그녀는 다시는 아무도 사랑하려 하지 않는다. 반대로 콘스턴스는 남편과 아들에게 항상 헌신적이다. 아들의 결점을 못 보듯이 여동생의 결점도 보지 못한다. 그러나 소피아는 자신의 우월감을 유지하기 위해 타인의 결점을 찾아야 한다. 그녀의 인생 선택은 그녀의 어머니보다 훨씬 야심찼지만, 그녀의 어머니와 마찬가지로 다른 사람들이 어떻게 해야 할지 항상 알고 있다는 방어적 확신감을 길렀다. 프랑스에서 여관 주인의 경력을 시작하는 용기를 지녔지만 그 역할(그녀는 거기서 신중함,

절약, 집안 기술 등 모성적 덕성을 발휘했다)의 한계 밖으로 나가는 모험은 하지 않았다.

요컨대 베넷의 내러티브는 보바리 부인 같은 낭만적 여성과 그녀의 따분하고 상상력이 없는 언니를 그리는 게 아니라, 공유된 유전적 특성과 환경이 가능성의 대부분을 결정하는 두 여성을 다룬다. 소피아는 버슬리와 그것이 의미하는 모든 것으로부터 달아나는 것처럼 보였으나 그녀는 그러지 않았고 그럴 수도 없었다. 독자가 이 사실을 깨닫기까지의 과정이 이 소설의 드라마를 이룬다.

『전래 이야기』의 플롯 자체에는 극적 사건이 거의 없다. 내가 이미 언급했듯이 베넷은 그의 이야기 속 큰 사건들이 최대한 극적으로 보이지 않도록 애써 노력하고 있다. 주인공들의 죽음을 포함해 내러티브상의 여러 번의 죽음은 거의 강조되지 않은 채 기술된다. 인물들의 행동과 고통도 상술하지 않는다. 소피아의 어릴 적 연애 행각 이후 내적 흥분도 거의 나타나지 않는다. 하지만 포비 가족에게서 보이는 것이 실상과는 많이 다르다는 사실을 점차 깨달으며 독자의 마음속에는 많은 일들이 일어난다.

이상적으로 보자면, 독자는 그 가족이 평범한데도 불구하고 왜 관심을 끄는지를 파악하게 된다. 베넷의 방법은 울프와 전혀 닮지 않았다. 만약 울프가 그의 작품을 시시하고 흥미롭지 않다고 여긴다면 그 역시 그녀의 작품이, 다른 의미이지만, 시시하다고 말할 것이다. 『전래 이야기』는 내면적 삶에 지나치게 초점을 맞추는 것은, 크게 보았을 때 그리 중요하지 않은 내적 사건들에 잘못된 중요성을 부여하게 된다는 점을 시사한다. 여기서는 외부적 상황과 유전적 특성이 더욱 중요하다. 개인의 자의식이 이런 인식에 저항하려 할 수도 있겠지만, 그것을 성취해야만 자아를 새롭게 규정하는 희망을 가질 수 있다.

말할 필요도 없이 이 모든 것이 내가 베넷을 처음 읽을 때는 머릿속에 떠오르지 않았다. 나는 그가 이룬 성취의 본질을 파악할 인생 경험도, 문학적 세련됨도 없었으며, 막 박사학위를 받긴 했지만 분석적 습관을 갖고 있지 않았다. 『전래 이야기』가 중요한 것을 다루고 있다는 사실을 알아내거나 베넷이 얼마나 교묘하게 독자들을 새로운 깨달음으로 유도하는지를 보는 것은 신나는 일이다. 많은 등장인물들(일부는 약간의 세부 묘사만 주어졌고 일부는 행동을 길게 묘사함으로써 풍부하게 묘사됐다)과 재회하면서 오래전에 그랬듯 나는 또 한 번 긴장 완화와 안도감을 느꼈다. 동시에 이 소설에서 내가 예전에 본 것보다 얼마나 많은 일이 일어나고 있는지 알아차렸다. 『전래 이야기』를 다시 읽는 것은 다시 읽기에 따른 보상을 보여주는 전형적인 경험을 제공했다. 나는 아널드 베넷을 즐기는 것을 더 이상 쑥스러워할 필요가 없다. 이제 그를 어떻게 옹호해야 할지 안다.

이 장에서 논의된 세 작품을 다시 읽은 결과를 나는 전혀 예상하지 못했다. 나는 우드하우스를 이제는 떨쳐버린 어린 시절의 방종으로 경멸하고 『전래 이야기』는 지루하게 느낄 것이라고 예상했다. 콜리어는 여전히 오락의 원천으로 기능할 것이라고 기대했다. 그러나 내가 좋아하리라고 생각했던 작품보다 나는 더 성장해버렸고, 내가 성장을 통해 넘어섰다고 여길 것 같던 작품들을 여전히 좋아하는 걸로 드러났다. 우드하우스가 여전히 즐겁다는 사실과 그 이유를 생각해볼 수 있다는 것은 커다란 즐거움이다. 콜리어는 내가 한때 그를 좋아했다는 사실이 부끄러울 정도로 싫어졌다. 『전래 이야기』는 마음을 진정시켜주는 작품을 넘어 일류 소설로 변모함으로써 나를 놀라게 했다.

이런저런 식으로 해서 나는 '은밀한 즐거움'을 잃어버린 것 같다. 나는 그 모두가 사라지지 않았기를 희망한다. 그 작품들을 혼자 끌어안는 즐거움과, 소중한 친구에게 적절한 상황에서 그런 책을 읽는다고 고백하는 즐거움도 마찬가지다. 물론 '은밀한 즐거움'의 유형에 속한 대부분의 책들은 사람들이 늘 다시 읽고 싶어하는 책들은 아니다. 내 마음속에 이 책들이 선뜻 떠오르지 않은 것도 그 때문인 것 같다.

소녀 시절에 책을 읽을 때는 의식적인 가치의 차별화를 상관하지 않았다. 다시 읽기가 항상 제공하는 놀라움 중 하나는 의외의 장소에서 내가 여전히 옹호하는 종류의 가치를 발견하는 것이다. 물론 이제 나는 젊었을 때와 다른 방식으로 읽으며, 박사과정 학생일 때와도 다르다. 전문적 훈련과 직업적, 비직업적 경험이 나의 읽는 습관을 바꿔놓았다. 목적의식적인 다시 읽기는 예전에 책을 읽을 때는 없었던 일종의 자의식을 만들어내며 자의식은 교사와 비평가의 읽기에 내재돼 있다. 다른 마음상태와 마찬가지로 자의식은 내 앞에 놓인 책에서 무엇을 보는가에 영향을 미친다.

나의 독서는 직업과 다시 읽기의 취미가 긴밀히 연결된 특수한 경우다. 하지만 친숙한 텍스트를 다시 읽다가 명백한 변화를 발견하는 독자라면 누구나 우리가 어떻게 읽느냐와 무엇을 읽느냐(독서를 통해 우리 스스로 무엇을 이해하느냐) 간의 명백한 연관관계를 인식할 수 있다. 이해 자체를 위해 책에 집중하는 것과 손쉬운 즐거움을 위해 건성건성 읽는 것의 명백한 차이는 두 가지의 친숙한 다시 읽는 방식으로 주의를 환기시키지만, 또한 다른 가능성들도 있다. 미적 만족을 위한 독서, 플롯을 즐기기 위한 독서, 인생의 교훈이나 정보, 안락을 구하기 위한 독서, 도피를 위한 독서 등 목록은 어렵지 않게 이어진다. 그 속에서 우리가 찾고자 하는 것을 발견하는 경우는 적지 않다. 다시 읽기는 우리가 지금은 무엇을 찾고 있으며, 과거에는 무엇을 찾아 헤맸는지를 깨닫게 해줄 수 있다.

11
함께 읽는 책

아무도 책을 혼자 읽진 않는다. 어떤 책을 처음 만나 혼자서 읽더라도 우리는 그 책의 작가와 침묵의 대화에 참여한다. 작가는 우리의 반응을 이끌어내려 하고 우리는 그것을 북돋거나 저항하거나 승인한다. 뿐만 아니라 우리보다 앞서 그 책을 읽은 사람들, 때로는 몇 세대에 걸친 독자들의 희미한 존재가 배경에 맴돈다. 어쩌면 우리는 책을 읽기 시작하기 전에 그 책에 대해 들어보았을지 모른다. 어쩌면 최근의 서평이나 누군가의 가벼운 혹은 열정적인 추천에 의해서, 혹은 다른 책에서 언급을 보고 그 책에 끌렸을 수도 있다. 우리가 의식하건 못하건, 이 모든 경우에 우리는 다른 사람들과 함께 책을 읽는 것이다.

함께하는 다른 사람이 문자 그대로 실체를 가질 때가 있다. 그런 일이 자주 일어나지는 않았지만 모두 기억할 만한 일이었다. 최근 북클럽이 확산되며 많은 사람들이 그런 경험에 친숙해졌다. 북클럽 확산 현상은 오프라(그녀의 북클럽은 1996년에 시작됐다)를 앞서지만 그녀의 영향력이 확산을 북돋운 것은 확실하다. 나는 수년간 복수의 북클럽에서 활동하고 있는 많은 사람들을 안다. 함께 읽는 사람들은 가상세계에 존재하는 온라인 독서 그룹에서도 함께 읽는 경험을 조성했다. '한 책, 한 도시' 같은 프로그램은 한 마을이나 도시, 주의 모든 주민들이 일정 기간에 같은 책을 읽기를 권유하고 토론회를 조직하여 함께 읽는 경험을 넓히고 있다. 그런 현상은, 남들이 어떻게 판단할까 하는 대학 강의실 같은 곳의 불안함 없이, 다른 사람들과 지적, 감정적 경험을 공유하는 일이 얼마나 매력적인지를 드러내준다.

나는 그런 조직된 행사에 참여해본 적은 없지만 다른 사람들과 책을 같이 읽은 적은 가끔 있었다. 드물지만 새로운 것에 눈뜨게 하는 경험이었다. 실은 교실에서 학생들과 함께 읽는 반복적인 특권을 제외하고 다른 사람과 함께 책을 읽은 경험은 세 가지 정도의 일화밖에 기억나지 않는다. 어머니와 함께 읽은 첫 경험이 가장 강렬했고 지속적인 영향을 남겼다. 대학에 가기 직전 여름의 일이므로 아마 열네 살 때였을 것이다. 도서관에서 오스틴 태펀 라이트Austin Tappan Wright가 쓴 『아일랜디아Islandia』를 집으로 빌려왔는데 그것을 고른 이유는 아마도 무척 두꺼웠기 때문일 것이다. 아버지는 하루에 책을 한 권 이상 읽지 말라고 하셨다. 내 시력이 나빠질까 봐서였다. 그 때문에 나는 매우 두꺼운 책들만 골라 읽게 됐다. 나는 책을 빨리 읽는 편이었으므로 하루 한 권으로는 나의 독서욕을 채울 수 없었다.

무엇 때문에 어머니가 그 책을 집어들었고—어머니는 그동안 내가 읽는 책에 아무런 관심도 보이지 않았다—더욱 놀랍게도 그것을 읽기 시작했는지는 도무지 짐작할 수 없다. 어머니는 일단 읽기 시작하자 그 책에 빠져들었다. 어머니와 나는 『아일랜디아』를 동시에 읽기 시작했다. 책을 먼저 집어드는 사람이 그날 계속 읽을 수 있었다. 우리는 그 책을 즐겼고 그것에 관해 대화를 나누었다.

이것은 특별한 사건이었다. "책에서 얼굴 좀 떼라" 하는 어머니의 못마땅해하는 말은 내 어린 시절 내내 메아리쳤다. 어머니는 독서 자체를 싫어한 것은 아니었지만 내가 독서에 너무 빠져 있다고 생각했다. 독서 대신에 뭘 하길 원했는지는 잘 모르겠다. 내가 해야 할 일은 침대 정리와 식탁 준비, 설거지 정도였다. 어머니는 내가 더 많이 놀거나, 집밖으로 더 많이 나가거나, 혹은 '정상적인' 아이들 같아야 한다고 생각했는지도 모른다. 어머니 당신은 활기차고 독창적이고 집 안팎에서 항상 바빴다. 화단을 가꾸고 시멘트를 섞고 페인트칠을 하고 요리도 훌륭하게 했으며 가구에 천을 씌우고 커튼을 만들고 딸들의 옷도 지었다. 저녁에는 독서를 하곤 했는데 내가 도서관에서 어머니를 위해 빌려온 여성지나 〈리더스 다이제스트〉, 여행책, 전기물 등을 읽었다. 하지만 내가 읽는 식으로는 읽지 않았으며 나와 같은 책을 읽지도 않았다.

하지만 그때는 그랬다.

그 시절 플로리다에서 여름을 난다는 것은 만만찮은 일이었다. 에어컨이 없었고 천장 선풍기도 몰랐다. 오후마다 비가 와서 낫긴 했지만, 수온이 섭씨 20도쯤 되는 중부 플로리다의 물웅덩이에서 매일 수영을 해야 그나마 버틸 수 있었다. 집에 있을 때는 어머니와 함께 부모님 침실의 트윈베드 위에서 머리를 침대의 발치 쪽으로 두고 창문에서 불어오는 바람을 최대한 많이 맞으려 했고, 두 개의 대형 박스 선풍기를 잘 배치해서 돌렸다. 언니는 이 무렵 어디에 있었는지 기억나지 않지만 나보다 더 활기찬 사회생활을 즐겼다. 무더운 여름날 독서는 집에서 나의 오락이었고 더위를 잊을 수 있는 방법이었다. 어머니는 독서를 하거나 창문 밖을 바라보거나 낮잠을 청하시곤 했다.

이런 비활동적인—거의 혼수상태에 가까웠던—생활 속에 『아일랜디아』가 나타났다. 최근에 중고서점에서 구한 초판은 내가 기억하는 그 책과 똑같이 생겼다. 소설은 1013쪽을 빼곡 채우고 있는데 작가가 죽은 뒤 그의 딸이 2300여 쪽의 원고에서 추려낸 것이다. 라이트는 그것을 출판할 계획이 없었다. 그는 여가 때마다 어릴 적부터의 상상을 발전시켜 상상 속의 섬 왕국과 그곳의 지리, 식물, 역사, 정치, 사회제도, 주민 등에 대해 기술했다. 1924년 사십대의 나이에 사고로 죽은 라이트는 변호사이자 법학교수였으며 다른 작품은 남기지 않은 채 아일랜디아의 '철학적 역사'를 구성하는 원고와 그 섬의 언어와 역사에 관한 다양한 문서들을 남겼다. 아마존 사이트에서는 『아일랜디아』의 페이퍼백 두 종류를 팔고 있다. 39개의 독자평이 올라와 있는데 그 중 37개가 최고 평점인 5개의 별점을 주었다.

나는 그 작품에 5개의 별점을 매길 것이며 어머니도 마찬가지일 것이라고 생각한다. 어머니가 그 책을 읽는다는 사실보다 더 놀라웠던 것은 나만큼 그 책을 즐기셨다는 사실이다. 우리는 주인공인 존 랭의 연애에 가장 큰 관심을 쏟았다. 그는 하버드 대학(작가와 같은 1905년 졸업반이다)과 로스쿨을 졸업한 미국인으로 대학에서 아일랜디아 출신 친구를 사귀고 그곳 언어를 조금 배운 뒤 아일랜디아에 미국 영사로 부임한다. 아일랜디아 여성 두 사람과 연속적으로 사랑에 빠진 뒤 그 중 하나와 잠자리를 함께한다. 그러나 결국은 미국 여성과 결혼하며 그녀는 그를 따라 이상향 같은 그 섬으로 간다.

어머니와 나는 이 결혼에 의심을 가졌다. 과연 지속될 수 있을지 궁금했다. 부인인 글래디스는 아일랜디아에 대해 제대로 이해한 것 같지 않아 보인다. 남편과 달리 그녀는 미국식 가치관을 갖고 있다. 그녀는 존으로 하여금 아일랜디아 여성과 가졌던 성관계가 "부도덕"했음을 인정하도록 연거푸 시도한다. 그녀는 이내 진정되지만 자신의 정사가 부도덕하지 않았다는 그의 주장을 결코 수긍하지 못한다.

어머니 역시 혼전에 성적 표현을 하는 것은 부도덕하다고 생각했으며 우리가 『아일랜디아』를 읽기 한참 전에 내게 이 점을 분명히 했지만 그 소설과 관련해서는 그 점을 한 번도 강조하지 않았다. 어머니의 관심은 글래디스의 심리에 맞춰져 있었다. 미국 여인이 아일랜디아의 관습에 적응할 수 있을까? 아일랜디아 사람들을 따뜻이 대할 수 있을까? 그 곳의 직업에 만족할 수 있을까? 잘 적응하는 남편을 미워하게 되지 않을까? 존이 선호하는 조용한 생활이 그녀를 지루하게 만들지 않을까? 어머니는 마치 실제 사람들과 장소에 대해 이야기하듯이 그런 질문들을 제기했다.

그 모든 페이지를 읽고 자료들을 모조리 흡수하던 나 역시 아일랜디아를 실제 장소로, 등장인물들을 살아 있는 사람들로 생각했다. 나는 어머니의 질문에 내 생각을 밝히고, 비슷한 가정들에 기반한 나의 질문들을 제기했다. 혼전 성관계는 신경 쓰이는 주제였다. 나는 그것에 대해 별로 이야기하고 싶지 않았는데, 어떻게 생각해야 할지 결정하기 어려웠고 나름의 결론을 도출하는 데 어머니의 권위가 작용하길 원치 않았기 때문이다. 하지만 나 역시 그 결혼과 관련된 의문들에 사로잡혔다.

우리는 또한 아일랜디아라는 장소에 대해 많은 이야기를 나눴다. 만약 그 섬이 실제 있다면 그곳에 가서 살 수 있을까? 우리 스스로 그렇게 하고 싶어할까? 어머니는 회의적이었고 나는 생각이 나뉘었다. 가족을 떠난다는 것은 싫었지만 모두가 정직하게 말하고 사는 나라라는 관념은 나의 이상주의에 어필했다. 어머니는 아일랜디아의 체제는 불가능하며 사람들은 자기 이익에 부합할 때만 정직하다고 말했다. 우리는 그 문제에 대해 한참 언쟁을 했다. 어머니는 언니나 내가 조금이라도 거짓말하는 기미가 있으면 항상 혼을 냈기 때문에 어머니의 입장은 나를 혼란스럽게 만들었다.

하지만 우리의 대화 내용은 중요하지 않았다. 내가 시작의 단초를 제공한 경험을 어머니와 내가 공유했다는 사실이 중요했다. 우리가 함께 읽은 그 책을 분량 때문에 고른 건 사실이었다. 그럼에도 어쨌든 나는 그 책을 골랐고, 어머니는 그 책에 관심을 보였으며, 우리는 동등한 자격으로 그것에 관해 이야기했다. 이 일이 준 스릴은 그 소설을 대단하게 보이게 했다.

나는『아일랜디아』에 관해서 어느 누구에게도 이야기한 적이 없다. 얼마 전에 그 책을 파는 것을 보고 구입했는데, 그 낡은 책은 싼값에 비해 무척 많이 읽힌 것 같아 보였다. 책장에 몇 달간 꽂아둔 채 그 책을 펼치지 않았다. 다시 읽기가 두려웠다. 마법이 사라지고 어릴 적 열정이 쑥스럽게 느껴지고 어머니에 대한 행복한 기억이 훼손될까 두려웠다. 그러다 다른 사람들과 책을 함께 읽은 경험에 대해 생각하기 시작하면서 이제 그 책을 펼칠 때가 왔음을 알았다.

처음에는 단조로운 산문체로 쓰인 데다 내게는 흥미 없는 세부사항 묘사에 치중하고 있어서 읽기가 버거웠다. 존 랭은 하버드 대학에 간다. 아일랜디아 출신인 돈을 만난다. 존은 어떤 여성과 사랑에 빠지지만 인물 묘사가 거의 이루어져 있지 않은 그녀에게 곧 '차인다.' 사랑과 이별을 합쳐한 문단밖에 되지 않는다. 그는 실업가로서의 삶을 예찬하는 조지프 삼촌에게 일하러 간다. 그는 뜻밖에 영사 직을 얻고 아일랜디아로 향한다. 그와 독자 모두 그 지역에서의 생활방식을 이해하기 위해 많은 설명을 필요로 한다. 그는 섬을 돌아다니며 그가 본 그대로 자료를 제공한다. 존의 첫사랑은 내러티브에서 무신경하게 처리됐지만 소설의 속도는 급박함 없이 느긋한 편이다. 그 책은 마치 영원히 계속될 것처럼 읽힌다. 사건들이 계속 일어나지만 플롯이 그다지 전개된 것처럼 느껴지지 않는다. 존은 자신의 이력을 하나씩 차례로 서술하며, 복잡성이 발현되기까지는 오랜 시간이 걸린다.

하지만 그 책은 두꺼운 책이다. 오랜 시간을 가질 만한 충분한 여유가 있다. 『아일랜디아』를 다시 읽으며 나는 긴 소설의 특성에 대해 생각하게 되었다. 우선 첫째, 분량 자체가 확신을 만들어낸다. 아일랜디아가 사람들이 실제로 사는 진짜 장소인 것처럼 어머니와 내가 이야기한 이유(두 사람이 문학적으로 세련되지 못했다는 점은 제쳐두고)를 이제는 안다. 책을 절반쯤 읽었을 때 나는 이상한 나라에 관한 진짜 여행 회고록을 읽고 있는 듯 느껴졌다. 몇몇 느린 장면들은 힘겹게 읽어냈으며, 사물들의 외양이나 그것들을 구성하는 자재, 개별 인물들과 그들의 사회적, 가족적 역할 등 대부분 사소한 것들에 대한 세심한 묘사는 마음을 달래주었다. 화자인 존 랭 자신은 소설 뒷부분에 이를 때까지 뚜렷한 성격을 부여받지 않는다. 그는 다양한 사건들에 단호한 감정으로 반응하지만, 그 감정들은 글의 흐름에 거의 영향을 미치지 않는다. 하지만 영향을 미칠 때는 그 효과는 감동적이라기보다 어색하다. 이를테면 나체의 여인이라는 주제에 대해서 그는 그러면 안 된다고 생각하면서도 흥분한다. "옷을 벗은 여인에 대한 생각은 욕망의 생각과 연관돼 있었다. 아일랜디아 사람들에게는 그렇지 않았다. 내가 그들의 수준까지 도달할 수 있을까?" 이 뻣뻣한 언급은 그가 사랑하는 아일랜디아 여성인 도나의 나체를 보는 순간, 벌거벗음은 더 이상 문제가 되지 않는다는 단언에 자리를 양보한다. "그녀의 눈과 미소를 들여다볼 수 있었으며 물에 젖은 채 빛나는 맨 어깨와 숨김없고 정직하며 풍만한 그녀의 가슴을 잠시 동안 볼 수 있었다." 숨김없고 정직한 가슴이란 관념은 내가 소녀 적이었을 때와 마찬가지로 여전히 당혹스럽다. "정직한"은 나체를 묘사할 때 존 랭이 애호하는 형용사로 소설 내내 등장한다.

오스틴 태펀 라이트는 감정을 썩 잘 묘사하지 못했으며 그의 문체는 탁월한 스타일을 확립하지 못했다. 그렇지만 그런 특징은 내러티브를 진짜처럼 느끼게 만들어 불신의 유보를 돕는다. 감정에 대한 서툰 묘사는 풍속과 지리에 대한 보고를 더욱 진짜 같아 보이게 한다.

그리고 정치가 있다. 이번에 『아일랜디아』를 두 번째 읽으면서 여러 차례 놀랐는데 그 중 하나는 정치에 관한 것이다. 예전에 읽을 때는 보이지 않았던 주제였지만 이번에는 소설의 지배적 관심사 중 하나로 보였다. 아무것도 기억하지 못했지만, 국제적 외교 분쟁이나 국내의 정치적 갈등이 플롯의 많은 부분을 차지하고 있다. 예전의 나에게 이 작품은 어떤 젊은이가 결혼을 하기 위해 노력하다 끝내 성공하는 이야기며 그 이야기에 지리적, 사회학적 세부 사항이 덧붙여진 소설이었다. 존 랭의 연애가 이국적 무대에서 일어난다는 것이 흥미를 더했고 아일랜디아 사람들의 윤리관이나 그와 관련된 생활방식도 흥미로웠지만 다채로운 사랑 이야기가 핵심이었다. 어쩌면 내가 과장하고 있는지 모르겠다. 내가 그렇게 많은 것을 놓쳤다는 게 도무지 이해되지 않는다. 어머니의 이해가 나의 이해에 영향을 주었던 것일까? 어머니에게 흥미를 끌지 못한 요소들을 내 마음속에서 지워버렸던 것일까? 그런 가정은 다른 사람과 함께 읽는 행위에는 가능성이 줄어드는 어두운 면이 있음을 시사한다. 책을 같이 읽는 사람이, 십대 초반의 딸에게 어머니가 행사하는 종류의 영향력을 갖고 있는 경우라면 더더욱 그렇다. 딸이 아무리 반항적이라도(나는 그렇지 않았다) 어머니의 목소리에는 엄청난 무게가 실린다. 책을 같이 읽는 사람들은 서로의 반응에 영향을 미치고 제한한다. 예전에 북클럽을 한 번 방문했을 때 그런 사례를 목도한 적이 있는데, 그날 저녁 토론할 책은 『오만과 편견』이었다. 참석한 사람 중 가장 권위 있어 보이던 여성이 그 작품의 플롯은 터무니없고 인물들은 그럴듯하지 않으며 표현은 불가해하다고 단언했다. 그 소설을 읽는 즐거움을 이야기하던 모든 사람들이 일순 입을 다물었다. 나는 아무 말도 하지 않았다. 내가 말을 하면 선생님처럼 들리리라는 것을 알고 있었다. 나는 방문객일 뿐이었다.

내가 그렇게 많이 놓친 것에 대해 어머니를 원망해야 하는지 모르겠다. 그 책의 정치에 관한 부분은 결국 놓칠 수밖에 없었을지도 모른다. 우리 가족은 정치적이지 않았다. 부모님 두 분 다 충실한 공화당원이었지만 정치에 대해 토론하시는 것을 들은 기억이 없다. 그 책의 정치적 사상들에 흥미를 갖기에는 내가 아는 게 너무 없었던 것 같기도 하다.

하지만 지금의 나는 흥미가 있으며, 정치적, 사회적 관심사가 작가의 집필 의도의 핵심이라는 것을 깨달았다. 그 소설의 핵심 쟁점은 아일랜디아가 다른 나라들과 교류를 해야 하느냐, 마느냐의 문제였다. 엄청난 가치를 가진 광물들이 그 섬의 지표면 아래 매장돼 있었다. 특히 독일은 그 자원을 손에 넣기 위해 광석을 항구까지 실어나를 철도 건설에 열의를 보였다.

그들은 아일랜디아를 현대 세계에서 번영하게 만들고, 재봉틀에서 자동차에 이르는 새 기계류와 새로운 가능성들을 만들어내는 '진보'의 비전을 장황하게 늘어놓았다.

아일랜디아 의회는 그 쟁점에 대해 의견이 갈렸다. 진보를 지지하는 의회지도부에 의해 다른 나라들이 외교관들을 보낼 수 있게 하는 조약이 통과되었다. 그 조약은 그러나 외교관 직위가 없는 외국인은 1년 이상 섬에 머물지 못하도록 규정했다. 존이 섬에 왔을 때는 섬의 문호를 개방할 것인지를 결정하는 투표가 임박하고 있었다. 그의 친구 돈의 아버지는 개방 반대 운동을 이끌었다.

존은 미국 영사로서 본국의 상업적 이익을 도모해야 했으나 많은 제안들이 그의 윤리관과 배치됐다. 국익을 제대로 지원하지 않는다고 여겨진 그는 압력에 의해 사임하게 되며 자신이 사랑하게 된 나라에서 1년 내에 떠나야 한다는 사실에 슬퍼한다. 그는 아일랜디아가 분리를 유지해야 하며, 진보는 개인과 집단의 자율성을 희생하는 대가로 이뤄질 것이고, 다른 나라들은 아일랜디아가 필요로 하는 어떤 것도 갖고 있지 않다고 믿는다. 돈과 그의 친구들에게 동지로 여겨진 그는 국경 방어를 돕고 침략군이 도착했을 때 주민들에게 영웅적으로 경고를 전달한다. 무고한 사람들을 보호하다 부상당한 그는 모든 아일랜디아 사람들에게(그 나라는 작은 나라다) 영웅으로 알려지게 된다. 돈 가족의 주도로 인해 입법투표는 아일랜디아의 독립을 지키는 결과를 낳고, 존 랭은 그의 무용에 대한 보상으로 섬에 머물 권리를 얻게 된다.

이 설명에서 많은 부분을 빼먹었지만 적어도 소설의 핵심적인 정치 드라마는 요약한 셈이다. 라이트는 내러티브가 고립주의, 기존 체제의 유지,

혁신에 대한 반대 등 보수적 견해를 지지하도록 유도한다. 그는 이런 입장을 아일랜디아의 독특한 조건들과 관련해 그럴듯하게 만든다. 기계류가 없는 이 나라는 농업과 수공예에 기반한 경제를 발전시켰다. 땅 소유권에 기반한 초보적인 계급 체제가 있었지만 지주와 소작인을 구분하는 실질적 차별은 거의 없다. 정치 지도부만 다른 사람들과 구분될 뿐이다. 외부로부터의 위험이 없었던 까닭에 군인 계급도 존재하지 않는다. 사람들이 살아가는 방식에는 큰 다양성이 없었지만 누구도 이 점을 불평거리로 여기지 않는다. 그것의 결과 중 하나는 사회 전반의 평온함이다. 자신의 땅에 대한 깊은 사랑은 매우 중요해서 아일랜디아 사람들은 그것을 일컫는 특별한 단어를 갖고 있다(성적 사랑과 결혼으로 이어지는 사랑에 대해서도 각각 특별한 단어가 있다). 사람들의 정직함과 솔직함 역시 이들의 특징으로, 주인공은 이를 통해 자신의 아일랜디아 연인이 다른 사람(왕)과 결혼한 데 대한 유감을 달랜다.

이제 나는 정직과 솔직함이 다른 사람의 마음을 결코 아프게 하지 않는다거나, 소작인들이 지주에게 원한을 갖지 않는다거나, 사람들이 예외 없이 서로 도와주기 때문에 그 농업사회에 극심한 가난은 존재하지 않는다는 유토피아적 가정들에 의심이 든다. 다른 어떤 나라도 아일랜디아를 침범하려는 시도를 하지 않았고 국경이 침탈당할 가능성에 대해 아일랜디아인들이 아무런 우려도 하지 않았다는 것은 그럴듯하지 않아 보인다. 하지만 유토피아 소설들은 항상, 독자가 작가의 가정을 믿고 그것이 전개되는 방식을 즐기기로 결심하는 상상적 믿음을 요구한다. 『아일랜디아』에서 그 전개는 온건한 편이다. 하지만 글래디스라는 인물은 솔직함이나 정직함, 농업의 정신에 저항하는 회의론자 역할을 소설에 제공한다.

글래디스는 이런 방식으로 중요한 역할을 맡는다. 혹은 그녀는 중요한 역할을 '해야만 한다'고 말하는 편이 더 나을지 모르겠다. 처음 읽을 때 어머니와 나는 그 소설이 결론을 향해 서둘러 나아가고 있으며, 쟁점들을 제기한 뒤 충분히 발전시키지 않았다는 점을 알아차리지 못했다. 랭의 결혼은 우리가 생각했던 대로 문제가 많다. 그 사실은 라이트의 내러티브 구조에서 중요한 기능을 수행한다. 그것은 아일랜디아의 고립주의적이고 이상주의적인 이념을 옹호하는 주장들을 명시적으로 재요약하며, 중요한 인물들을 다소 무신경하게 재등장시킬 기회를 만들어낸다. 미국적 가치관에 젖은 글래디스는 아일랜디아의 이념에 저항한다. 그녀는 특히 시대를 앞선 존의(라이트의) 결혼관에 저항한다. 존은 아일랜디아에서 배운 것들에 영향을 받아, 남편이 아닌 자기 자신으로 남고, 남편의 요구와 욕구에 세심하지만 독립적으로 사고하고 행동하는 평등한 동반자를 원한다. 하지만 글래디스는 오직 남편의 소유물이길 원한다.

존은 그의 아일랜디아 정착을 결심하기 전에 미국으로 돌아와 삼촌 회사에서 일자리를 얻어 열심히 일한다. 삼촌은 그의 헌신적인 노력을 본 뒤 동업을 제의한다. 그 제의는 엄청난 재정적 이익을 약속하는 것이었으나, 오히려 존은 그 때문에 아일랜디아로 영원히 돌아가겠다는 결정을 내리게 된다. 삼촌과 다른 가족들은 그 결정을 도무지 이해하지 못하며 삼촌은 강력히 반대한다.

존이 뉴욕의 기업인으로 머무는 기간에 대한 『아일랜디아』의 서술은 거의 전적으로, 현실의 미국식 방식에 대한 명시적이거나 암암리의 비판으로 채워져 있다. 남자건 여자건 모두 긴장하고 초조해한다. 일도 여가도 인간적 요구를 충족시키지 못한다. 뉴욕은 비인간적이다. 존의 형제인 필립은 미국식 방식을 옹호하는 논리를 편다. 그것의 핵심은 진보에 대한 믿음, 결정을 내리는 데 있어 이성만을 유일한 타당한 근거로 받아들이고, 야망을 모든 가치 있는 인간의 추동력으로 여기는 데 있다. 야망은 가치의 시험이다. 존이 모든 행동을 이성으로 통제하기보다 "더 느껴야" 한다는 그의 갈망을 피력하자 필립은 그를 쾌락주의자로 비난하며 사람을 부르는 최악의 표현으로 그가 여기는 그 말을 수차례 반복한다.

직장생활과 도시 생활에 대한 묘사는 대체로 희화적인 강렬함을 지니고 있다. 작가의 열정적인 확신 때문에 미국과 관련된 대목이 활력을 띠게 되었지만, 작가의 관심은 서구적 가치관에 대한 전면적인 비난을 늘어놓는 데 있는 것 같지는 않다. 내러티브에서 가장 중요한 것은 존 랭을 아일랜디아로 돌려보내 아내를 얻게 하는 것인데, 이것 역시 무신경하게 다뤄졌다. 글래디스에 대한 존의 애정은 비록 자주 언급되긴 했지만 그럴듯하게 느껴지기엔 너무 급속하게 자랐다. 대조적으로 아일랜디아에 대한 그의 애정은 매우 설득력 있다.

글래디스는 그녀의 가상적인 아이들에 관한 토론에서 야망을 지지하는 자신의 주장을 재요약한다. 그녀는 남편이 그 아이들이 '최상의 사람들'과 만나고 함께 지내도록 하는 데 관심이 없고, 그들이 농부가 아닌 다른 직업을 갖게 하는 데 무심하다고 남편을 책망한다. 그녀는 진보를 강력히 믿는다. 그녀는 존이 사랑하는 농장에서의 삶이 따분하다고 불평하거나 가식적으로 불평을 참는다. 그녀는 윤리적 문제나 사회적 문제에 부딪힐 때 자신의 어머니를 권위자로 인용한다. 무엇보다 그녀는 존의 소유물이고자 하는 욕망을 반복적이고 단조롭게 표현한다. 그녀는 그를 즐겁게 하는 것만을 하고 싶어한다. 잘못을 저질렀을 때는 그녀를 채찍질로 벌하길 원한다. 그녀는 주인님, 남자다운 남자를 원한다.

존과 글래디스는 그들의 문제를 해결하는 데 섹스에 의존한다. 소설의 마지막 100여 쪽은 앞뒤가 생략되고 조심스럽고 반복적인 형태로 모두 존의 만족으로 끝나는 성관계를 기술한다. 그런 '해결책'은 아무것도 해결하지 못하며 존은 이것을 깨닫지만 더 나은 방책을 찾지 못한다. 『아일랜디아』는 결국 독자에겐 불만스럽더라도 등장인물들에게는 즐거운 결론이 되도록, 결혼생활의 어려움의 해결책으로써 글래디스의 임신을 제시한다. 아이는 그녀에게 책임감과 활동을 줄 것이며 아일랜디아 생활에 정착하게 할 것이다.

이 요약은 『아일랜디아』의 마지막 4분의 1 부분이 드라마보다는 이념에 치중하고 있다는 점을 보여준다. 마치 작가의 상상력이 바닥을 드러낸 양 결말은 그렇게 처리된다. 연애 과정이 설득력이 워낙 없어서 결혼생활의 묘사는 이전 내러티브의 인물, 상황이 주던 재미를 지니고 있지 못하다. 앞서 아일랜디아 사람과 땅, 풍습에 대한 느긋한 묘사는 그 상상의 나라를 설득력 있고 매력적으로 만들었다. 미국이 무엇이 잘못됐는지를 보여주고, 아내를 어떻게 얻을 것인지를 서둘러 제시하고, 성적 만족과 이념적 불화로 가득한 결혼생활의 개요를 최대한 빨리 전달하려고 시도하는 바람에 소설은 설득력을 잃었다. 또한 상상의 목적보다 축구의 목적이 소설을 이끌어가는 게 아닌가 하는 불편한 의심을 하게 했다.

어쩌면 어머니와 나는 글래디스와 그 결혼의 건강함에 대해 염려할 때 똑같은 불편함을 느꼈는지 모른다. 나는 여전히 마지막 200여 페이지에서 뭔가 잘못된 느낌을 받지만 이제는 다르게 해석한다. 글래디스는 아일랜디아 식 생활방식에 저항하며 불만을 품은 것으로 묘사되다가 임신 때문에 갑자기 만족스러워하는 것으로 바뀌는데, 이는 존 랭이 명백히 반대했던 가부장제적 가치로의 회귀다. 아니면 그 소설은 자본주의적 생활 방식에 문제를 제기하고 야망에 대한 대안과 광범위한 관여를 주장하려는 의도의 일환으로서 의도적으로 독자의 불편함을 유발하고 그것을 유지시켰는지도 모른다.

언어가 서투르고, 전개는 때로 지루하며, 플롯도 불완전하지만 『아일랜디아』는 확신이 주는 활기와 눈앞에 펼쳐지는 듯 세세하게 묘사되는 문화의 상상적 힘을 전달한다. 이 책을 두 번째 읽을 때는 처음 읽을 때처럼 마법에 걸린 듯 황홀하지는 않았다. 그 책이 갖고 있는 덕목들뿐 아니라 모자라는 점들도 보인다. 하지만 예전의 마법 같은 황홀함의 일부는 여전히 『아일랜디아』 위를 맴돈다. 이 연구를 위해 다시 읽은 어떤 작품들보다도 과거의 특별한 순간을 생생하게 되살려낸다. 공유의 경험이라는 기억으로 채색된 그 책은 무시할 수 없는 기운을 지니고 있다. 엄정한 눈을 지닌 문학적 평가조차도 그 사실을 바꿀 수는 없다.

열다섯의 나이에 대학에 들어갔을 때 나는 조그마한 1학년 기숙사에 살았다. 플로리다 호숫가의 목조건물로 20~30여 명의 소녀들이 거주했다. (당시 우리는 스스로를 여성woman이라고 부르지 않았으며 성인 여성처럼 행동하지도 않았다.) 내가 살던 1층 복도 쪽에는 한 방에 2명씩, 전부 8명이 있었다.

2학기 때 문학적으로 큰 사건은(순전히 문학적 이유만은 아니지만) 에드먼드 윌슨Edmund Wilson의 『헤커티 카운티의 회고록Memoirs of Hecate County』의 출간이었다. 그 책 안에는 6편의 단편소설이 느슨하게 연결돼 있었다. 윌슨은 소설가로 탁월한 편은 아니었다. 보통 때였다면 그의 소설을 읽으려고 서두르지는 않았을 것이다. 하지만 단편들 중 하나(훨씬 나중에 산 중고책의 목차에는 그 작품이 연필로 표시돼 있었다)가 당시 기준으로 물의를 일으킬 정도로 에로틱했다. 그 책에 대한 비평과 소문은 항상 「금발의 공주The Princess with the Golden Hair」라는 중편소설에 맞춰져 있었다. 작품의 화자는 등 보호대를 착용하는 아름다운 여인과 정사를 가진 이야기를 들려준다.

우리 층에 있는 누군가가 그 책을 샀다. 그녀는 책을 읽은 뒤 숨죽인 목소리로 그 소설이 "아주 야하다"고 말했다. 나중에 그녀는 다른 소녀에게 책을 넘겼다. 우리는 "야한 소설"이라는 생각에 미리 달떴고, 나중에는 그 사실에 흥분한 채 다함께 그 책을 읽게 됐다. 저녁에 함께 모여 그 책에 대해 이야기하곤 했다. 누가 그 토론에 참가했는지 잘 기억나진 않지만 그 중에는 음악을 전공하는 고지식하고 독실한 기독교 신도와 스페인어로 욕설하는 법을 가르쳐준 활기 넘치는 라틴계 소녀 같은 양 극단이 있었다. 하지만 다들 직접적 경험을 통한 성지식은 거의 전무한 상태였다.

동년배들(나는 그중에서 가장 어렸지만 모두 대등하게 대해주었다)과 야한 이야기를 함께 읽는 것은 어머니와 『아일랜디아』를 같이 읽는 것과는 크게 달랐지만, 그 경험과 마찬가지로 대단했고 내게 특별한 경험으로 남아 있다. 나는 이야기보다 대화가 훨씬 더 잘 기억나며 그것은 우리 모두가 관심을 가졌던 이슈들에 대해 토론할 구실을 제공했다. 혼외정사를 어떻게 생각해야 할까? 유부녀를 유혹한(또는 그녀에게 유혹된) 남자 주인공이 뒤늦게 제기한 질문이었다. 여주인공 이모진은 그녀의 연인이 되려는 남자에게 자신은 결혼했기 때문에 이제 그만 만나자고 말한다. 그는 이렇게 대답한다. "당신은 16년간 결혼해서 랠프가 항상 당신을 가졌죠. 저도 뭔가 가질 자격이 있다고 생각하지 않나요?"(하지만, 나중에 그가 임질에 걸리자 연인은 결혼의 신성함을 지지하는 쪽으로 선회한다.) 남자 앞에서 옷을 벗는다는 것은 어떤 느낌일까? '공주' 자신이 이 이야기를 들려준다면 어떤 이야기가 될까?

내러티브는 결국 이모진과 익명의 화자 사이의 매우 적나라한 섹스 씬을 제공한다. 이모진이 유혹에 넘어오길 기다리는 동안 화자는 댄스홀에서 만난 노동계급 여성인 애나와 연애를 시작한다. 그는 가끔씩 자신이 그녀와 사랑에 빠진 거라고 스스로를 확신시키려 한다. 그 관계에서도 꽤 구체적인 섹스 장면이 나오며, 약간 주저하면서도 마음을 사로잡았던 우리의 저녁 대화에 소재를 제공했다. 어떻게 '섹스를 하는지'에 대해, 여성 오르가슴의 본질에 대해, 텍스트에 수수께끼처럼 언급된 육체적 세부내용에 대해, 우리 몸의 다양한 기관의 성애적 기능에 대해. 요컨대 윌슨의 소설은 우리가 섹스에 대해서 이야기할 수 있게 했다. 섹스에 관한 사안들에 대해 토론해보기는 처음이었다. 예전에 어머니가 내가 알고 있어야 한다고 생각한 지식들을 알려주면서, 내 질문에는 크면 알게 될 거라고만 대답했던 불편한 대화를 제외하면. 그러고 보면 내가 이야기보다 대화를 더 생생하게 기억하는 게 당연하다!

사실 나는 이야기를 전혀 기억하지 못했다. 그 이야기가 번영한 도시 교외지역과 밀주를 파는 불법 술집과 댄스홀의 배경 속에 1920년대에 일어난다는 것도 기억하지 못했다. 등장인물들은 밀주를 엄청 마신다. 주인공과 이모진은 뉴욕 교외('헤커티 카운티')에서 여름을 보내지만 뉴욕 시에도 거주한다. '공주' 이모진은 섹스를 할 때는 등 보호대를 착용하지 않는다.

하지만 나는 그녀가 그것을 착용했던 모습도 뚜렷이 기억한다(화자는 그녀가 등 보호대를 착용한 채 섹스하는 공상을 한다. 그 생생한 환상이 내 마음속에 살아남은 것이다). 그녀의 등 질환은 망상적인 게 분명했지만, 나는 그것이 진짜였다고 기억하고 있었다. 화자의 성생활에서 중요한 다른 여인이 텍스트의 상당한 분량을 차지하고 있는데, 나는 그녀를 잊어버렸다. 더욱이 화자는 이모진과 애나 외에도 다른 두 여자와 잠자리를 함께한다. 내가 보기에 윌슨의 이야기는 동정적인 화자(지금은 도덕적, 심리적으로 그리 매력적이지 않다)와 아름답지만 결함이 있는 여성에 관한 것이었다. 그녀는 텍스트 안에서는 별 문제가 없으나, 그녀의 결함은 육체적이기보다 정신적인 것으로 밝혀진다. 「금발의 공주」는 『아일랜디아』와 마찬가지로 사회적, 정치적 관심사를 반영하고 있는데 나는 당시에 그것을 알아차리지 못했거나 기억하지 못했다.

최근에 다시 읽고 난 뒤 종합적으로 평가해볼 때 내 기억은 대부분 틀렸거나 왜곡된 것이었다. 윌슨이 쓴 이야기는 내가 읽은 것과 거의 관계가 없었다. 내가 기억하고 있는 것은 기숙사 대화의 결과를 소급한 형태라는 것을 이번에 깨달았다. 지금의 나로 하여금 그 이야기를 흥미롭게 느끼게 하는 것들의 대부분을 지난 세월 동안 잊어버렸다.

같은 화자와 장소에 의해 연결돼 있는 『헤커티 카운티의 회고록』 속 소설들은 대부분 평범하거나 그 이하다. 시시하고 무의미하고 반복적이며 그 중 한 편은 거칠게 논쟁적이다. 전체적으로 보면 쉽게 잊혀질 만한 것들이다. 실제 나는 중간의 그 중편소설을 제외하고는 어떤 작품도 기억하지 못했다. 내가 1학년이었을 때 그 작품들을 아예 읽지 않았는지도 모른다. 그 책을 다음 차례로 넘기라는 강한 요구가 있었고, 「금발의 공주」

가 우리 모두에게 강력한 힘을 행사한 것이 분명하나 다른 소설들이 주목할 가치가 있었는지는 분명치 않다. 이번에 나머지 작품들을 읽으면서 소설적 화자를 오로지 이야기를 들려주는 수단으로만 여기는, 그에 대한 명백한 무관심에 놀랐다. 맨 끝에 수록된 『집에 있는 블랙번 부부Mr. and Mrs. Blackburn at Home』만이 「금발의 공주」의 함의를 확대한 작품으로, 그 단편은 나중에 떠오른 생각을 덧붙인 것 같아 보였다.

하지만 놀랍게도 60년 전에는 생각도 못한 이유들로 나는 여전히 「금발의 공주」에서 눈을 떼지 못했다. 소설은 일종의 사회적, 심리적 분석으로, 자기 자신에 대해 통찰을 결여한 남자에 관한 예리한 이해를 발전시켜 나간다. 그는 자주 자신을 책망하고 개선하려는 결심을 세우지만 오래가지 못하며, 다양한 인생의 가능성에 빠져든다. 이중 어떠한 행위도 그를 더 유익한 존재로 이끌지 못한다. 대부분의 시간에 그는 환상에 빠져 있으며 그 환상은 대개 여자들에 관한 것이다.

화자는 꽤 안락한 환경에 산다. 사립학교와 대학교를 나와 경제학 박사 학위 과정에 들어간다. 먹고사는 데 충분한 돈을 상속받으며 학위논문을 쓰기 전에 자퇴한다. 미술과 경제에 대한 관심을 결합해 다양한 역사적 시기의 그림들이 어떻게 다른 시대의 삶을 반영하는지에 대한 글을 쓰려고 결심한다. 소설의 이야기는 1929년에 일어난다. 대공황이 시작됐고 수백만 명이 일자리와 수입을 잃지만, 화자는 헤커티 카운티의 작은 집을 빌리고 겨울에는 뉴욕 시의 아파트를 빌린다. 흑인 가정부가 그의 생활을 돌보며 그가 일시적으로 뉴욕 시로 옮기자 그를 따라간다. 그는 칵테일 셰이커와 밀주, 소파 등을 마음대로 사들인다. 그는 마르크스주의 이론을 가끔 읽으며 그에 대한 입담을 지속한다.

겉으로 드러난 모습은 진지한 인물(박사학위를 받기 직전이고, 미술과 경제학에 관심이 있고, 책을 쓰려고 하며, 마르크스주의에 지적 관심을 가진) 같아 보이지만, 그의 환상과 그것을 행동으로 옮기려는 시도는 방종과 경박함을 암시한다. 유부녀인 이모진을 갑자기 '공주'라고 여긴 그는 그녀와 정사를 가지면 어떨까 상상의 나래를 펼치며 그녀를 유혹하기 시작한다. 그 유혹이 기나긴 과정을 거치는 동안 그는 리투아니아 출신의 노동자인 애나를 만난다. 그녀는 점차 그의 만족스러운 연인이 된다.

이모진은 화자와 함께 환상 속의 삶을 구축하는 데 협력한다. 그녀는 유럽의 성, 스코틀랜드의 휴양지, 케이프 코드의 작은 집 등 다양한 장소에서 두 사람이 지고한 행복을 누리는 상세한 이야기를 엮어간다. 화자 역시 이야기를 만드는 데 합세하지만, 결국 거기에 물리고 짜증이 난 채 '사랑'의 '진정한 완성'을 요구한다. 이모진은 승낙하고 그의 환상 속 이야기 중 하나에 맞춰 새 옷을 입은 채 그의 아파트로 온다. 그녀는 보호대를 벗는다. 그녀의 몸은 예상 외로 완벽하다. 그녀는 아름다운 가슴을 가졌다. 그녀는 육체적으로 성적 결합을 간절히 바란다. 어찌된 일인지 그 결합은 실망스럽게 느껴진다. 육체적 관계는 오래 지속되지 않는다.

화자의 애나에 대한 환상들은 다른 형태를 띤다. 그녀와 성관계를 가지면서부터 발전한 이 환상들은 그녀가 대공황으로부터 가장 큰 피해를 입은 노동계급에 속한다는 데 초점을 맞춘다. 한번은 프롤레타리아의 역할에 대해서 그녀에게 말하다가, 그런 식으로 장황하게 말을 늘어놓는 것이 부적절하다는 것을 이내 깨닫는다. 애나는 실용적이고 유능하지만 그는 그렇지 않다. 그는 그녀를 존경하며 그녀와 그녀의 어린 딸과 함께 브루클린 어딘가에서 사는 상상을 한다. 결혼하지 않은 남자와 동거하는 데 대한 사회적 멸시에 민감한 그녀는 그의 그런 계획에 전혀 관심이 없다. 궁핍한 삶의 실제적이고 급박한 요구들은 그녀에게 환상의 여지를 남기지 않는다. 화자의 나태한 정신세계는 점점 극명해진다.

갈수록 환상에 빠져드는 남자 주인공은 애나와의 관계를 잔인하게 끊을 방법을 찾아낸다. 그는 그녀가 바람을 피운다고 확신하고 그녀를 몰아세운다. 그녀는 말없이 떠나며 다른 남자와 결혼하기로 했다고 알리는 메모를 그에게 보내온다. 그 폴란드인은 그녀를 구애해왔으나 그녀는 그와의 결혼을 원하지 않았다. 하지만 그녀는 비합리적이고 제멋대로인 남자에게 자신의 결백을 설득시키느라 노력하는 대신, 현실적으로 생각해 더 이상 손해보기 전에 그만두는 쪽을 택했다.

화자는 자신의 반응을 밝히지 않는다. 이 소설은 교육적인 이야기가 아니다. 그는 그의 모험에서 어떤 것도 배운 것 같지 않다. 교훈이 있다면, 여자는 원할 때 언제든지 손에 넣을 수 있다는 것이다. 화자의 곤란에 대한 즉각적인 해결책으로서 오랜 여자친구인 조가 캘리포니아에서 돌아온다. 그녀는 자신의 아이들을 데리고 매년 서부에서 6개월을 보내야 한다. 조는 화자에게 아무런 주장도 내세우지 않으며 즐겁게 지낸다. 그녀는 항상 성적으로 접근 가능하다. 그가 그 체류에 질리기 전에 그녀는 매년 떠난다. 『집에 있는 블랙번 부부』에는 「금발의 공주」로부터 수년이 지난 후의 사건들이 등장하는데, 화자는 여전히 그녀와 결혼할 것인지 망설이고 있다. 그는 아무런 결정도 하지 않는다. 그녀와 서부로 여행을 떠나는 마지막 페이지에는 "하늘 높이 치솟은 채 우리 삶을 배제하고 그들만의 생경한 삶을 이어가는 사시나무와 소나무 숲의 위압적 존재는 잘못된 관계의 압박과 함께 우리를 더욱 외롭게 만들었다"는 표현이 등장한다.

잘못된 관계는 꼬리를 물고 이어진다. 하지만 그 젊은이는 나이를 먹은 뒤에도 관계들이 왜 영락없이 잘못돼가는지 결코 진지하게 반성할 줄 모른다. 에드먼드 윌슨은 독자가 그의 주인공보다 더 많은 것을 볼 수 있도록 배려한다. 주인공은 인간관계라는 고된 일로부터 환상으로 도피하며, 스스로를 공산주의자로 여기는 환상은 여자들에 대한 상상과 그 목적이 동일하다. 여자를 쫓아다니거나 성적 결합을 즐길 때 그는 행복에 헌신하는 꿈속에 빠져든다. 그 결말이 꿈보다 덜 행복하거나 헌신의 두려움이 욕망을 압도할 때 그의 생각은 시큰둥해진다. 스스로를 공산주의자로 여기면서 그는 자신이 주변의 자본가 계급보다 우월하다는 생각을 갖는다. 애나와의 관계가 "고통과 시간을 줄여주었음"을 깨달은 그는 "이모진은 아주 까다로워…… 부르주아 '도피주의자'인 그녀는 굳이 가져야 할 가치가 없어"라고 결론짓는다. 그의 공산주의는 어떤 행동으로도 귀결되지 않는다. 『집에 있는 블랙번 부부』에는 그가 그동안 책을 쓴 것으로 설정돼 있다. 하지만 여자를 꾀거나 섹스를 즐기거나 심지어 술을 마시는 시간에 비해서도 글 쓰는 시간이 턱없이 짧은 「금발의 공주」에 비춰보면 그런 결과가 도저히 있을 법하지 않아 보인다.

섹스의 상세한 묘사는 내가 소녀 적이었을 때보다 덜 충격적이지만 여전히 노골적이고 강렬하게 느껴진다. 육체적 사실과 감정에 대한 주인공의 생생한 지각은 감정적 반응에 대한 결핍과 대조를 이룬다. 물론 그의 환상은 제외하고. 그는 여자들을 진지하게 대하지 않으며 쾌락의 도구로만 여긴다. 그 점은 애나의 판단력과 통찰력을 칭찬하면서 그런 자질을 "냉철한 작은little 통찰력과 차분한 작은 판단력"이라고 표현하는 데서 드러난다. 뜻이 통하지 않는 '작다'라는 표현들은 애나에 대해 호의적으로 생각하는 나중의 장면에서 다시 등장한다.

화자의 천박함과 술과 섹스의 탐닉, 공산주의와의 유희, 쉽게 얻은 부, 이 모든 것이 그를 1920년대를 우의적으로 대변하는 인물로 만든다. 전면적 대공황과 전쟁이 임박한 시점에 이 글을 쓴 윌슨은 화자에 대한 피상적인 동정심과 그보다 더욱 깊은 혐오감을 전달하며 그의 작품이 가공의 인물뿐 아니라 시대에 대한 비판임을 시사한다.

그 소설에 대한 나의 현재 반응은 그 이야기 자체만큼이나 놀랍다. 이 책을 예전에 처음 읽었을 때와 나중에 다시 읽었을 때의 경험의 불일치는 어떤 책보다도 컸다. 다른 사람들과 함께 읽는 것은 텍스트와 자신의 반응에 대해 진실을 보여줄 수도 있지만 가릴 수도 있다는 점을 다시 한 번 보여주는 사례다. 집단적인 의견은 왜곡하는 힘을 가질 수 있다. 처음에 둘이서 같이 읽은 『아일랜디아』를 이번에 다시 읽으면서 그런 생각이 들었고, 에드먼드 윌슨을 새로 읽은 뒤엔 그 생각이 더욱 강해졌다. 함께 읽는다는 것은 관계를 확인하고 풍성하게 할 수 있지만, 텍스트에 대한 반응도 좌우한다. 나는 처음 읽을 때 다른 사람과 함께 읽은 작품들을 제대로 잘 알기 위해서는 다시 읽기를 '해야만 한다'고 생각하기 시작했다.

하지만 나의 대학 시절 경험을 생각해보면 그런 왜곡에 대한 다른 설명도 있을 수 있겠다는 생각이 든다. 그것은 집단적인 다시 읽기뿐 아니라 일반적인 다시 읽기에 관한 점도 반영한다. 1946년에 내가 읽은 이야기와 최근에 읽은 것 사이에는 공통점이 거의 없었다. 하지만 나는 오래전에 내가 필요로 하던 것(또한 나의 1학년 동창들이 필요로 하던 것)을 그 책에서 발견했다. 우리는 성이라는 주제에 관해 숙고하길 원했던 것이다. 그런 숙고는 나를 안심시켜준 그 집단 덕에 가능했다. 아무 이야기나 그런 용도로 쓰일 수 있는 것은 아니겠지만 「금발의 공주」는 그 목적에 완벽히 들어맞았다.

한 작품을 여러 번 읽을 때 나타나는 자아의 다양한 차이는 성장의 각 단계들과 연관된 필요의 결과로서, 필연적일 수밖에 없다. 그런 필요는 때로는 쑥스럽고 때로는 돌이켜볼 때 이해가 되지 않으며 때로는 매력적일 정도로 순수하고 때로는 끔찍한 판단 착오이기도 하지만, 어떤 것이든 간에 강렬한 경우가 많다. 특히 비판적인 독서 습관을 기르지 못했고 텍스트가 제공할 수 있는 것에 대해 정교한 예상을 하지 못하는 젊은 시절에는 개인적 요구로 텍스트에 대한 이해를 왜곡시킬 수 있다. 이제는 내가 스물한 살이 되기 전에 읽은 위대한 작품들을 다시 읽어야겠다는 급박함을 여느 때보다 강력히 느낀다.

그럼에도 어떤 관점에서도 '위대한 작품'이라고 볼 수는 없는 「금발의 공주」를 친구들과 함께 읽은 경험은 나의 대학 시절과 독서 경력의 중요한 순간으로서 추억으로 남는다. 다른 친구들의 도움이 없었더라면 아마도 나는 나 자신의 중요한 요구를 충족시키기는커녕 인정조차 하지 못했을 것이다.

다른 사람들과 같이 읽은 세 번째 일화 역시 돌아보면 매우 중요하며, 크고 복잡한 집단을 포함하고 있다. 웰슬리 대학에서 강의를 시작했을 때 영문학과 교수진은 모두 1학년 작문 과목을 최소한 한 반씩 가르쳤다. 강의는 1년, 즉 두 학기 동안 계속됐으며 모든 학생들에게 필수과목이었고 면제될 수 없었다. 많은 양의 작문과 독서를 포함되었으며 1학기에 에세이로 시작해 2학기에는 소설과 시로 진행되었다. 각 반마다 담당강사가 만든

각기 다른 강의계획서 아래 수업이 진행됐다. 교수진은 2~3주마다 정기적으로 모여 강의 목표와 교수법을 토론하곤 했다. 젊은 교수였던 나는 이 모임에서 많은 것을 배웠다. 실제로 나는 여기서 어떻게 교수가 되는지를 배웠다(또는 그렇다고 믿는다). 그전에 인디애나 대학에서 2년, 플로리다 대학에서 1년을 가르쳤지만 가르치는 방법을 토론하기는커녕 그것을 깊이 생각해본 적도 없었다. 개별 강의를 준비하느라 정신이 없었던 것이다.

웰슬리 대학에 온 후 4, 5년 뒤에 교수회의에서 뜻밖의 제안이 나왔다. 오랫동안 관례로 굳어진 개별 강의계획서가 강의의 독립성에 대한 보편적 바람에 부합하는 것은 사실이지만, 학생들이 공통된 경험을 하나쯤은 갖는 게 유익하지 않겠느냐는 제안을 누군가 했다. 많은 토론이 뒤따른 끝에 봄학기 중 강사가 직접 고르는 작품 중 하나를 공통 텍스트로 삼자는 최종 합의가 이뤄졌다. 또다시 오랜 토론을 거쳐 텍스트는 헨리 제임스의 중편소설인 「포인튼의 전리품The Spoils of Poynton」으로 정해졌다. 곧 1학년 학생들과 영문학과 교수진 전체가 그 작품을 읽었다. 대체로 학생들은 그 작품을 사랑했다. 대학 4년 내내 외칠 학교 구호를 정할 때가 되자 그들은 자신들의 공통의 경험을 기념하기로 했다. "플레다 베치, 플레다 베치, 플레다 베치." 4년간 우리는 헨리 제임스 소설의 주인공 이름을 반복해서 외치는 이 구호를 자주 듣게 되었다.

나는 학생들과는 종종 책을 함께 읽었지만 동료 교수진과 함께 읽은 경험은 전무후무했다. 여전히 초짜 교수였던 나는 많은 동료 교수들에게 외경심을 갖거나 압도당하곤 했는데, 종신 교수들뿐 아니라 엄청나게 똑똑하고 무시 못 할 독서량을 지닌 듯 보이던 노련한 조교수들에 대해서도 마찬가지였다. 나는 「포인튼의 전리품」을 그 전에 읽지 않았다. 그 결정에 반대하지 않았지만 그 결정을 내리는 데도 아무 역할을 못 했다. 나는 내가 가르치는 학생들보다 한 발 정도 앞서 있을 뿐, 동료 교수들보다 크게 처져 있다고 느꼈으며, 그런 느낌을 가진 건 나의 교수 경력에서 그때가 처음도 마지막도 아니었다.

하지만 동료들과 그 책에 관해 토론하는 것은 정말 즐거운 일이었다. 인문대 교수 생활에서 통탄스럽고 이해하기 어려운 한 단면은 교수들끼리 책에 대해 이야기하는 일이 극히 드물다는 점이다. 3개 주립대와 일류 단과대학 및 아이비리그 대학 하나씩을 거친 내 경험으로는 그랬다. 오직 가까운 친구가 돼야만 그런 대화가 가능하다. 가장 오래 머무른 3개 대학에서 그런 친구를 적어도 하나씩 가졌던 나는 운이 좋은 편이었다. 점심식사 자리에서 대화의 화제는 문학보다는 대학(혹은 교육)이나 사회에 관한 사안들이기 일쑤였다.

몇 주 동안 웰슬리에서 점심식사나 커피를 마시는 자리는 플레다 베치와 그녀가 한 일, 헨리 제임스와 그의 작품에 대한 열정적 토론장으로 변했다. 처음에는 교수법을 화제로 대화가 시작됐더라도 곧 다들 동시에 가르치고 있던 텍스트의 내용에 관한 이야기를 하기 시작했다. 점잖은 대화가 순식간에 말다툼으로 바뀌기도 했으며, 다른 사람들도 곧잘 끼어들었다. 하루하루가 신나고 도전적이고 예상 밖의 반전으로 가득했다. 그것과 조금이라도 유사한 경험은 결코 겪어본 적이 없다.

「포인튼의 전리품」에 대한 교수회의에서의 '공식' 토론과 온갖 곳에서 이뤄진 비공식 토론들에 자극받은 나는 그 책의 갖가지 측면에 대해 다양한 관점으로 접근하였다. 그 결과 나는 학생들과 더 높은 수준에서 교감할 수 있었으며 그들 역시 그 도전에 잘 반응했다고 기억한다. 몇 주간 활기 넘치는 토론을 벌이면서 나의 자신감도 커졌다. 「포인튼의 전리품」을 그 전에 읽지 않았고 제임스에 대해서도 많은 동료들보다 아는 게 적었지만 나 역시 토론에 기여할 수 있는 부분이 있었다. 간혹 동료들이 못 보는 부분을 내가 짚어내기도 했기 때문에 동료들은 나를 진지하게 대했다.

강의실 안팎의 흥분된 분위기, 공통된 목적의식, 흥미만점의 토론과 발견 등 그 모든 것을 생생하게 기억한다. 그러나 대화의 내용에 대해서는 전혀 기억이 나지 않는다. 내가 학생들에게 무엇을 가르쳤고 가르치려고 했는지도 기억이 안 난다. 심지어 내가 그 책을 어떻게 이해했으며 그 책에 관해 무슨 생각을 했는지조차 기억할 수 없다.

지금까지 쓴 타인들과 함께 읽은 세 번의 경험 모두에서 텍스트보다 대화가 더 생생하게 기억나며, 대화의 내용보다 분위기가 더 중요한 것처럼 느껴진다. 그 분위기는 책을 기억 속에서 지워버리기에 충분한 힘을 갖고 있다. 「포인튼의 전리품」을 처음 읽을 때 내가 무슨 생각을 했는지 기억하려고 했지만, 내용은 모두 지워진 채 대신 토론의 어조와 스릴만이 머릿속에 떠올랐다.

그래서 나는 그 책을 두 번째로 다시 읽었다. 그 책을 처음 읽은 뒤 지금까지의 세월 동안 나는 헨리 제임스를 그다지 좋아하지 않는다고 스스로 여겨온 것 같다. 읽으면서 즐거움을 느꼈던 것으로 기억하는 『여인의 초상』마저 가볍게 다시 읽을거리로 집어들지는 않았다. 「포인튼의 전리품」을 읽기 시작하자 제임스가 때로는 자기 자신을 희생양 삼아 유머를 발휘한다는 사실이 놀랍게 느껴졌다. "다른 한 경우를 제외하고는, 우리가 곧 보게 될, 독자들은 잘 믿지 않겠지만, 그녀는 결코……" 헨리 제임스가 자기 작품 특유의 느긋한 속도에 대해 농담을 하리라고 누가 기대할 수 있었을까?

놀라움은 또 있었다. 나는 거의 순식간에 이야기에 빠져들었다. 대학 1학년 학생이 읽기에 얼마나 좋은 책인가. 그것은 즉각적인 사랑과 그 결과에 관한 것이다. 전개가 빠르며 즐겁고 당혹스러운 것들로 가득하다. 등장인물들은 독자들이 이해하기 만만찮은 복잡성을 지녔다. 사랑의 삼각관계 한가운데에 놓인 남자 주인공에 대해 그의 어머니는 어리석다고 단언하지만, 그는 예상 밖의 깊이를 갖고 있는 것으로 드러난다. 그 책은 내가 웰슬리에 있을 때보다 지금 더 시의적절해 보인다. 그 책은 물건들에 대한 욕망, 그것의 수집, 그 소유의 결과 등 온통 '물건들things'에 관한 것이다.

최근에 다시 읽은 「포인튼의 전리품」은 내가 그것을 가르칠 때 사용했던 책이 분명하다. 책 여백에는 내 필체의 메모들이 가득하며 일부는 빨간 잉크로, 일부는 대문자에 밑줄을 잔뜩 쳐놓았다. 하지만 그 메모들은 하나같이 읽을 수 없는 상태였다. 드물게 읽을 수 있는 경우에도 전혀 뜻이 통하지 않았다. "그녀를 지배하는 열정은 어떤 의미에서 그녀의 인간성을 빼앗아버렸다" 라는 제임스의 문장에 나는 빨간 잉크로 밑줄을 긋고는 "일반적 진실"이라고 여백에다 써놓았다. 도대체 이게 무슨 소리인가? 그게 이 책의 엄청난 성취와 무슨 상관이지? 아아, 내가 써둔 암호문 같은 메모를 해독하려 하면서 「포인튼의 전리품」을 학생들에게 내가 생각했던 것만큼 잘 가르치지 못했던 게 아닐까 하는 의심이 문득 들었다.

학생들이 이 교묘한 오락물을 이해하기가 어렵지 않았을까 궁금해진다. 교양 있는 기어스 부인은 플레다의 훌륭한 감성 때문에 그녀를 입양한다. 기어스 부인은 물건들의 뛰어난 품질에만 집착하고 사람들의 감정에는 무관심한 악인으로 드러난다. 그녀의 우월의식의 근거는 섬세한 취향과 감식안이다. 그 우월감 때문에 그녀는 남편이 아들에게 남긴 모든 소유물을 훔치고 그것을 정당화한다. 그녀는 아들이 선택하여 약혼한 여성 대신 플레다와 짝을 맺도록 술책을 부린다.

플레다에 대해 말하자면, 헨리 제임스 말고 어떤 작가가 여주인공 이름을 '플레다 베치'라고 지어놓고 독자로 하여금 그녀를 진지하게 대하기를 바랄까 싶다. 초반에 은유적 의미로 '배고픈 소녀'로 묘사된 플레다는 훌륭한 감성을 가졌지만 그 감성을 만족시킬 아무런 재산이 없다. 기어스 부인은 그녀에게 평생 모은 진귀하고 아름다운 사치품들을 소유할 필요 없이 즐길 수 있는 기회를 제공한다. 그녀는 사치와 애정이 깃든 새 분위기에서 잘 지내지만 그것의 사악한 이면을 발견한다.

이 소설의 갈등이, 플레다를 자신의 목적에 이용하려는 기어스 부인의 욕망과 이용되지 않으려는 플레다의 투지만을 대립시키고 있다면 이해하기에 어려울 게 없을 것이다. 하지만 헨리 제임스는 그 갈등을 이중, 삼중으로 비튼다. 플레다는 오언 기어스를 정말 사랑하며 그와 결혼하길 원한다. 잘생기고 착한 그가 어쩌면 그렇게 멍청한 것은 아닐지도 모른다고 그녀는 생각한다. 그가 진짜 멍청하다 해도 상관없다. 그녀는 가족의 영리한 구성원이 되는 걸 행복하게 여길 것이다. 또 다른 반전이 이어지는데 오언 역시 그녀를 사랑하고 그녀와 결혼하기를 원한다. 이야기가 이보다 더 단순할 수 있을까?

하지만 헨리 제임스에게 단순한 것이란 없다. 플레다는 옳은 일을 하기 위해 오언을 그의 약혼녀에게 돌려보내 열린 마음으로 그녀를 만나도록 한다. 멍청하지 않다면 소극적이라고 해야 어울릴 듯싶은 오언은 자신과 어울리지 않는 그 여자와 결혼을 한다. 기어스 부인이 자신의 계획이 성공한 것으로 잘못 믿었기 때문에, 오언의 천박한 아내는 자신이 탐내던 그 모든 아름다운 물건들을 손에 얻는다. 기어스 부인과 플레다는 기어스 가문의 재산인 포인튼의 아름다운 물건들을 영원히 잃는다. 마지막 예상 밖의 플롯 전개에서 오언과 그의 아내 역시 그것들을 잃는다.

기어스 부인은 물건들에 대한 집착의 결과로 인간성을 상실했다고 화자는 말한다. 하지만 그녀는 자기 자신을 물질주의자라고 생각하지 않는다. 정반대로 자신의 정묘한 감성을 평범한 세계가 이해할 수 없다고 생각한다. 그녀가 볼 때 물질주의의 본보기는 아들의 약혼녀인 모나 같은 여자들이다. 가진 물건에는 아무런 관심 없이 단순히 소유하는 데만 집착하는 모나의 욕망은 기어스 부인의 섬세한 감상보다 조악한 형태임이 틀림없다. 모나는 천박하고 탐욕스럽다. 플레다는 탐욕을 피한다. 그녀는 물건들을 소유하려는 욕망을 드러내는 법이 없으며 친구의 소유물을 즐기는 것으로 만족한다. 하지만 그녀는 아름다운 물건들에 둘러싸여 사는 기회를 빼앗겼을 때 공허감을 느낌으로써 다른 형태의 물질주의를 구현한다.

플레다는 오언이 그녀의 삶에서 사라진 뒤 양어머니와 계속 같이 산다. 기어스 부인은 이제 남편의 유언으로 물려받은 작은 집을, 예전과 달리 유별나지 않은 수준으로 아름답게 가꾸며 산다. 기어스 부인은 플레다에게 화가 났더라도 그녀에게 내색하지 않는다. 그들은 더 이상 친밀한 의사소통을 나누지 않는다. 플레다는 아무런 행복도 기대하지 않으며 기어스 부인도 마찬가지다. 그들은 그냥 살 뿐이다. 그곳에서 할 것이라곤 그것밖에 없으므로.

이 체념한 듯한(밑바닥에는 분노가 깔려 있는) 생활에 오언의 편지가 온다. 편지는 플레다에게 그의 부재기간 동안(오언 부부는 인도에 체류중이

다) 포인튼에 가서 가장 귀중한 물건을 선물로 가져가라고 제안한다. 그녀는 이 제스처를 어떻게 해석해야 할지 알 수가 없다. 어쩌면 그녀는 그것을 애써 해석하지 않으려 하는 건지도 모른다. 그녀는 오언이 그런 관용을 베푸는 정신적 여유를 가질 정도로 행복한 결혼 생활을 보내고 있다는 의미로 받아들이기로 마음먹는다. 어쨌든 그녀는 그의 제의를 따르고 싶어 하는 자신의 욕망을 인정한다. 그녀는 기억나는 물건들 중에 무엇을 선택할지 생각한다. 그녀는 충분한 시간을 갖는다. 기어스 부인에게는 말하지 않는다. 이윽고 포인튼으로 혼자 기차 여행을 떠난다. 하지만 거기서 뜻밖의 재난으로 인해 그 집과 모든 소장품이 파괴돼버린 것을 발견한다. 그녀는 얼굴을 손에 파묻는다. 그녀는 런던으로 돌아가기로 결심한다. 소설은 그렇게 끝이 난다.

소설은 수수께끼를 남긴 채 끝난다. 플레다는 기어스 부인의 감상벽과 합쳐진 탐욕이라는 질병에 굴복한 것일까? 그녀는 왜 오언의 제안을 받아들였을까? 이 소설의 교훈은 '물건들'이란 우리 모두를 타락시킨다는 것일까, 아니면 '누군가를' 타락시킬 수 있다는 것일까? 플레다의 삶은 오언을 떠나보낸 뒤로 활력을 잃으며 그녀는 상상력조차 무뎌진다. 그녀의 구혼자가 완벽하게 처신해야 한다고 그녀가 고집한 것은 잘못한 일일까? 그녀는 일단 그와 결혼한 뒤 버림받은 약혼녀 문제는 나중에 수습할 수도 있었다. 만약 그런 행로를 통해 더 풍요로운 삶을 살 수 있었다면 그런 도덕적 편법을 정당화할 수 있을까? 도덕을 개의치 않는 사회에서 도덕적 편법을 따지는 것 자체가 핵심을 벗어나는 건 아닐까? 아니면 세상에서 얻을 것이 아무것도 없는데도 플레다의 강직함이 그녀를 지탱하게 만든 것일까?

그런 도덕적 질문들을 호소력 있게 만들고 그것들을 드라마의 소재로 만드는 헨리 제임스의 능력이 이야기에 생기를 불어넣는다. 그는 다소 단조로운 어조에 풍부하고 세밀한 심리묘사와 분위기 있는 암시를 보탬으로써 생생한 인물들을 창조해낸다. 그 인물들은 내가 조금 전 제기한 종류의 질문들, 21세기 미국의 생활에 어떤 빛을 던지는 질문들을 독자 스스로 제기하게 만든다. 제임스는 뛰어난 솜씨로 소설의 배경을 구축해 독자들을 에워싼다. 소설이 끝난 뒤에도 다른 세계를 갔다 온 듯한 느낌이 한동안 남는다.

「포인튼의 전리품」을 예전에 읽을 때 어쩌면 이런 점들을 생각했는지도 모른다. 내가 기억할 수 있었으면 좋겠다. 그 책을 동료들, 학생들과 함께 토론한 장면이 행복한 기억으로 남아있는 걸 보면 이번 두 번째 읽기에서 발견한 풍요로움은 처음 읽었을 때의 부수적 즐거움 덕분인 듯하다.

결론_다시 읽기가 남긴 것들

다시 읽기는 읽기라는 행위를 예찬한다. 과거에 읽은 작품으로 돌아간다는 것은, 책과 독자의 첫 만남이 낳은 느낌 혹은 판단이 무엇이었든 간에 텍스트를 만나고 이해하는 과정이 중요하다고 선언하는 것이다. 우리는 다시 한 번 책 속에 담긴 글의 의미에 관여하기로 결심했고, 그 선택에 기뻐하면서 난해한 생각과 씨름하고, 우아한 문체에 기뻐하고, 또 설득력 있는 인물에 공감하거나 평가를 내린다.

나의 경우 다시 읽기의 대상은 종이에 인쇄된 책들이었다(지금도 그렇다). 책의 외양은(특히 오래된 책일수록) 향수를 불러일으킨다는 점에서만 그런 게 아니라 진지한 역사의식이라는 측면에서도 내게 의미를 갖는다. 가장 최근에 다시 읽은 책들 중에서 20세기 이전 작품은 한 권도 없었다. 하지만 1950~60년대 책들 역시 디자인과 활자체, 종이가 닳은 모양과 정도를 통해 과거에 대해 말한다. 과거의 문화적 순간을 상기시키는 그러한 표식들은 즐거움과 함께 책을 이해하는 데 큰 도움을 준다.

이제는 많은 사람들이 전자책을 이용해 다시 읽기를 하고 있다. 아마존의 전자책 리더 킨들과 후발주자들이 속속 등장하는 시대를 맞아 독서는 달라졌다. 전자책은 다시 읽기의 경험에 커다란 차이를 만들어낼 것이다. 얼마나 큰 변화일지 상상조차 못하겠다. 전자책으로 읽은 작품에는 물리적인 노화의 표시가 전혀 남지 않게 된다. 책읽기라는 경험의 한 축이 사라지는 것이다. 그러나 내가 모르는 새로운 측면들이, 아마도 그간 종이책이 주지 못했던 종류의 즐거움을 제공할 것이다. 처음에 종이책으로 읽은 뒤 화면으로 그것을 다시 읽는다면, 좋아하는 러시아 소설을 새로운 번역으로 읽는 것과 유사할까? 화면에 글자가 남아 있지 않다는 사실은(다시 접근할 수는 있지만 일단 그 페이지를 벗어나면 글자가 사라지므로) 다시 읽기의 경험을 다르게 느끼게 만들까? 사람들은 다시 읽기를 더 즐기게 될까, 덜 즐기게 될까? 아니면 새 매체의 등장은 다시 읽기가 갖는 매혹에 별다른 변화를 가져오지 못할까?

정말이다. 무엇이 기다리고 있는지 상상도 못하겠다. 하지만 이런 것들은 상상할 수 있다(실은 상상해야만 한다). 독자는 여전히 책을 읽을 것이고, 소설은 여전히 독자를 유혹할 것이다. 소설은 미적 즐거움과 도덕적이고 심리적이며 또 사회적인 지혜를 제공하고, 더불어 정신적 자극과 흥분, 오락, 정서적 자극, 발산, 도피의 기회를 준다. 그런 소설을 다시 읽을 때 독자는 처음 읽었을 때의 만족을 떠올리고 그 만족은 확대된다. 작품이 알 수 없는 이유로 독자에 대한 힘을 상실한 경우가 아니라면 말이다. 예를 들어 『미들마치』를 처음 읽을 때는 작품이 보여주는 관심사의 범위와 폭넓음만으로도 흥분된다. 두 번째 읽을 때는 아마도 도로시아에 초점을 맞추고, 인물의 복합성을 점진적으로 이해하면서 다른 종류의 흥분을 맛볼지 모른다. 세 번째 독서에서는 성장과 변화의 문제에 몰입하고 등장인물들이 보여주는 발전과 퇴행의 파노라마 속에 빠져들 수 있다. 실제 책을 읽을 때 독자는 한 번에 한 가지만 주시하지는 않는다. 책을 읽을 때마다 독자는 소설의 많은 측면들을 알아챈다. 실제 독자가 주목하는 구체적인 사항들은 예상할 수 없을 정도로 다양하다. 그러므로 소설이 갖는 전체적인 인상도 마찬가지로 천변만화한다. 다시 읽기는 누적을 의미한다. 각각의 새로운 반응은 지금까지 누적된 통찰에 보태져 그 책에 대한 지식은 끊임없이 형태를 바꾼다.

앞에서 다시 읽기의 풍부함을 보여주기 위해 팰림프세스트palimpsest의 이미지를 제시했다. 팰림프세스트는 단일한 작품을 반복적으로 접했을 때 나타나는 결과에 대한 적확한 은유이다. 예전 독서가 제공한 경험의 층들은 부분적으로 지워져 일부만 식별할 수 있다. 각각의 새로운 층은 과거의 누적물에 새 것을 더하고 뺀다. 새로운 것들로 덮으면서 오래된 반응을 빼고, 여전히 기억하는 것들에 새 반응을 보탬으로써 더한다. 최종적인 결과(만약 다시 읽기와 관련해 최종을 말할 수 있다면)는 눈앞에 보이는 것 이상이다. 예전 층을 완전히 복원하는 것은 불가능하지만 그 층들은 최후의 결과물에 질감과 의미를 더한다.

이 책을 쓰는 과정에서 독서가 나라는 개인(나의 성격, 감성, 신념)의 형성에 얼마나 많은 영향을 끼쳤는지 깨닫게 되었다. 가족이 구성원들의 요구를 모두 충족시킬 수는 없다. 이제와 깨닫게 된 사실이지만, 책은 그 틈새를 메워줄 수 있다. 소설은 내게 행동의 모델을 제공했다. 의심할 여지없이 나의 이상을 형성하고 정서적 욕구를 충족시켜주었다. 같은 이야기,

같은 문장, 같은 인물들을 거듭 만나면서 생기는 반복과 강화는 독자가 자신이 필요로 하는 것을 내면화할 수 있게 하고 소설을 독자의 일부로 변화시킨다.

다시 읽기의 이런 중요한 기능은 개인마다 다른 방식으로 작동한다. 처음 읽을 때조차 책에서 무엇을 얻는지는 사람마다 다르다. 독자들은 다양한 발견을 하고, 예측 불가능한 감정적 경험을 겪기도 한다. 읽으려고 고른 책에서, 책을 읽는 방식에서, 읽고 다시 읽기를 하는 과정에서, 한 번 읽고 같은 책을 다시 읽는 데 걸리는 시간에서, 책에 대해 내리는 판단과 얻는 즐거움에서 독자들은 제각기 서로 다르다. 규칙은 없다. 하지만 모든 독자는 책과 함께 나눈 경험의 결과로 변화한다. 다시 읽기에 의해 만들어진 변화는 심대하다. 앞서 언급했듯, 다시 읽기는 관심을 기울이는 방법이다. 다시 읽기는 작품을 진지하게 대한다. 그리고 책들이 해야 할 일을 하게 만든다. 책들이 하는 일에는 자아의 변화와 그에 따른 인생의 변화도 포함되지만, 그런 변화가 일어날 때 우리는 결코 이를 눈치 채지 못한다.

다시 읽기의 두 가지 매력인 안정과 변화는 환상 같기도 하고 사실처럼 보이기도 한다. 책을 집필하면서 나는 그런 결론에 이르렀다. 텍스트의 안정성 또는 상대적 안정성(편집상 새로운 발견이 이뤄지거나 편집 기법이 바뀔 때 생기는 텍스트의 크고 작은 변화)은 경험의 문제가 아니라 지식의 문제에 속한다. 특히 처음 읽기와 다시 읽기 사이에 오랜 시간이 흘렀을 때는 변화의 느낌이 워낙 강렬해서 합리적 사고를 압도할 수도 있다. 하지만 변화가 일어났다는 확신을 뒷받침하는 건 사실보다는 감정이다. 실제로 '뭔가가' 변했고, 그래서 변화했다는 확신이 생겼을 것이다. 그 '무언가'는 독자의 의식이다. 전환의 범위와 강도는 놀라울 정도다. 평가와 인식에서의 극단적인 변화이다. 진지하게 고찰해보면, 그것은 우리 자신이 끝없이 변화하는 존재임을 느끼게 해준다. 신경과학자인 리처드 레스탁은 〈아메리칸 스칼러〉 지에 실은 뇌의 가소성에 관한 글에서 다시 읽기를 예로 든다. 사람들은 왜 한때 아끼던 책이 더 이상 흥미를 끌지 않는지, 무엇 때문에 그 책을 과거에 그렇게 소중하게 여겼는지를 궁금해한다고 레스탁 박사는 지적한다. 그는 "같은 책을 두 번째 읽을 때 예전만큼 재미있지 않는 것은 뇌가 평생 동안 변화하기 때문"이라며 "우리는 처음 그 책을 읽었던 사람과 문자 그대로 전혀 다른 사람"이라고 말한다.

나의 다시 읽기를 돌아보면 겸손해지지 않을 수 없다. 특히 가치의 문제에 관해서는 더욱 그렇다. 프로젝트를 시작할 무렵에는 내가 가치를 분별해낼 수 있다는 확신과 그렇게 하는 것이 중요하다는 연관된 확신을 갖고 있었다. 여전히 가치가 독서와 관련해 숙고할 만한 문제라는 생각은 고수하고 있지만, 깊이 생각한다고 모두 탄탄한 결과가 나오는지에 대해서는 더 이상 확신이 없다. 이 불확실성은 세월이 지나면서 나 자신의 판단이 바뀐 데서 기인한다. 『오만과 편견』 『미들마치』 『이상한 나라의 앨리스』 같은 작품들은 예찬할 만한 새로운 이유들을 발견하면서 그 이상 대단해 보일 수 없을 만큼 위대해 보인다. 하지만 한때 장점을 깊이 확신했던 『황금 노트북』의 위상은 『호밀밭의 파수꾼』이나 『바람과 함께 사라지다』와 마찬가지로 찌그러들어버렸다. 어릴 때 『허조그』의 약점에 대해 장광설을 늘어놓았지만 이제는 중요한 소설이라고 생각한다. 그런 예는 무수히 많다.

정말 심란한 사실은 나의 기준은 동일하다는 점이다. 나는 복잡한 인물 묘사, 효과적이고 우아한 문체, 의미 있고 매력적인 플롯, 비중 있는 함의 등을 가치 있게 여긴다. 이런 특성들이 과거에는 찾지 못한 곳에서 발견되고, 과거에 보았던 곳에서는 사라져버렸다. 만약 『허조그』가 예전에는 찾지 못했던 의미들을 갖고 있다면, 만약 『황금 노트북』이 허세로 가득한데다 이제는 함의 역시 하잘 것 없어 보인다면, 만약 책의 본질이 그런 식으로 변할 수 있다면, 가치 판단 역시 생각보다 덜 안정적인 게 틀림이 없다. 취향은 판단과 다르며, 가치는 어떤 책을 그냥 좋아하는 것과는 상당히 다른 관심을 포함하고 있다고 말할 수 있다. 하지만 그런 관찰은 새로운 질문들로 이어질 뿐이다. 즐거움과 교훈은 문학의 핵심적 기여 항목이다. 고전적 비평가들이 그렇게 주장했고 나도 동의한다. 따라서 독자가 책에서 얻는 즐거움이 그가 가진 기준과 아무런 관계가 없다면, 그 기준이 잘못된 게 틀림없으리라.

이런 문제는 다시 읽기뿐 아니라 처음 읽기에도 내재한다. 그러나 다시 읽기는 그 질문을 더욱 강조하고 그것으로부터 도피할 수 없게 만든다. 다시 읽기는 읽기라는 행위와 그것의 함의, 그리고 작품 내의 변화에 대한 의식을 고양시킨다. 다시 읽기는 독자가 감정에 압도당할 때조차 사고를 북돋운다. 다시 읽기는 항상 발견을 동반한다. 최악의 발견이라면 한때 사랑했던 책이 더 이상 흥미롭지 않다는 것이고, 최선이라면 익숙하거나 반쯤만 기억나는 텍스트에서 새로운 의미와 즐거움을 찾아내는 발견일 것이다. 나에게는 『성스럽고 세속적인 사랑기계』가 특히 즐거운 놀라움이었다. 아이리스 머독의 소설이라면 나오는 족족 모조리 읽어대던 시절에 그 작품을 처음 읽었다. 내 머릿속에서는 한 작품과 다른 작품 간의 경계가 흐릿했다. 당시 작품들을 모두 좋아했지만 어떤 것도 기억 속에 뚜렷하게 남아 있지는 않았다. 몇 년 뒤 새로운 맥락에서 책을 다시 읽었을 때 『성스럽고 세속적인 사랑기계』는 희극성과 심오함의 모든 측면에서 인간관계를 꿰뚫는 놀랄 만한 탐색으로 다시 내어났다. 『오즈의 마법사』를 숨겨진 의미 때문이 아니라 뛰어난 솜씨 때문에 진지하게 대해야 할 작품으로 재발견한 것 역시 기쁜 일 중 하나였다. 크건 작건 모든 발견은 즐거움을 준다. 더불어 새로운 땅을 탐색하지 않고 똑같은 책들을 다시 읽는 것에 대해 왜 죄책감을 느낄 필요가 없는지를 반복해서 상기시켜준다. 다시 읽기는 '새로운' 땅을 탐색하는 것이다. 이는 친숙한 영역 안에 있는 새로운 땅이다. 즐거움을 기준으로 하자면, 다시 읽기는 상위를 차지한다. 새로운 의미를 일깨운다는 점에서 다시 읽기는 교훈의 원천이기도 하다.

다시 읽기는 필연적으로 시간의 경과와 그것의 의미에 대한 인식을 포함한다. 다시 읽기를 통해 종종 깨닫게 되는 것은 시간이 깨달음을 가져온다는 사실이다. 종래에는 어렴풋하던 것이 문득 선명해진다. 한때 간과했던 풍경이 새롭게 보이고, 이해할 수 없던 인물의 성격이 분명해진다. 반면 그것은 향수를 불러일으키기도 한다. 오래전 읽은 작품을 빛으로 둘러싸 흐릿하게 만드는 힘이다. 엄격한 문학비평을 위해 작품을 다시 읽는 경우라면 그런 빛을 유감으로 여기고 그 속을 꿰뚫어보려고 노력할 것이다. 반대로 나는 향수를 유순한 형태의 기억으로 여기고 아낀다. 향수는 아이들 책과 관련해 가장 빈번하게 나타나지만 이따금 뜻밖의 맥락에서 나타나 이제는 더 이상 존재하지 않는 종류의 행복을 상기시키기도 한다. 다시 읽기는 과거를 인식하게 하며 그런 인식은 그 자체로 즐거움을 준다.

실제로 다시 읽기가 제공하는 즐거움은 다시 읽기가 주는 통찰만큼이나 다양하다. 불유쾌함은 주로 두 가지 경우에 생긴다. 첫째는 책에 실망했을 때이고, 스스로에게 실망했을 경우가 두 번째이다. 앞서 나는 책에 대한 실망에 관해 썼다. 자기 자신에 대한 실망은 그보다 눈에 덜 띄는 주제이다. 그러나 필연적으로 의견이 바뀌면 자기 자신에 대한 판단도 변하게 된다. 내 경우에는 다시 읽기의 과정에서 눈에 보이는 책들을 닥치는 대로 게걸스럽게 읽어댔던 과거의 '나'에 대해 애정이 폭발하는 뜻밖의 경험을 하기도 했지만, 그럼에도 잘 속고 무분별한 데다 신뢰하기 어렵고 무책임한 판단을 내렸던 과거의 '나'를 종종 부인하려는 경향을 보였다. 하지만 과거의 자신에게는 너그러운 편이 좋겠다. 10년 뒤 현재의 자아도 마찬가지로 부적절하다고 판단할지 모르기 때문이다. 자아에 대한 관점과 통찰은 다시 읽기의 또 다른 선물이다.

여기서 문제에 봉착했다. 교사로서 나는 학생들에게 독서의 방법을 가르칠 의무가 있다. 만약 학생들이 올바른 것을 추구할 수 있다면, 혹은 적절한 종류의 관심을 기울이거나 스스로 느낄 수 있다면, 그들은 책 읽기를 통해 소중한 경험을 하게 되리라고 나는 믿는다. 그들은 찬성하지 않는 책을 읽은 것조차 가치 있게 여길 것이고, 즐길 뿐 아니라 판단하는 방법도 배우며 적절한 결론에 도달할 것이다. 이런 가정 아래에서라면, 내가 최근에 겪은 모순된 감정과 판단을 어떻게 이해해야 할까? 나는 현재 '나쁜 독자'이거나, 아니면 과거 한때 나쁜 독자였다. 두 시기 중 언제이든 한 번은 나쁜 독자였어야 한다는 건 교사이자 비평가에게는 탐탁찮은 가정이다. 명백히 나는 그 '나쁨'이 과거에 속하며 나의 현재 이해도는 예전보다 진보한 것이라고 믿고 싶다. 하지만 내 현재의 이해가 과거보다 나을 것이라는 말은, 학생들 또한 지금 무슨 작품을 어떻게 읽든 간에 미래에는 현재보다 그 작품을 더 잘 이해할 것이며, 따라서 나의 개입이 아무런 차이를 만들어내지 못할 것임을 시사한다.

다시 읽기는 역설로 가득하다. 과거에 매달리는 보수적인 활동이지만 또한 판단을 뒤집고 가정을 거부하므로 잠재적으로 혁명적이다. 예전에 보지 못한 것이 튀어올라와 독자를 놀라게 하거나 혹은 즐겁게 한다. 다시 읽기는 자아가 생각하고 뛰어놀고 명상하도록 공간을 마련해준다. 그런 점에서 다시 읽기는 자아의 확대처럼 느껴질 수 있다. 과거의 자신과 연관돼 있으므로 어떤 측면에서는 첫 독서보다 오히려 더욱 개인적이다.

해석하려는 개인의 욕망은 강렬하다. 해석을 향한 개인의 욕구가 크다는 사실은 나 자신의 '나쁜 읽기'를 용서하게 한다. 또 함께 읽은 작품에 대해 그릇된 이해를 가진 듯 보였던 많은 제자들을 이해하게 해준다. 무엇을 원하는가가 무엇을 얻는가를 결정하기 때문이다. 어머니를 즐겁게 해드리기 위해서 나는 『아일랜디아』를 어머니처럼 읽었다. 나의 성性을 이해하기 위해 「금발의 공주」를 오로지 섹스에 관한 작품으로 읽었다(돌이켜 보건데 많은 비평가들이 윌슨의 책을 똑같은 방식으로 읽었다는 사실은 놀랍다). 하지만 다시 읽기는 새로운 방식의 이해를 불러왔다. 주어진 텍스트를 새롭게 읽을 때(여기에는 '나쁜 읽기'도 포함된다) 발견한 것들은 차곡차곡 쌓여 한 번 읽어서는 결코 알 수 없는 풍부한 해석으로 이어진다. 욕망이 변하면 읽기도 따라서 변한다. 더불어 과거의 기행들도 눈앞에 드러나게 되는 것이다.

나는 자신이 살아온 삶을 이야기로 발전시키듯, 사람들이 책에 대해서도 지극히 개인적인 내러티브를 전개시켜나간다는 사실을 깨닫게 되었다. 우리가 읽은 책은 우리의 개인적 상상 및 그것과 연관된 필요에 맞춰 우리 기억 속에서 형태를 갖추게 된다. 향수의 왜곡은 그런 형태 갖추기의 부분집합일 뿐이다. 결국 책은 우리를 만들고, 우리는 다시 책을 만든다.

이런 작업이 비평적 권위에 대한 나의 자신감을 훼손했는지는 잘 모르겠다. 하지만 나는 책 읽기와 다시 읽기가 나 자신과 타인의 삶에서 얼마나 중요한 역할을 수행하는지 깊이 이해하게 되었다. 이처럼 오랫동안의 숙고에 매달린 결과, 다시 읽기가 우리가 애초에 생각한 것보다 얼마나 더 복잡한 과정이었는지도.

리리딩

초판 1쇄 인쇄 2013년 1월 8일
초판 1쇄 발행 2013년 1월 15일

지은이 퍼트리샤 마이어 스팩스
옮긴이 이영미
펴낸이 김선식

Chief editing creator 김현정
Editing creator 박여영
Design creator 조혜상
Marketing creator 이주화

2nd Creative Story Dept. 김현정, 박여영, 유희성, 백상웅, 조혜상
Creative Marketing Dept. 이주화, 원종필, 백미숙
Communication Team 서선행
Online Team 김선준, 박혜원, 전아름
Contents Rights Team 김미영
Creative Management Dept. 김성자, 송현주, 권송이, 윤이경, 김민아, 한선미

펴낸곳 다산북스
주소 경기도 파주시 문발동 파주출판도시 529-2번지
전화 02-702-1724(기획편집) 02-6217-1726(마케팅) 02-704-1724(경영지원)
팩스 02-703-2219
이메일 dasanbooks@hanmail.net
홈페이지 www.dasanbooks.com
출판등록 2005년 12월 23일 제313-2005-00277호

종이 월드페이퍼(주)
인쇄·제본 현문

ISBN 978-89-6370-547-7 (03840)